Moonfleet

문플릿의 보물

제1판 제1쇄 2019년 3월 22일

지은이   존 미드 포크너
옮긴이   김석희
펴낸이   이광호
주간   이근혜
편집   박지현
펴낸곳   ㈜문학과지성사
등록번호 제1993-000098호
주소   04034 서울 마포구 잔다리로7길 18 (서교동 377-20)
전화   02)338-7224
팩스   02)323-4180(편집) 02)338-7221(영업)
전자우편 moonji@moonji.com
홈페이지 www.moonji.com

© 김석희, 2019. Printed in Seoul, Korea.

ISBN 978-89-320-3527-7 03840

이 도서의 국립중앙도서관 출판예정도서목록(CIP)은 서지정보유통지원시스템 홈페이지
(http://seoji.nl.go.kr)와 국가자료공동목록시스템(http://www.nl.go.kr/kolisnet)에서
이용하실 수 있습니다. (CIP제어번호: CIP2019008947)

문플릿의 보물

Moonfleet

김석희 옮김 | 존 미드 포크너 | 문학과지성사

오늘 같은 내일이 찾아올 줄은 몰랐지요.
영원히 소년으로 남아 있을 줄 알았답니다.

윌리엄 셰익스피어

일러두기

1 이 책은 John Meade Falkner의 *Moonfleet*(Wordsworth Editions, 2009)
   을 우리말로 옮긴 것이다.
2 이 책에 실린 각주는 모두 옮긴이주이다.
3 인명, 지명 등 고유명사의 외래어 표기는 국립국어원 외래어 표기법에
   따랐다. 단, 원어 발음과 외래어 표기상의 차이가 클 경우, 몇몇 예외를
   두었다.
   ex) 문플리트 → 문플릿, 아라라트 → 아라랏, 이메훤 → 이메헨
4 마일, 야드 등 국내에 통용되지 않는 길이(거리) 단위는 미터, 킬로미
   터 등으로 변환하여 기재하였다.
5 이해를 돕기 위해 작품의 배경이 되는 영국 해협 및 도싯주 지도 등을
   이 책에 추가하였다.

차례

선장이 선원들에게 말한다.
우리는 단속선을 몰래 지나왔다.
바람 불어가는 쪽에 도버의 벼랑이 보인다.
'스완'호에 신호를 보내라.
닻을 고정시켜라.
브랜디 술통을 내던져라.

갑판장이 부하들에게 말한다.
말뚝에 밧줄을 걸어라.
바다에서 푸른 불빛이 타오르고 있다.
바람 불어오는 쪽 닻들이 미끄러져 나간다.
단속원들은 깊이 잠들었다.
통들이 까딱거리고 있다, 하나, 둘, 셋.

하지만 용감한 경비대장은
총에 화약을 재고
대원들에게 외친다. 나를 따르라.
우리는 밀수꾼 일당을 잡아야 한다.
맞서는 자들은 교수대에
대롱대롱 매달리게 될 것이다.

제1장

문플릿 마을

지난날에 대한 긍지는 그렇게 잠든다.

토머스 무어[*]

    문플릿 마을은 바다에서 1킬로미터쯤 들어간, 플릿 개천의 오른쪽, 그러니까 서쪽 기슭에 자리 잡고 있다. 이 개천은 집들 사이를 지날 때는 폭이 너무 좁아서, 내가 아는 어느 뛰어난 높이뛰기 선수는 장대가 없어도 너끈히 뛰어넘을 수 있을 정도였다. 그러다가 폭이 점차 넓어지면서 마을 아래쪽 바닷물이 드나드는 늪지로 들어간 뒤, 짠물 호수에서 마침내 사라진다. 이 호수는 바닷새와 왜가리와 굴한테만 쓸모가 있을 뿐 아무짝에도 쓸모가 없고, 서인도제도에서 라군(석호)이라고 부르는 지형을 이루고 있는데, 자갈 깔린 거대한 해변이 탁 트인 영국 해협[**]의 거센 파도를 막아주고 있다.

    어릴 적에 나는 이 호수가 '문플릿'이라고 불리는 것은 여름

[*] 아일랜드의 시인(1779~1852).

[**] 영국과 프랑스 사이에 있는 해협.

이나 추운 겨울의 조용한 밤이면 달이 호수 위에서 밝게 빛나기 때문에 '달의 후미'라는 뜻으로 그렇게 불리는 줄 알았다. 그런데 사실은 '무훈의 후미'를 줄인 말이라는 것을 나중에 알게 되었다. 무훈은 한때 이 지방의 영주였던 호족 가문이다.

내 이름은 존 트렌처드. 이 이야기가 시작되던 무렵에는 열다섯 살이었다. 부모님은 두 분 다 몇 해 전에 돌아가셨고, 나는 노처녀인 제인 아널드 이모한테 얹혀살았다. 이모는 나름대로 다정했지만, 내 사랑을 얻기에는 지나치게 엄격하고 꼼꼼했다.

우선 1757년 가을의 어느 날 저녁에 대해 이야기하겠다. 정확한 날짜는 잊어버렸지만 10월 말이었다. 나는 차를 마신 뒤 작은 거실에 앉아서 책을 읽고 있었다. 이모 집에는 책이 거의 없었다. 지금 기억나는 책이라곤 성경과 기도서와 설교집 몇 권이 고작이었다. 하지만 마을 아이들을 가르친 글레니 신부님이 『아라비안나이트』라는 재미난 이야기책을 빌려주셨다.

마침내 해가 저물기 시작했고, 그러자 나는 독서를 멈추고 싶지는 않았지만 책을 내려놓았다. 몇 가지 이유가 있었는데, 우선 그 거실은 말총의자와 소파가 놓인 썰렁한 방이었고, 벽난로 안에는 종이 칸막이밖에 없었다. 11월이 시작되기 전에는 이모가 난로에 불 피우는 걸 허락하지 않았기 때문이다. 둘째, 이모가 부엌방에서 녹인 쇠기름을 틀에 부어 겨울에 쓸 양초를 만들고 있었기 때문에, 고약한 쇠기름 냄새가 온 집 안에 진동하고 있었다. 셋째, 나는 『아라비안나이트』에서 숨을 쉴

문플릿의 보물

수 없을 만큼 긴박한 장면에 이른 참이어서, 그 조마조마함 때문에 책을 더 읽을 수 없었다. 「알라딘과 요술 램프」 이야기에서 가짜 삼촌이 바위를 굴려 지하 동굴 입구를 막는 바람에 알라딘이 어둠 속에 갇혀버린 장면이었는데, 알라딘이 지상으로 안전하게 올라갈 때까지 램프를 넘기려 하지 않았기 때문에 동굴 속에 갇혀버린 것이다. 이 장면을 읽고, 우리가 작은 방에 갇혀 있고 그 방의 사방 벽이 점점 좁혀오는 끔찍한 악몽이 생각났다. 그 장면이 하도 인상적이어서, 나중에 내가 모험을 할 때 그 기억이 경고와도 같은 작용을 했다.

그래서 나는 독서를 그만두고 거리로 나섰다. 한때는 잘살았을 테지만, 이제는 아무리 봐도 가난한 마을이었다. 지금 문플릿에 사는 사람은 200명도 되지 않았는데, 그 보잘것없는 집들이 1킬로미터 넘는 길을 따라 양쪽에 띄엄띄엄 서 있었다. 마을에 새로 지어진 것은 아무것도 없었다. 집이 너무 낡아서 수리할 필요가 있을 때는 아예 허물어버렸고, 그래서 거리에는 이가 빠진 것처럼 군데군데 빈터가 있었다. 담장이 무너진 정원에는 잡초가 무성했고, 간신히 서 있는 집들도 대부분 얼마 못 가서 허물어질 것처럼 보였다.

해가 졌다. 사실은 날이 이미 어두워져서 길 아래쪽의 바닷가는 눈에 보이지 않았다. 옅은 안개가 끼었는지, 아니면 잡초 태우는 냄새와 함께 공기 속에서 연기가 소용돌이치고 있었다. 그리고 빨갛게 타오르는 난롯불과 다가올 긴 겨울밤의 안락함을 생각나게 만드는 가을의 첫 냉기가 감돌고 있었다. 사방이 쥐 죽은 듯 조용했다. 하지만 나는 길 아래쪽에서 망치 두드리는 소리를 들을 수 있었다. 그래서 무슨 일이 일어나고 있는지 보려고 그쪽으로 걸어갔다. 문플릿에는 고기잡이 말고 다른 일에 종사하는 사람이 없었기 때문이다. 길가의 열린 헛간에서 망치질을 하고 있는 사람은 교회지기인 랫시였다. 그는 나무망치와 조각칼로 묘비에 글자를 새기고 있었다. 어부가 되기 전에 석공으로 일했기 때문에 연장 다루는 솜씨가 능숙했다. 그래서 묘지에 묘비를 세우고 싶은 사람은 랫시한테 가서 부탁했다. 나는 헛간 문 너머로 몸을 기울여, 그가 희미한 등불 아래서 조각칼로 돌을 조금씩 깎아내는 모습을 잠시 지켜보았다. 그러자 그가 고개를 들어 나를 보고는 이렇게 말했다.

"존, 할 일 없거든 이리 들어와서 등불이나 좀 들어다오. 30분이면 다 끝나."

랫시는 언제나 친절했고, 내가 보트를 만들 때면 끌을 번번이 빌려주었다. 그래서 나는 안으로 들어가 등불을 들고, 그가 조각칼로 포틀랜드* 돌에 글자 새기는 걸 지켜보면서, 돌가루가 내 쪽으로 날아오면 눈을 깜박이곤 했다. 묘비명을 새기는 일은 끝났지만, 그는 묘비 상단부에 조각된 바다 풍경에 마무리 손질을 하고 있었다. 거기에는 작은 보트를 실은 단속선 한 척이 새겨져 있었는데, 그때는 멋진 작품이라고 생각했지만

---

* 영국 도싯주 남단에 붙어 있는 섬으로, 석회암 산지로 유명하다.

지금 생각하면 조잡한 작품이었다. 지금도 문플릿 교회 묘지에 가면 그 묘비를 볼 수 있고, 이끼가 누렇게 덮여서 그날 밤처럼 또렷이 보이지는 않지만 묘비명도 읽을 수 있는데, 이렇게 새겨져 있다.

1757년 6월 21일, 15세 나이에
단속선 '일렉터'호의 총격으로 사망한
데이비드 블록을 추모하며

잔인한 음모로 빼앗긴 젊은 목숨을
내 친구인 진흙과 섞는다
최후의 심판 날에 신의 가호가
나를 구해주리라 믿는다

잔인한 자여, 너에게도 심판의 날이 닥치리니
너무 늦기 전에 회개하라
그렇지 않으면 끔찍한 벌을 받을 터
주님은 반드시 내 운명을 복수해주시리라

나는 이 묘비명을 마음에 새겼다. 시를 글레니 신부님이 썼고, 그 사본 한 부를 나한테 주었기 때문이다. 데이비드의 죽음에 얽힌 이야기는 온 마을에 퍼졌고, 아직도 소문이 자자했다. 그는 마을 아래쪽에서 '괜찮군!'이라는 주막을 경영하는 엘저비어 블록의 외아들이었는데, 엘저비어는 6월의 그날 밤 정부의 단속선이 밀수선을 적발했을 때 밀수꾼 일당과 함께 있었다. 소문에 따르면, 문플릿 관할 치안판사*인 매스큐가 직접 단속선 '일렉터'호에 타고 밀수선을 추적했다고 한다. 두 척의 배가 뱃머리를 나란히 했을 때 잠깐 싸움이 벌어졌고, 그 와중에 매스큐는 권총을 꺼내 어린 데이비드의 얼굴에다 총을 발사했다. 그때 둘 사이에 있었던 것은 뱃전 두 개의 공간뿐이었다.

그 한여름 날 오후에 '일렉터'호는 밀수선을 문플릿으로 끌고 왔고, 거기서 경찰대가 밀수꾼들을 도체스터의 감옥으로 끌고 갔다. 죄수들은 두 사람씩 족쇄를 차고 마을 길을 터벅터벅 걸어갔고, 마을 사람들은 문간에 서 있거나 그들을 따라갔다. 그들 대부분이 이웃 마을인 링스테이브와 몽크베리에 사는 사람들이어서 우리도 잘 알고 있었기 때문에, 남자들은 따뜻한 말로 그들에게 인사를 보냈고, 여자들은 그들의 아내를 동정해 주었다. 하지만 데이비드의 시신은 배에 남겨두고 갔는데, 어쨌든 소년은 밤중에 장난친 대가를 톡톡히 치른 셈이었다.

"그 어린아이한테 총을 쏘다니, 너무 잔인한 짓이었어."

랫시가 말했다. 그러고는 묘비에 새겨 넣은 단속선 깃발이 어떤지 보려고 한 걸음 뒤로 물러났다.

"안됐지만 다른 녀석들도 처벌을 받을 것 같아. 그중 세 명은 다음번 순회재판 때 교수형을 당할 게 확실하다고 엠프슨

---

*　정부의 명령을 받아 지방을 관리하는 무보수 명예직.

　　　　문플릿의 보물

변호사가 그러더군. 30년 전에도 '로열소피'호와 '만헐'호 사이에 실랑이가 벌어져 밀수꾼 네 명이 교수형을 당했는데, 우리 아버지는 그 불쌍한 녀석들이 교수형 당하는 걸 보려고 도체스터에 가서 무릎까지 올라오는 강물 속에 서 있다가 감기에 걸렸지. 그곳 사람들이 모두 몰려와서 너무 혼잡했기 때문에 육지에는 발 디딜 틈이 없었거든. 됐다, 그걸로 충분해."

그러고는 다시 묘비 쪽으로 돌아서면서 말했다.

"월요일에는 검은색으로 항구의 윤곽을 그리고, 깃발이 돋보이도록 붉은색으로 칠을 할 거야. 오늘 나를 도와주었으니까, 나랑 같이 '괜찮군!'에 가자꾸나. 거기 가서 엘저비어를 위로해줘야겠어. 그 양반도 친구들 이야기를 듣고 나면 기분이 나아지겠지. 너한테는 가을의 찬 기운을 막아줄 술을 한 잔 사줄게."

나는 아직 어린아이였고, 그래서 술집에 가자는 요청을 받은 게 대단한 영광으로 생각되었다. 그런 초대가 나를 당장 어른의 지위에 올려놓지는 않았지만 말이다. 아, 즐거운 소년 시절이여, 어릴 적에는 너로부터 그토록 벗어나고 싶었건만, 인생의 경주를 절반도 끝내기 전에 우리는 어떤 회한을 품고 너를 돌아보는 것인가! 하지만 내 즐거움에 찬물을 끼얹는 것이 없지는 않았다. '괜찮군!'에 간 것을 이모가 알면 뭐라고 할지 생각하기조차 두려웠기 때문이다. 게다가 데이비드가 죽은 뒤 천배나 더 엄격해지고 우울해진 엘저비어 블록을 만나는 것도 두려웠다.

'괜찮군!'은 그 주막의 진짜 이름이 아니었다. 주막의 정식 이름은 '무훈 암스'(무훈가의 문장*)였다. 앞에서도 말했듯이 한때는 무훈 가문이 마을 전체를 영유하고 있었다. 하지만 그들의 운이 줄어들자, 그와 함께 문플릿의 운도 줄어들었다. 폐허가 된 그들의 저택은 마을이 내려다보이는 언덕 중턱에 잿빛을 띠고 서 있었다. 그들의 사설 구빈원은 거리를 반쯤 내려간 곳에 있었고, 안뜰은 돌보는 사람이 없어서 잡초만 무성했다. 무훈가의 상징과 그 위에 새겨진 문자는 교회부터 주막에 이르기까지 어디에나 있었고, 그 상징과 문자가 찍혀 있는 곳에는 붕괴와 쇠락이라는 글자도 함께 따라다녔다.

여기서 무훈가의 문장에 대해 몇 마디 해둘 필요가 있겠다. 여러분도 나중에 알게 되겠지만 나는 평생 그 문장을 짊어질 것이고, 그것의 영향을 무덤까지 가져갈 것이기 때문이다.

무훈가의 문장은 흰색 방패 모양의 바탕에 검은색 'Y'자가 그려진 것이었다. 언젠가 글레니 신부님은 글자 'Y'가 아니라 십자 관보**라고 설명해주었는데, 관보든 아니든 내가 보기에는 꼭 검은 'Y'자처럼 보였다. 두 팔은 방패의 좌우 상단 구석에서 끝났고 꼬리는 방패의 바닥까지 내려가 있었다. 영주의 저택은 물론, 교회의 석물과 목제품, 마을의 많은 집에서도 이 문장이 새겨져 있는 것을 볼 수 있었다. 그리고 주막 출입문

---

* 국가나 단체 또는 집안 따위를 나타내기 위해 사용하는 상징적인 표지.
** 관을 덮는 네모난 천.

문플릿의 보물

위에 걸린 간판에도 그려져 있었다. 근동에 사는 사람들은 누구나 무훈가의 문장을 알고 있었고, 그래서 과거에 영주가 주막 간판을 보고는 농담으로 '괜찮군!'이라고 말한 게 주막 이름으로 굳어지게 되었다는 것도 알고 있었다.

어른들이 '괜찮군!'에서 술을 마시는 겨울 저녁이면 나는 술집 밖에 서서 그들이 부르는 「신나는 돌멩이」나 「통이 까딱거리네 하나, 둘, 셋」 같은 노랫소리에 귀를 기울인 적이 한두 번이 아니었다. 이런 노래들은 시작도 끝도 없었고, 중간에 들으면 무슨 소린지 좀처럼 알 수가 없었다. 한 사람이 가락을 뽑으면 다른 사람들은 엄숙하게 입을 모아 따라 불렀지만, 오랫동안 술을 마시는 일은 거의 없었다. 엘저비어 블록은 결코 취하는 법이 없었고, 손님들이 술에 취하는 것도 좋아하지 않았기 때문이다.

그렇게 노래를 부르는 밤이면 술청은 열기로 가득 찼고, 수증기가 유리창 안쪽에 짙게 끼어서 밖에서는 안을 들여다볼 수 없을 정도였다. 하지만 주막에 사람들이 없을 때면 나는 붉은 커튼 틈새로 엘저비어와 랫시가 난롯가의 탁자 앞에 앉아 주사위 놀이를 하는 모습을 훔쳐보곤 했다. 엘저비어가 나중에 아들의 시신을 눕힌 곳도 그 탁자였다. 그날 밤에 아버지가 아들의 노란 머리칼에 엉겨 붙은 피를 닦아내려고 애쓰는 모습을 유리창 너머로 본 사람도 있었고, 생명도 없는 진흙이 그의 말을 알아듣기라도 하는 것처럼 그가 죽은 아들에게 중얼중얼 말을 건네는 것을 들은 사람도 있었다. 어쨌든 그날 이후

'괜찮군!'에서 술판이 벌어지는 일은 거의 없었다. 엘저비어가 점점 과묵하고 침울해졌기 때문이다. 그는 원래 고객의 환심을 사려고 애쓴 적도 없었지만, 이제는 누가 주막에 들어올 때마다 험악한 얼굴로 매섭게 노려보았다. 그래서 사람들은 '괜찮군!'을 망가진 곳으로 여기고, 링스테이브의 '세 까마귀' 주막으로 술을 마시러 갔다.

랫시가 빗장을 열고 나를 주막 안으로 데리고 들어갔을 때, 나는 깜짝 놀랐다. 천장이 낮고 바닥에 모래가 깔린 방이었다. 화덕에서 타오르는 장작불 말고는 아무 빛도 없었다. 장작은 소금기 머금은 푸른 불꽃을 내면서 밝고 부드럽게 타오르고 있었다. 실내 양쪽 끝에 탁자들이 있고, 벽 주위에 나무 의자들이 놓여 있었다. 그리고 굴뚝 옆 탁자에는 엘저비어가 앉아서 파이프를 피우며 장작불을 바라보고 있었다.

그는 쉰 살쯤 되었는데, 반백의 머리카락이 부스스하게 헝클어져 있고, 넓적하지만 몰인정해 보이지는 않는 얼굴에 균형 잡힌 이목구비, 더부룩한 눈썹, 그리고 내가 지금까지 본 적이 없을 만큼 반듯한 이마를 갖고 있었다. 체격은 땅딸막하지만 힘이 장사였다. 사실 그의 놀라운 완력과 뚝심에 대해서는 소문이 자자했다. 그의 집안은 오랫동안 대를 이으면서 '괜찮군!'의 주인이었지만, 엘저비어의 어머니는 네덜란드 출신이었다. 그가 엘저비어라는 외국 이름을 얻고 네덜란드어를 할 줄 아는 것도 그 때문이었다. 그에 대해 많이 아는 사람은 거의 없었고, 마을 사람들은 단골손님도 별로 없는데 그가 어떻게 '괜

문플릿의 보물

찮군!'을 꾸려 나가는지 궁금하게 여길 때가 많았다. 하지만 그는 돈이 궁한 것 같지도 않았고, 사람들은 그의 힘에 대해 이야기하기를 좋아했지만, 과부들에게 도움을 주거나 병자들에게 남몰래 선물을 갖다주는 사람에 대한 이야기도 했는데, 차갑고 과묵한 엘저비어 블록이 그 장본인일 거라고 내비치곤 했다.

우리가 안으로 들어가자 그는 고개를 돌리고 일어났다. 나를 보았을 때 그의 얼굴이 어두워졌다고 생각한 것은 내 두려움 때문이었다.

"이 녀석은 뭐 하러 왔지?" 그가 랫시에게 날카롭게 물었다.

"나랑 마찬가지야. 가을의 찬 기운을 막아줄 아라랏밀크*를 한 잔 마시러 왔지." 교회지기는 의자 하나를 탁자 쪽으로 끌어당기면서 대답했다.

"저런 애송이한테는 우유가 딱이지."

엘저비어는 벽난로 선반에서 반짝거리는 놋쇠 촛대 두 개를 가져와 탁자 위에 놓고 화덕에서 꺼낸 불잉걸로 초에 불을 붙였다.

"존은 애송이가 아니야. 데이비드와 동갑이고, 내가 데이비드의 묘비를 마무리하는 걸 도와주다가 왔다네. 이제 묘비는 완성됐어. 배에 색칠만 하면 돼. 그러니까 월요일 밤까지는 묘지에 세울 수 있을 거야. 그러면 가엾은 데이비드도 이 랫시가 최고의 솜씨를 발휘해서 만든 걸작과, 그 녀석이 얼마나 억울

* 발효주의 일종.

한 죽임을 당했는지 말해주는 신부의 묘비명이 제 머리 위에 있는 것을 알고 편안히 쉴 수 있을 걸세."

랫시가 아들에 대해 이야기하자 엘저비어의 마음도 조금 누그러진 것 같았다.

"그래, 데이비드는 편안히 쉬고 있을 거야. 최후의 순간이 왔을 때 편안히 쉬지 못할 놈은 데이비드를 죽인 놈들이지. 그리고 그 순간은 놈들이 생각하는 것보다 빨리 올지도 몰라."

엘저비어는 우리에게 말한다기보다 자신에게 말하는 것처럼 말했다. 그가 말하는 '놈들'이란 치안판사 매스큐를 두고 하는 말이라는 것을 나는 알아차렸다. 절망에 빠진 사람은 무슨 짓을 할지 모르니까 엘저비어 근처에는 얼씬도 않는 게 좋겠다고 누군가가 치안판사에게 경고를 했다고 한다. 하지만 두 사람은 그 후 마을 길에서 마주쳤는데, 엘저비어가 험악한 표정으로 매스큐를 노려보기는 했지만 그보다 더 나쁜 일은 일어나지 않았다.

"쳇!" 하고 교회지기가 끼어들었다. "그건 정말 비열한, 어떤 인간도 저지른 적이 없을 만큼 비열하기 짝이 없는 짓이었어. 하지만 그 일만 곱씹으면서 속앓이를 하지도 말고, 복수할 궁리도 하지 말게. 그건 신의 섭리에 맡겨. 현명하신 주님이 알아서 놈들에게 마땅한 대가를 치르게 할 테니까. '복수 같은 것은 내가 할 일이니, 내가 갚겠다고 주님은 말씀하셨다'*고

* 신약성서 「로마서」 12장 19절.

하잖아."

그러고 나서 그는 모자를 벗어 못에 걸었다.

엘저비어는 아무 대답 없이 탁자 위에 유리잔 세 개를 놓은 다음, 찬장에서 작고 둥근 병 하나를 꺼냈다. 그리고 목이 긴 병을 기울여 랫시와 자신의 잔을 채웠다. 그런 다음 세번째 잔은 절반만 채우고 내 쪽으로 밀어주면서 말했다.

"옜다, 마시고 싶거든 마시렴. 너한테 도움도 되지 않겠지만 해가 되지도 않을 게다."

랫시는 잔이 다 채워지기도 전에 잔을 들어 올렸다. 그는 킁킁거리며 술 냄새를 맡고 입술을 핥으며 쩍쩍 입맛을 다셨다.

"괜찮은 술이군! 달착지근하면서도 독해서 마음을 편안하게 해주지. 존, 주사위판을 가져와서 탁자 위에 놓아다오."

그들은 게임을 시작했고, 나는 술을 살짝 한 모금 마셨지만, 독한 술에 익숙지 않아서 하마터면 숨도 쉬지 못할 뻔했다. 머리가 아프고 목이 타는 것 같았다.

두 어른은 아무도 입을 열지 않았다. 주사위가 달그락거리고 놀이판 위에서 말이 움직이는 소리밖에는 아무 소리도 들리지 않았다. 이따금 둘 가운데 하나가 게임을 멈추고 파이프에 불을 붙였다. 한 판이 끝나면 분필 토막으로 탁자 위에 점수를 기록했다. 그렇게 나는 한 시간가량 그들을 지켜보았다. 그것은 나도 아는 게임이었고, 전에 소문으로 들은 적이 있는 엘저비어의 주사위판을 보는 게 흥미로웠기 때문이다.

그것은 '괜찮군!'의 주인이 대대로 바뀌는 동안 줄곧 그 주막에서 가구의 일부를 이루었고, 내전*에 참전한 기병대원들은 그 놀이판으로 게임을 하면서 시간을 보냈을 것이다. 놀이판 모서리에는 라틴어 문구가 밝은색 목재에 아로새겨져 있었는데, 나는 주막에 처음 들어간 그날 밤에 그것을 읽었지만, 글레니 신부님이 번역해줄 때까지는 그 뜻을 이해하지 못했다. 나중에 기억해낼 이유가 있기 때문에, 라틴어 원문을 여기에 적어두겠다.

Ita in vita ut in lusu alae pessima jactura arte corrigenda est.

글레니 신부님의 설명에 따르면, '인생에서 그렇듯이 운을 시험하는 주사위 놀이에서도 기술이 있으면 최악의 패도 뭔가를 얻게 마련이다'라는 뜻이다.

마침내 엘저비어는 고개를 들고 나에게 말을 걸었다. 퉁명스러운 말투는 아니었다.

"존, 집에 가야 할 때가 된 것 같구나. 초겨울 밤에는 '검은수염'이 돌아다닌다고 하잖니. 이 주막과 너희 집 사이에서 그 유령과 정면으로 마주친 사람도 있다고 하더라."

나를 내보내고 싶어 하는 눈치여서, 나는 그들에게 인사를 하고 집으로 갔다. 밤중에 교회 묘지를 지나가지만 않으면 '검은수염'을 만날 가능성은 전혀 없다고 랫시가 종종 말해주었기 때문에 '검은수염'이 두렵지는 않았지만, 그래도 나는 집까지 줄곧 달려서 갔다.

---

*   영국에서 17세기에 의회파가 찰스 1세의 왕당파에 대항해 일으킨 청교도 혁명.

문플릿의 보물

'검은수염'은 100년 전에 죽었는데, 무훈 집안의 다른 사람들과 함께 교회 지하의 납골당에 묻혀 있었다. 하지만 그는 납골당에서 편히 잠들지 못했다. 사라진 보물을 찾아 돌아다니기 때문이라고 말하는 사람도 있고, 생전에 악행을 너무 많이 저질렀기 때문에 그렇다고 말하는 사람도 있었다. 후자가 진짜 이유라면, 그는 정말로 나쁜 사람이었던 모양이다. 그보다 전에 죽었거나, 후에 죽은 무훈가 사람들은 집안 납골당이나 다른 곳에 묻힌 누구라도 상대할 수 있을 만큼 사악했기 때문이다.

캄캄한 겨울밤이면 '검은수염'이 등불을 들고 보물을 찾기 위해 묘지를 파헤치는 광경을 볼 수 있다고 사람들은 말하곤 했다. 그를 안다고 주장한 사람들은 그가 이 세상 누구보다도 키가 크고 풍성한 검은 턱수염과 구릿빛 얼굴을 지녔다고 말했다. 그의 눈은 너무 흉악해서, 일단 그 눈길을 받은 사람은 1년도 지나기 전에 죽는다는 소문도 있었다. 그게 사실일 수도 있기 때문에, 문플릿에서 날이 어두워진 뒤에 묘지 근처를 지나가기보다는 차라리 10킬로미터를 돌아서 가는 쪽을 택하지 않을 사람은 거의 없었다. 게다가 가엾은 크래키 존스 노인이 어느 여름날 아침에 그곳 풀밭에서 시체로 발견되자 사람들은 그가 밤중에 '검은수염'을 만난 모양이라고 생각했다.

이런 일에 대해 누구보다도 많이 알고 있는 글레니 신부님은 '검은수염'의 정체가 100년 전에 죽은 존 무훈 대령이라고 말해주었다. 무훈 대령은 의회가 찰스 1세와 맞서 싸운 전쟁

때 왕에게 충성을 서약한 집안의 의무를 저버리고 반역자 편에 선 인물이었다. 그래서 의회파에 속한 캐리스브룩성*의 사령관이 되어, 그 성에 갇힌 왕의 간수로서 왕을 배신하게 되었다. 왕은 처남인 프랑스 왕 루이 13세가 선물한 커다란 다이아몬드를 언제나 몸 어딘가에 숨겨 지니고 다녔다. 무훈 대령은 이 보석에 대한 소문을 듣고, 그걸 내주면 폐하의 탈출을 눈감아주겠다고 약속했다. 그렇게 뇌물을 받아 챙긴 이 간악한 남자는 또다시 배신을 저질렀다. 왕이 탈출하기로 한 시각에 병사들을 데리고 나타나 창문을 통해 달아나려는 왕을 체포한 뒤 더욱 엄중한 감방에 가두고, 의회에는 왕의 탈출을 막은 것은 오로지 무훈 대령의 경계심 덕분이라고 보고한 것이다.

그러나 글레니 신부님도 말했듯이, 신을 섬기지 않는 사악한 자들, 사악한 방침에 따라 처신하는 자들을 우리가 부러워할 일은 아니다. 무훈 대령은 혐의를 받고 사령관 자리에서 쫓겨나 문플릿의 영지로 돌아왔다. 이곳에서 그는 나라를 지배하는 양대 세력, 의회파와 왕당파 모두로부터 경멸을 받으며 죽을 때까지 은둔 생활을 하다가, 찰스 2세가 왕정복고를 이룩했을 무렵 세상을 떠났다. 하지만 그는 죽은 뒤에도 편히 쉴 수 없었다. 사람들은 그가 왕의 탈출을 돕는 대가로 받아 챙긴 보물을 어딘가에 숨겨두었는데, 그것을 되찾지 못하고 비밀만 간직한 채 죽고 말았다면서, 그 보물을 찾으려면 그의 무덤을

---

* 찰스 1세는 내전에서 패한 뒤 이곳에 갇혀 있다가 처형되었다.

문플릿의 보물

파헤쳐야 한다고 말했다.

글레니 신부님은 착한 유령이든 악한 유령이든 유령의 출현은 성서에 기록되어 있지만 묘지는 무훈 대령이 보물을 찾아다닐 만한 곳이 아니라고 지적하면서, 자신이 그 소문을 믿는지 안 믿는지에 대해서는 밝히려 하지 않았다. 보물이 묘지에 묻혀 있었다면, 무훈 대령은 생전에 그것을 파낼 기회가 적어도 백번은 있었을 것이기 때문이다.

나는 낮에는 사자처럼 용감했고, 묘지에서는 사방이 탁 트여 바다 풍경을 가장 잘 볼 수 있었기 때문에, 실제로 묘지에 자주 드나들었지만, 밤에는 어떤 대가를 준다 해도 그쪽으로는 결코 가지 않았을 것이다. 게다가 나 자신도 그 소문의 증인이 될 수 없는 것도 아니었다. 이모가 다리를 다친 날 밤에 호킨스 의사를 모셔오려고 링스테이브까지 걸어가야 했을 때, 나는 1킬로미터쯤 떨어진 묘지가 내려다보이는 언덕길을 걸어갔다. 그리고 그때 교회 주변에서 불빛 하나가 이리저리 움직이는 것을 분명히 보았다. 정직한 사람이라면 새벽 2시에 그곳에 있을 리 없었다.

제2장

홍수

그러자 둑이 무너져 내리고
거품 인 물보라가 사방으로 휘날렸다.
그러자 엄청난 홍수가 밀어닥쳤고
세상이 온통 물바다가 되었다.

진 인젤로[*]

  '괜찮군!' 주막에 다녀온 지 며칠 뒤인 11월 3일, 남서쪽에
서 불어오던 바람이 오후 4시쯤 갑자기 강한 돌풍으로 바뀌기
시작했다. 떼까마귀들이 오전 내내 공중에서 땅으로 곤두박질
치듯 떨어졌기 때문에 우리는 날씨가 나빠지리라는 것을 알고
있었다. 오래된 구빈원 강당에서 글레니 신부님한테 수업을 받
고 밖으로 나오자, 지붕에서 이엉이 날아가고 심지어는 기왓장
까지 날아가고 있었다. 아이들은 큰 소리로 노래를 불렀다.

  바람은 불어라, 폭풍은 몰아쳐라,

---

[*] 영국의 시인이자 소설가(1820~1897).

배들은 아침이 오기 전에 해안으로 돌아오라.

 이 노래는 지금보다 더 힘들었던 시절부터 전해져 내려온 이교도의 노래였다. 문플릿 해안에 난파선이 올라오면 하늘이 보내준 선물로 여기는 사람도 있었지만, 우리 마을 사람들 중에는 난파선에 실린 화물이 탐나서 배가 조난당하기를 바랄 만큼 사악한 사람은 없었을 거라고 생각한다. 실제로 문플릿 주민들은 언젠가 동인도회사*의 무역선 '다리우스'호가 떠밀려왔을 때처럼 조난당한 선원들을 구하기 위해 목숨을 걸기도 했다. 뿐만 아니라 파도에 떠밀려 뭍으로 올라온 시체들도 거두어 기독교식으로 장례를 치러주었고, 랫시가 성별과 묻힌 날짜를 새긴 묘비를 오늘날까지도 묘지에서 볼 수 있다.
 우리 마을은 문플릿만의 한가운데쯤에 자리 잡고 있는데, 문플릿만은 건너편 육지까지의 거리가 30킬로미터에 이르는 큰 후미다. 남서풍이 불 때면 해협을 거슬러 올라가는 선원들에게 이 만은 죽음의 덫이나 마찬가지였다. 남서풍이 강하게 불어올 때 '콧등곶'에서 뱃머리를 급격히 돌리지 못하면 배가 해안에 좌초할 수밖에 없기 때문이다. 수많은 배들이 콧등곶을 돌아 넘지 못해 온종일 만 안에서 이리저리 돌아다니다가 결국 날이 저물어서야 해변으로 올라오곤 했다. 일단 해변으

* 17~19세기에 유럽 각국에서 동인도(지금의 동남아 지역) 식민지를 경영하기 위해 세운 무역 회사.

로 올라와도 바다는 무자비했다. 물이 깊고, 파도는 어떤 목재도 견딜 수 없는 힘으로 자갈밭 위에서 세차게 소용돌이치기 때문이다.

그때 가엾은 선원들은 목숨을 구하려고 발버둥 치지만, 해안에는 파도와는 반대 방향으로 강하게 역류가 흘러서, 육지 쪽으로 들어왔던 물이 갑자기 바다 쪽으로 세차게 물러가는 것이다. 이 썰물은 선원들의 다리를 끌어당겨 그들을 우레 같은 소리를 내고 있는 물속으로 다시 데려가버린다. 배를 난파시킨 바람이 잔잔해진 뒤 조용한 밤이면, 수 킬로미터 떨어진 육지나 심지어는 도체스터에서도 자갈밭이 물을 다시 빨아들이는 소리를 들을 수 있었다. 그 소리에 사람들은 잠자리에서 몸을 뒤척이며, 해변에서 바다와 싸우고 있지 않은 것을 신에게 감사하는 것이다.

하지만 그 11월 3일에는 조난당한 배가 없었다. 다만 내가 전에는 한 번도 겪어보지 못했고 그 후에도 딱 한 번밖에 겪지 못한 바람이 있었을 뿐이다. 밤새도록 폭풍은 점점 거세졌고, 문플릿 사람이라면 아무도 잠들지 못했을 것이다. 기왓장과 유리창이 깨지고 문이 쾅쾅거리고 덧문이 덜컹거려서 도저히 잠을 이룰 수 없었기 때문이다. 게다가 우리는 굴뚝이 무너져 덮치지 않을까 두려움에 떨었다.

바람은 새벽 5시에 가장 맹렬하게 불었고, 그 후 몇 사람이 마을 길을 내달리면서 큰 위험이 닥쳐오고 있다고 외쳤다. 바닷물이 해변을 넘어 밀려오고 있어서 마을이 온통 물에 잠길

문플릿의 보물

것 같다는 것이었다. 몇몇 아주머니는 당장 집에서 뛰쳐나와 언덕으로 올라갔다. 그러나 마을 곳곳을 돌아다니면서 사람들을 안심시키고 있던 랫시는, 마을 위쪽은 지대가 높긴 하지만 물이 불어나면 언덕도 물에 잠기지 않는다고 장담할 수 없다고 말했다.

때마침 바닷물의 수위가 가장 높아지는 한사리*가 겹치는 바람에 바닷물이 해변의 드넓은 자갈밭을 돌파하여(지난 50년 동안 한 번도 일어난 적이 없었다) 석호에 물이 넘쳐났기 때문에, 물은 그 경계를 넘어 풀밭을 온통 뒤덮었고 심지어는 길 아래쪽까지 물에 잠겼다. 그래서 동이 텄을 때는 고지대에 있는 묘지까지 침수되었고, 교회 자체는 작은 섬처럼 물에 에워싸인 채 우뚝 서 있었다. 물은 '괜찮군!'의 문턱을 넘었지만, 엘저비어 블록은 바닷물에 휩쓸려가도 상관없다면서 꿈쩍도 하지 않았다.

하지만 바람이 갑자기 잦아들었기 때문에 이 사태는 아홉 시간의 놀라움을 남기고 끝났다. 바닷물이 빠지기 시작했고, 태양이 눈부시게 빛났다. 정오가 되기 전에 사람들은 문간으로 나와서 홍수를 구경하고 폭풍에 대해 이야기를 나누었다. 대다수가 그렇게 거센 바람은 난생처음 본다고 말했지만, 마을에서 가장 나이 많은 노인은 앤 여왕**이 즉위한 이듬해에도

---

* 음력 보름과 그믐 무렵에 밀물이 가장 높은 때.

** 영국 스튜어트 왕조 마지막 여왕(재위 1702~1714). 그의 치세 중에 잉글랜드와 스코틀랜드의 합병으로 그레이트브리튼 왕국이 성립되었다.

폭풍이 한 번 불었는데, 그 바람도 이보다 더하면 더했지 덜하지는 않았을 거라고 말했다. 하지만 그 바람이 더 맹렬했든 아니든, 이 폭풍은 나에게 매우 중대한, 내 인생행로를 바꿀 만큼 중대한 사건이었다.

앞에서 나는 바닷물이 너무 불어나는 바람에 교회가 섬처럼 고립되었다고 말했다. 하지만 교회를 포위했던 물은 곧 물러갔고, 글레니 신부님은 다음 일요일 아침에 예배를 볼 수 있었다. 문플릿 교회에 오는 사람은 보통 때도 별로 많지 않았지만, 그날 아침에는 더욱 적었다. 마을과 교회 사이에 있는 풀밭이 물에 흠뻑 젖어서 진창이 되어버렸기 때문이다. 묘비 주위에 해초 가닥이 장식 리본처럼 뒤엉켜 있고, 묘지의 담장 바깥쪽에는 해초가 무더기로 쌓여 있었다. 남서풍에 밀려온 해초가 해안에 쌓이면서 공기 속에 비릿한 냄새가 감돌았는데, 마치 바다오리의 알처럼 고약한 냄새가 풍겼다.

이 교회는 내가 아는 다른 교회들과 비슷한 크기였으며, 한복판을 가로지르는 석제 칸막이를 사이에 두고 두 구역으로 나뉘어 있었다. 문플릿도 한때는 큰 마을이어서, 그때는 사람들도 교회를 채울 만큼 많이 살았을 것이다. 하지만 내가 이 교회를 알게 된 뒤로는 본당이라고 불리는 구역에서 예배를 드리는 사람을 본 적이 없었다. 오래된 무덤 몇 개와 앤 여왕의 문장 뒤편에 있는 이 서쪽 구역은 텅 비어 있었다. 돌바닥은 축축하고 이끼가 끼어 있고, 하얀 벽에는 비가 들이친 곳마다 곰팡이가 피어 군데군데 파랗게 남아 있었다. 그래서 교회

문플릿의 보물

에 온 몇 안 되는 사람들은 칸막이 건너편 자리에 앉으려 했다. 그쪽에는 적어도 바닥에 마루가 깔려 있고, 참나무 널판이 외풍을 막아주었기 때문이다.

그 일요일 아침에 예배에 참석한 사람은 서너 명에 불과했다. 글레니 신부님과 랫시, 그리고 물에 빠져 죽은 뒤쥐와 두더지 시체들이 널려 있는 질척질척한 풀밭을 지나서 온 나 같은 소년 대여섯 명을 빼면 말이다. 우리 이모조차 편두통 때문에 교회에 가지 않았지만, 놀라운 일이 교회에 간 사람들을 기다리고 있었다. 신도석에 엘저비어 블록이 혼자 앉아 있었던 것이다. 교회에 들어간 사람들은 놀라서 그를 뚫어지게 바라보았다. 그때까지 아무도 그가 교회에 다니는 것을 몰랐기 때문이다. 마을에서 어떤 사람들은 그가 가톨릭교도라고 말했고, 무신론자나 이교도라고 말하는 사람도 있었다. 어쨌든 그날은 그가 교회에 와 있었는데, 아마 데이비드의 묘비명을 써준 신부님한테 감사를 표하고 싶었을 것이다. 그는 아무도 알은체하지 않았을뿐더러, 문플릿 교회에서 으레 하듯이 들어오는 사람들과 인사를 나누지도 않았으며, 손에 들고 있는 기도서에만 눈길을 박고 있었다. 책장을 넘기지 않는 걸 보면 신부님의 말씀을 듣고 있는 것 같지도 않았지만 말이다.

교회는 바닥에서 올라오는 습기로 너무 눅눅했기 때문에, 랫시는 교회 뒤편에 있는 화로에 불을 피웠다. 사실 그 화로는 겨울이 시작될 때까지는 불을 피우지 않는 게 보통이었다. 돌바닥에서 축축한 냉기가 올라왔기 때문에 우리 소년들은 최대한 화로 가까이에 앉았다. 게다가 우리는 신부님과 멀리 떨어져 있었고 참나무 의자가 우리를 가려주었기 때문에, 들킬 염려 없이 화로에 감자나 밤을 구워 먹을 수도 있었다. 하지만 그날 아침에는 다른 일이 우리 마음을 사로잡고 있었다. 예배가 시작되기 전부터 교회 밑에서 이상한 소리가 나는 것을 알아차렸기 때문이다. 그 소리가 처음 들린 것은 글레니 신부님이 "사랑하는 교우 여러분"을 막 끝냈을 때였다. 그리고 두번째 봉독으로 들어가기 전에 또 그 소리가 들렸다. 큰 소리는 아니었지만, 바다에서 배가 서로 부딪히는 소리와 비슷했다. 다만 그보다 더 낮고 속 빈 소리로 들릴 뿐이었다.

우리 소년들은 서로 얼굴을 바라보았다. 교회 밑에 뭐가 있는지 알고 있었고, 그 소리가 날 수 있는 곳은 무훈가의 납골당밖에 없었기 때문이다. 문플릿 마을에서 지금까지 그 납골당 안에 가본 사람은 아무도 없었다. 하지만 랫시는 자기보다 먼저 교회지기였던 아버지한테 그 납골당이 성단소* 밑에 있으며 그곳엔 스무 명이 넘는 무훈가 사람들이 잠들어 있다는 말을 들었다. 납골당은 웨이머스 요트 레이스에 참가하여 술을 마시다 혈관이 터져 죽은 제럴드 무훈이 묻힌 이후 40년이 넘도록 한 번도 열린 적이 없었다. 하지만 오래전 어느 일요일 오후에 납골당에서 등골이 오싹한 외침 소리가 들려왔고, 신부님과 신자들은 벌떡 일어나 교회 밖으로 도망쳐 나왔으며,

---

* 교회 예배 때 성직자와 성가대가 앉는 제단 옆자리.

그 후 몇 주 동안 예배를 올리려 하지 않았다고 한다.

이런 이야기가 생각나서 우리는 그 소리에 겁을 먹고, 교회에서 달아나야 할지 말지 망설이며 화로에 더 가까이 다가앉아 몸을 움츠렸다. 무훈가의 납골당에서 무언가가 움직이고 있는 게 분명했기 때문이다. 그 납골당에 들어가려면 성단소 돌바닥에 있는 돌문을 거기에 달린 고리로 들어 올려야 했고, 다른 입구는 전혀 없었다. 그리고 이 돌문은 40년 동안 한 번도 들린 적이 없었다.

하지만 우리는 달아나고 싶은 마음을 억누른 채 꼼짝도 하지 않았다. 그래도 살짝 일어나 의자 너머로 바라보니 우리 말고는 모두가 불안하여 안절부절못하는 기색이었다. 터커 할머니는 그 소리를 듣고 깜짝 놀라는 바람에 코에 걸쳤던 안경이 두 번이나 무릎에 떨어졌고, 랫시는 그 무서운 소리를 덮어버리려는 듯 발을 구르거나 기도서를 탁탁 내리쳤다. 그러나 내가 가장 놀랐던 것은, 신이건 악마건 상관하지 않는다고 알려진 엘저비어 블록마저 그 소리가 날 때마다 랫시를 곁눈질로 바라보며 불안한 표정을 지었다는 점이다.

우리는 글레니 신부님의 설교가 한참 진행될 때까지 그렇게 앉아 있었다. 나는 아직 어렸지만 신부님의 설교에 흥미를 느꼈다. 신부님은 인생을 'Y'라는 글자에 비유하면서 이렇게 말했다.

"살다 보면 누구나 Y자의 두 팔처럼 길이 두 갈래로 갈라지는 길목에 다다르게 마련이지요. 그러면 넓고 비탈진 왼쪽 길을 따라갈 것인지, 아니면 좁고 가파른 오른쪽 길을 따라갈 것인지 스스로 선택해야 합니다. 책을 보면, Y라는 글자는 무훈가의 문장과는 달리 두 팔이 똑같지 않다는 것을 여러분도 알게 될 테니까요. 왼팔이 오른팔보다 더 넓고 더 기울어져 있습니다. 그래서 고대 현인들은 왼팔이 파멸로 가는 편안한 내리막길을 상징하고 오른팔은 생명의 좁은 오르막길을 상징한다고 주장합니다."

신부님의 이야기를 듣고 우리는 모두 기도서에서 대문자 'Y'를 찾기 시작했다. 터커 할머니는 A와 B도 구별하지 못했지만, 사람들한테 글을 읽을 줄 아는 체하고 싶어서 기도서를 뒤적이며 법석을 떨었다. 그런데 바로 그 순간, 발밑에서 전보다 더 큰 소리가 들려왔다. 고통에 시달리는 노인의 비명처럼 귀에 거슬리는 소리였다. 그러자 터커 할머니가 벌떡 일어나면서 신부님한테 큰 소리로 외쳤다.

"아이고, 신부님! 무훈가 사람들이 무덤에서 깨어나고 있는데 이런 설교나 하고 있을 건가요?"

그러고는 교회 밖으로 달려 나갔다.

이 말을 듣고는 다른 사람들도 더 이상 견디지 못하고 모두 달아났다. 바이닝 부인이 외쳤다.

"하느님 맙소사. 우리도 모두 크래키 존스처럼 목이 졸려 죽을 거야."

그래서 1분도 지나기 전에 교회에는 글레니 신부님과 나와 랫시와 엘저비어 블록 말고는 아무도 남지 않게 되었다. 나는 달아나지 않았다. 첫째, 남들 앞에서 겁먹은 모습을 보이고 싶지 않았기 때문이다. 둘째, '검은수염'이 나타난다 해도 아이보다는 어른을 덮칠 거라고 생각했기 때문이다. 셋째, 싸움이벌어진다 해도 엘저비어가 무훈가 사람들을 때려눕힐 만큼 힘이 세다고 생각했기 때문이다. 글레니 신부님은 아무 소리도듣지 못하고 사람들이 교회를 떠나는 것도 보지 못한 듯이 설교를 계속했다. 신부님이 설교를 마치자 엘저비어는 밖으로나갔지만, 나는 납골당에서 나는 소리에 대해 신부님이 랫시한테 무슨 말을 하는지 보려고 걸음을 멈추었다. 랫시는 신부님이 전례복 벗는 것을 도와준 다음, 내가 옆에서 귀를 기울이고 있는 것을 보고 말했다.

"주님께서 우리들 속에 사악한 천사들을 보내셨어. 신부님, 죽은 자들이 우리 발밑에서 움직이는 소리를 듣는 것은 끔찍한 일입니다."

"쯧쯧" 하고 신부님이 대답했다. "속인들이 그런 소리에 겁을 먹는 건 마음속에 두려움이 있기 때문일세. 죄 많은 영혼들이 이따금 편히 잠들지 못하고 헤매다가 모습을 보이는지는알 수 없지만, 이 소음은 해변에 밀려오는 파도 소리처럼 자연의 작용인 게 분명해. 홍수 때문에 납골당이 물로 가득 차서, 관들이 지금 둥둥 떠다니며 서로 부딪히고 있을 거야. 관은 속이 비어 있으니까 자네가 들은 그런 소리를 내겠지. 이것들이야말로 자네가 말한 사악한 천사들이라네. 죽은 자들이 우리발밑에서 움직이는 건 맞지만, 물살에 실려 이리저리 움직이는 거니까 그들도 어쩔 수 없는 일이지. 하지만 랫시, 그렇지 않아도 힘든 상황인데 괜히 유령 이야기를 꺼내서 아이들 겁주는 어리석은 짓은 하지 말게.”

신부님의 말에는 진실의 울림이 담겨 있었고, 나는 신부님이 옳다는 것을 믿어 의심치 않았다. 이 수수께끼는 그렇게 설명되었지만, 어쨌든 그것은 무서운 일이었고, 관 속에 누운 무훈가 사람들이 어둠 속을 떠다니며 서로 부딪히는 광경을 상상하자 몸이 덜덜 떨렸다. 나는 여러 세대의 남녀노소가 이제 해골만 남은 상태로 다 썩은 나무 상자에 갇힌 채 물에 둥둥 떠 있는 광경을 상상했다. 그리고 가장 크고 좋은 관에 담긴 ‘검은수염’이 다른 사람들의 작은 관에 부딪히는 광경도 그려보았다. 그것은 마치 거친 바다에서 큰 배가 물골로 내려와 자기한테 뱃전을 대려고 애쓰는 작은 보트와 부딪히는 것 같았다. 상상할 것은 또 있었다. 납골당 자체의 어둠, 밀폐된 공간의 숨 막힐 듯한 공기, 천장까지 차오른 더럽고 악취 나는 물, 그 물 위에서 이리저리 떠다니는 가련한 배들.

랫시는 신부님의 말에 좀 풀이 죽은 듯했지만, 시치미를 뚝 떼고 대답했다.

“신부님, 저는 배움이 모자란 놈이라서 신부님이 말씀하시는 홍수나 소용돌이나 자연의 작용 같은 건 전혀 모르지만, 우리에게 내린 경고를 무시하는 것도 분별없는 짓이라고 생각합니다. 옛날부터 ‘무훈가 사람들이 움직이면 문플릿은 눈물을 흘리게 된다’고들 하죠. 무훈가 사람들이 마지막으로 움직인

문플릿의 보물

게 앤 여왕 2년에 큰 폭풍이 닥쳐와 집을 날려 보냈을 때라고 우리 아버지가 말씀하시는 걸 들은 적이 있습니다. 그리고 아이들 겁주는 것에 대해 말씀드릴 것 같으면, 무모한 아이들은 두려워하는 법을 배우고, 자기와 상관없는 일에 꼬치꼬치 파고들면 안 된다는 것, 그런 짓을 하면 불행을 겪게 된다는 걸 배우는 게 좋습니다."

그는 마지막 말을 덧붙일 때 나에게 고개를 끄덕여 보였다. 당시에는 그의 말뜻을 이해하지 못했지만, 나에게 경고하는 몸짓이 분명했다. 랫시는 그렇게 발끈하더니, 밖에서 기다리고 있던 엘저비어와 함께 떠났고, 나는 신부님의 전례복을 들고 마을에 있는 숙소까지 함께 갔다.

글레니 신부님은 항상 친절했고 나를 아껴주었으며, 내가 신부님의 친구라도 되는 듯이 살갑게 말을 걸어주었다. 마을에 자기만큼 박식한 사람이 없기 때문에, 무지한 어른과 대화하느니 차라리 무지한 아이와 대화하는 게 낫다고 생각해서 그랬을 것이다. 우리가 묘지로 들어가는 십자형 회전문을 지난 뒤 질척거리는 풀밭을 가로지를 때, 나는 '검은수염'과 그의 사라진 보물에 대해 아는 게 있느냐고 또다시 신부님에게 물어보았다.

"얘야" 하고 신부님은 대답했다. "내가 아는 건 그 존 무훈 대령('검은수염'이라는 별명으로 불리는 사람 말이다)이 지나친 욕심으로 집안 재산을 탕진했고, 그래서 구빈원을 황폐해지게 내버려 두고 가난한 사람들을 돌보지 않았다는 것뿐이다. 소문이 그를 중상모략하는 게 아니라면, 그는 악당이었고 게다가 크고 작은 범죄를 수없이 저질렀을 뿐만 아니라, 충직한 하인의 피를 제 손에 묻힌 적도 있단다. 주인의 범죄 비밀을 우연히 알게 되었다는 이유로 죽여버린 거야. 그러다가 죽을 때가 되자 두려움과 회한에 차서(악당들도 마지막 순간에는 언제나 그런 법이지), 개신교인데도 고해성사를 하려고 사람을 보내 도체스터의 킨더즐리 신부님을 불렀고, 찰스 왕한테 부정한 수단으로 빼앗은 보물(그가 남길 수 있는 재산은 그것뿐이었어)을 남겨 구빈원을 수리하고 지원하는 데 쓰도록 하고 싶어 했지.

대령은 이런 취지로 유언장을 만들었단다. 나도 본 적이 있는데, 그 보물이 다이아몬드라는 것 말고는 아무런 설명이 없었고, 그 보물을 어디서 찾을 수 있는지도 밝히지 않았어. 그는 자기가 직접 보물을 찾아낸 뒤, 그걸 팔아서 그 수익금을 좋은 목적에 사용할 작정이었던 것 같아. 하지만 미처 실행하기도 전에 죽음이 갑자기 찾아와 그에게 책임을 물었지. 그래서 사람들은 그가 때늦은 보상조차 제대로 못 했기 때문에 무덤 속에서 편히 쉬지 못한다고, 보물이 발견되어 가난한 사람들을 위해 쓰이기 전까지는 절대로 편히 쉬지 못할 거라고 말하는 것이란다.”

나는 신부님이 한 말을 곰곰 생각하다가, ‘검은수염’이 다이아몬드를 어디에 숨겼을지 궁금해졌고, 언젠가 내가 그 보석을 찾아내어 부자가 될 수 있을지 모른다는 생각도 하게 되었다. 그런데 교회 밑에서 들려온 그 소음과 글레니 신부님의 설명을 생각하면 할수록 나는 점점 더 머리가 복잡해졌다. 앞에서도 말했듯이 그 소음은 속이 빈 무언가가 낮고 굵게 울리는 듯한 느낌을 주었기 때문이다. 썩은 관들이 그런 소리를 낼 수는 없었다. 나는 랫시가 무덤을 파다가 관 조각을 발견하는 걸 여러 번 보았다. 때로는 녹슨 명판이 나오기도 했는데, 관이 땅속에 묻힌 지 오래되지 않았는데도 목재가 완전히 삭아버린 것을 볼 수 있었다. 언젠가 미망인을 합장하기 위해 가이 영감님의 벽돌무덤 덮개를 열었을 때 랫시가 무덤 속을 들여다보게 해주었는데, 영감님의 관은 금이 가고 뒤틀려 있어서 주먹으로 툭 치기만 해도 산산조각이 날 것 같았다. 그러나 대대로 교회 지하의 납골당에 묻힌 무훈가 사람들의 관은 부싯깃처럼 삭았을 게 분명하지만, 아직도 탄탄하고 공기가 들어오지 않게 밀폐된 것처럼 북 같은 소리를 내며 서로 부딪히고 있었다. 그래도 역시 신부님 말이 옳았을 것이다. 관이 아니라면 도대체 무엇이 그런 소리를 낸단 말인가?

그래서 나는 교회에서 그 소리를 들은 다음 날인 월요일에 오전 수업이 끝나자마자 거리를 달려 내려가 풀밭을 가로질러 교회로 갔다. 무훈가 사람들이 아직도 움직이고 있다면 교회 건물 밖에서 그 소리를 들을 작정이었다. 내가 '교회 건물 밖에서'라고 말한 것은, 자신과 상관없는 일에 꼬치꼬치 파고드는 아이들에 대해 그런 말을 한 랫시가 나한테 열쇠를 주어 교회 건물 안으로 들어가게 해줄 리 없다는 것을 알았기 때문이다. 게다가 설령 나한테 열쇠가 있다 해도 과연 나 혼자 감히 안으로 들어갈 마음이 났을지도 의심스럽다.

교회에 도착했을 때는 적잖이 숨이 찼다. 나는 우선 마을과 가장 가까운 북쪽에서 귀를 기울였다. 처음엔 벽에 귀를 대고 있다가, 길게 자란 풀이 축축하게 젖어 있었지만 안에서 나오는 소리를 좀더 잘 포착할 수 있도록 풀밭에 엎드렸다. 하지만 아무 소리도 들리지 않았다. 그래서 나는 무훈가 사람들이 다시 휴식을 취하고 있는 모양이라고 생각했지만, 교회 모퉁이를 돌아서 바다 쪽인 남쪽에서도 귀를 기울여보기로 마음먹었다. 그들이 숭배하는 대상은 그쪽으로 떠내려가 그곳에서 서로 어깨를 맞대고 있을지도 모르기 때문이다. 그래서 나는 교회를 빙 돌아서 갔고, 추운 응달에서 남쪽의 양지바른 곳으로 나온 게 기뻤다. 하지만 나는 여기서 놀라운 것을 보았다. 벽에서 불쑥 튀어나와 있는 거대한 부벽을 돌아가자 두 남자의 모습이 눈에 들어온 것이다. 다름 아닌 랫시와 엘저비어 블록이었다. 무심코 앞으로 나가서 보니, 어찌 된 까닭인지 랫시는 땅바닥에 엎드린 채 벽에 귀를 대고 있었고, 엘저비어는 망원경을 들고 부벽 안쪽에 등을 기대고 앉아서 파이프를 피우며 바다를 바라보고 있었다.

그런데 나는 랫시나 엘저비어와 마찬가지로 묘지에 드나들 권리가 있었지만, 나쁜 짓을 하다가 들키기라도 한 것처럼 갑자기 부끄러운 생각이 들어 얼굴이 화끈거렸다. 처음엔 꽁무니를 빼고 달아나려 했지만, 이미 그들에게 들켜버렸기 때문

문플릿의 보물

에 당당하게 굴기로 마음먹고 "안녕하세요?" 하고 인사를 했다. 그러자 랫시는 고양이처럼 잽싸게 벌떡 일어났다. 그가 어른이 아니었다면, 그 역시 얼굴을 붉히고 있다고 생각했을 것이다. 땅바닥에 엎드려 있어서일 수도 있겠지만, 그의 얼굴이 새빨갰기 때문이다. 하지만 나는 그의 안색을 보고 그가 적잖이 당황해하고 있음을 알 수 있었다. 어쨌든 그는 겨울 아침에 묘지에 엎드려 벽에 귀를 대고 있는 것이 자기한테는 흔한 일이라도 되는 것처럼 침착한 말투로 말했다.

"안녕, 존. 그런데 이렇게 화창한 날 교회에 와서 뭘 하고 있는 거냐?"

나는 무훈가 사람들이 아직도 움직이고 있는지 들어보러 왔다고 대답했다.

"그건 나도 모르겠다. 그런 쓸데없는 일에 시간을 낭비하고 싶지도 않아. 홍수 때문에 이 벽을 보강할 필요가 생기지는 않았는지 조사해야 돼. 그러니까 아침에 어정거리며 놀러 다닐 시간이 있거든 내 작업장으로 가서 미장이용 망치나 좀 갖다 다오. 그게 있어야 이 회반죽이 괜찮은지 두드려볼 수 있으니까."

벽은 바위처럼 단단했기 때문에 벽을 보강한다는 말은 핑계일 뿐이라는 걸 알았지만, 나는 그의 말을 순순히 받아들이고 나를 반기지 않는 그곳에서 재빨리 물러났다. 사실 나는 랫시가 나를 갖고 놀았다는 것을 곧 알게 되었다. 내가 망치를 갖고 돌아올 때까지 기다리지도 않았던 것이다. 나는 교회로 돌아오는 길에 첫번째 풀밭에서 그들과 마주쳤는데, 랫시는 또 변명하기를, 회반죽을 이음매에 조금 바르기만 하면 된다는 것을 알았기 때문에 이젠 망치가 필요 없다고 말했다.

"하지만 존, 그렇게 시간이 남아돌거든 내일 와서 '페트렐'호에 가로장을 새로 다는 걸 도와다오. 그 배의 가로장이 다 망가졌거든."

그래서 우리 세 사람은 함께 마을로 돌아왔지만, 랫시가 이런 핑계를 대고 있는 동안 엘저비어를 힐끔 쳐다보니 그 더부룩한 눈썹 밑에서 눈이 반짝반짝 빛나고 있는 게 보였다. 그는 랫시가 당황해서 쩔쩔매는 걸 재미있어 하는 것 같았다.

다음 일요일에 우리가 교회에 가보니 사방이 여느 때처럼 조용했다. 엘저비어도 없었고 소음도 들리지 않았다. 그 후 다시는 무훈가 사람들이 움직이는 소리를 듣지 못했다.

제3장

비밀을 알게 되다

어떤 대담한 모험가들은
자신들의 작은 영역의 한계를 경멸하고
미지의 영역을 과감하게 찾아낸다.
그래도 그들은 달리면서 뒤를 돌아본다.
모든 바람 속에서 목소리를 듣는다.
그리고 두려움이 섞인 기쁨을 낚아챈다.

토머스 그레이*

앞에서 말했듯이, 낮에 수업이 끝난 뒤에는 교회 묘지에 가
곤 했다. 지대가 좀 높은 곳이어서 바다가 가장 잘 바라보였기
때문이다. 맑은 날에는 프랑스 해적선들이 콧등곶 아래의 벼
랑을 따라 천천히 나아가면서, 동인도회사의 무역선이나 영국
해협을 오가는 무역선이 다가오기를 가만히 기다리는 것을 볼
수 있었다. 문플릿 마을에는 내 또래의 아이가 거의 없는 데
다, 친구로 사귀고 싶은 아이마저 하나도 없었다. 그래서 나는

---

* 영국의 시인(1716~1771).

혼자 생각에 잠기는 버릇이 있었고, 대개는 탁 트인 야외에서 생각에 잠기곤 했다. 이모는 흙투성이 장화를 신은 채 빈둥거리는 아이가 집 안에 있는 꼴을 좋아하지 않았기 때문이다.

사실 나는 엘저비어와 랫시를 놀라게 한 날 이후로 몇 주 동안은 교회에 가까이 가지 않았다. 그들을 다시 만나게 될까 봐 두려웠기 때문이다. 하지만 얼마 후에는 다시 교회를 찾아가기 시작했고, 더 이상 그들을 보지도 못했다. 묘지에서 가장 좋아하는 자리는 교회 남동쪽에 세워진 높은 묘석의 평평한 윗부분이었다. 언젠가 글레니 신부님이 제단형 묘표라고 부르는 것을 들은 적이 있는데, 처음 만들어졌을 때에는 테두리에 꽃무늬 장식이 새겨진 아름다운 기념비였을 테지만, 이제는 비바람에 너무 시달린 탓에 새겨진 글자도 읽을 수 없었고, 그 아래에 묻혀 있는 사람이 누군지도 알 수 없게 되었다.

내가 이곳을 좋아한 까닭은 윗부분이 평평해서 앉아 있기 편했고, 게다가 울창한 주목나무 숲이 바람을 막아주었기 때문이다. 이 나무들은 한때 묘석을 완전히 둘러싸고 있었을 것이다. 하지만 남쪽의 나무들이 죽거나 베인 덕에, 묘석 위에 앉으면 아늑한 곳에서 바다가 한눈에 보이는 멋진 전망을 즐길 수 있었다. 나머지 삼면에는 주목나무들이 울창하게 자라서, 묘석을 난롯가 의자의 높은 등받이처럼 둘러싸고 있었다. 가을이면 나무에서 떨어진 열매가 묘석을 진홍빛으로 뒤덮은 광경도 여러 번 보았고, 열매를 주워서 집으로 가져가 이모에게 드렸는데, 이모는 일요일 저녁을 먹은 뒤 자두술 한 잔과 함께 주목 열매를 맛보는 걸 좋아했다.

나 말고 다른 사람들도 이 묘석이 앉기 편하고 전망 좋은 자리라는 것을 알았던 모양이다. 남쪽으로 사람들의 발길에 다져진 오솔길이 묘석까지 뻗어 있었기 때문이다. 하지만 그 묘석을 찾아갔을 때 다른 사람을 본 적은 한 번도 없었다.

그래서 1758년 2월 초의 어느 날 오후에도 나는 이 묘석 위에 걸터앉아 바다를 바라보고 있었다. 해가 바뀐 지 얼마 되지 않았는데도 바람은 5월의 봄날처럼 부드럽고 따뜻했다. 바람이 너무 잔잔해서 조지 영감님이 500미터나 떨어진 언덕 비탈에서 손수레에 순무를 던져 넣는 소리를 들을 수 있을 정도였다. 앞에서 이야기한 홍수가 일어난 뒤로 날씨는 줄곧 따뜻했지만, 바람이 강하게 불고 비는 거의 내리지 않았다. 그래서 홍수가 물러간 뒤 땅이 마르자 문플릿 마을의 기반인 끈적하고 질퍽한 땅이 쩍쩍 갈라지기 시작했다. 한여름에나 볼 수 있는 광경이었다. 마을과 교회 사이의 바닷가 풀밭을 가로지르는 오솔길 옆에도 균열이 생겼고, 묘지 자체에도 군데군데 땅이 갈라져서 균열이 생겼는데, 그중 하나는 바로 이 묘석까지 뻗어 있었다.

오후 4시가 좀 지나서였다. 차를 마시러 이모 집으로 돌아가려는 참인데, 내가 앉아 있던 묘석 밑에서 우르르하며 무언가가 무너지는 듯한 소리가 들렸다. 내가 묘석에서 뛰어내려 살펴보니 땅의 균열이 묘석 앞에서 더 넓게 벌어졌고, 바싹 마른 땅이 오그라들고 가라앉아 지름이 30센티미터쯤 되는 커다란 구멍이 뚫려 있었다. 그런데 이 구멍은 묘석의 한쪽 측면을 이루는 커다란 돌의 밑동까지 뻗어 있었다. 두 손과 무릎을 땅바닥에 대고 엎드려서 구멍을 들여다보니 묘석 밑에 더 큰 구덩이가 입을 벌리고 있고, 지면에 생긴 구멍이 그 구덩이로 이어져 있음을 알 수 있었다.

지면에 난 구멍을 발견하거나 언덕에서 동굴이나 땅굴을 만난 아이라면 그 안으로 들어가서 그 구멍이나 동굴이나 땅굴이 어디로 통해 있는지 알아내고 싶은 욕망에 사로잡히는 게 당연한 노릇일 것이다. 나도 마찬가지였다. 흙이 구멍 속으로 충분히 떨어져 묘석 밑에 길이 뚫린 것을 보고 나는 우선 발부터 구멍 속에 집어넣고 미끄러져 내려갔다. 위에서 떨어진 흙더미 위로 내려가자, 묘석 바로 밑에 똑바로 설 수 있다는 것을 알았다.

예상했던 대로였다. 나는 이 묘석 밑에 납골당이 있을 거라고 생각했고, 납골당 지붕이 무너지는 바람에 그 위에 있던 흙이 납골당 안으로 쏠려 내렸을 거라고 짐작했다. 하지만 눈이 희미한 빛에 익숙해지자마자 전혀 그런 게 아니라는 것을 깨달았다. 내가 들어간 구멍은 지하 통로의 입구일 뿐이었고, 그 통로는 교회 쪽으로 완만한 내리막을 이루며 뻗어 있었다.

내 심장은 기대감과 놀라움으로 두근거리기 시작했다. 나는 놀라운 발견을 했다고 생각했고, 이 비밀 통로는 뭔가 굉장한 것과 이어져 있을지 모른다, 어쩌면 '검은수염'의 보물 창고로 통하는 길일지도 모른다는 생각이 들었기 때문이다. 글레니

문플릿의 보물

신부님의 이야기를 들은 뒤에 나는 다이아몬드의 환상이 끊임없이 눈앞에 어른거리는 것을 보았고, 그 보석이 나에게 가져다줄 막대한 부를 상상해보곤 했다. 통로의 너비는 두 걸음 정도였고, 높이는 키가 큰 사람도 허리를 굽히지 않고 걸을 수 있을 만큼 높았다. 흙을 파내어 만든 통로는 벽돌로 안을 대지 않고 흙벽이 그대로 드러나 있었다. 그리고 내가 가장 놀란 것은 그곳이 조금도 황폐해 보이지 않았다는 점이다. 그런 곳이라면 누구나 곰팡내가 나고 거미줄이 쳐져 있을 거라고 예상하겠지만, 전혀 그렇지 않고 오히려 자주 사용된 통로 같았다. 부드러운 진흙 바닥에 수많은 장화 자국이 찍혀 있었고, 무언가 무거운 물건을 끌고 가기라도 한 것처럼 질질 끌린 자국이 남아 있었기 때문이다.

그래서 나는 통로를 내려가기 시작했다. 어둠 속에서 무언가에 부딪히지 않도록 손을 앞으로 뻗고, 바닥의 함정을 피하기 위해 두 발을 천천히 옮기며 나아갔다. 하지만 대여섯 발짝도 가기 전에 어둠이 너무 짙어져서 겁이 났다. 그래서 앞으로 계속 나아가기는커녕 재빨리 돌아섰다. 묘석 아래의 구멍을 통해 들어오는 희미한 햇빛을 보니 반가웠다. 그때 나는 어둠의 공포에 사로잡힌 나머지, 내가 무슨 짓을 하고 있는지도 알아차리기 전에 묘석 밑에서 풀밭으로 꿈틀거리며 기어 나왔다. 그러고는 어둑해지는 저녁 햇살 속에서 부드럽고 감미로운 공기를 들이마셨다.

차 마실 시간*이 지났기 때문에 나는 서둘러 이모 집으로 달려갔다. 게다가 그 비밀 통로를 탐험하려면 촛불이 필요하다는 것을 알았다. 아무리 겁에 질려 있다 해도 그 통로를 살펴봐야겠다고 단단히 마음을 먹었다. 내가 부엌으로 들어가자이모는 내가 늦은 데다 들뜬 상태였기 때문에 한심하다는 투로 눈길만 주었을 뿐이다. 이모는 내가 못마땅할 때도 말을 많이 한 적이 없지만, 나한테 역정이 나면 아예 입을 다물어버렸다. 화를 내거나 꾸짖는 것보다 그게 훨씬 더 나빴다. 내가 무슨 질문을 해도 이모는 '그래' 또는 '아니야'라고만 대답할 뿐이었고, 그 대답마저도 한참 뜸을 들인 뒤에야 나오곤 했다. 그래서 식사 시간은 아주 조용했다. 이모는 내가 도착하기 전에 이미 식사를 끝냈고, 나는 아까 발견한 것에 정신이 팔려있어서 식사를 조금밖에 하지 않았다. 게다가 차는 미지근했고 입맛도 별로 없었다.

이모한테는 내가 본 것에 대해 입도 벙긋하지 않았다. 또 나는 이모가 나에게 등을 돌리자마자 양초와 부싯돌을 챙겨 들고 묘지로 돌아가기로 마음먹었다. 해가 진 뒤에 이모는 우리가 받은 것에 대해 감사 기도를 드린 다음, 나에게 엄격한 목소리로 천천히 말했다.

"존, 네가 종종 밤중에 밖을 돌아다니는 걸 알고 있다. 때로는 일고여덟 시까지 돌아다닐 때도 있더구나. 아직 어린 녀석이 어두워진 뒤에 쏘다니는 건 보기에도 안 좋아. 나는 내 조

---

* 영국인들은 오후 4~5시에 홍차와 함께 간식을 먹는다.

문플릿의 보물

카가 밖에 나가 빈둥거린다는 말을 듣는 걸 바라지 않는다. '세 살 적 버릇이 여든까지 간다'는 말도 있다만, 네 아버지도 꼭 그렇게 빈들빈들 돌아다니며 방종한 생활을 했단다. 그 덕에 불쌍한 우리 언니만 죽도록 고생했지. 자비로운 주님께서 네 아버지를 데려가실 때까지 말이다."

제인 이모는 내가 기억도 못 하는 아버지에 대해 자주 그런 식으로 말했다. 하지만 나는 아버지가 비록 빈들빈들 돌아다니기 좋아하고 불법을 저지른 밀수꾼이었다 해도 정직하고 좋은 사람이었다고 믿는다.

"그러니까 잘 들으렴" 하고 이모가 말을 이었다. "오늘 밤에 또 밖에 나가면, 널 가만두지 않겠다. 오늘 밤만이 아니라 앞으로도 마찬가지야. 어두워진 뒤에는 외출 금지야. 밤이 되면 아이가 있을 곳은 침대지만, 그게 너무 이르다 싶거든 나랑 함께 한 시간 동안 거실에 있어도 된다. 그러면 내가 셜록 박사님의 설교집을 읽어주마. 그분의 말씀을 들으면 쓸데없는 잡념이 싹 가시고 너도 좋은 기분으로 편히 잘 수 있을 거야."

이모는 나를 거실로 데려간 후 책꽂이에서 책을 꺼냈다. 갓을 씌운 양초가 던지는 불빛이 탁자 위에 작은 동그라미를 이루고 있었다. 이모는 그 동그란 불빛 속에 책을 놓고 소리 내어 읽기 시작했다. 나는 전에도 그런 고난을 견딘 적이 있었지만, 정말 지루하기 짝이 없었다. 등받이가 딱딱한 의자에 앉아 있어도, 이모의 단조로운 목소리는 나를 잠 속으로 끌어들이곤 했다. 내가 아까 발견한 것에 대한 생각으로 머릿속이 들끓지 않았다면 이번에도 다른 때와 마찬가지로 잠들어버렸을 것이다. 그래서 이모가 주님의 영성과 은총에 대해 읽는 동안 나는 줄곧 다이아몬드와 온갖 재물을 생각했다. '검은수염'의 보물이 그 비밀 통로의 끝에서 발견되리라는 것을 결코 의심하지 않았기 때문이다.

마침내 설교가 끝나자 이모는 나에게 단호한 목소리로 "잘 자거라" 하고 말하면서 책을 덮었다. 나는 이모에게 형식적으로나마 굿나잇 키스를 하려고 했지만 이모는 나를 못 본 체 고개를 돌렸다. 그래서 우리는 위층으로 올라가 각자 방으로 들어갔고, 그 후 다시는 제인 이모에게 키스를 하지 않았다.

하늘에는 보름달에 가까운 달이 떠 있었다. 그리고 달 밝은 밤에는 침대까지 초를 가져갈 수 없었다. 하지만 그날 밤에는 초가 필요 없었다. 이모가 잠들면 곧바로, 유령이 나오든 말든 묘지로 가기로 마음먹고, 나는 옷도 벗지 않은 채 이모가 잠들기를 기다렸다. 아침까지 기다릴 여유가 없었던 것이다. 누군가 그곳을 지나가다가 우연히 그 구멍을 발견하고 '검은수염'의 보물을 가로채지나 않을까 걱정되었기 때문이다.

그래서 나는 눈을 크게 뜬 채 침대에 누워 회반죽을 바른 벽에 비친 침대 기둥의 그림자를 바라보며, 그 그림자가 얼마나 움직였는지를 눈여겨보고 있었다. 달이 이동하면 그에 따라 그림자도 조금씩 이동했다. 마침내 그림자가 벽난로 위에 걸린「선한 목자」그림에 닿았을 때 이모가 방에서 코 고는 소리가 들렸다. 나는 이제 마음대로 해도 된다는 것을 알았지만 이

문플릿의 보물

모가 깊이 잠들도록 몇 분 더 기다린 다음, 장화를 벗고 양말만 신은 채 이모 방 앞을 살금살금 지나서 계단을 내려갔다.

그날 밤에는 계단과 난간과 층계참이 얼마나 유난스럽게 삐걱거렸는지 모른다! 그리고 내 발과 몸뚱이는 무언가에 부딪혀서 얼마나 시끄러운 소리를 냈던지! 하지만 안전을 알리는 곡조는 여전히 울려 퍼지고 있었다. 이모의 코 고는 소리는 그치지 않았기 때문이다. 그때 이모가 깨어났다면 내 인생이 완전히 달라졌을지 모르지만, 이모는 깨지 않았다. 그래서 나는 무사히 부엌으로 가서 제일 좋은 양초 한 자루와 부싯깃통을 주머니에 집어넣었다. 그리고 살금살금 그곳에서 나오는데 낡은 시계가 째깍거리는 소리가 갑자기 크게 들렸다. 고개를 들어 시계를 보니 반짝이는 놋쇠 바늘이 10시 반을 가리키고 있었다.

밖으로 나오자 거리는 묘지처럼 조용했지만, 나는 되도록 건물에 바싹 붙어서 그늘진 곳을 걸었다. 달이 밝을 때는 적막이 자연 위에 내리덮이는 것 같다. 마치 자연의 여신이 스스로의 아름다움에 도취해 몰두해 있는 듯이 느껴진다. 문플릿 주민들은 모두 깊이 잠들어 있었다. 어느 창문에도 불빛이 보이지 않았다. '괜찮군!' 맞은편에 이르렀을 때에야 나는 커튼 뒤에 보이는 붉은 불빛을 보고 아랫방에 불이 켜져 있는 것을 알아차렸다. 그러니까 엘저비어는 아직 잠자리에 들지 않은 모양이었다.

이상한 일이었다. 긴 겨울밤에는 '괜찮군!'이 대체로 일찍

문을 닫았기 때문이다. 나는 무슨 일이 벌어지고 있는지 보려고 조심스럽게 길을 건너 다가갔다. 하지만 유리창에 김이 자욱하게 서려 있어서 안이 보이지 않았다. 주막 안에 꽤 많은 사람이 있다는 걸 뜻하기 때문에 나는 더욱 놀랐다. 게다가 창밖에 서서 귀를 기울여보니 안에서 낡고 굵은 목소리가 들렸다. 그것은 술에 취해 떠들어대는 목소리가 아니라 말짱하게 깨어 있는 사람들이 낮은 목소리로 진지하게 대화를 나누는 소리였다.

나는 묘지에 빨리 가고 싶었기 때문에 오래 기다릴 수 없었다. 마지막 집이 저만치 멀어지자마자 불안에 사로잡히지 않은 것은 아니지만, 나는 풀밭을 가로질러 교회 쪽으로 다가갔다. 묘지를 에워싼 담장에 이르렀을 때는 용기도 한풀 꺾여 있었다. '검은수염'이 사랑한 장소와 시간에 그의 보물을 훔치러 온 것이 파렴치하게 느껴졌다. 십자형 회전문을 지날 때 나는 키가 크고 털투성이에 사악한 눈을 가진 형체가 교회 북쪽 그늘에서 튀어나오기를 반쯤은 기대하고 있었다. 하지만 아무런 움직임도 없었다. 내가 묘지를 가로지를 때 서리가 내려앉은 풀이 내 발밑에서 서걱거리는 소리를 냈다. 나는 무덤을 밟고 어두운 곳을 피하면서 저 멀리 검게 보이는 주목나무 숲을 향해 걸어갔다.

주목나무 숲을 돌자, 숲을 배경으로 하얗게 도드라져 보이는 묘석이 서 있었다. 묘석 발치에는 검은 벨벳이 땅 위에 펼쳐진 것처럼 보이는 구멍이 나 있었다. 구멍은 그렇게 캄캄했

문플릿의 보물

다. 그때 나는 '검은수염'이 구멍 밑바닥에 숨어서 기다리고 있을지도 모른다고 잠깐 생각했다. 그래서 계속 가야 할지 그냥 돌아가야 할지 망설이며 그 자리에 서 있었다. 나는 바닷가에서 나는 물소리를 들을 수 있었다. 문플릿만은 유리처럼 매끄러웠기 때문에, 파도 소리가 아니라 물가에 이는 잔물결 소리일 뿐이었다. 나는 지하 통로로 내려가기로 단단히 마음먹었지만, 어떻게든 핑계를 만들어 뒤로 미루고 싶은 마음도 들었다. 그렇게 잠시 망설이면서, 잔물결이 밀려오는 소리를 스물까지 헤아린 뒤 스무번째에 구멍 속으로 뛰어들기로 마음먹었다.

잔물결이 일곱 번 밀려왔을 때 그만 셈하는 것을 잊어버렸다. 바다를 가로지르는 달빛 한가운데에 작은 돛단배 하나가 누워 있었기 때문이다. 배는 해변 쪽으로 뱃전을 돌린 채 정박해 있었다. 거리는 1킬로미터쯤 떨어져 있었지만, 결코 잘못 본 게 아니었다. 돛은 내려져 있었지만, 돛대와 선체는 달빛을 배경으로 검게 도드라져 보였기 때문이다. 구멍 속으로 들어가는 것을 미루어야 할 새로운 이유가 생긴 것이다. 저 배가 어떤 배인지, 그리고 왜 여기 왔는지를 생각해야 했다. 배는 해적선이라고 하기에는 너무 작았고, 어선이라고 하기에는 너무 컸으며, 중앙부 상갑판이 낮은 것으로 보아 밀수 단속선일 리도 없었다. 게다가 오늘처럼 날씨가 좋은 밤이라 해도 문플릿만 한가운데에 배가 닻을 내리는 것은 이상한 일이었다.

배를 지켜보는 동안, 잠깐이지만 뱃머리에서 푸른 섬광이 번득이는 게 보였다. 누군가가 폭죽에 불을 붙여서 뱃전 너머로 던진 것 같았다. 그것을 보고 나는 그 배가 밀수선이며, 해안이나 앞바다에 있는 일당에게 신호를 보내고 있다는 것을 알아차렸다. 그러자 용기가 돌아왔다. 나는 그 섬광을 내가 구멍 속으로 뛰어드는 신호로 삼기로 결심하고, '검은수염'이 정말로 구멍 속에서 나를 기다리고 있다면 이제 와서 꽁무니를 빼고 달아나봤자 소용없을 거라는 생각으로 용기를 쥐어짰다. 그는 나를 쫓아올 것이고, 나보다 훨씬 빠르게 달릴 수 있을 테니까 말이다.

나는 마지막으로 주위를 둘러보고, 저녁에 내려갔던 것과 똑같은 방법으로 구멍 속으로 내려갔다. 그렇게 해서 그 2월의 어느 날 밤, 나 존 트렌처드는 구멍 밑바닥에서 무너져 내린 흙더미 위에 서 있었다. 가슴속에는 용기와 두려움이 뒤섞여 있었지만, '검은수염'의 다이아몬드를 손에 넣고야 말겠다는 욕망이 훨씬 더 강했다.

나는 양초와 부싯돌을 꺼내서 불을 켰다. 촛불이 밝게 타올라 내 주위에 아무도 없다는 것을 보여주자 나는 정말로 기뻤다. 하지만 통로가 있었고, 그곳에 무엇이 숨어 있을지 누가 알 수 있겠는가? 그래도 나는 주저하지 않고 모험을 시작했다. 나는 천천히 걸었지만, 그것은 어딘가에 함정이 있을지도 모른다는 두려움 때문이었고, 통로 끝에서 발견될 다이아몬드를 생각하면서 용기를 북돋웠다. 그런 재물을 얻게 되면 못할 일이 없을 터였다. 글레니 신부님께는 작은 말을 한 마리 사드리

문플릿의 보물

고, 랫시한테는 새 배를 사주고, 제인 이모한테는(늘 엄격하게 굴지만) 실크 드레스를 한 벌 사드리자. 그렇게 해서 나는 문플릿에서 가장 지체 높은 매스큐 씨보다 부자가 될 것이다. 그러면 바닷가 풀밭에 바다가 훤히 바라보이는 전망 좋은 석조 주택을 한 채 짓고, 그레이스 매스큐와 결혼하여 행복하게 살면서 낚시질도 하자.

나는 촛불 든 손을 앞으로 최대한 뻗고 길동무 삼아 휘파람을 불면서 통로를 따라 계속 걸어갔지만, '검은수염'도 다른 누구도 보이지 않았다. 통로 바닥에는 줄곧 발자국이 있었고, 천장은 횃불 연기로 검게 그을려 있었다. 이것을 보고, 전에 여기 왔던 사람들 가운데 누군가가 다이아몬드를 가져가버린 게 아닐까 걱정이 되었다.

지금 나는 통로 길이가 1킬로미터라도 되는 것처럼 이야기하고 있지만, 그리고 그날 밤에는 정말로 그렇게 느껴졌지만, 나중에 알고 보니 통로는 길이가 고작 20미터 정도밖에 안 되었다. 통로가 끝나는 곳에서 나는 돌벽을 만났다. 이 돌벽이 한때는 길을 막고 있었지만 지금은 구멍이 뚫려서 그 너머에 있는 방으로 통하는 입구가 되어 있었다. 나는 거친 문턱 위에 서서 숨을 죽이고, 어둠 속으로 발을 들여놓기 전에 이곳이 어떤 곳인지 알아보려고 촛불 든 손을 어둠 속으로 한껏 뻗었다. 그리고 불빛이 사물을 충분히 비추기도 전에 나는 여기가 교회 밑이라는 것, 이 방은 다름 아닌 무훈가의 납골당이라는 것을 알았다.

큰 방이었다. 글레니 신부님한테 배우는 교실보다도 훨씬 컸다. 하지만 천장은 그렇게 높지 않아서 마룻바닥부터 천장까지의 거리는 3미터 정도밖에 안 되었다. 마룻바닥이라고 말했지만, 사실 마루는 없었고 부드러운 모랫바닥이 있을 뿐이었다. 그 바닥을 밟았을 때 내 심장은 아주 격렬하게 고동치고 있었다. 내가 어떤 곳에 들어가고 있는지를 떠올렸고, 얼마 전 일요일 아침에 거기서 들려온 소리가 생각났기 때문이다. 어두운 구석에 숨어 있는 사악한 존재는 아무것도 없다고, 어쨌든 눈에 보이는 것은 없다고 나 자신을 안심시킨 다음, 주위를 둘러보며 눈에 보이는 것에 주의를 기울였다.

벽과 천장은 돌로 되어 있었고, 한쪽 끝에는 계단이 있었는데, 그 꼭대기는 거대하고 평평한 돌로 막혀 있었다. 그것은 교회 바닥에서 자주 보았던 돌, 위에 고리가 달린 그 돌이었다. 사방에는 돌로 된 선반이 있었고, 거대한 책꽂이처럼 선반들 사이에 칸막이가 있었지만, 책 대신 거기에 놓여 있는 것은 무훈가 사람들의 관이었다. 하지만 이 관들은 사방으로 벽 쪽에만 놓여 있었고 방 한복판에는 전혀 다른 것이 있었다. 그곳에는 100리터 크기의 통에서부터 5리터 정도의 통에 이르기까지 수십 개의 크고 작은 통들이 쌓여 있었기 때문이다. 모든 통의 끝부분에는 하얀 페인트로 숫자와 문자가 표시되어 있었는데, 내용물의 특징을 설명하는 기호인 것 같았다.

그야말로 대단한 발견이었다. 통로 끝에서 놋쇠나 은으로 된 상자를 주워서 열었다면 '검은수염'의 다이아몬드가 반짝

문플릿의 보물

반짝 빛나는 것을 보았을지도 모르지만, 그런 상자를 줍는 대신에 무훈가의 납골당에 들어와, 그곳이 다름 아닌 밀수꾼들의 지하 창고라는 사실을 알게 된 것이다. 정당하게 세금을 냈다면, 좋은 술을 그런 은밀한 장소에 보관하지는 않을 것이기 때문이다.

무더기로 쌓여 있는 통들 주위를 돌다가 내 발이 어느 술통 가장자리에 세게 부딪혔다. 그 통은 비어 있었던 게 분명했다. 내 발에 부딪히자, 그 일요일 아침에 교회에서 우리를 그토록 놀라게 했던 그 공허하게 울리는 소리(그보다 좀 희미하긴 했지만)가 통에서 당장 새어 나왔다. 그러니까 서로 부딪히고 있었던 것은 관이 아니라 통이었던 것이다. 관에서는 절대로 그렇게 쿵쿵거리는 소리가 날 수 없다고 판단했던 것을 생각해내고, 그런 나 자신이 대견하게 여겨졌다.

납골당 전체가 물에 잠겨 있었던 모양이다. 바닥은 아직도 진흙투성이였고, 물기가 서려 있는 초록빛 벽에는 천장에서 50센티미터 정도밖에 안 되는 높이까지 물에 잠겼던 흔적이 남아 있었다. 어떻게든 납골당 안으로 들어온 해초가 한두 가닥 남아 있었고, 작은 게 한 마리가 아직도 살아서 모퉁이를 허둥지둥 달아나고 있었지만, 관들은 질서가 조금 흐트러졌을 뿐이었다. 관들은 선반 위에 줄지어 층층이 놓여 있었고, 모두 스물세 개였다. 대부분은 납으로 만들어져 있어서 물 위에 떠오를 수 없었지만, 나무로 만들어진 관들 가운데 일부는 벽감 속에서 위치가 비스듬히 틀어졌고, 하나는 당장 물 위에 떠올랐다가 물이 빠져나가자 구석에서 거꾸로 뒤집힌 채 바닥에 떨어져 아직도 그 자리에 남아 있었다.

　이곳이 누구의 창고인지가 우선 궁금했다. 그리고 어떻게 그 많은 술을 몰래 들여올 수 있었는지, 그런데도 어떻게 내가 한 번도 보지 못했는지 궁금했다. 내가 이 평평한 묘석을 의자로 삼았듯이, 그들은 묘석을 창고 입구로 삼은 게 분명했다. 그러자 랫시가 '검은수염' 이야기로 나를 겁주려고 애쓴 게 생각났다. 전에는 교회에 코빼기도 보이지 않았던 엘저비어가 하필이면 교회 밑에서 시끄러운 소리가 난 그 일요일 아침에 교회에 나타난 것, 평소엔 사자처럼 대담한 엘저비어가 그날은 소리가 날 때마다 불안한 얼굴로 안절부절못하던 것, 묘지에서 내가 엘저비어와 랫시를 우연히 만난 것, 랫시가 땅바닥에 엎드린 채 벽에 귀를 대고 있었던 것, 이 모든 사실을 함께 종합해보니, 엘저비어와 랫시도 이 비밀 장소에 대해 누구보다 잘 알고 있을 거라는 생각이 들었다.

　이렇게 생각하자 더욱 용기가 솟아났다. '검은수염'이 무덤 사이를 돌아다니며 무덤을 파헤친다는 이야기는 사람들이 이곳에 접근하는 것을 막기 위해 퍼뜨린 헛소문이었고, 내가 호킨스 의사를 부르러 간 그날 밤에 묘지에서 움직이던 불빛도 이제 와서 생각해보니 유령들이 들고 다닌 촛불이 아니라 짐을 나르는 밀수꾼들의 등불이었던 것이다.

　이런 중요한 문제가 풀리고 나자 어떻게 보물을 손에 넣을 것인가를 궁리하기 시작했다. 나는 사실 이 점에서는 크게 낙

　　　　문플릿의 보물

담했다. 이곳에는 보물 상자도 다이아몬드도 없고, 있는 거라고는 관과 술통뿐이었기 때문이다. 상황이 그렇긴 했지만 딱히 더 좋은 계획도 없었기에 나는 관 자체에서 뭔가 실마리를 찾아낼 수 있을지 살펴보기 시작했다. 하지만 납으로 만들어진 관에는 아무 이름도 새겨져 있지 않았고 나무로 만들어진 관에 붙어 있는 명판에는 글씨가 적혀 있기는 했지만 라틴어였고, 게다가 너무 녹이 슬어서 전혀 알아볼 수 없었다.

다이아몬드가 흔적도 없이 사라져버렸다고 생각하자 이곳에 온 것이 후회되었다. 그렇게 많은 시체와 함께 갇혀 있는 것은 슬픈 일이었다. 문장 깃발 조각과 장례용 방패를 보는 것도 내 마음을 흔들었다. 고인을 사랑했던 사람들이 100년 전에 놓아둔 화환의 잔해까지 있었다. 화환은 이제 시들고 썩어서, 어떤 것은 물에 흠뻑 젖은 채 아직도 관에 매달려 있었고 어떤 것은 바닥에 떨어지고 발에 밟혀서 모래 속에 묻혀 있었다.

나는 부질없는 탐색을 하면서 한동안 시간을 보내다가, 그만 조사를 포기하고 집에 가기로 마음먹었다. 바로 그때 종탑의 시계가 자정을 알렸다. 그야말로 유령이 나올 듯한 장소에서 유령이 나올 듯한 시간을 알리는 종소리였다. 문플릿 종탑은 이 지방에 널리 알려져 있었는데, 가장 유명한 것은 시간을 알리는 종소리였다. 지금보다 종이 더 자주 울렸던 과거에는 이 종소리가 안개 속에서 길을 잃은 배들을 항구로 안전하게 이끌어주었다고 한다. 그리고 이날 밤, 부드럽고 깊게 울리는 종소리는 납골당까지 들려왔다. 땡그랑, 땡그랑, 땡그랑······

열두 번의 낭랑한 종소리가 벽을 흔들고 열두 번의 메아리가 뒤따랐다. 뒤이어 공기가 그르렁거리는 소리를 내며 진동했다. 그래서 귀는 그 소리가 언제 끝났는지 알 수가 없었다.

나는 아마도 시간과 장소가 주는 이상한 느낌에 흥분했던 것 같다. 내 청각은 다른 때보다 민감했지만, 종소리의 떨림이 완전히 사라지기도 전에 나는 공기 속에 다른 소리가 있고 납골당의 무시무시한 고요가 깨진 것을 알아차렸다. 처음에는 이 새로운 소리가 무엇인지, 그 소리가 어디서 오는지 알 수 없었다. 때로는 가까이서 작은 소리가 나는 것 같기도 하고, 또 어떤 때는 멀리서 큰 소리가 나기도 했다.

이윽고 그 소리는 점점 가까워지고 또렷해졌다. 나는 곧 그 소리가 사람들의 말소리라는 것을 깨달았다. 처음에는 멀리 떨어져 있었던 게 분명하다. 그리고 한동안은 전혀 가까워지지 않았다. 시간이 아주 길게 느껴졌지만, 실제로는 잠깐이었다. 그토록 오랜 세월이 지난 지금도 나는 그 순간의 괴로움을 떠올릴 수 있다. 그들이 오기를 기다리는 동안 귀를 쫑긋 세우고 눈을 부릅뜨고 얼굴에 진땀을 흘리며 겪은 괴로움은, 어둠 속에는 족제비의 눈이 번득이고 구멍 입구에는 엽총과 사냥개가 기다리는 가운데 토끼굴 끝까지 내몰린 토끼의 괴로움과도 같은 것이었다. 나는 덫에 걸렸고, 게다가 나는 밀수꾼들이 염탐꾼의 눈을 가리고 혀를 틀어막기 위해 어떤 수법을 쓰는지 알고 있었다. 그리고 불쌍한 크래키 존스 노인이 묘지에서 시체로 발견된 것, 그가 밤중에 '검은수염'을 만났다고 사람들이

　　　　문플릿의 보물

말하던 것이 기억났다.

이런 생각들은 아주 잠깐 동안 떠올랐을 뿐이고, 그사이에도 목소리는 점점 가까워졌다. 멀리 떨어진 통로 끝에서 쿵 하는 소리가 둔탁하게 울렸는데, 누군가가 묘지에서 구멍 속으로 뛰어내린 모양이었다. 그래서 나는 빠져나갈 길이 있는지 보려고 필사적인 심정으로 주위를 둘러보았지만, 돌벽과 천장은 나를 짜부라뜨릴 만큼 단단했고, 술통들도 다닥다닥 붙어 있어서 쥐새끼 한 마리 겨우 숨을 수 있을 정도였다.

구멍 속으로 들어온 사람이 지상에 있는 사람들한테 말하고 있었다. 바로 그때 내 눈이 마치 자석에라도 끌린 것처럼 맨 위에 있는 선반으로 향했다. 바닥에서 2미터 높이에 있는 그 선반에는 커다란 나무관 하나가 놓여 있었다. 그 관을 본 순간, 이제 살았구나 하고 생각했다. 관과 그 뒤의 돌벽 사이에는 내 작은 몸뚱이 하나 들어갈 만한 공간이 있었기 때문이다.

나는 재빨리 촛불을 끄고 선반 위로 올라갔다. 천장에 머리를 부딪혀 기절할 뻔했지만, 내 몸뚱이를 돌벽과 나무관 사이에 억지로 쑤셔 넣었다. 그리고 옆으로 누웠다. 천장에 부딪힌 머리는 멍해진 상태였고, 숨을 쉬기가 괴로웠다. 시체와 나 사이에 있는 것은 다 삭아버린 얇은 널판 한 장뿐이었다. 그들이 지하 통로를 따라 다가오자 횃불 빛이 내 위에 있는 천장을 붉게 물들이며 어른거렸다.

제4장

납골당에서

죽음과 사이좋게 지내자.

앨프리드 테니슨*

　내가 누워 있는 곳에서는 천장밖에 눈에 들어오지 않아 이 방문객들을 볼 수 없었지만, 그들이 하는 말은 한마디도 빠짐없이 들을 수 있었고, 그중 한 목소리가 바로 랫시의 목소리라는 것을 알아차렸다. 이 사실은 나를 놀라게 하기는커녕 오히려 안심이 되었다. 최악의 상황이 벌어져 내가 들키더라도 아는 사람이 있으니까 살려달라고 애걸해볼 수는 있겠구나 생각했기 때문이다.

　"마침 우리가 여기 있었던 밤에 땅이 무너져서 다행이야. 우리가 발견할 수 있었으니 말이야." 교회지기 랫시가 말하고 있었다. "나는 정오가 좀 지나서 묘지에 있었는데, 그때는 모든 게 잘 정돈되어 있었고 흙도 단단했어. 낮에 땅이 무너져 구멍이 났으면 정말 곤란했을 거야. 아무나 지나가다가 발견했을

*　영국의 시인(1809~1892).

테니까."

납골당에는 이미 네댓 명이 들어와 있었고, 더 많은 사람이 통로를 내려오는 소리가 들렸다. 무거운 발소리를 듣고 나는 그들이 짐을 나르는 모양이라고 짐작했다. 술통이 바닥에 쿵 하고 떨어지는 소리와 통 안에 든 술이 출렁이는 소리가 나더니, 통이 움직이는 소리가 났다.

"나는 조만간 무너질 줄 알았어." 랫시가 말을 이었다. "가 뭄 때문에 땅이 바싹 말랐고, 우리가 여기 들어오려고 무덤 옆 돌을 치울 때 가장자리를 밟아서 뭉갰으니까 말이야. 하지만 크게 문제 될 일은 일어나지 않았어. 묘석 한두 개와 흙 몇 삽 이면 다시 단단해질 거야. 그 일은 나한테 맡겨."

"작업할 때 조심해." 내가 모르는 목소리가 대답했다. "누군 가 자네가 땅을 파는 걸 보면 눈치챌지 모르니까."

"걱정 마." 랫시가 말했다. "나는 이 묘지에서 땅을 하도 자 주 파서, 내가 삽을 들고 있는 걸 봐도 이상하게 생각할 사람 은 아무도 없으니까."

거기서 대화가 끊겼다. 그 후 말소리는 거의 들리지 않고, 사 람들이 앞뒤로 오가는 소리와 술통을 내려놓는 소리, 작은 통 에 든 술을 큰 통에 따를 때 나는 소리만 들릴 뿐이었다. 오래 지 않아 브랜디의 독한 냄새가 공기를 채우기 시작했고, 내가 누워 있는 곳까지 올라와서 썩은 나무와 곰팡이가 슨 벽의 퀴 퀴한 냄새를 압도했다. 이 독한 냄새가 내 머리까지 올라와 없 던 용기를 주었을지도 모른다. 그래서 나는 그때까지 나를 사로잡고 있던 숨 막히는 두려움에서 조금은 벗어나, 납골당에서 벌어지고 있는 일에 좀더 편안하게 귀를 기울일 수 있었다. 짐을 나르던 일이 잠시 중단되었고, 그들은 이제 다시 이야기를 나누고 있었는데, 누군가가 말했다.

"사흘 전에 도체스터에 갔다가 들었는데, 지난여름 '일렉터'호와 충돌한 친구들은 이제 혼쭐이 날 거래. 배런타인 판사가 내주에 순회재판을 하러 온다는군. 그래서 늙은 여우 같은 매스큐가 판사를 마중하러 톤턴으로 달려갔대. 이 지역에서는 법의 힘이 밀무역을 막기에는 역부족이니까 죄수 몇 명을 교수형에 처해서 본때를 보여줄 필요가 있다고 판사를 설득하려는 거지."

"둘 다 잔인한 놈들이야." 다른 사람이 끼어들었다. "리지다운에 교수대가 새로 세워지겠군. 일단 내가 매스큐한테 앙갚음을 하면 다른 친구가 교수형을 당할지도 몰라. 그리고 놈들은 나도 교수대에 매달겠지."

"악마가 어느 어두운 밤에 언덕 위에서 나 혼자 놈을 만나게 해준다면……" 다른 사람이 말했다. "나는 권총을 들이댈 거야. 그러면 놈은 총구를 내려다보겠지. 그러면 나는 놈의 얼굴을 망가뜨려놓을 거야."

"아니, 그러면 안 돼." 낮고 굵직한 목소리가 말했다. 그제야 나는 엘저비어도 함께 있다는 것을 알았다. "나 말고는 아무도 매스큐한테 손을 대면 안 돼. 그러니까 잘 들어. 놈이 죗값을 치를 날이 오면 내가 처단할 테니까."

문플릿의 보물

그 후 몇 분 동안 나는 그들의 대화에 별로 주의를 기울이지 않았다. 자리가 너무 좁아서 괴로웠고, 그렇게 오랫동안 한자리에 누워 있었더니 온몸이 저렸기 때문이다. 송진 횃불에서 피어오른 연기도 소용돌이치며 천장을 타고 다가와 나에게 내려왔다. 그 매캐한 냄새와 고약한 맛 때문에 속이 메스껍고 어지러웠다. 어두컴컴해서 아무것도 잘 보이지 않았지만, 나는 내 손이 끈적끈적한 검댕으로 새까매진 것을 알 수 있었다. 마침내 나는 별로 소리를 내지 않고도 몸을 꿈틀거려 돌아누울 수 있었고, 그렇게 방향을 바꾸니 제법 편안해졌지만, 그때 마침 내 이름을 말하는 소리를 듣고 놀라는 바람에 내 앞에 있는 관을 다시 삐걱거리게 하고 말았다.

"트렌처드네 아들 말인데……" 마을 아랫동네에 사는 파미터의 목소리 같았다. "나는 그 녀석이 왠지 수상해. 항상 묘지에서 얼쩡거리고 있거든. 나는 녀석이 이 묘석에 걸터앉아 바다를 바라보는 걸 수십 번 보았어. 오늘 저녁에도 그래. 해 질 녘에 육지에서 5킬로미터쯤 떨어진 곳에서 배를 세운 채 어둠이 더 짙어지기를 기다리는 동안 내가 망원경을 들고 해안선을 훑어보고 있었지. 그런데 녀석이 이 묘석 위에 앉아 있더라고. 얼굴은 보이지 않았지만 윤곽이 그 녀석이었어. 녀석이 우리를 염탐해서 매스큐한테 일러바칠까 봐 걱정이야."

"자네 말이 맞아." 링스테이브의 그리닝이 말했다. 그 특유의 느릿느릿한 말투를 알고 있었기 때문에 나는 그가 그리닝이라는 것을 알았다. "화물을 나르기 전에 매스큐가 집에 있는지 보려고 숲속에 앉아서 저택을 관찰할 때인데, 그 녀석이 멋쩍은 표정으로 그 집 주위를 어슬렁거리는 걸 여러 번 보았지. 녀석은 목숨이 그 집에 달려 있기라도 한 것처럼 유심히 살피고 있더라고."

그리닝의 말은 사실이었다. 여름날 저녁이면 나는 오솔길을 지나 저택 뒤에 있는 웨더비치 언덕으로 올라가곤 했기 때문이다. 오솔길 자체가 전망이 좋아서이기도 하지만, 그레이스 매스큐를 볼 수 있을지 모른다는 기대도 내게는 달콤한 매력이었다. 오솔길이 끝나는 곳에는 내리막 비탈이 내려다보이는 나무문이 있었는데, 나는 종종 그 위에 걸터앉아 황폐해진 저택을 내려다보곤 했다. 때로는 하얀 옷을 입은 그레이스가 저녁 햇살을 받으며 테라스를 거니는 모습이 보이기도 했고, 때로는 돌아가는 길에 손을 흔들어 인사를 하기도 했다.

한번은 그녀가 감기에 걸려 호킨스 의사가 하루에 두 번씩 왕진을 왔을 때, 나는 학교에 갈 마음이 나지 않아서 온종일 그 나무문 위에 걸터앉아 그녀가 앓아누워 있는 저택을 바라보았다. 글레니 신부님은 내가 무단결석을 했다고 꾸짖지도 않았고 제인 이모한테 말하지도 않았다. 나중에 생각해보니 신부님은 내가 결석한 이유를 짐작했던 것 같다. 그분도 젊은 시절을 거쳤기 때문에 내 심정을 이해해주었을 것이다. 어린 소년의 풋사랑일지 모르지만 나는 진지했다. 그녀가 죽은 듯이 몸져누운 날, 나는 대담하게도 말을 타고 돌아가는 호킨스 의사를 불러 세우고 그레이스의 상태가 어떤지 물었다. 의사는 내 얼굴에서 간절한 마음을 읽고는, 안장 위에서 몸을 기울이며 미소 띤 얼굴로 걱정 말라고, 네 친구가 다시 너에게 돌아올 거라고 말해주었다.

그러니까 내가 그 집을 지켜본 것은 사실이지만 염탐한 것도 아니었고, 무슨 대가를 바라고 매스큐에게 고자질할 생각도 없었다. 그때 랫시가 나를 편드는 말을 했다.

"그건 자네가 잘못 짚은 거야. 그 애는 아주 착하고 단순한 애야. 언젠가 나한테 말했는데, 묘지에 자주 오는 건 바다 풍경이 멋져서 그렇대. 한 달 전에 만조로 바닷물이 납골당에 가득 차서 우리가 들어오지 못한 적이 있었잖아. 그때 납골당 안에 들어찬 물이 빠지고 있는지 보려고 엘저비어와 함께 왔었어. 그래서 내가 바닥에 엎드려 벽에 귀를 대고 있는데 존 트렌처드가 나타난 거야. 염탐꾼처럼 몰래 살펴보는 것도 아니고, 그저 궁금한 것을 풀려고 왔을 뿐이었어. 왜냐하면 일요일 날 예배를 볼 때 납골당에서 쿵쿵거리는 소리가 들렸는데, 그때 녀석은 정말로 겁을 먹었거든. 하지만 나중에 글레니 신부님이 그런 소리는 유령들이 내는 게 아니라 무훈가 사람들이들어 있는 관들이 물에 떠다니다가 부딪히는 소리라고 말씀하셨지. 신부님도 말을 할 때는 좀 조심했어야 했어. 어쨌든 이말을 듣고 녀석은 용기를 내서, 관들이 아직도 물에 떠다니는지 확인하려고 월요일에 왔던 거지. 그런데 내가 바보같이 땅바닥에 엎드려 있는 걸 보게 된 거야. 나는 벌떡 일어나서, 홍수 때문에 벽을 보강할 필요가 생긴 건 아닌지 확인하려고 살펴보고 있다고 말했다네. 그랬더니 녀석은 단순한 애여서 마음을 놓더군. 그래서 망치를 갖다 달라고 녀석을 쫓아냈지. 녀석도 앞으로는 이곳에 나타나서 파미터를 놀라게 하진 않을 거야. 내가 '검은수염' 이야기를 그럴싸하게 해주었더니 무훈 대령의 유령을 만나게 될까 봐 겁을 먹었거든. 목숨을 걸고 맹세하는데, 어두워진 뒤에는 그 애뿐 아니라 마을 사람 누구도 묘지에 얼씬거리지 않을 거야. 내 장담할게. 1천 파운드를 준다 해도 절대 안 올 거야."

나는 그가 혼자 킬킬거리는 소리를 들었고, 그가 나를 어떻게 속여 넘겼는지 말할 때는 다른 사람들도 모두 큰 소리로 웃었다. 하지만 나는 '마지막에 웃는 자가 가장 크게 웃는다'는 속담을 떠올렸다. 관이 삐걱거릴 염려만 없다면 나도 킬킬거렸을 것이다. 그때 놀랍게도 엘저비어가 말했다.

"그 애는 아주 용감한 녀석이야. 내 아들이었으면 좋겠어. 데이비드와 동갑이고, 나중에 훌륭한 뱃사람이 될 거야."

그냥 한 말이었을 테지만, 내게는 기분 좋은 말이었다. 그 말에서 진심이 느껴졌기 때문에, 그의 무뚝뚝한 성격에도 불구하고 그를 조금은 좋아하게 되었다. 게다가 아들을 잃은 그의 슬픔이 안쓰럽게 느껴지기도 했다. 그의 말에 감동한 나머지 벌떡 일어나, 내가 여기 있다고, 아저씨를 좋아한다고 외치고 싶은 마음이 잠깐 들었다. 하지만 곧 마음을 고쳐먹고 가만히 있었다.

운반 작업이 끝났다. 그들은 모두 술통 뚜껑 위에 앉거나 술

　　　　　　　문플릿의 보물

통에 등을 기대고 앉아 있는 듯했다. 하지만 그들을 볼 수는 없었고, 횃불 연기 때문에 여전히 괴로웠다. 이따금 횃불 연기 사이로 담배 냄새가 훅 끼치는 걸 보면 누군가가 담배를 피우고 있는 모양이었다.

그때 느릿느릿한 말투에도 불구하고 낭랑한 목소리를 가진 그리닝이 노래를 부르기 시작했다.

선장이 선원들에게 말한다.
우리는 단속선을 몰래 지나왔다.

하지만 랫시가 날카롭게 그를 제지했다.

"그만둬. 가사가 오늘 밤 분위기에 안 맞아. 신부님이 찬송가를 선창하는데 내가 엉뚱한 노래를 부르는 것처럼 이상하게 들려."

나는 랫시의 말뜻을 이해할 수 있었다. 유령 이야기가 나온 뒤라서, 그 노래의 마지막에 나오는 교수대 부분이 불길하게 느껴졌던 것이다. 하지만 그리닝은 다른 사람들도 그만두라고 할 때까지 노래를 계속했다. 그제야 그는 동료들이 노래에 동참하지 않는다는 사실을 알아차린 것이다.

"그렇다고 자네가 자네 몫의 일을 제대로 하지 않았다는 뜻은 아니야." 랫시가 말을 이었다. "그러니 스키담*이나 한 잔씩

---

* 네덜란드 스히담(영어로는 스키담) 지방에서 생산하는 향이 강한 증류주.

돌리세."

그는 술 한잔 마시기를 무척 좋아했고, 찬 기운을 떨치기 위해서라고 항상 똑같은 핑계를 댔다. 철에 따라 계절만 바뀌었는데, 어떤 때는 가을의 찬 기운, 어떤 때는 겨울의 찬 기운, 어떤 때는 봄의 찬 기운, 어떤 때는 여름의 찬 기운을 핑계 삼았다.

나는 납골당에서 술잔을 본 기억이 없었지만, 그들은 어디선가 찾아낸 모양이었다. 조금 뒤에 랫시가 다시 입을 열었기 때문이다.

"어이, 친구들, 술잔도 채워졌으니 건배나 하세. '검은수염'을 위하여 건배! 우리 보물을 자기 보물보다 더 잘 지켜주고 있는 '검은수염'을 위하여. 그에 대한 두려움이 없다면 세관원 놈들도 함부로 들어와 우리가 모아둔 것을 스무 번은 뺏어갔을 거야. 놈들이 얼쩡거리거나 염탐하지 못하는 건 '검은수염'이 두렵기 때문이지."

처음에는 '검은수염'의 무덤에서 '검은수염'의 이름을 들먹이는 게 꺼림칙했는지, 악마를 조롱했다가 악마를 불러내지나 않을까 저어하는 듯이 약간 더듬거렸다. 하지만 그때 더 대담한 몇몇이 '검은수염'을 외쳤고, 그래서 더 많은 사람들이 겁먹은 목소리로 맞장구를 쳤다. 곧이어 '검은수염'을 연호하는 스무 명의 목소리가 납골당 안에 울려 퍼졌다.

그러자 엘저비어가 성난 듯이 외쳤다.

"조용히 해. 다들 미쳤나? 아니면 술에 취한 건가? 감히 소리를 지르고 으스대다니, 세관원이라도 돼? 자네들은 앞바다

문플릿의 보물

에 작은 배를 띄워둔 밀수꾼들이야. 자네들 목숨은 자네들 손에 달렸어. 자네들은 지금 문플릿 사람들을 다 깨울 만큼 떠들고 있다고."

"쯧쯧, 이봐." 랫시가 퉁명스럽게 대꾸했다. "마을 사람들은 설령 잠에서 깨더라도 이불을 머리끝까지 뒤집어쓰고는, 저건 '검은수염'이 보물 파내는 걸 도와달라고 죽은 무훈가 사람들을 불러 모으는 소리라고 생각할 거야."

어쨌든 엘저비어가 이 무리의 우두머리인 것은 분명했다. 잠깐 침묵이 흐른 다음, 누군가가 이렇게 말했던 것이다.

"엘저비어 말이 맞아. 이제 그만 가자고. 밤도 깊었으니, 새벽까지 파도가 배를 눈에 띄지 않는 곳으로 데려가기를 기다리는 것 말고는 할 일이 없어."

그래서 모임은 끝났다. 횃불은 점점 희미해지다가 천장에서 깜박거리는 붉은 점이 되어 사라졌고, 발소리는 통로를 올라가면서 차츰 희미해졌다. 결국 납골당에는 죽은 사람들과 나만 남았다.

하지만 그 후에도 오랫동안(내게는 몇 시간처럼 느껴졌다) 나는 멀리서 중얼거리는 목소리를 들을 수 있었는데, 몇 사람이 통로 끝에서 이야기를 나누고 있는 모양이었다. 아마 무너진 흙을 어떻게 하면 좋을지 궁리하고 있는 듯했다. 그들의 말소리를 듣는 동안 나는 일어나 앉아서 뻐근한 등허리와 저린 팔다리를 펼 수 있는 것은 기뻤지만, 누군가가 납골당으로 돌아오지나 않을까 두려워 그 자리에서 내려가지는 못했다. 하지만 납골당의 무시무시한 어둠 속에서는 말소리의 메아리조차 반갑고 고맙게 느껴졌다.

마침내 말소리마저 끊기고 사방이 조용해지자 으스스한 적막이 나를 덮쳤다. 그러자 더 이상 보물찾기를 할 마음도 들지 않았고 목숨이라는 보물이 아직 남아 있는 게 정말로 고마워서, 나는 당장 그곳을 벗어나, 몇 시간 전에 떠나온 달빛 비치는 침대로 돌아가려고 마음먹었다.

나는 엎드려 있던 곳에서 일어나 앉은 채 촛불을 다시 켜고, 두 시간 넘게 나를 위험으로부터 보호해준 커다란 관을 타고 넘었다. 하지만 벽 선반에서 빠져나오는 것은 들어가는 것보다 훨씬 힘들었다. 이제 나는 촛불을 들고 있었기 때문에, 관이 겉으로는 튼튼해 보이지만 군데군데 벌레가 먹어서 썩은 선체보다 나을 게 없다는 것을 알았다. 그래서 나는 관이 무너질까 봐 겁이 나서 감히 관 위에 무릎을 꿇지도 못하고 손으로 강하게 누를 수도 없었기 때문에, 관을 타고 넘는 데 무척 애를 먹었다. 관을 무사히 넘은 뒤에는 납골당 옆벽에 불쑥 튀어나온 돌 선반 가장자리에 잠시 걸터앉아 아랫바닥으로 뛰어내릴 준비를 했다.

그런데 어떻게 된 일인지 모르겠지만, 내가 균형을 잃고 미끄러지면서 손에 쥐고 있던 양초가 날아가버렸다. 그 후 떨어지지 않으려고 관을 움켜잡았지만 내 손은 관을 뚫고 들어갔다. 그래서 나는 먼지와 부서진 널조각들이 구름처럼 자욱하게 피어오르는 가운데 바닥으로 떨어졌다. 내 손에 쥐어져 있

문플릿의 보물

는 것은 해초 한 가닥이나 여기저기 흩뿌려져 있는 더러운 장례용 장식품 한 줌뿐이었다. 납골당 바닥은 모래투성이였다. 그래서 나는 허리를 구부린 자세로 떨어졌지만, 몸을 한 번 부르르 떨었을 뿐 다친 데는 별로 없었다.

나는 곧 침착성을 되찾고, 떨어진 양초를 찾으려고 부싯돌로 불을 켰다. 그동안 나는 해초 한 줌을 계속 손에 쥐고 있었는데, 다시 양초에 불을 붙이고 불빛에 비추어 보니 그것은 해초 가닥이 아니라 검은 실타래 같은 것이었다. 처음에는 그게 무엇인지 짐작도 가지 않았지만, 잠시 후 나는 깜짝 놀라서 초를 떨어뜨릴 뻔했다. 어쩌면 외마디 비명도 질렀을 것이다. 나는 그것이 새빨갛게 달궈진 쇠라도 되는 것처럼 질겁하며 떨어뜨렸다. 그게 다름 아닌 사람의 턱수염이라는 것을 알았기 때문이다.

그 순간, 누가 내 심장을 움켜쥐기라도 한 것처럼 숨 막히는 공포가 엄습했다. 너무나 많은 생각, 너무나 이상한 생각들이 마음속에 떠올라, 훗날 내가 바다와 싸우다가 하마터면 물에 빠져 죽을 뻔했을 때처럼 피가 내 머릿속을 세차게 소용돌이쳤다. 장소가 어디든 상관없이 죽은 사람의 턱수염을 손에 쥐는 것도 아주 기분 나쁜 일이지만, 하물며 이런 곳에서, 더구나 그게 누구의 수염인지 알고 있으면 천배나 더 기분이 나빴다. 나는 그게 무엇인지 자세히 보기도 전에 존 무훈 대령에게 '검은수염'이라는 별명을 안겨준 바로 그 수염이라는 것을 알아챘기 때문이다. 나는 그의 관 뒤쪽에 숨어 있었던 것이다.

그러니 나는 그동안 얇은 널판 한 장을 사이에 두고 줄곧 '검은수염'과 볼을 맞대고 누워 있던 셈이다. 그런데 이제는 손을 관 속에 집어넣어 그의 턱수염을 잡아 뜯은 것이다. 사악한 자들이 죽은 뒤에도 제 모습을 사람들에게 보일 수 있고 여전히 사악한 짓을 할 수 있다면, 그는 지금 나타나 나를 공격할 터였다. 이런 두려움이 나를 사로잡았고, 내가 만약 여자였다면 기절했을 것이다. 하지만 나는 비록 어리지만 남자였고 기절하는 법을 몰랐기 때문에 차선책을 택했다. 그 수염에서 최대한 멀리 떨어져 출구로 향한 것이다.

하지만 통로에 발을 들여놓자마자, 오늘 저녁에 내가 겁을 먹고 집으로 줄행랑쳤던 일이 기억났다. 나는 부끄러움 때문에 걸음을 멈추었고, '검은수염'의 보물을 찾으러 이곳에 어떻게 왔는지를 생각했다. 그리고 내가 우연히 그의 옆에 눕지 않았다면, 그리고 나중에 내 손이 그의 수염을 잡지 않았다면, 나는 그가 어디에 누웠는지도 모른 채 이곳을 떠났을 것이다. 물론 이게 우연뿐일 리는 없었고, 내가 애타게 찾고 싶었던 것 쪽으로 나를 인도한 것은 신의 섭리가 분명했다.

이렇게 생각하자 용기가 조금은 되살아났다. 돌아가고 나아가고 멈춰 서고 겁에 질리는 짓을 여러 번 되풀이한 끝에 나는 쌓여 있는 술통 더미를 조심스럽게 돌아서, 그리고 어른거리는 촛불 빛이 수염을 비추지 않도록 조심하면서 다시 납골당 안으로 들어왔다. 수염은 모래 위에 떨어져 있었다. 촛불을 들고, 수염이 바닥에서 용수철처럼 튀어 올라 나를 물기라도 할

문플릿의 보물

것처럼 조심스럽게 다가가 보니, 수염은 길이가 30센티미터가 넘었지만 끝부분은 벌써 희끗해지기 시작한 검은 수염이라는 것을 알 수 있었다. 그리고 수염 뒤쪽에는 얇고 바싹 마른 피부 조직이 붙어 있었다. 그것은 제인 이모가 일요일에 교회에 갈 때 모자 밑에 쓰는 부분 가발과 비슷했다. 나는 차마 수염에 손을 대거나 들어 올리지는 못하고, 촛불로 수염을 이리저리 비추면서 유심히 들여다보았다. 그러는 동안 내 머릿속은 한때 그 수염의 임자였던 사람을 생각하느라 바빴다.

납골당으로 되돌아올 때 나는 뭔가 확실한 목표를 갖고 있지 않았다. '검은수염'의 관을 발견했으니 어쩌면 그의 보물을 발견하는 결과로 이어질지 모른다고 막연히 생각했을 뿐이다. 하지만 수염을 바라보며 생각에 잠겨 있을 때, 뭔가를 해야 한다면 관을 직접 조사하는 일부터 해야 한다는 것을 깨달았고, 그런 생각이 강해질수록 그 일을 하기 싫다는 마음도 더욱 강해졌다. 그래서 나는 수염을 꼼꼼히 조사할 필요가 있다고 나 자신을 속이며 미적거렸고, 그렇게 해서 적어도 10분을 허비했다.

하지만 초가 타들어가서 기껏해야 30분 정도밖에 버틸 수 없을 것 같았고, 지금쯤은 새벽이 가까워지고 있을 거라고 생각했기 때문에, 마침내 나는 관 속을 뒤지는 불쾌한 일에 진지하게 달라붙었다. 다시 맨 위 선반으로 올라갈 필요는 없었다. 그 밑에 있는 선반 위에 올라서자 내 머리와 두 팔이 관을 조사하기 맞춤한 높이에 있었다. 게다가 그 일은 생각했던 것만큼 어렵지도 않았다. 내가 굴러떨어질 때 관 뚜껑 끝부분이 떨어져 나갔고, 납골당 쪽으로 나 있는 그쪽 면 전체가 함께 떨어졌기 때문이다.

그런데 어른들 중에도 그런 사람이 있겠지만, 내 또래의 아이들은 관을 조사하는 일을 당연히 무서워했을 것이다. 몇 시간 전에 누군가가 밤중에 무훈가의 납골당에서 이런 일을 할 만한 용기를 내가 갖고 있다고 말했다면, 나는 그 말을 믿지 않았을 것이다. 하지만 나는 여기 있었고, 지난밤에 공포의 길을 따라 한 걸음씩 전진했다. 그렇게 차츰 전진하여 이 마지막 단계에 이르렀을 때는, 처음에 길을 더듬으며 납골당으로 들어왔을 때만큼 겁을 먹고 있지는 않았다. 죽은 사람을 본 게 처음도 아니었다. 사실 나는 그런 광경에 익숙해져 있었다. 난파선에서 파도에 떠밀려 해변으로 올라온 시신들도 보았고, 랫시가 가난한 사람들의 시신을 관에 넣을 때 옆에서 거들기도 했었다.

관은 앞에서도 말했듯이 아주 길었고, 옆면이 떨어져 나갔기 때문에 관 속에 누워 있는 해골의 윤곽을 볼 수 있었다. 내가 윤곽이라고 말한 것은, 시신이 모직이나 삼베로 만든 수의로 싸여 있어서 뼈 자체는 보이지 않았기 때문이다. 관 속에 누워 있는 남자는 키가 2미터에 가까운 거인이었다. 시신을 덮은 삼베가 바싹 달라붙어 있어서, 배와 흉골 끝, 엉덩이, 무릎, 발가락을 쉽게 분간할 수 있었다. 머리는 리넨 붕대로 싸여 있었는데, 원래는 하얀색이었지만 지금은 습기로 얼룩지고 변색

문플릿의 보물

되어 있었다. 하지만 여기에 대해서는 더 설명하지 않겠다. 턱을 감은 헝겊 밑으로 턱수염이 삐져나와 있었을 것이다. 내가 추락하지 않으려고 관을 움켜잡았을 때 턱에 감긴 이 붕대가 찢어져서 아래턱이 가슴까지 떨어졌다. 하지만 다른 것은 거의 흐트러지지 않았고, 존 무훈 대령은 100년 전에 입관된 그대로 편안히 쉬고 있었다.

나는 남아 있는 뚜껑 부분을 들어 올리고, 몸통 저편에 무언가가 감추어져 있지나 않은지 보려고 시신 너머로 손을 뻗었다. 하지만 불빛이 관 속을 비추자마자 심장이 크게 뛰었다. 성공했다는 흥분 속에서 두려움은 씻은 듯이 사라졌다. 내가 찾으러 온 보물을 보았기 때문이다.

붕대에 감긴 이 말없는 시신의 가슴팍 위에 로켓*이 하나 놓여 있었다. 로켓은 사슬로 된 가는 줄에 매달려 있었고, 줄은 리넨 붕대 안쪽을 지나 목으로 이어져 있었다. 수의에는 다른 부분보다 좀더 하얀 부분이 있었는데, 그것은 턱수염이 어디까지 뻗어 있었는지를 보여주었다. 로켓과 줄은 내가 보기에 은으로 만들어져 있었는데도 빛깔이 새까맸다. 이 로켓은 모양이 크라운 은화와 비슷했지만 은화보다 세 배쯤 두꺼웠다. 이것을 보자마자 나는 그 안에 다이아몬드가 있을 거라고 믿어 의심치 않았다.

그러자 이 보잘것없는 흔적을 남긴 남자에 대해 측은한 기

---

* 사진 따위를 넣어 목걸이에 다는 장신구.

분이 들었다. 무훈 대령은 고귀한 재산을 탕진하고 국왕을 배신했지만, 한때는 참으로 멋진 신사였고 훌륭한 군인이었다는 생각이 들었다. 그가 자신의 명예를 판 것은 오로지 로켓 안에 들어 있는(아니, 들어 있기를 내가 간절히 바라는) 그 반짝이는 돌멩이 때문이었다. 나는 그 보석이 대령을 덮친 운명보다는 나은 운명을 나에게 안겨주기를 바랐고, 적어도 그런 진창길로 나를 끌어들이지는 않기를 바랐다.

하지만 이런 생각을 하느라 내 목표를 미룰 필요는 없었다. 나는 로켓을 아주 쉽게 손에 넣었다. 줄에서 걸쇠를 찾아, 접혀 있는 리넨 붕대에서 로켓을 끄집어낸 것이다. 로켓을 움직였을 때 그 안에서 보석이 달그락거리는 소리가 들릴 거라고 예상했지만 아무 소리도 나지 않았다. 그래서 나는 다이아몬드가 습기 때문에 로켓 옆면에 달라붙었거나 어쩌면 헝겊으로 싸여 있을지도 모른다고 생각했다. 나는 로켓을 손에 쥐자마자 뚜껑을 열었다. 그러자 엄지손톱이 들어갈 만한 새긴 자국이 하나 보였다. 손톱을 거기에 끼워 넣고 약간 움직이면, 녹슬긴 했지만 경첩을 축으로 로켓의 뒷면이 열릴 터였다. 숨이 가쁘고 몸이 심하게 떨려서 손톱을 자국에 끼워 넣기 어려웠다. 하지만 로켓 뚜껑이 열리자마자 잔뜩 부풀었던 기대감은 깊은 실망감으로 바뀌었다.

로켓의 모든 비밀이 드러나 있었기 때문이다. 다이아몬드는 없었고, 다른 어떤 보석도 없었다. 있는 거라고는 차곡차곡 접힌 작은 쪽지뿐이었다. 그때 나는 노름으로 전 재산을 탕진하고, 그래도 어쩌면 행운이 돌아올지 모른다고, 이 은화 한 닢으로 그동안 잃은 돈을 몽땅 되찾을 수 있을 거라고 기대하며 무거운 마음으로 마지막 남은 은화 한 닢을 내기에 건 노름꾼 같은 기분이었다. 나는 이 쪽지에 보석을 찾을 방법이 적혀 있을지 모른다고, 그래서 승자가 되어 도박판에서 일어날 수 있을지 모른다고 생각했기 때문이다. 그러나 그것은 부질없는 희망일 뿐이었고, 그래서 당장 산산조각이 나버렸다. 내가 쪽지를 촛불 밑에서 펼쳐보니 다윗의 「시편」*에서 따온 몇 줄밖에는 보이지 않았다. 종이는 누렇게 바랬고, 로켓 속에 구겨 넣은 자국이 격자 모양으로 남아 있었다. 그러나 손으로 쓴 글씨는 작지만 또렷하고 단정했다. 틀린 글자도 없었다. 짧은 글이어서 나는 당장 읽을 수 있었다.

> 우리 수명은 기껏해야 칠십이요
> 튼튼하면 팔십이라도
> 그 수명의 자랑은 수고와 슬픔뿐이요
> 빠르게 지나가니, 마치 날아가는 듯합니다.
> —「시편」 90편 21절

나는 믿음을 잃고 발**을 헛디딜 뻔했나이다.

---

* 구약성서에 포함된 시가집. 고대 이스라엘의 제2대 임금인 다윗이 지었다고 전해진다.

** 원문은 feet(피트). 피트는 거리 단위이기도 하다.

그 믿음을 버리고 미끄러질 뻔했나이다.

— 「시편」 73편 6절

큰물이 나를 덮치지 않게 하고
깊은 물속에 빠지지 않게 하소서.

— 「시편」 69편 11절

고난의 골짜기를 지나갈 적에
웅덩이가 물로 가득 찰 때까지
우물로 이용하리라.

— 「시편」 84편 14절

북쪽과 남쪽을 당신이 만들었으니
타보르와 헤르몬*이 당신의 이름을 찬양합니다.

— 「시편」 89편 6절

　큰 기대는 이렇게 끝나고 말았다. 결국 나는 납골당에 들어
왔을 때보다 조금도 더 부유해지지 못한 채 납골당을 떠나게
되었다. 쪽지에 쓰인 구절을 아무리 보아도 다이아몬드가 있
는 곳으로 나를 인도해줄 실마리는 전혀 보이지 않았기 때문
이다. 다른 경우라면 암호나 비밀 문자를 상상해볼 수도 있었

---

* 둘 다 성서에 나오는 산으로, 이스라엘에 있다.

겠지만, '검은수염'이 사악한 삶을 마무리하면서 인생을 좋게 끝내고 싶어 했고, 그래서 신부를 불러 고해하려고 했다는 글레니 신부님의 말이 생각나서, 악령들이 그의 무덤에 접근하지 못하도록 막아주는 부적으로써 그런 글귀를 목에 걸었을 거라고 짐작했다.

나는 크게 낙담했지만, 납골당을 떠나기 전에 바닥에서 턱수염을 집어 들었다. 사실 만지기만 해도 등골이 오싹했지만, 그것을 원래 자리인 죽은 자의 가슴에 돌려놓았다. 나는 또한 관의 파편도 가능한 대로 주워 모았지만, 그것은 어떻게 해볼 도리가 없어서, 나중에 여기 들어올 사람들이 나무가 자연스럽게 삭아서 부서졌을 거라고 생각하기를 바라며 그대로 놓아두었다. 하지만 로켓은 목에 걸어 셔츠 속에 감추었다. 로켓 자체가 진기한 물건이기도 했지만, 그 안에 들어 있는 좋은 글귀가 '검은수염'을 악령들로부터 지켜줄 만큼 강력하다면 '검은수염'이 나한테 접근하는 것도 막아줄 만큼 강력할 거라고 생각했기 때문이다.

이 일을 끝냈을 때는 초가 거의 다 타서 더 이상 손으로 잡고 있을 수가 없었다. 그래서 부서진 나무토막 끝에 초를 꽂아 앞을 비추어야 했다. 그러나 결국 나는 '검은수염'의 손아귀에서 그렇게 쉽게 벗어날 수는 없는 운명이었다. 통로 끝에 이르러 묘지로 올라갈 준비를 하고 있을 때에야 나는 비로소 구멍이 막혀버렸고 다른 출구는 전혀 없다는 사실을 알았기 때문이다.

그들이 납골당을 떠난 뒤에도 그토록 오랫동안 말소리가 들린 이유를 이제야 깨달았다. 랫시가 약속을 이행하여, 그날 밤 밀수꾼들이 집으로 돌아가기 전에 무너진 구멍을 메워버린 게 분명했다.

처음엔 이 문제를 대수롭지 않게 여겼다. 구멍을 메운 흙은 곧 치울 수 있을 테고, 그래서 빠져나갈 길을 찾을 수 있을 줄 알았다. 하지만 좀더 자세히 살펴보니 과연 그렇게 잘될지 확신할 수가 없었다. 그들은 일을 아주 철저히 해서, 무거운 석판 한 장을 구멍 옆면에 세우고 구멍이 꽉 찰 때까지 석판을 따라 흙을 쌓아 올린 다음, 그 위에 다른 석판을 덮은 것이다. 나는 그 석판이 어디서 왔는지 알아챘다. 교회 북쪽 벽에는 비바람에 풍화되어 쓸모없이 버려진 그런 석판이 열 개도 넘게 쌓여 있었기 때문이다. 그 석판은 장정 넷이 달라붙어야 겨우 한 장을 들 수 있을 만큼 무거웠다. 하지만 나는 석판 밑에 있는 흙을 파헤치면 구멍 옆면에 있는 돌을 움직일 수 있을 거라고 기대했다. 그런데 작업을 어떻게 시작하는 게 가장 좋을지 궁리하고 있을 때 촛불이 깜박거리면서 심지가 흔들리더니 사방이 어둠에 잠겼다.

그래서 나는 지독한 곤경에 빠졌다. 이제는 태울 게 없어서 빛을 얻을 수도 없었고, 앞을 볼 수 있을 때까지는 흙을 파헤쳐봤자 아무 소용도 없으리라는 것을 알았기 때문이다. 게다가 어둠은 탁 트인 하늘 밑에서는 결코 찾아볼 수 없는 칠흑 같은 어둠이었다. 아무리 어두운 밤에도 이런 암흑은 찾을 수 없을 터였다. 그것은 빛이 완전히 차단된 곳에 도사리고 있는 어둠이고, 그 속을 들여다보려고 애쓰는 눈을 혹사시키는 어둠이었다.

하지만 나는 좌절하지 않고 새벽을 기다리기로 마음먹었다. 새벽은 바로 가까이에 다가와 있을 터였다. 이제 곧 새벽이 오면, 위에 있는 묘석의 갈라진 틈을 통해 충분한 햇빛이 들어와 어떻게 작업을 시작해야 할지 알려줄 거라고 생각했다. 나는 별로 겁을 먹지도 않았다. 밀수꾼들한테 염탐꾼으로 몰려 자칫 목숨을 잃을 뻔하고, '검은수염'의 무덤을 뒤졌다는 이유로 악령들한테 시달릴 위험에 놓여 있던 처지에 비하면, 어둠 속에서 아침까지 기다리는 것쯤은 별일 아니라고 생각했기 때문이다. 그래서 나는 통로 바닥에 주저앉았다. 바닥은 눅눅했지만 푹신했고, 나는 지금까지 겪은 일로 피곤한 데다 하룻밤의 휴식을 놓치는 데 익숙지 않았기 때문에 당장 잠이 들었다.

시간을 알려주는 단서가 아무것도 없었기 때문에 내가 얼마나 오래 잤는지는 알 수 없지만, 마침내 잠에서 깨어나 보니 아직도 주위가 캄캄했다. 나는 일어나서 기지개를 폈지만, 잠을 푹 자고 난 뒤의 상쾌한 기분을 느끼기는커녕 온몸을 얻어맞거나 여기저기 멍이 든 것처럼 등과 팔다리가 쑤시고 피곤했다. 나는 아직도 어둠 속에 있었다고 말했지만, 지난밤과 같은 어둠은 아니었다. 위에 있는 묘석 안쪽을 올려다보니, 한쪽 구석으로 희미한 빛줄기가 새어드는 것을 볼 수 있었다. 그 빛이 해가 떴음을 알려주었다. 이 빛줄기는 돌의 이음매 부위에 생긴 좁은 틈새를 통해 천천히 스며드는 햇빛이었기 때문이다. 하지만 묘석의 옆면은 생각했던 것보다 훨씬 빈틈없이 맞추어져 있어서, 내가 작업할 곳으로 안내해줄 만큼 충분한 빛이 들어오지 않을 것은 분명했다.

　나는 너무 피곤해서 서 있을 기력도 없었기 때문에 다시 바닥에 주저앉아 쉬면서 이 모든 것을 생각했다. 하지만 가느다란 빛줄기를 계속 바라보다가 깜짝 놀랐다. 나는 묘석의 남서쪽 모서리를 바라보고 있었는데, 그와 동시에 태양 쪽을 보고 있었기 때문이다. 나는 빛의 색조를 보고 이렇게 추측했다. 바깥으로 직접 나갈 수 있는 출구는 없었고, 앞에서도 말했듯이 이곳에는 희미한 햇빛 한 줄기밖에 들어오지 않았지만, 나는 해가 서쪽으로 낮게 기울어서 이 묘석이 햇빛을 가득 받고 있다는 것을 분명히 알아차렸다.

　이것은 나한테 놀랍고도 슬픈 노릇이었다. 내가 꼬박 하루 동안 잠을 잤고, 이제 해가 지고 있으니 또다시 밤이 올 거라는 뜻이기 때문이다. 하지만 밤이든 낮이든 이 끔찍한 곳에서 나를 도와줄 빛은 전혀 없으니까 그것은 별로 중요하지 않았다. 내 눈은 어둠에 익숙해졌지만, 어디서 작업을 해야 할지 알려주는 것은 아무것도 분간할 수 없었다. 그래서 나는 불을 켤 작정으로 부싯돌을 꺼냈다. 그러면 적어도 한순간은 그곳을 볼 수 있을 것이고, 그러면 두 손으로 흙을 파기 시작할 작정이었다.

　하지만 내가 자는 동안 부싯깃통이 눌리면서 뚜껑이 벗겨지는 바람에 통에 들어 있던 부싯깃이 주머니로 쏟아져 나와 있었다. 나는 부싯깃을 집어서 다시 통 속에 넣었지만, 그곳의 습기가 밤중에 부싯깃에 스며들어, 아무리 부싯돌을 켜도 불을 붙이지 못하고 헛되이 바닥에 떨어졌다.

그때 나는 비로소 위험에 빠져 있는 사실을 감지했다. 불을 켤 가망은 전혀 없었고, 설령 빛이 있다 해도 내가 과연 그 무거운 석판을 움직일 수 있을지도 이제는 의심스러웠다. 게다가 스물네 시간 동안 아무것도 먹지 못해서 몹시 배가 고팠다. 설상가상으로 목이 바싹 마르고 타는 듯한 갈증이 느껴졌다. 그 갈증을 가라앉힐 수 있는 것은 아무것도 없었다. 하지만 살아서 나가려면 허비할 시간이 없었다. 그래서 나는 석판 바닥의 가장자리에 닿을 때까지 무덤 옆면을 두 손으로 더듬은 다음, 손가락으로 석판 아래를 파기 시작했다. 전날에는 푸슬푸슬하고 물러 보였던 흙이 맨손으로 덤벼들자 무르기는커녕 아주 단단했다. 한 시간도 지나기 전에 몸은 녹초가 되고 손가락에 멍이 들었을 뿐, 진척된 일은 거의 없었다.

나는 어쩔 수 없이 쉬어야 했다. 바닥에 앉아서, 희미한 빛줄기가 사라지고 간밤의 무시무시한 암흑이 다시 스멀스멀 다가오고 있는 것을 지켜보았다. 그런데 이제는 배고픔과 갈증과 피로에 겁이 나서, 그 어둠을 직시할 엄두가 나지 않았다. 그래서 어둠과 대면하지 않으려고 땅바닥에 엎드렸다. 그러고는 맥 빠진 나머지 신음을 토했다. 그렇게 한참 동안 엎드려 있다가 일어나서 소리를 질렀다. 누군가가 우연히 내 목소리를 들기를 바라면서 울부짖었다. 나를 이 끔찍한 곳에서 구해달라고, 글레니 신부님과 랫시, 심지어는 엘저비어의 이름까지 불렀다. 하지만 아무 대답도 들려오지 않았다. 내 목소리만 저 멀리 납골당 안에서 공허하게 메아리칠 뿐이었다.

절망에 빠진 나는 석판 아래 흙벽으로 돌아가서, 손톱이 부러지고 피가 날 때까지 손가락으로 흙벽을 긁었다. 그러면서도 내가 아무리 애써봤자 거대한 돌을 움직일 수는 없으리라는 것을 분명히 알고 있었다. 흙벽을 긁는 동안 내내 그런 생각이 밧줄처럼 내 머리를 휘감았다. 그렇게 몇 시간이 흘렀다. 하지만 여기에 대해서는 말하지 않겠다. 그때의 일을 떠올리면 아직도 무섭고, 그때 내가 겪은 고통은 어떤 말로도 설명할 수 없기 때문이다. 그러나 이따금 잠이 쏟아져 나를 도와주곤 했다. 흙을 파고 있는 동안에도 피로가 덮쳤고, 그러면 나는 바닥에 쓰러져 잠들었다.

다시 몇 시간이 지났다. 마침내 나는 묘석 틈새로 스며든 희미한 햇빛을 보고 해가 다시 뜬 것을 알았다. 미칠 듯한 갈증이 몰려왔다. 그때 문득 납골당 안에 쌓여 있는 술통들과 그 안에 들어 있는 술이 생각났다. 술이라고 해서 망설일 이유는 없었다. 그 지독한 갈증을 달래기 위해서라면 펄펄 끓는 납물이라도 마셨을 것이다. 그래서 나는 다시 통로를 따라 납골당으로 더듬거리며 내려갔다. 술로 입술을 적실 수만 있다면 어둠도 개의치 않았고, '검은수염'과 그의 부하들도 개의치 않았다. 그렇게 술통을 이리저리 더듬다가 술통 더미 꼭대기 근처

문플릿의 보물

에서 손이 술통 마개에 닿았다. 나는 마개를 잡아 뽑고는 거기에 입을 댔다.

무슨 술인지는 모르지만 그렇게 독하지는 않았다. 꿀꺽꿀꺽 삼킬 수 있었고, 갈증으로 타는 내 목구멍보다는 덜 화끈하게 느껴졌다. 그런데 통로로 돌아가려고 돌아섰을 때 나는 출구를 찾을 수가 없었다. 그래서 현기증으로 머리가 핑핑 돌 때까지 빙글빙글 돌면서 출구를 더듬어 찾다가 정신을 잃고 바닥에 쓰러졌다.

제5장

구조되다

죽은 자들의 영혼이여,

밤중에 일렁이는 거센 바람의 숨결에서

내가 그대들의 목소리를 듣지 않았던가?

**조지 고든 바이런*

정신이 들었을 때 나는 누워 있었다. 그런데 무훈가 납골당 바깥의 어둠 속에 누워 있는 것도 아니고, 모래 덮인 땅바닥에 누워 있는 것도 아니었다. 나는 부드럽고 깨끗한 이불이 덮인 침대에 누워 있었다. 그곳은 벽에 하얀 회반죽을 바른 작은 방이었고, 봄의 햇살이 창문으로 흘러들고 있었다. 반가운 햇빛을 보자, 햇빛을 보내준 하느님을 찬미하지 않을 수 없었다.

처음엔 이모 집의 내 침대에 누워 있는 줄 알았다. 납골당과 밀수꾼들을 본 것은 꿈속에서였고, 내가 암흑 속에 갇힌 것은 악몽일 뿐이라고 생각했다. 나는 일어나려고 애썼지만, 몸에 힘이 없고 일찍이 겪어보지 못한 무기력감 때문에 그만 다시

* 영국의 낭만파 시인(1788~1824).

쓰러지고 말았다. 맥없이 쓰러진 채 무언가가 목 주위에서 흔들리는 것을 느끼고 손으로 만져보니, 그것은 존 무훈 대령의 검은 로켓이었다. 그렇다면 그때 겪은 모험은 꿈이 아니었던 것이다.

그때 문이 열렸고, 머리가 혼란스러웠던 나는 납골당에 돌아와 있는 듯한 기분을 느꼈다. 방에 들어온 사람이 엘저비어 블록이었기 때문이다. 그래서 나는 두 손을 번쩍 들고 외쳤다.

"아저씨, 살려주세요. 저는 염탐하러 온 게 아니에요."

하지만 그는 상냥한 표정을 지으며 내 어깨에 손을 대고 나를 부드럽게 뒤로 눕히며 말했다.

"가만히 누워 있거라. 널 해칠 사람은 아무도 없다. 자, 이거나 마시렴."

그는 김이 모락모락 피어오르는 수프를 한 사발 내밀었다. 맛있는 냄새가 방을 가득 채웠다. 내게는 세상의 모든 장미와 백합을 한데 모은 것보다 만 배나 더 감미로운 냄새였다. 하지만 그는 내가 수프를 단숨에 꿀꺽꿀꺽 마시게 하지 않고, 아기처럼 숟가락으로 조금씩 떠서 홀짝홀짝 마시게 했다. 내가 그렇게 수프를 먹는 동안 그는 내가 있는 곳이 '괜찮군!' 주막의 다락방이라고 말해주었지만, 그 이상은 말하지 않고, 나중에 알게 될 테니 다시 잠이나 자라고 말했다. 기력이 원래 상태로 돌아올 때까지는 열흘이 넘게 걸렸고, 나는 다시 건강해졌다. 그동안 엘저비어는 내 침대 옆을 지키고 앉아서 나를 보살펴주었다. 그렇게 해서 나는 그들이 나를 어떻게 발견하게 되었는지, 그 사정을 조금씩 알게 되었다.

가장 먼저 나를 찾아 나선 것은 글레니 신부님이었다. 내가 이틀째 학교에 나오지 않자 신부님은 내가 아픈 줄 알고, 누군 가가 아프면 으레 그렇듯이 내 상태가 어떤지 알아보려고 이모 집에 갔다. 하지만 제인 이모는 내가 어떤 상태인지 말해줄 수 없다고 딱딱하게 대답했다.

"그 녀석은 가출했으니까요. 어디로 갔는지는 모르지만, 즐거움을 찾아 달아난 거라면 다시는 돌아오지 않는 게 좋을 거예요. 그 녀석 때문에 지겹도록 고통을 받았지만, 불쌍한 언니의 자식이어서 참고 견뎠을 뿐이에요. 하지만 그 못된 녀석은 제 아비를 닮아서 나한테 이런 식으로 보답하네요."

이런 말과 함께 이모는 신부님의 코앞에서 문을 쾅 닫아버렸다.

신부님은 랫시를 찾아갔지만 아무것도 알아내지 못했다. 그래서 내가 바다로 달아나 풀이나 웨이머스에서 배를 찾고 있을 거라고 생각했다고 한다.

하지만 바로 그날 해 질 녘에 샘 튜크스베리가 '괜찮군!'에 와서는 '벌벌 떨면서' 럼주를 한잔 달라고 간청했다. 일을 마치고 귀가하는 길에 교회 묘지의 담장 옆을 지나다가 어두컴컴한 데서 울부짖는 비명 소리를 들었는데, '검은수염'이 보물을 찾으러 가자고 죽은 무훈가 사람들을 불러 모으는 소리 같더라는 것이다. 그래서 아무것도 보이지는 않았지만 당장 줄행랑을 쳐서 주막 앞에 다다를 때까지 한달음에 달려왔다고 했다. 이 말을 들은 엘저비어는 당장 샘에게 '괜찮군!'에서 혼자 마시고 있으라고 하고는 거리를 내달려 랫시를 부르러 갔다. 이들 두 사람은 어둠 속에서 바닷가 풀밭을 지나 교회로 향했다.

"듀크스베리가 허공에서 울부짖는 소리가 나는 것을 들었는데 주위에 아무도 보이지 않았다고 말하는 걸 듣자마자 알아차렸지. 어느 불쌍한 녀석이 납골당에 갇혀서 살려달라고 외치는 모양이라고." 엘저비어가 말했다. "이런 결론을 내린 건 타고난 지혜 덕분이 아니라 그보다 더 확실하고 슬픈 징조 때문이었어. 아마 너도 들었을 거다. 13년 전 어느 날 아침에 크래키 존스라는 멍청한 늙은이가 묘지에서 시체로 발견되었다는 이야기 말이야. 그 영감은 발견되기 일주일 전에 실종되었는데, 나는 그 주에 두 번이나 밤새도록 교회 뒤편 언덕에 앉아서, 파도 때문에 해안에 접근할 수 없다고 횃불로 배에 신호를 보내기 위해 바다를 지켜보고 있었지. 그 이틀 밤은 큰 파도가 밀려오고 있었지만 바람은 잔잔했는데, 묘지에서 목이 졸린 듯한 비명 소리가 풀밭을 가로질러 들려오는 것을 세 번 넘게 들었지만, 나는 잠시 피가 차가워지는 듯한 느낌을 받았을 뿐 거기에 대해서는 신경을 쓰지 않았어. 그 교회엔 나쁜 소문이 늘 따라다녔으니까 말이다. '검은수염'이 부하들을 불러 모은다는 그 터무니없는 이야기도 별로 진지하게 생각지 않았지만, 밤에는 무덤들 사이에서 이상한 일들이 일어날지 모른다는 생각은 했지. 그래서 꼼짝도 하지 않았고, 죽음의 고통 속에 빠져 있는 인간을 구하려고 손이나 발 하나도 움쩍하지 않았어.

하지만 배들이 해안에 접근할 수 있을 만큼 파도가 가라앉고, 우리가 묘석에서 옆면을 떼어낸 뒤 내가 통로로 뛰어내릴 수 있도록 그리닝이 등불을 들어 올렸을 때, 불빛이 구덩이 바닥에서 발견한 것은 위쪽을 쳐다보고 있는 창백한 얼굴이었어. 나는 지금도 그걸 잊을 수 없단다. 거기 누워 있었던 것은 크래키 존스였으니까. 얼굴은 비쩍 마르고 쪼그라들었지만, 멍청한 표정은 얼굴에서 완전히 사라져 있었지. 우리는 그의 입에 브랜디를 억지로 흘려 넣었지만, 크래키 존스는 이미 죽어서 뻣뻣하게 굳어 있었어. 두 무릎을 얼굴 쪽으로 끌어당긴 채 굳어버렸기 때문에 우리는 그렇게 몸을 구부린 자세 그대로 들어다가, 이튿날 누군가가 발견하도록 묘지 담벼락 밑에 눕혀둘 수밖에 없었지. 크래키가 어떻게 그곳에 들어갔는지는 우리도 끝내 알아내지 못했지만, 어느 날 밤 하역꾼들이 짐을 나를 때 주위를 어슬렁거리다가 망꾼이 등을 돌린 틈을 타서 슬쩍 들어갔을 거라고 짐작했지.

샘 튜크스베리가 비명 소리를 들었는데 아무도 보이지 않더라고 말했을 때 나는 무슨 일이 벌어졌는지 알아차렸지만, 누가 그곳에 갇혀 있을지는 짐작도 가지 않았어. 네가 행방불명된 줄 몰랐으니까. 그래서 묘석 옆 돌을 치우는 데 도움을 얻으려고 랫시한테 달려갔지. 내가 젊었을 때는 그 돌을 혼자 치운 적도 있었지만 이제는 움직일 수도 없으니 말이다. 그러다 랫시한테서 네가 사라졌다는 말을 듣고는, 그곳에 갇힌 게 누구인지 알게 된 거지."

엘저비어의 이야기를 들으면서 나는 몸서리를 쳤다. 크래키 존스도 아마 나를 숨겨준 관 뒤에 숨어 있었을 거라고 생각하자, 하마터면 나도 그와 똑같은 운명에 빠질 뻔했다는 게 실감 났기 때문이다. 오래전 예배 시간에 교회 지하의 납골당에서 섬뜩한 외침 소리가 들려왔고, 그래서 놀란 신부님과 신자들이 교회에서 도망쳤다는 이야기가 다시 생각났다. 어떤 불쌍한 사람이 그 무시무시한 곳에 갇혀서 살려달라고 고함을 질렀지만 사람들은 겁에 질린 나머지 귀를 기울이지도 못했다는 사실을 나는 조금도 의심치 않았다.

"거기서 널 발견했을 때 너는 의식을 잃은 상태로 모래 위에 널브러져 있었지." 엘저비어가 말을 이었다. "네 얼굴을 보니 데이비드가 생각나더구나. 그래서 너를 어깨에 들쳐 메고 여기로 데려왔단다. 여기는 데이비드의 방이야. 먹여주고 재워줄 테니까, 마음만 있다면 언제까지나 여기서 나랑 함께 지내도 좋아."

내가 건강을 회복하는 며칠 동안 우리는 많은 이야기를 나누었고, 나는 엘저비어가 겉으로만 무뚝뚝할 뿐 더없이 친절한 사람이라는 것을 알고 그를 무척 좋아하게 되었다. 사실은 내가 함께 지낸 것이 그에게도 도움이 되었다고 생각한다. 엘저비어는 자기를 사랑하는 누군가가 다시 세상에 존재한다고 느꼈고, 아들 데이비드에게 애정을 쏟았듯이 나에게도 애정을 쏟았다. 그가 납골당에 대해, 그리고 내가 거기서 본 것에 대해 비밀을 지키라고 요구한 적은 한 번도 없었다. 아마 그럴 필요가 없다는 것을 알았기 때문이리라. 나는 누군가에게 그 비밀을 털어놓느니 차라리 죽음을 택했을 것이다.

그런데 종종 나를 보러 들르던 랫시가 하루는 이런 말을 꺼냈다.

"존, 네가 우리 지하 창고에 들어간 것을 아는 사람은 엘저비어와 나뿐이야. 우리 패거리 가운데 누군가가 알아차리면 네가 쓸데없는 말을 지껄이지 못하도록 흉악한 방법을 쓸지도 몰라. 그러니까 우리 비밀을 단단히 지켜. 그러면 우리도 네 비밀을 지켜줄게. '지혜로운 사람은 입을 조심한다'*는 말도 있잖니."

나는 랫시가 성서를 그렇게 줄줄 외면서 어떻게 밀수꾼 노릇을 하는지 신기했다. 하지만 사실 문플릿에서는 화물을 몰래 들여오는 것이 그렇게 큰 죄가 아니었다. 랫시가 이런 말을 덧붙인 것을 보면, 아마 그는 내가 무슨 생각을 하는지 알아차린 모양이었다.

"기독교인이라면 술통을 나르는 걸 부끄러워할 필요 없어. 성서에 보면 이스라엘 민족이 이집트를 떠날 때 압제자들을 속여서 금은보화를 몰래 가지고 나왔거든. 그 잔인한 지배자들 중에서도 가장 악질은 세금을 거두는 놈들이었을 거야."

---

* 구약성서 「잠언」 10장 19절에 나온 말.

문플릿의 보물

제인 이모는 그동안 내 안부조차 묻지 않았지만, 내가 기운을 차린 다음에 가장 먼저 찾아간 곳은 이모 집이었다. 사실 이모는 내가 어디 있는지 알고 있었다. 랫시가 사정을 설명하고, 지금은 내가 '괜찮군!'에 누워 있다고 말했기 때문이다. 하지만 내가 배가 고파 죽을 지경으로 쓰러져 있는 것을 엘저비어가 발견했다고만 말하고, 내가 어디서 발견되었는지는 말하지 않았다.

이모는 싸늘한 말로 나를 맞이했는데, 그 말을 여기서 굳이 되풀이할 필요는 없을 것이다. 아마 이모는 쌀쌀맞게 굴려고 한 게 아니라, 단지 나를 올바른 길로 되돌려놓기 위해 그런 말을 했을 것이기 때문이다. 이모는 빠끔히 연 문을 손으로 잡은 채 내가 문지방을 넘는 것도 허락하지 않고, 선술집에서 빈둥거리는 게으름뱅이를 집에 들여놓을 수는 없다고, '괜찮군!'이 그렇게 마음에 들거든 그곳으로 돌아가도 좋다고 말했다.

나는 멋대로 가출한 것에 대해 용서를 구할 작정이었지만, 그런 몰인정한 말을 듣자 악마가 내 마음속에서 고개를 드는 것을 느꼈다. 눈에는 쓰라린 눈물이 고였지만 그저 웃기만 했다. 그래서 지금까지 가져본 유일한 집에 등을 돌리고, 쓸쓸한 기분을 느끼면서 터벅터벅 마을을 내려갔다. 다시 '괜찮군!'에 도착할 때까지 울지 않을 자신이 없었다.

엘저비어는 풀 죽은 내 표정을 보고, 무슨 걱정이 있느냐고 물었다. 나는 이모한테 문전박대당한 일을 털어놓고, 이제는 돌아갈 집이 없다고 말했다. 그런데 엘저비어는 나를 딱하게 여기기보다 오히려 기뻐하는 눈치였다. 이곳은 우리 둘이 살기에 넉넉하니 함께 살자고 말했다. 그리고 내 목숨을 구한 것도 다 운명이니까, 내가 데이비드 대신 아들이 되어야 한다는 말도 했다. 그래서 나는 '괜찮군!'에서 그와 함께 살게 되었고, 이모는 내 옷을 자루에 담아서 보내주었다. 그리고 아버지가 남겨준 약간의 양육비를 엘저비어에게 넘겨주려 했지만, 그는 필요 없다면서 한 푼도 받으려 하지 않았다.

제6장

폭력 행사

가장 고결한 대응은

그들이 말싸움을 벌일 때 잠자코 있는 것이다.

앨프리드 테니슨

앞에서 매스큐의 이름을 몇 번 언급했는데, 나중에도 그에 대해 이야기할 일이 있을 테니 여기서 그가 어떤 인물인지 소개해두는 게 좋을 듯싶다.

그는 보통 체구에 키는 165센티미터 정도였다. 이 키를 최대한 이용하기 위해 머리를 한껏 뒤로 젖히고 약간 점잔 빼는 걸음걸이로 으스대며 걸었다. 얼굴은 야위었고, 날카로운 코는 매부리처럼 생겼으며, 잿빛 눈은 맷돌 뒤쪽에 금화가 있다면 맷돌을 꿰뚫을 수도 있을 것 같았다. 머리카락은 이제 반백이 되었지만, 원래는 가발이 아닌데도 붉은색이었다. 그 머리색 때문에 문플릿에서는 스코틀랜드 사람으로 통했다. 스코틀랜드 사람은 모두 빨강 머리라고 우리 마을 사람들은 생각했기 때문이다. 그의 직업은 변호사였고, 에든버러*에서 재산을 모은 뒤, 악행을 일삼았던 과거에서 벗어나기 위해 멀리 문플릿까지 오게 되었다.

그가 무훈가의 영지를 조금 사들인 지 약 4년이 지났는데, 무훈가의 땅은 한 세대 동안 작게 분할되어 한 뙈기씩 팔리고 있었다. 매스큐가 구입한 땅에는 영주 저택이 서 있었다. 아니, 좀더 정확히 말하면 남아 있는 영주 저택의 상당 부분이 서 있었다.

나는 앞에서 이 저택에 대해 말한 적이 있는데, 십자형 이층집으로 한가운데에 불쑥 튀어나온 박공과 문간이 있고, 양쪽 끝에 박공 달린 날개 부분이 비스듬히 뻗어 나와 있었다. 매스큐 일가는 이 두 날개 가운데 한쪽에서 살았는데, 그곳은 그 저택에서 사람이 살 수 있는 유일한 구역이었다. 나머지 구역은 유리가 창문에서 떨어져 나갔고, 몇 군데는 지붕이 무너져 있었다. 매스큐는 집이든 마당이든 수리하려고 하지 않아, 1749년 폭설에 쓰러진 거대한 삼나무가 아직도 마찻길을 가로막고 있었다.

집으로 들어가는 입구는 건물 한가운데에 있는 현관 포치였지만, 거기서 사람이 살고 있는 날개 부분까지 가려면 다 무너져 가는 복도를 몇 개나 지나 나가야 했다. 닭과 돼지, 다람쥐들이 집 앞에 있는 계단식 잔디밭을 차지하고 있었다. 매스큐가 집을 그렇게 놔두는 것은 돈이 없어서가 아니었다. 사람들은 그가 상당한 부자라고 말했다. 그러니 이유는 오로지 그가

---

* 영국 스코틀랜드의 중심 도시.

문플릿의 보물

인색했기 때문이다. 그리고 그가 깨끗함과 질서를 그렇게 무시한 것은 아마 반려자가 없었기 때문이기도 할 것이다. 아내는 죽었고, 딸이 하나 있기는 했지만 나이가 어려서 아직 아버지가 하기 싫은 일을 하도록 만들 만큼의 영향력은 갖고 있지 않았다.

매스큐가 오기 전까지 영주 저택에는 오랫동안 아무도 살지 않았다. 그래서 마을의 아이들은 테라스를 운동장으로 이용했고 숲에서 앵초를 꺾었다. 어른들은 당연하다는 듯이 영주의 사냥터에 덫을 놓아 토끼를 잡거나 엽총으로 꿩을 잡았다.

하지만 저택에 새 주인이 오면서 이 모든 걸 바꾸어놓았다. 그는 덫과 엽총을 몰래 감추고, 무단 침입자는 고발하겠다는 팻말을 나무에 걸어놓았다. 그래서 오래지 않아 모든 사람이 그를 적대시하게 되었다. 하지만 그는 이웃의 호의보다 증오를 택했고, 치안판사가 되어 밀수를 철저히 단속하겠다고 공표하는 바람에 이웃들의 적개심은 더욱 심해졌다. 문플릿에는 세금을 내려는 사람이 아무도 없었기 때문이다.

하지만 농부들은 밀수입한 네덜란드산 진을 좋아했고, 그아내들은 프랑스제 레이스를 좋아했다. 세금을 내지 않은 만큼 값이 쌌기 때문이다. 그 무렵 단속선 '일렉터'호 사건이 일어났고, 그 와중에 데이비드 블록이 죽었다. 그 후 마을 사람들은 매스큐가 활개를 치고 다니다가는 언젠가 시체로 발견될 거라고 말했다. 하지만 그는 아랑곳하지 않았고, 치안판사라기보다는 징세관이라도 되는 것처럼 굴었다.

내가 어렸을 때, 영주 저택에 딸려 있는 숲은 나에게 기쁨을 주는 곳이었다. 화창한 오후에는 테라스 가장자리에 앉아서 마을을 내려다보며 황폐한 과수원에서 딴 빨간 사과를 우적우적 씹어 먹곤 했다. 지금은 이런 즐거움이 금지되었지만, 저택은 아직도 나에게는 사과나 새 사냥보다 더 달콤한 매력을 갖고 있었다. 그 매력은 바로 그레이스 매스큐였다. 그녀는 외동딸이었고, 나와 나이가 같거나 조금 많았다. 내가 그녀를 알게 된 것은, 그녀가 글레니 신부님한테 배우려고 날마다 구빈원 교실에 왔는데, 나도 그곳에서 글레니 신부님한테 수업을 받고 있었기 때문이다.

그녀는 나이에 비해 키가 크고 날씬했다. 얼굴은 갸름했고 황갈색 머리카락은 바람이 불거나 그녀가 달릴 때면 얼굴 주위에서 휘날렸다. 드레스는 수없이 빨아서 색이 바랜 데다 재봉사가 의도했던 것보다 팔다리가 많이 드러나 있었다. 그녀는 한참 자라는 나이였는데 그녀의 옷에 신경을 써줄 사람이 없었기 때문이다. 모든 아이들이 그녀와 함께 놀고 싶어 했고, '땅뺏기' 놀이를 할 때는 모두 앞다투어 그녀를 자기편으로 택했다. 그녀는 달리기에서 사내아이들을 대부분 이길 수 있었다. 그래서 우리는 모두 그녀의 아버지를 싫어했고 우리끼리 있을 때는 온갖 별명을 붙이며 조롱했지만, 그녀가 옆에 있을 때는 그녀의 아버지를 못된 별명으로 부르거나 욕하지 않았다. 우리는 그녀를 좋아했기 때문이다.

글레니 신부님이 가르친 사내아이는 여섯 명이었고, 여자아이도 그 정도였다. 매스큐가 어떤 인물인지 짐작할 수 있도록, 어느 날 학교에서 그와 신부님 사이에 일어난 일을 말해주겠다.

글레니 신부님은 구빈원에서 우리를 가르쳤다. 지금은 구빈원에 수용된 사람이 아무도 없고 건물 자체도 무너져 내려 황폐해졌지만, 한때 수용자들이 식사를 했던 방은 아직 멀쩡해서 교실로 쓰이게 되었다. 교실은 길쭉하고 천장이 높은 방으로, 사방은 높은 징두리널에 둘러싸여 있었다. 한쪽 끝에는 조각이 새겨진 참나무 칸막이가, 반대쪽 끝에는 넓은 창문이 하나 있었다. 손때가 타서 반들반들 윤이 나고 잉크로 얼룩진 높은 탁자가 방 한가운데에 있고, 그 양쪽에 우리가 앉는 벤치가 놓여 있었다. 글레니 신부님이 쓰는 높은 책상은 방 끝에 있는 창문 밑에 놓여 있었다.

어느 날 아침 우리가 석판과 문법책을 앞에 놓고 앉아 있을 때, 칸막이 문이 열리더니 매스큐가 들어왔다.

글레니 신부님이 데이비드 블록의 묘비명으로 쓴 시에 대해서는 앞에서 이미 이야기했다. 그리고 홍수가 물러간 뒤에 랫시는 그 시를 새긴 묘비를 무덤에 세웠다. 하지만 매스큐는 교회에 가지 않아서 몇 주 동안 묘비를 보지 못했다. 그런데 어느 날 아침 묘지를 지나가다가 그 묘비를 우연히 보고는, 묘비명을 글레니 신부님이 썼다는 것을 알게 되었다. 그러니까 그가 그날 학교에 온 것은 신부님과 시비를 가리기 위해서였다.

우리도 그때는 거기까지 몰랐지만, 매스큐가 찾아온 것을 보고 무슨 일이 일어날 것 같다고 짐작했다. 그의 얼굴만 보아도 그가 몹시 화난 것을 알 수 있었다. 우리는 매스큐를 미워 했지만, 그가 학교에 찾아온 것을 보고 내심 반가웠다. 심상치 않은 분위기가 느껴졌고, 뭔가 색다른 일이 단조로운 수업에 변화를 가져다주기를 바랐기 때문이다. 그레이스만 자기 아버 지가 뭔가 험한 소리를 하지나 않을까 두려워 안절부절못하고 계속 고개를 숙인 채 머리 타래를 책상 위로 떨어뜨리고 있었 지만, 나는 머리카락 사이로 그녀의 얼굴이 빨개진 것을 볼 수 있었다. 매스큐는 그렇게 허세를 부리며 들어오더니 성난 눈 으로 주위를 둘러보고 신부님이 앉아 있는 책상 쪽으로 곧장 걸어갔다.

글레니 신부님은 근시라서 그게 누군지 금방 알아보지 못했 지만, 손님이 가까이 다가가자 예의 바르게 일어났다.

"안녕하십니까, 매스큐 씨." 신부님은 손을 내밀면서 말했다.

하지만 매스큐는 뒷짐을 진 채 부글부글 끓는 소리를 냈다.

"그 손을 거두시오. 내가 침을 뱉을지도 모르니까. 밀수나 하는 악당에게 그런 달콤한 찬가나 써주고, 당신의 독단으로 정직한 사람들을 겁주려는 건 코멘소리로 징징거리는 것 같 아."

글레니 신부님도 처음에는 상대가 무슨 소리를 하는 건지 몰랐지만, 나중에 알아차리고 얼굴이 백지장처럼 하얘졌다. 하지만 신부님은 성직자로서 잘못을 저질렀다고 생각되는 사 람들에 대해서는 설교단에서든 묘비에서든 꾸짖고 타이르는 것을 조금도 주저하지 않겠다고 말했다. 그러자 매스큐는 발

문플릿의 보물

끈 화를 내며, 당신은 밀수꾼들과 짜고 그들의 범죄로 배를 채우고 있다느니, 묘비명은 명예훼손이라느니, 당신을 중상모략 죄로 고소하겠다느니 하면서 온갖 야비하고 무례한 말을 잔뜩 쏟아냈다.

그렇게 한바탕하고 나서 그레이스의 팔을 움켜잡더니, 모자와 케이프를 가져와서 함께 집에 가자고 명령했다.

"밀수꾼을 찬양하는 시나 읊어대고 네 아비를 살인자라고 부르는 위선자에게 너를 맡길 수 없다."

이렇게 말하면서 그는 신부님에게 다가갔고, 마침내 두 사람은 바싹 붙어서 마주 서게 되었다.

둘 사이에는 큰 차이점이 하나 있었다. 작달막한 남자는 시뻘게진 얼굴을 위로 향한 채 마구 호통을 치고 있었고, 키가 큰 남자는 잘 입지도 먹지도 못하고 얼굴은 창백했지만, 목을 길게 빼고 아래를 내려다보고 있었다. 매스큐는 왼손에 바구니를 들고 있었다. 아침마다 장에 갈 때 들고 가는 바구니였다. 그는 필요한 물건을 직접 장에 가서 샀는데, 생선이 고기보다 쌌기 때문에 생선을 좋아했다. 이날 그는 생선 파는 여자들과 흥정을 했고, 우리 학교를 찾아왔을 때는 시장에서 산 생선을 들고 집으로 돌아가는 길이었다.

이어서 그는 글레니 신부님에게 말했다.

"이보시오, 신부 선생. 법률은 이곳 묘지에 대한 권한을 당신 손에 쥐어주었으니까, 부당한 묘비명이 새겨진 묘비가 묘지 안에 세워지지 못하게 막는 것은 당신이 마땅히 해야 할 일이고, 일단 세워졌다 해도 당장 밖으로 쫓아내는 것이 당신의 임무요. 일주일 말미를 주겠소. 다음 주까지 묘비가 치워져 있지 않으면 내가 직접 뽑아다가 산산조각 내서 묘지 밖으로 던져버릴 테니 알아서 하시오."

글레니 신부님은 낮은 목소리로 대답했지만, 우리가 앉아 있는 곳에서도 들리도록 아주 분명하게 말했다.

"나는 묘비를 밖으로 내쫓을 수도 없고, 당신이 내쫓는 걸 막을 수도 없습니다. 당신이 정말로 그럴 생각이라면 말입니다. 하지만 당신이 그런 짓을 해서 묘지를 모욕하려거든 당신이나 나보다 힘센 분을 염두에 두어야 할 겁니다."

신부님이 말한 힘센 분이 하느님을 뜻한다는 것을 나는 나중에야 알았지만, 그때는 엘저비어를 말하는 줄 알았다. 매스큐도 나처럼 생각했는지, 그 말을 듣고는 더욱 격분하여 바구니 속에 손을 쑥 집어넣더니, 큼지막한 가자미 한 마리를 꺼내 신부님의 얼굴에 휙 던지면서 말했다.

"그렇다면 버르장머리 없는 신부에게는 이거나 먹일 수밖에 없군. 그 창백한 뺨을 때려서 내 주먹을 더럽히고 싶진 않으니까."

하지만 그 광경을 보자 나는 불뚱이가 났다. 글레니 신부님은 밀랍처럼 약했고, 설령 골리앗*처럼 힘이 세다 해도 주먹질을 막기 위해 손을 들어 올리지는 않았을 것이기 때문이다. 그

* 구약성서에 나오는 힘센 거인.

문플릿의 보물

래서 나는 매스큐를 공격하려고 했다. 나이에 비해서는 체격이 제법 건장한 편이었기 때문에 매스큐쯤은 어린애처럼 쉽게 바닥에 때려눕힐 수 있었을 것이다. 하지만 나는 자리에서 일어날 때 그가 그레이스의 손을 잡고 있는 것을 보았고, 그래서 잠깐 주춤했다. 내가 마음을 다잡기도 전에 그는 가버렸고, 나는 그레이스의 케이프 자락이 칸막이 문을 돌아서 사라지는 것을 보았다.

가자미는 얼굴에 맞기에는 아무리 잘 봐주어도 꼴사나운 것이고, 이 가자미는 보통 가자미보다 컸다. 매스큐는 돈을 주고 살 수 있는 생선 중에서 최대한 큰 놈을 사려고 애썼기 때문이다. 그래서 그놈은 글레니 신부님의 뺨을 철썩 때렸을 때 요란한 소리를 냈고, 바닥에 떨어질 때 또 한 번 요란한 소리를 냈다. 이 소리를 듣고 우리는 아이들답게 까르르 웃음을 터뜨렸다.

그러나 글레니 신부님은 신경도 쓰지 않고 책상으로 돌아가서 조용히 앉았다. 신부님이 너무 처량해 보였기 때문에 나는 웃은 게 미안해졌다. 신부님 얼굴에는 모래가 묻어 있었고, 한쪽 뺨에는 붉은 얼룩이 생겨 있었다. 게다가 지느러미에 긁히는 바람에 핏방울이 볼을 타고 뚝뚝 떨어지고 있었다.

잠시 후 구빈원의 시계가 힘없는 목소리로 12시를 알렸다. 신부님은 여느 때처럼 "얘들아, 좋은 하루 보내렴" 하는 인사도 없이 밖으로 나가버렸다. 신부님 책상 밑 먼지투성이 바닥에는 가자미가 그대로 놓여 있었다.

그렇게 좋은 생선을 버리는 게 아까웠던 나는 가자미를 주워서 내 책상 서랍 속에 슬며시 밀어 넣고, 교실 난로에서 구워 먹을 수 있도록 프레드 버트더러 집에 가서 석쇠를 가져오게 했다. 그가 집에 갔다 오는 동안 나는 안뜰에서 놀려고 밖으로 나갔다. 그런데 5분도 지나기 전에 매스큐가 혼자 돌아와서 학교 마당을 지나 교실로 들어가는 모습이 보였다.

하지만 교실 끝에 있는 칸막이에는 틈새가 하나 있었고, 그 틈새로 햇빛이 들어오는 화창한 날이면 우리는 그쪽에다 손가락을 대고 피가 분홍색이라는 것을 증명하곤 했다. 나는 그가 뭘 하는지 궁금해서 몰래 살금살금 다가가 그 틈새에 눈을 들이댔다. 매스큐는 바구니를 들고 있었고, 나는 그가 생선을 두고 가기 아까워서 그것을 찾으러 왔다는 것을 알아차렸다. 하지만 생선은 내 책상 서랍 속에 들어가 있었기 때문에 아무리 찾아도 보이지 않았고, 그래서 그는 뚱한 표정으로 교실을 나갈 수밖에 없었다. 프레드 버트와 나는 그 가자미를 구워서 먹었다. 글레니 신부님한테 고통을 주긴 했지만 그래도 아주 맛있었다.

그 사건 후 그레이스는 학교에 나오지 않았다. 아버지가 학교에 가지 못하게 말렸기 때문이기도 하지만, 매스큐가 글레니 신부님한테 그런 짓을 한 이상 그녀 자신도 학교로 돌아오기가 창피했을 것이다. 내가 저택에 딸린 숲을 자주 배회하기 시작한 것은 그때부터였다. 숲에는 무단 침입자를 잡기 위해 덫이 놓여 있었지만, 나는 그 위치를 알고 있었기 때문에 전혀 두려워하지 않고 마음대로 돌아다니면서 그레이스의 모습을 종종 볼 수 있었다. 때로는 그녀와 이야기를 나눌 기회를 잡기도 했다.

그렇게 시간은 흘렀고, 나는 '괜찮군!'에서 엘저비어와 함께 살면서 오전에는 여전히 학교에 갔지만 오후에는 낚시를 하거나 과수원이나 보트에서 엘저비어의 일을 거들면서 시간을 보냈다. 그와 친해지자 화물 나르는 일을 거들게 해달라고 부탁했지만, 그는 내가 아직 어려서 나쁜 일에 물들면 안 된다고 말했다. 하지만 끈질기게 졸라대자 결국은 내 부탁을 들어주었다. 어두운 밤에 나는 여러 번 보트를 타고 바다로 나가 범선에서 짐을 싣고 육지로 날랐다. 하지만 무훈가의 납골당에는 다시 들어가지 못했고, 통로 입구에서 망을 보곤 했다.

나는 줄곧 존 무훈 대령의 로켓을 목에 걸고 있었다. 처음에는 맨살에 걸었지만, 살갗이 까맣게 되는 걸 알고는 셔츠와 겉옷 사이에 걸었다. 그러자 로켓은 옷과의 마찰 때문에 검은색이 점점 옅어졌고, 그 속에 있는 금속이 조금 드러났다. 마침내 나는 그것을 틈틈이 문질러 광을 내기 시작했고, 결국 그것은 순은처럼 새하얗게 반짝반짝 윤나게 되었다.

엘저비어는 내가 '괜찮군!'에 처음 왔을 때 나를 침대로 데려가면서 이 로켓을 보았고, 나중에 나는 그 로켓을 어디서 얻었는지 그에게 털어놓았다. 우리는 저녁에 가끔 그것을 꺼내보았지만 숨겨진 의미를 알아내지는 못했다. 아니, 우리는 그것이 '검은수염'의 유해를 악령들로부터 지켜주는 신성한 부

적이 틀림없다고 판단하고, 거기에 숨겨진 의미를 알아내려고
애쓰지도 않았다.

문플릿의 보물

제7장

입찰 경쟁

집에 쥐 한 마리 들어와 골치를 썩인다면 어떨까?

놈을 없애기 위해서라면

금화 1만 냥도 기꺼이 내놓겠다.

윌리엄 셰익스피어[*]

　낮이 빠르게 길어지고 있던 3월의 어느 날 저녁, 도체스터에서 심부름꾼이 '괜찮군!'의 덧문과 교회 정문에 붙일 인쇄된 공고문을 가져왔다. 그 공고문에는 일주일 뒤에 콘월 공작령[**]의 재산 관리관이 문플릿을 방문할 예정이라고 적혀 있었다. 이 관리관은 중요한 인물이었고, 그의 방문은 마을의 중대한 사건으로 꼽혔다. 관리관은 5년에 한 번씩 공작령을 구석구석 순시하면서 왕실 재산을 점검하고 임대차 계약을 새로 조정했는데, 그가 문플릿에 머무는 시간은 대개 짧았다. 문플릿의 토지는 전부 무훈 가문이 소유하고 있어서, 문플릿에 있는 왕실

[*]　영국의 시인이자 극작가(1564~1616).

[**]　영국 왕세자의 직할 영지.

재산은 '괜찮군!' 주막뿐이었고, 관리관의 임무는 이 주막의
5년 임대차 계약을 갱신하는 것뿐이었기 때문이다. 그 계약에
따라 블록 집안은 대대손손 주막을 물려받았다. 하지만 그럼
에도 불구하고 임대차 계약을 맺으려면 정해진 절차를 밟아야
했다. 엘저비어를 제외하고는 아무도 입찰하지 않으리라는 것
은 말할 나위도 없지만, 가장 높은 입찰가를 부른 사람에게
주막 임차권을 제공하는 겉치레 의식은 여전히 엄숙하게 거행
되었다.

그래서 일주일이 지난 어느 날 아침, 나는 관리관의 사륜마
차를 구경하러 동구 밖으로 갔다. 오전 11시쯤 네 마리 말이
끄는 마차가 두 명의 기수와 함께 언덕을 내려오는 게 보였다.
마차는 곧 내 앞을 지나갔고, 마차 안에는 두 신사가 앉아 있
었다. 서기는 말을 등지고 있었고, 맞은편 자리에는 가발을 쓴
작달막한 남자가 앉아 있었는데, 이 사람이 관리관일 거라고
짐작했다.

나는 제인 이모 집으로 달려 내려갔다. 이유는 이제 곧 설명
하겠지만, 엘저비어가 이모한테 얘기해서 겨울용 양초 한 자
루를 가져오라고 나한테 부탁했기 때문이다. 이모가 나를 집
에서 내쫓은 날 이후로 교회에서 마주친 것을 제외하고는 한
번도 만나지 않았지만, 이모는 여느 때처럼 뻣뻣하게 굴지도
않고 선선히 양초를 내주었다.

"옛다, 이걸 가져가렴. 이 초가 너의 어두운 마음에 빛을 비
추어, 가족을 버리고 술집에 가서 사는 게 얼마나 못된 짓인지

깨닫게 해주었으면 좋겠구나."

나는 내가 가족을 버린 게 아니라 버림을 받았다고 말하고 싶었다. 술집에서 사는 문제에 대해서는 이모가 나를 쫓아낼 때 바랐듯이 어디에도 살 곳이 없는 것보다는 그곳에 사는 게 나았기 때문이라고 말하고 싶었지만, 나는 아무 말도 않고 양초를 주어서 고맙다는 인사만 하고 이모 집을 나왔다.

주막에 와서 보니 문 앞에 마차가 서 있었다. 말들은 여물을 먹으러 끌려갔고, 마을 사람 몇 명이 모여 있었다. '괜찮군!' 에 대한 입찰 자체는 처음부터 결론이 나 있는 시시한 일이었지만, 관리관의 방문은 언제나 흥미로운 구경거리였기 때문이다. 아이들 몇 명이 유리창에 코를 납작하게 눌러대고 있었다. 안에서는 관리관과 서기가 열심히 식사하고 있었다. 내가 짐작했듯이 가발을 쓴 작달막한 남자는 관리관이었다. 그는 상석인 탁자 위쪽에 앉아 있었고 서기는 아래쪽에 앉아 있었다. 의자 위에는 그들의 모자와 여행용 망토와 초록색 끈으로 묶인 서류 다발이 놓여 있었다.

엘저비어가 맛있는 식사를 준비한 것은 분명했다. 따끈한 토끼고기 파이와 차가운 머릿고기 편육, 블루치즈 한 조각이 식탁에 놓여 있었다. 관리관은 그 치즈를 맛있게 먹었지만, 서기는 차라리 비누를 씹는 게 낫겠다면서 치즈에는 손도 대지 않았다. 아라랏밀크 한 병과 맥주 한 병도 놓여 있었다. 감히 프랑스산 와인을 내놓을 수는 없었다. 프랑스산 와인을 어떻게 손에 넣었는지 의심할까 봐 두려웠기 때문이다.

엘저비어는 양초를 받아 들고는, 왜 이렇게 늦었느냐고 나를 잠깐 꾸짖은 다음 초를 놋쇠 촛대에 꽂아서 식탁 한가운데에 놓았다. 그러자 서기가 주머니에서 작은 자를 꺼내 초에 대고 위에서 1인치를 재더니, 그곳에 엘저비어한테 빌린 줄마노 장식이 달린 넥타이핀을 꽂고 심지에 불을 붙였다. 이것이 양초가 필요한 이유였다. 문플릿에서는 토지나 임차권을 입찰에 부칠 때 초에 핀을 꽂는 것이 예로부터 전해 내려오는 관습이었다. 핀이 단단히 꽂혀 있는 동안은 누구나 더 높은 입찰가를 제시할 수 있지만, 초가 타 들어가 핀이 떨어지면 토지나 임차권은 마지막 입찰자에게 넘어갔다.

그래서 식사가 끝나고 식탁을 치운 뒤, 서기가 둥글게 만 서류를 꺼내 현재 주막으로 쓰이고 있는 건물의 법률적 명세를 낭독했다. 건물 뒤에 있는 방목장에 대해서도 언급했는데, 서류에 따르면 이 목초지는 약 6헥타르에 이른다고 했다. 그런 다음 관리관은 이렇게 가치 있는 부동산을 5년 계약으로 빌려줄 테니 임대 신청을 하라고 권했지만, 그 자리에 있던 사람은 엘저비어뿐이기 때문에 입찰은 금방 끝났다.

엘저비어는 지금까지 하던 대로 1년에 12파운드의 임대료를 내겠다고 제의했다. 서기는 엘저비어의 입찰 금액을 장부에 적었지만 아직은 거래가 끝난 게 아니었다. 핀이 초에서 떨어질 때까지 기다려야 했다. 그런 뒤에야 마침내 임대차 계약이 이루어지는 것이다. 지금부터 초가 다 탈 때까지는 10분 정도 걸릴 터였다. 그때까지 시간을 보내려고 어른들은 담배를 피우기 시작했다. 관리관은 아라랏밀크 술잔을 들고 이렇게 말했다.

"블록 씨, 아주 좋은 술을 팔고 있군요."

바로 그때 매스큐가 들어왔다.

마른하늘에 날벼락이 쳤다 해도 그의 출현만큼 나를 놀라게 하지는 않았을 것이다. 엘저비어의 얼굴은 밤처럼 어두워졌다. 하지만 관리관과 서기는 우리 마을 사람들이 서로 어떤 관계에 있는지 몰랐고, 입찰에 따른 행사가 어떻게 끝나는지 보려고 누군가가 들어오는 것도 당연하다고 생각했기 때문에 전혀 놀란 기색을 보이지 않았다. 게다가 매스큐는 관리관과 아는 사이인 것 같았다. 엘저비어와 나한테는 알은체도 하지 않고 탁자에 앉으려 했기 때문이다. 하지만 그가 막 자리에 앉으려고 했을 때 엘저비어가 외쳤다.

"당신은 내 집에서 환영받는 손님이 아니야. 당신 면상을 보느니 차라리 등짝을 보는 게 낫겠지만, 이 탁자에 앉을 생각은 하지 않는 게 좋을 거야."

나는 그가 왜 그러는지 알고 있었다. 그 탁자는 데이비드의 시신을 눕혔던 곳이기 때문이다. 그 말을 하면서 엘저비어가 주먹으로 탁자를 너무 세게 내리쳤기 때문에 관리관이 놀라서 펄쩍 뛰어오를 정도였고, 하마터면 핀이 초에서 떨어질 뻔했다.

"아이고." 놀란 관리관이 말했다. "여기서 싸움은 그만둡시다. 이 존경할 만한 신사는 치안판사에다 내 친구니까 더욱 그렇소.”

하지만 매스큐는 앉는 것을 그만두고 관리관의 의자 옆에 섰다. 얼굴은 글레니 신부님과 다툴 때처럼 시뻘게지지 않고 창백해졌다. 그는 앉는 것보다 서 있는 편이 낫다고, 이제 곧 엘저비어가 자기를 객실로 초대할 차례라고 중얼거렸다.

매스큐가 왜 왔을까 하고 궁금해하고 있을 때, 안절부절못하던 관리관이 말했다.

“핀이 곧 떨어질 것 같군. 서기, 입찰 내용을 다시 말해보게. 이 계약이 끝나는 대로 브리드포트로 떠나야 하니까. 그곳에도 할 일이 잔뜩 기다리고 있거든.”

그래서 서기는 노래하는 듯한 목소리로 계약서를 낭독했다. 핀이 초에서 떨어질 때까지 더 높은 임대료를 제시하는 사람이 없으면, 문플릿의 성 세바스티안 교구에 위치한 콘월 공작령의 부동산, 즉 현재 주막으로 쓰이는 ‘무훈 암스’와 거기에 딸린 토지 및 건물이 향후 5년간 1년에 12파운드로 엘저비어 블록에게 임대될 것이다.

아무도 임대하겠다고 나서는 사람이 없었다. 그러자 관리관은 엘저비어에게 말했다.

“말을 준비하라고 일러주시오. 핀이 곧 떨어질 테니까, 말을 대기시켜두면 그만큼 시간이 절약될 거요.”

그래서 엘저비어는 기수에게 말을 준비하라고 지시했고, 우리는 모두 탁자 주위에 둘러서서 핀이 떨어지기를 말없이 기다렸다. 초는 표시된 선보다 좀더 아래까지 타 들어간 것 같았

문플릿의 보물

다. 하지만 핀이 꽂힌 바로 그곳에 단단한 수지 덩어리가 하나 박혀 있었는데, 그 덩어리는 녹기를 거부하고 용감하게 버티고 있었다. 관리관은 탁자 밑에서 초조하게 발을 한 번 굴렀다. 그렇게 하면 핀이 흔들려서 떨어질 거라고 기대하는 눈치였다.

그 순간, 약간 메마른 목소리가 매스큐의 입에서 새어 나왔다.

"1년에 13파운드."

우리는 깜짝 놀라서, 이 말을 한 사람을 찾으려고 주위를 둘러보았다. 그게 매스큐일 수도 있다는 생각은 꿈에도 하지 않았다. 그 말을 한 사람이 매스큐라는 걸 가장 먼저 알아챈 사람은 엘저비어였다. 그는 고개를 돌려 관리관이나 매스큐를 보지도 않고, 탁자에 두 팔꿈치를 괴고 두 손으로 얼굴을 받친 채 똑바로 바다를 내다보며 단호한 목소리로 말했다.

"나는 20파운드."

이 말이 엘저비어의 입에서 나오기 무섭게 매스큐는 21파운드를 불렀다. 그래서 1분도 지나기 전에 '괜찮군!'의 임대료는 두 배로 올랐다. 그러자 관리관은 이 상황을 어떻게 해야 좋을지 몰라서, 그리고 이게 장난인지 진심인지 몰라서 두 사람을 번갈아 바라보다가 말했다.

"경고하는데, 장난치지 마시오. 나는 장난질에 허비할 시간이 없소. 장난으로 입찰한다 해도, 그 값을 임대료로 내야 할 거요."

하지만 관리관 앞에 있는 두 사람은 매우 진지했다. 엘저비어가 단호한 목소리로 30파운드를 부르자 매스큐는 31파운드와 41파운드를 불렀고, 엘저비어는 40파운드와 50파운드로 응수했다. 그때 나는 초를 보고, 핀의 대가리가 수평이 아니라 약간 ─ 아주 약간 ─ 기울어진 것을 보았다. 서기도 무관심에서 깨어나 끽끽 소리를 내는 깃펜으로 입찰가를 받아 적고 있었다. 관리관은 당황해하면서도, 누구도 자기를 곤혹스럽게 만들 권리가 없다고 생각하여 얼굴을 찌푸렸다.

나도 가만히 앉아 있을 수가 없어서, 긴장된 분위기를 조금이라도 견뎌보려고 자리에서 일어났다. 매스큐가 엘저비어를 쫓아내기로 작정했고 엘저비어는 자기 집을 지키기 위해 싸우고 있다는 것을 나도 이제는 깨달았다. 이곳은 그의 집이자 내 집이기도 했다. 그런데 이 비열한 남자의 앙심 때문에 우리 둘 다 집에서 쫓겨나야 한단 말인가?

몇 번 더 입찰 경쟁이 있었고, 매스큐가 91파운드를 불렀다. 그리고 그 순간 핀 대가리가 더욱 기울어졌다. 제인 이모가 만든 양초의 단단한 수지 덩어리가 녹고 있었다. 관리관이 갑자기 끼어들었다.

"당신들, 미쳤소? 그리고 블록 씨, 진정하고 돈을 아끼시오. 이 존경할 만한 신사가 어떤 대가를 치르더라도 반드시 주막 주인이 되어야겠다면, 그냥 줘버려요. 그러면 내가 브리드포트에 있는 '인어' 주막을 내주겠소. 거기는 술청도 아늑하고 여기보다 열 배는 더 장사가 잘될 거요."

그러나 엘저비어는 이 말이 귀에 들어오지도 않는 것처럼

문플릿의 보물

여전히 바다를 바라본 채 여전히 단호한 목소리로 100파운드를 불렀다. 그러자 매스큐가 단번에 입찰가를 120으로 올렸고, 엘저비어는 130으로 그를 눌렀다. 이어서 140, 150, 160, 170이 빠르게 이어졌다.

나는 숨이 너무 가빠져서 현기증이 날 정도였다. 여기가 어디인지, 무슨 일이 벌어지고 있는지를 나 자신에게 상기시키기 위해 두 손을 꽉 쥐어야 했다. 입찰자들도 숨을 거칠게 몰아쉬고 있었다. 엘저비어는 손에 파묻고 있던 머리를 들었고, 모두의 눈길이 핀에 쏠려 있었다. 수지 덩어리는 이제 다 녹았다. 왜 핀이 아직도 떨어지지 않는지는 알 수 없었다. 매스큐는 180파운드를 불렀고, 엘저비어는 190파운드를 불렀다.

그때 핀이 갑자기 한쪽으로 기울어졌다. 파산을 대가로 치르기는 하겠지만 어쨌든 '괜찮군!'을 구했다고 생각했다. 그런데 아니었다. 핀은 아직 떨어지지 않았다. 얇은 막에 끝이 걸려 있었던 것이다. 1초, 딱 1초가 남았다. 엘저비어는 매스큐가 얼마를 부르든 그보다 높은 값을 부를 준비가 되어 있었지만, 매스큐가 한숨을 토하듯 200파운드를 내뱉자마자 초에 매달려 있던 핀도 촛대 바닥에 툭 떨어졌다.

서기는 상관의 존재도 잊은 채 탁 소리를 내며 공책을 닫았다. 그러고는 매스큐에게 아주 당돌하게 말했다.

"판사님, 축하합니다. 1년에 200파운드의 임대료로 공작령에서 가장 형편없는 주막의 주인이 되셨군요."

관리관은 부하가 하는 말에는 아랑곳하지 않고 가발을 벗어

머리의 땀을 훔치며 중얼거렸다.

"정말 모를 일이군."

엘저비어는 그렇게 '괜찮군!'을 빼앗긴 것이다.

마지막 입찰가가 매스큐의 입에서 나온 순간, 엘저비어가 의자에서 엉거주춤 일어났다. 나는 그가 매스큐에게 야수처럼 덤벼드는 것을 보게 될 줄 알았다. 하지만 그는 아무 말도 않고 여전히 굳은 표정으로 다시 의자에 앉았다. 사실 그가 그렇게 마음을 고쳐먹은 것은 잘한 일이었다. 엘저비어가 일어나자 매스큐가 손을 품속에 쑥 집어넣었기 때문이다. 엘저비어가 의자에 앉자 매스큐도 손을 뺐지만, 그의 조끼 앞부분은 조금 불룩했고, 그의 하얀 셔츠 아래쪽에 권총의 은빛 손잡이가 슬쩍 엿보였던 것이다.

관리관은 그렇게 강한 말을 무심코 내뱉은 데 당황하고 난처했을 것이다. 그는 당장 중립적인 태도를 취하려고 애쓰면서 밋밋한 어조로 말했다.

"두 분 사이에 무슨 개인적인 문제가 있는 모양인데, 그 문제를 캐묻거나 하진 않겠소. 200파운드 정도는 공작 전하께는 푼돈에 지나지 않아요. 그런데 판사님……" 그는 매스큐를 돌아보았다. "나중에라도 마음이 바뀌어 낙찰을 포기하겠다면 나는 이의를 제기하지 않겠소. 어쨌든 런던에 가서 임대 계약서를 보내야 할 테니, 계약을 정식으로 체결하기까지는 시간이 좀 걸릴 거요."

나는 그가 상황이 엘저비어에게 유리하게 바뀌기를 바랐기

문플릿의 보물

때문에 이런 말로 계약 지연을 암시했다는 것을 알아차렸다. 서기가 이미 서류를 작성한 뒤여서, 이름과 금액만 적어 넣으면 계약이 확정되기 때문이다. 하지만 매스큐가 말했다.

"아니, 계약은 계약이지요. 런던처럼 먼 곳에서 보내는 우편물은 언제 도착할지 불확실합니다. 그러니까 지금 계약서를 작성해서 오월제* 날 제가 이 주막을 점유할 수 있게 해주시면 고맙겠습니다."

"그럼 그렇게 합시다." 관리관은 약간 퉁명스럽게 말했다. "하지만 가혹한 계약을 맺게 했다고 나를 탓하진 마시오. 내가 모시는 공작님은……" 여기서 그는 경의의 표시로 모자를 살짝 들어 올렸다. "탐욕스러운 분이 아니니까요. 스크러턴, 임대료 금액을 기입하게. 그리고 출발하세."

스크러턴이라고 불린 서기는 서류에 깃펜으로 액수를 기입했고, 그러자 매스큐가 자기 이름을 적고, 이어서 관리관이 자기 이름을 적고, 서기가 입회인으로 관리관의 이름을 다시 적어 넣었다. 그런 다음 관리관은 우편물 속에서 조그만 가죽 상자를 꺼냈다. 그 상자에서는 봉랍과 공작의 휴대용 인장이 나왔다.

우리 이모가 만든 겨울용 양초는 한낮의 햇빛 속에서 아직도 타고 있었다. 아무도 촛불을 끌 생각을 하지 않았기 때문이다. 관리관은 촛불에 봉랍을 녹였다. 밀랍 한 방울이 수지 속

---

* 5월 1일의 봄 축제.

으로 떨어져 초의 한쪽 면에 자국을 내면서 흘러내리자, 서류에도 뜨거운 밀랍이 쏟아졌다. 그리고 마침내 봉인이 찍혔다.

"서명하고, 날인하고…… 이로써 완료되었습니다."

서기가 말하면서 서류를 둘둘 말아 매스큐에게 건네주었다. 매스큐는 그걸 받아서 조끼 앞자락 속 품 안에 밀어 넣었다. 내가 아까 본 은빛 손잡이가 달린 권총의 바로 곁이었다.

문 앞에 사륜마차가 서 있었다. 말들은 자갈로 포장된 길 위에서 발을 구르고 있었다. 마구가 짤랑거렸다. 서기는 우편물을 갖고 나왔지만, 관리관은 여행용 망토를 어깨에 걸치면서 잠시 걸음을 멈추고 엘저비어에게 말했다.

"너무 심려하지 마시오. 당신에게는 1년에 20파운드로 '인어' 주막을 빌려드리겠소. 이 황량한 곳보다는 거기가 열 배는 가치가 있을 거요. 아들을 브라이슨 학교에 보낼 수도 있지요. 그 학교는 당신 아들을 장학생으로 받아줄 거요. 아주 영리한 아이니까."

그는 내 어깨를 만졌고, 지나가면서 상냥한 눈길을 던졌다.

"감사합니다, 관리관님." 엘저비어가 말했다. "말씀은 고맙지만, 이 집을 떠나면 다시는 주막을 경영하지 않을 겁니다."

관리관은 자신의 제의가 무시당하자 화가 난 것 같았다. "그럼 잘 계시오" 하고 딱딱하게 말하고는 집에서 나갔다.

매스큐는 관리관보다 먼저 주막을 빠져나갔고, 그 덩치 큰 사내가 계단을 내려가자 아이들의 코도 유리창을 떠났다. 작은 무리가 남아서 그가 떠나는 것을 보았지만, 그 무리도 곧 흩어졌다. 달각거리는 말발굽 소리가 사라지기도 전에 매스큐가 엘저비어를 '괜찮군!'에서 쫓아냈다는 소문이 마을 구석까지 퍼졌다.

사람들이 모두 떠난 뒤에도 오랫동안 엘저비어는 두 손으로 머리를 감싸고 탁자 앞에 앉아 있었다. 우리가 여기서 쫓겨나 길바닥을 헤매게 된 것이 슬펐고, 곤경에 빠진 그를 동정하는 마음도 보여주고 싶어서, 나는 침묵한 채 조용히 앉아 있었다. 하지만 젊은이는 아무리 간절히 원해도 나이 든 어른의 슬픔을 온전히 이해할 수는 없는 법이다. 얼마 후 나는 침묵에 진력이 났다.

날이 어두워지고 있었다. 입찰과 계약이 진행되는 동안에는 그렇게 힘차게 타오르던 촛불도 약해져 있었다. 1분 뒤에는 불빛이 몇 번 깜박거리다가 칙칙 소리를 냈다. 이어서 심지가 기우뚱하더니 마지막 불꽃을 내뿜고 꺼져버렸다. 우리는 방구석에 기어들고 있는 3월 저녁의 쌀쌀한 어스름과 함께 남아 있었다. 나는 더 이상 어둠을 견딜 수가 없어서, 불그스름한 불빛이 찬장 위에 놓인 백랍 술잔과 도자기 위에서 춤을 출 때까지 난롯불을 지폈다.

"아저씨, 오월제까지는 뭘 어떻게 해야 할지 생각할 시간이 충분해요. 그러니까 차나 한잔 마신 다음 주사위 놀이나 하죠. 제가 상대해드릴게요."

하지만 엘저비어는 여전히 낙담한 얼굴로 아무 말도 하려 하지 않았다. 나는 주사위 놀이에서 그가 나를 이기게 해서 조

입찰 경쟁   123

금이라도 기운 나게 해주고 싶었지만, 얄궂게도 그날 밤에는
내가 무슨 짓을 해도 질 수가 없었다. 운이 나빠질수록 그는
점점 더 언짢아졌고, 마침내 주사위판 가장자리에 적혀 있는
격언을 읊조리면서 놀이판을 탁 닫아버렸다.

"인생은 주사위 놀이 같아. 하지만 지금까지 나보다 더 주사
위를 잘못 던지거나 그것을 무시한 사람은 또 없을 거다."

제8장

상륙

한밤중에도 등불을 켜서
높고 외진 탑에서도 보이게 하라.

존 밀턴 *

그날 오후 매스큐는 마을을 지나갈 때, 남자들한테는 눈총
을 받고 여자들한테는 싫은 소리를 들었다. 그가 한 짓을 마을
사람들이 모두 알고 있었기 때문이다. 입찰이 끝난 뒤에도 오
랫동안 그는 감히 얼굴을 들고 나다니지 못했다. 하지만 그를
감시하는 일을 자진해서 떠맡고 있는 링스테이브의 데이먼과
밀수꾼 일당 몇 명의 말에 따르면, 매스큐는 저녁에 두 번 웨
이머스에 가서 세무서의 러캠 씨와 당시 노드 요새에 주둔해
있던 기병대 대장 헤닝 대위와 대화를 나누었다고 한다. 그리
고 어떻게 했는지는 나도 모르지만, 그는 밀수꾼들에게 큰 타
격을 가하도록 세무서를 설득했고, 그래서 다음번에 밀수꾼들
이 상륙하여 화물을 나르려 할 때 강력한 무장대가 기습하여

---

* 영국의 시인(1608~1674).

일당을 현장에서 체포할 준비를 갖추었다.

매스큐가 왜 그렇게 세무서를 도우려 했는지는 나도 모른다. 나만이 아니라 아무도 그 이유를 확실히 알아내지는 못했다. 그가 순전히 이웃들을 해코지하려는 마음에서 그런 짓을 했다고 말하는 사람도 있었고, 이곳이 밀수품을 상륙시키기에 더없이 좋은 장소라는 것을 알아차린 그가 처음에는 세무서에 자신의 열의를 보여주고 싶었지만 나중에는 밀수업을 독차지하고 싶은 욕심에 사로잡혔을 거라고 말하는 사람도 있었다.

그렇다 해도 나는 그가 분명 세무서 관리들과 결탁했을 거라고 생각한다. 그가 저택의 테라스에서 망원경을 들고 있는 모습을 본 것도 한두 번이 아니었다. 그 모습을 보고 나는 그가 앞바다에서 밀수선으로 이용되는 작은 범선을 찾고 있는 모양이라고 짐작했다. 밀수선이 상륙하기로 한 날 밤에 대한 소식은 대부분 믿을 만한 심부름꾼을 통해 운반업자들에게 전해졌고, 그 후 아침이나 오후에 작은 범선이 육지에서 망원경으로 알아볼 수 있을 만큼 가까이 접근했다가 해안에서 멀리 떨어진 곳으로 다시 물러가서 날이 저물기를 기다리곤 했다.

그런 일을 할 때는 달이 뜨지 않는 캄캄한 밤을 택했지만, 돛을 가득 채울 정도의 바람만 있다면 바다가 잔잔한 밤이 바람직했다. 그리고 작은 범선은 해안에서 볼 수 있는 경우가 많았고, 때로는 섬광으로 신호를 보낼 필요가 있었다. 하지만 거친 날씨가 오랫동안 계속되어 어쩔 수 없이 밀수선을 운항해야 하는 경우에는 훤한 달밤에도 온갖 위험을 무릅쓰고 해안에 접근한다는 것을 나는 알고 있었다.

매스큐의 소행에 대한 소문은 당연히 엘저비어의 귀에도 들어갔다. 육지로 끌어 올리고 싶은 화물이 바다 저편에 있었지만, 며칠 동안은 움직이지 않는 편이 상책이라고 그는 생각했다. 하지만 주사위 놀이에서 이기는 바람에 마음이 풀어져 솔직해진 어느 날 저녁, 그는 주사위 상자를 탁자 위에 놓으면서 내게 속내를 털어놓았다.

"화물 주인들이 물건을 어서 가져가라고 연락해왔대. 생말로*에 더 오래 놔둘 수 없다는 거야. 그런데 영주 저택에 저 악마 같은 놈이 도사리고 있어서 문플릿 해변에 화물을 내릴 수도 없고 납골당에 술을 저장할 수도 없어. 그래서 '보나벤처'호더러 말해두었지. 매스큐가 잘 볼 수 있도록 내일 오후에 문플릿만으로 코빼기를 들이밀었다가 다시 바다로 나가달라고. 지금까지 수백 번이나 해온 일이야. 하지만 '보나벤처'호는 해안에서 좀 떨어진 곳에서 기다리는 대신, 해협을 곧장 올라와서 호어곶 아래의 조약돌 해변에 숨어 있을 거야."

나는 그곳을 알고 있다는 뜻으로 고개를 끄덕였다. 그러자 그가 말을 이었다.

"납골당까지 지하 통로를 파기 전, 그 좋았던 시절에는 그곳에다 화물을 부려놓곤 했지. 고원에서 그리 멀지 않은 곳에 '파이그로브 구멍'이라고 부르는 채석장이 있는데, 지금은 돌

* 프랑스 북서부, 영국 해협에 접해 있는 항구 도시.

을 다 캐내서 채석장은 폐쇄되고 가시나무가 잔뜩 우거져 있으니까, 그 입구에 술통 100개쯤은 숨겨둘 수 있지. 그래서 내일 새벽 5시에 짐말을 끌고 호어곶 아래로 갈 거야. 그때쯤에는 해가 뜨니까 더 일찍 갈 수 있으면 좋겠지만, 5시 전에는 조류가 적당치 않아."

내가 어깨에 선뜩한 기운을 느낀 것은 바로 그 순간이었다. 마치 밖에서 신선한 바람이 불어 들어온 것 같았다. 게다가 해변에서 풍겨오는 짭짤한 해초 냄새까지도 훅 끼치는 듯했다. 그래서 나는 출입문이나 창문이 열려 있는지 보려고 고개를 돌렸다. 창문은 단단히 닫혀 있었고 덧문까지 닫혀 있었지만, 외풍을 막기 위해 술청과 출입문 사이에 세워져 있는 나무 칸막이 때문에 문이 열려 있는지 어떤지는 잘 보이지 않았다. 하지만 칸막이 너머로 문의 위쪽 구석이 보였는데, 아무래도 꽉 닫히지 않은 것 같았다. 그래서 나는 문을 닫으려고 일어났다. 밤공기가 차가웠기 때문이다.

하지만 칸막이 모퉁이를 돌아가 보니 문은 닫혀 있었다. 그런데 내가 문으로 다가가는 동안 빗장이 제자리로 내려오는 것을 똑똑히 보았다. 맹세해도 좋다. 나는 앞으로 달려 나가 문을 열고 바깥 거리로 나갔다. 하지만 달이 뜨지 않은 밤이어서 밖은 칠흑처럼 어두웠다. 거리에는 아무도 보이지 않았고 무언가 움직이는 소리도 들리지 않았다. 들리는 소리라고는 바닷가 습지 너머의 문플릿 해변에 바닷물이 밀려와 부서지는 소리뿐이었다.

내가 돌아오자 엘저비어는 불안한 눈으로 나를 바라보았다.

"왜 그래?"

"누군가가 문간에 있는 것 같았어요. 문이 열린 것처럼 찬바람이 들어오는 걸 느끼지 못하셨나요?"

"그건 밤공기가 차기 때문이야. 이제 막 봄이 시작되었을 뿐이니까 밤에는 아주 쌀쌀하지. 빗장을 걸고 와서 앉아라."

그는 난로에 새 장작을 던져 넣었다. 구름처럼 피어오른 불똥이 딱딱 소리를 내며 굴뚝으로 올라가고 방 안으로 날아 들어왔다.

"아저씨, 문간에서 누군가가 엿듣고 있었던 것 같아요. 집 안에 다른 사람이 있을지도 몰라요. 그러니까 자리에 다시 앉기 전에 촛불을 들고 방들을 돌아다니면서 누가 우리를 염탐하고 있지 않은지 확인해보는 게 좋겠어요."

그는 웃으면서 말했다.

"문이 열린 건 바람 때문이야. 하지만 굳이 확인하고 싶다면 그렇게 하려무나."

그래서 나는 다른 양초에 불을 붙이고 탐색을 시작하려고 했다. 하지만 그때 그가 외쳤다.

"아니, 너 혼자 가면 안 돼."

그래서 우리는 함께 집 안을 돌아다녔지만 생쥐 한 마리 발견하지 못했다.

우리가 술청으로 돌아오자 그는 더 큰 소리로 웃었다.

"추위가 네 간담을 서늘하게 해서 저택에 숨어 있는 악당 놈을 두려워하게 만든 거야. 아라랏밀크 한 잔만 따라다오. 너도 한 잔 하렴. 그걸 마시고 나서 자러 가자꾸나."

이때쯤에는 나도 술을 두려워하지 않는 법을 배운 뒤였다. 우리가 술청에 앉아 브랜디를 홀짝거리는 동안 엘저비어가 말을 이었다.

"아직 2주가 남았어. 2주만 지나면 너와 나는 이 집에서 쫓겨나, 표류하는 배나 다름없는 신세가 될 거야. 조상 대대로 100년이 넘게 살아온 이 집의 문들이 내 코앞에서 닫히는 걸 보는 건 참담한 일이겠지. 하지만 그래도 두 눈 똑바로 뜨고 볼 거야. 너무 낙심하지 말고, 이 최악의 상황조차도 어떻게든 이용하도록 애써보자꾸나."

그가 이렇게 단호한 어조로 말하는 것을 듣고 나는 무척 기뻤다. 지난 며칠 동안 '괜찮군!'을 떠나야 한다는 생각이 그에게 얼마나 괴로웠는지, 그리고 그 생각이 그를 얼마나 자주 우울하게 만들고 낙심시켰는지를 줄곧 지켜보았기 때문이다.

"이젠 주막을 하지 않을 거야. 오래전부터 진력이 났어. 사람들이 술을 퍼마시고 해롱거리는 꼴은 이제 보고 싶지 않아. 덕분에 주머니가 채워지긴 했지만 말이다. 도체스터에 남몰래 모아둔 돈이 좀 있으니까 우리 둘이 먹고살 수는 있을 거다. 그래도 우선은 거처할 곳을 찾아야겠지. 매스큐가 제 목을 매달기에 충분한 밧줄을 찾을 때까지는 당분간 문플릿을 떠나는 게 좋겠다. 그러니까 내일 밤에 일이 끝나면 해안을 따라 워스까지 걸어가서, 데이먼이 말한 오두막을 둘러보자꾸나. 뒤에 담장을 두른 과수원이 있고, 앞에 푸크시아 울타리가 있다는 그 집 말이다. '랍스터'(바닷가재) 주막과 가깝고 바다 전망이 멋지다고 하더구나. 우리가 그곳에 살게 되면, 감시가 느슨해질 때까지 당분간 납골당은 내버려 두고 파이그로브 구멍을 창고로 이용할 거야."

나는 딴생각을 하고 있었기 때문에 대답하지 않았다. 그는 술을 단숨에 들이켜고 말했다.

"피곤한가 보구나. 그럼 자러 가자. 내일 밤에는 거의 못 잘 테니까."

피곤한 것은 사실이었지만, 나는 잠을 이루지 못하고 침대에서 뒤척이며 이런저런 생각에 잠겼다. 수많은 생각이 머리를 오갔고, 문플릿을 떠날 생각을 하면 마음이 어지러웠다. 하지만 내 감정은 이기적인 슬픔이었다. 엘저비어한테는 거의 신경을 쓰지 않았고, '괜찮군!'을 그만두는 것은 그에게 큰 고통일 게 분명했지만 그의 아픈 마음도 거의 생각하지 않았다. 또한 문플릿은 내가 태어나 자란 곳, 내가 잘 아는 유일한 곳이었고, 그때나 지금이나 세상에서 살기 좋은 유일한 곳으로 여겨졌지만, 내가 그렇게 심란해한 것은 문플릿을 떠나는 게 슬퍼서가 아니었다. 내가 정말로 걱정하고 고민한 것은 그레이스 매스큐 곁을 떠나게 된다는 것이었다. 그녀가 학교를 그만둔 뒤로 나는 그녀를 더 좋아하게 되었기 때문이다. 이제는 그녀를 만나기가 어려웠기 때문에 더욱 만나고 싶었고, 이따금 저택의 숲에서 만났는데, 매스큐가 집에 없을 때 그녀와 함께 웨더비치 언덕까지 산책을 한 적도 있었다.

우리는 그렇게 소년과 소녀 사이의 풋사랑을 키웠고, 그게 무슨 말인지도 모른 채 서로에게 충실할 것을 맹세하기도 했다. 그리고 나는 그레이스에게 내 비밀을 모두 털어놓았다. 밀수꾼들의 활동과 무훈가의 납골당, '검은수염'의 로켓에 대해서도 다 털어놓았다. 그레이스도 나만큼 비밀을 잘 지켜주리라는 것, 그녀의 아버지가 아무리 닦달해도 아무것도 알아내지 못하리라는 것을 알았기 때문이다.

게다가 그녀의 침실은 저택의 별채 꼭대기 층에 있어서 바다가 훤히 내다보였다. 어느 맑은 날 밤, 보트를 타고 낚시를 갔다가 밤늦게 돌아오는 길에 그녀의 침실에 촛불이 켜져 있는 것을 보고 이튿날 그 이야기를 했더니, 그녀는 바다에 나가 있는 배들에게 길잡이 불빛이 되도록 유리창 앞에 촛불을 켜두곤 한다고 말했다. 사람들은 모두 그 촛불을 보고 '매스큐의 불빛'이라고 불렀는데, 매스큐가 밤새도록 촛불을 켜놓고 앉아서 장부를 들여다보며 돈을 계산하고 있는 거라고 말했다.

이날 밤에 나는 그녀를 생각하느라 잠을 이루지 못하고 속을 태우다가, 이튿날 아침에 저택으로 가 숲에서 그레이스를 기다리기로 작정했다. 그녀를 만나 무슨 일이 있었는지 말해주고, 우리가 워스로 떠날 예정이라는 것도 알려줄 생각이었다.

이튿날인 4월 16일은 내가 평생 잊지 못할 날이 되었는데, 나는 그날 글레니 신부님의 수업을 빼먹고 오전 10시에는 이미 숲에 가 있었다.

저택 위쪽의 언덕 비탈에 작은 구덩이가 하나 있었다. 여름에는 구덩이에 우엉이 푸르게 우거지고 겨울에는 마른 잎이 구덩이를 가득 채웠다. 한 사람이 몸을 쭉 펴고 눕기에 딱 알맞은 크기였고, 그렇게 깊지는 않았지만 남에게 들키지 않고 구덩이 가장자리 너머로 저택을 엿볼 수도 있었다. 그날 나는 거기에 가서 마른 잎 속에 엎드린 채 저택을 지켜보며 그레이스를 기다렸다.

그날 아침 날씨는 맑고 화창했다. 간밤의 추위는 여름처럼 따뜻하게 느껴지는 햇빛에 자리를 내주고 물러났지만, 봄의 부드러운 신선함도 함께 가져가버렸다. 리지다운 언덕을 내려가는 길에서 하얀 흙먼지가 구름처럼 피어오르는 것을 볼 수 있었지만, 숲속에는 바람이 거의 없었다. 나무에는 새싹이 파릇파릇 돋아나고 있었지만, 햇살이 땅을 비추는 것을 막아줄 나뭇잎은 없었다. 땅은 노란 미나리아재비 꽃으로 뒤덮여 환하게 빛나고 있었다. 나는 그렇게 아주 오랫동안 거기에 누워 있었다. 시간이 더 빨리 지나가게 하려고 품에서 은제 로켓을 꺼내 뚜껑을 열고 양피지 쪽지를 꺼내 읽었다. 그 쪽지에 적힌 내용을 나는 전에도 수없이 읽어서, 사실은 완전히 외우고 있었다.

'우리 수명은 기껏해야 칠십이요……'

이제는 로켓을 만질 때마다 무훈가의 보물이 머리에 떠올랐다. 그렇게 되는 것은 당연했다. 로켓을 만지면 납골당에 처음 들어갔을 때가 생각났기 때문이다. 그러면 그때 내가 얼마나 순진하고 어수룩했는지가 생각나서 웃음이 났다. 그때 나는 납골당에 다이아몬드가 흩어져 있고 금이 무더기로 쌓여 있는 것을 보게 되리라고 기대했다.

나는 다이아몬드가 감추어져 있을 만한 곳을 알아내려고 백번째로 머리를 쥐어짰고, 마침내 다이아몬드는 교회 묘지에 묻혀 있을 게 분명하다고 결론지었다. 날씨가 사나운 밤이면 묘지에서 보물을 파내고 있는 '검은수염'을 보았다는 소문 때문이었다. 하지만 사람들이 본 것은 묘석에서 납골당까지 삽으로 지하 통로를 파고 있던 밀수꾼 일당일 가능성이 크다고 추론했다. 그들은 밤중에 작업을 했기 때문에 유령으로 보였을 것이다. 이런 생각을 하느라 바쁘게 머리를 굴리고 있을 때, 아래쪽에 있는 문이 열리고 그레이스가 나왔다. 그녀는 머리에 모자를 쓰고 손에는 바구니를 들고 있었다. 야생화를 꺾으러 나온 모양이었다.

나는 그녀가 어느 쪽으로 가는지 지켜보았다. 그녀가 웨더비치 쪽으로 이어지는 오솔길로 접어들자마자 나는 그녀를 만나기 위해 마른 덤불숲을 헤치고 나갔다. 매스큐가 집에 없을 때에만 그 길로 가기로 약속했기 때문이다. 우리는 그렇게 만나서 언덕 위에서 한 시간을 함께 보냈다. 그때 우리가 나눈 대화는 대부분 시시한 것이기 때문에 여기서 밝히지 않겠다.

그레이스는 입찰과 엘저비어가 '괜찮군!'을 떠나는 문제에 대해 많은 이야기를 했다. 아버지를 비난하는 말은 한마디도 하지 않았지만, 아버지의 소행 때문에 무척 괴로워하고 있음

문플릿의 보물

을 알 수 있었다. 하지만 그녀의 마음을 가장 아프게 한 것은 우리가 문플릿을 떠나는 것이었고, 그 슬픔을 너무나 예쁘게 표현했기 때문에 나는 그녀가 슬퍼하는 모습을 보는 게 기쁠 정도였다.

그레이스는 아버지가 어젯밤에 갑자기 불려 나갔다고 말했다. 매스큐는 저녁 날씨가 너무 좋아서(이 말을 듣고 나는 깜짝 놀랐다. 우리한테는 어젯밤이 얼마나 어둡고 추웠는지 모른다) 집 주변을 한 바퀴 돌아봐야겠다고 했는데, 9시쯤 집에 돌아와서는 갑자기 볼일이 생겨서 웨이머스에 가야 한다고 말했다. 그러고는 말을 타고 떠나면서, 이틀 뒤에나 돌아올 테니 찾지 말라고 하더라는 것이다.

왜 그랬는지는 알 수 없지만, 나는 그레이스가 아버지에 대해 말하는 것을 듣고 깊은 생각에 잠겼다. 이제는 그레이스도 집에 돌아가야 했다. 너무 오래 집을 비우면 늙은 가정부가 잔소리를 할지도 모르기 때문이다. 그래서 우리는 헤어졌다.

나는 숲을 지나 마을 길을 내려오다가, 이모 집을 지날 때 제인 이모가 문간에 서 있는 것을 보았다. 나는 이모한테 인사만 하고 '괜찮군!'으로 달려가려고 했다. 진작 그곳에 가 있어야 했는데 이미 늦었기 때문이다. 하지만 이모가 나를 불렀다. 기분이 전보다 한층 누그러진 것 같았다. 이모는 나한테 줄 게 있다고 말했다. 그래서 나는 이모가 그것을 가지러 간 동안 밖에 서서 기다렸다. 잠시 후 돌아온 이모는 내가 전에 거실에서 자주 보았던 작은 기도서를 내 손에 쥐어주면서 말했다.

"네 옷과 함께 보내주려고 했던 기도서야. 너의 가엾은 엄마가 쓰던 거였지. 독실한 엄마한테 소중한 위안이 되었던 이 책이 언젠가는 너한테도 소중한 위안이 되기를 기도하마."

이모는 나에게 작별 인사를 했고, 나는 그 빨간 가죽 표지의 작은 책을 주머니에 넣었다. 그런데 그 책은 나중에 정말로 나한테 소중한 도움이 되었다. 이모가 말한 것과는 의미가 달랐지만.

그리고 나는 '괜찮군!'으로 달려갔다.

그날 저녁, 엘저비어와 나는 '괜찮군!'을 떠나 마을 길을 지나서 언덕을 올라갔다. 그리고 해 질 녘에는 언덕마루에 이르러 있었다. 우리는 전날 밤에 정한 시각보다 좀 일찍 출발했다. 5시에 접안할 예정이었던 '보나벤처'호가 '굴더'라는 조류를 이용하여 3시에 접안하게 되었다는 소식이 그날 아침에 엘저비어에게 전해졌기 때문이다. 굴더는 이상한 조류여서, 뱃사람들조차 잘 모른다. 도싯 해안에서는 조수가 하루에 네 번 일어나는데, 두 번은 평범한 밀물이지만 두 번은 굴더 조류다. 이 마지막 조류는 변덕스럽고 시간이 불확실해서, 바다에서 배의 위치를 측정할 때 계산이 틀리는 경우가 많다.

우리가 언덕마루에 다다른 것은 저녁 7시쯤이었다. 거기서 호어곶까지는 적어도 20킬로미터는 되었다. 30분도 채 걷기 전에 어둠이 내렸다. 하지만 밤이 되어도 어젯밤처럼 캄캄하지는 않았고, 짙푸른 색이 감돌았다. 낮의 열기가 태양과 함께

문플릿의 보물

사라지지 않았는지, 공기는 여전히 따뜻하고 향기로웠다.

우리는 말없이 터벅터벅 걸었다. 길가 여기저기에 놓여 있는 하얀 돌을 보자 벼랑이 가까워지고 있다는 것을 알 수 있어서 반가웠다. 연안 경비대는 어두운 밤중에도 대원들이 안전하게 길을 찾을 수 있도록 벼랑 위의 모든 길에 하얗게 칠한 돌로 표시를 해두기 때문이다. 몇 분 더 걸어가자 넓게 트인 풀밭에 이르렀다. 나는 호어곶 꼭대기에 다다른 것을 알았다.

웨이머스에서 세인트올번곶까지는 30킬로미터에 걸쳐 깎아지른 벼랑이 이어져 있고, 호어곶은 그렇게 이어진 낭떠러지 중에서 가장 높은 곳이었다. 이 곳은 해수면 위로 150미터 넘게 우뚝 솟아 있었다. 바다 쪽은 백악질의 거대한 벼랑이지만, 바다로 곧장 떨어지지는 않았다. 위에서 4분의 3쯤 내려간 지점에 툭 튀어나온 바위 선반이 있었기 때문이다.

이 바위 선반이 우리의 목적지였다. 우리는 지금 그 선반 바로 위에 있었지만, 그곳으로 내려가려면 1킬로미터가 넘는 길을 돌아가야 했다. 그래서 우리는 다시 걷기 시작했다. 그리고 벼랑에 움푹 팬 구덩이를 통해 아래쪽으로 비스듬히 내려가는 오솔길을 발견했다. 바위 선반에 도착하자 나는 하늘을 쳐다보았다. 맑은 밤이어서 하늘엔 별들이 떠 있었다. 나는 별들을 보고 자정이 지났을 거라고 짐작했다. 나는 전에도 검은 나무딸기를 따러 간 적이 있어서 이곳을 잘 알고 있었다. 바위 선반에서 자라는 나무딸기는, 남쪽을 제외하고는 삼면이 바위에 둘러싸여 있고 햇빛을 가리는 것이 없어서 충분한 햇빛을 받기 때문에, 그 일대에서는 가장 좋은 열매가 열렸다.

그곳에는 우리만 있는 게 아니었다. 스무 명 남짓한 남자들이 삼삼오오 서 있거나 땅바닥에 앉아 있는 게 보였다. 짐말들의 검은 형상은 어둠 속에서 더욱 커 보였다. 사람들은 굵고 낮은 목소리로 몇 마디 인사말을 중얼거렸다. 그런 다음 모두 입을 다물었다. 말들이 풀밭에서 어린잎을 뜯어 먹는 소리가 들릴 정도였다. 나는 화물 운반을 돕는 게 처음이 아니어서 그들을 대부분 알고 있었지만, 피곤해서 이야기를 나누지 않았다. 누군가가 나를 필요로 할 때까지 쉬고 싶을 뿐이었다. 그래서 나는 풀밭에 털썩 드러누웠지만, 얼마 안 있어 누군가가 덤불을 헤치고 다가오는 것이 보였다. 랫시였다.

"존, 결국은 너도 엘저비어랑 문플릿을 떠나는구나. 나도 훌쩍 떠나고 싶지만, 그러면 누가 남아서 늙은이들을 마지막 안식처로 데려다주겠냐. 요즘 세상에는 죽은 자들이 스스로 무덤에 들어가지 않으니 말이다."

나는 반쯤 잠에 빠져서 그가 하는 말에 그다지 주의를 기울이지 않고 짓궂게 대꾸했다.

"그런 이유 때문에 여기 붙잡혀 있을 필요는 없어요. 마을에서는 곧 다른 사람을 찾아서 아저씨 자리를 채울 테니까요."

하지만 그는 나를 그냥 내버려 두려 하지 않고, 자기 목소리를 듣는 게 즐거워서 말을 이었다.

"너는 알지도 못하면서 함부로 말을 하는구나. 물론 무덤을 팔 사람을 찾을 수는 있겠지. 하지만 글레니 신부님이 '흙은

흙으로'라고 마지막 기도를 하실 때, 누가 관에 흙을 덮지? 관 뚜껑 위에 흙을 던질 때 자연스런 소리가 나게 하려면 상당한 기술이 필요해."

나는 졸음이 쏟아져 눈꺼풀이 무거워지는 것을 느끼고, 나를 그만 쉬게 해달라고 부탁하려는데 밑에서 호루라기 소리가 들렸다. 순식간에 모두 벌떡 일어났다. 마부들은 짐말 쪽으로 갔고, 우리는 바닷가로 걸어 내려갔다. 말과 사람이 뒤섞인 무리가 조용히 움직였다. 우리가 밑에 이르기 전에 첫번째 배의 뱃머리가 해변으로 올라와 삐걱 소리를 내더니, 뒤이어 자갈을 밟는 선원들의 발소리가 들렸다. 그러자 모두가 짐을 해안으로 옮기는 일에 착수했다.

실로 희한한 광경이었다. 잡다한 남자들이 뒤섞여 있었고, 등불이 흔들리고, 바다에서 거품투성이 물결이 올라와 장화를 덮치기도 했다. 그리고 프랑스어와 네덜란드어로 쏘아대는 소리가 계속 들렸다. '보나벤처'호의 선원은 대부분 외국인이었기 때문이다. 하지만 여기에 대해서는 말하지 않겠다. 결국 화물을 배에서 육지로 끌어 올리는 일은 매번 비슷하고, 술통도 ─ 세금을 내든 안 내든 관계없이 ─ 거의 같은 방식으로 상륙하기 때문이다.

모선에서 짐을 싣고 온 보트들이 육지에 짐을 부리고 다시 바다로 나간 것은 오전 3시가 지나서였다. 그때쯤 짐말에는 이미 짐이 잔뜩 실렸고, 남자들도 대부분 술통 한두 개를 옆구리에 끼고 있었다. 그때 작업을 지휘하고 있던 엘저비어가 지시를 내렸고, 우리는 해변에서 바위 선반으로 줄지어 올라가기 시작했다. 짐이 몹시 무거워서, 여느 때보다 시간이 더 오래 걸렸다. 해가 뜨려면 아직 멀었지만, 밤은 점점 밝아오고 있었다.

바위 선반에 도착하자, 오솔길로 가서 가파른 벼랑을 돌아 올라가기 위해 선반을 가로질러 이동하고 있었다. 그때 그곳을 에워싸고 있던 나무딸기 덤불 뒤에서 무언가가 움직이는 게 보였다. 그 움직임을 얼핏 감지했을 뿐이어서, 그게 사람인지 동물인지 아니면 덤불 뒤에 숨어 있다가 사람들의 출현에 놀란 새인지는 알 수 없었다. 하지만 다른 사람들도 그것을 보았다. 누군가의 외침 소리가 들렸고, 대여섯 사람이 술통을 내던지고 쫓아가기 시작했다.

모든 시선이 오솔길로 쏠렸다. 눈 깜짝할 사이에 쫓는 자들과 쫓기는 자가 시야에 들어왔다. 쫓는 쪽은 데이먼과 개럿 이외에 몇 사람이었고, 쫓기는 쪽은 나이가 많은 남자였는데 젊은이보다도 발이 빨랐다. 그는 뒤쫓는 게 누구인지 알아차리고 필사적으로 도망치는 것이었다. 그들은 순식간에 어둠 속으로 사라졌지만, 그 정도 시간이면 쫓기는 자가 다름 아닌 매스큐라는 것을 알기에는 충분했다. 그는 10분도 지나기 전에 붙잡히고 말 터였다.

나는 그를 증오했다. 나도 그에게 상당한 시달림을 받았을 뿐만 아니라 그가 다른 사람들을 심하게 괴롭히는 것도 보았다. 그래도 나는 그가 무사히 도망치기를 진심으로 바랐고, 앞으로 일어날 사태에 대해 두려운 예감이 들었다. 하지만 탈출

문플릿의 보물

이 불가능하다는 것은 처음부터 알고 있었다. 매스큐가 아무리 필사적으로 달려봤자, 길은 가파르고 돌투성이에다 그를 뒤쫓는 사람들은 이 고장에서 가장 발이 빠른 청년들이었기 때문이다.

우리는 추격전의 결과를 볼 때까지 한 걸음도 움직이고 싶지 않아서, 모두 일제히 멈춰 섰다. 나는 얼굴을 들여다볼 수 있을 만큼 엘저비어와 가까이 있었지만, 그의 얼굴에는 분노도 잔인함도 보이지 않았고, 충분히 예상된 일을 처리해야 할 때처럼 침착하고 단호한 표정뿐이었다.

오래 기다릴 필요는 없었다. 우리는 곧 돌멩이가 구르는 소리와 쿵쿵거리는 발소리가 오솔길을 따라 내려오는 것을 들었기 때문이다. 이윽고 어둠 속에서 한 무리의 사람들이 매스큐를 에워싸고 나타났다. 그들은 빨리 걸으라고 매스큐를 거칠게 밀치고 있었다. 두 사람은 매스큐의 팔을 양쪽에서 잡아당겼고, 나머지 한 사람은 뒤에서 매스큐의 셔츠 목덜미를 움켜잡고 있었다. 그것을 보고 나는 담배를 너무 피웠을 때처럼 속이 메스꺼워졌다. 사람을 그렇게 난폭하게 다루는 장면을 본 게 난생처음이었기 때문이다.

그의 모자는 사라졌고, 성긴 머리털은 이마 위에서 엉켜 있었다. 코트는 벗겨져 조끼만 입은 채였다. 그는 창백한 얼굴로 가쁜 숨을 몰아쉬고 있었다. 맹렬히 달렸기 때문인지, 폭행을 당했기 때문인지, 두려움 때문인지, 아니면 이 모든 이유가 복합적으로 작용했기 때문인지 — 그건 나도 알 수 없었다.

흥분한 남자들이 적을 붙잡고 나타나자 기다리던 사람들이 다양한 언어로 외쳐댔다.

"때려죽여라."

"총으로 쏘아 죽여라."

"목을 매달아 죽여라."

벼랑에서 밀어버리자는 사람도 있었다. 그때 누군가가 매스큐의 조끼 자락 밑에 권총이 감추어져 있는 것을 보고는 그것을 낚아채어 엘저비어의 발치에 던졌다. 그것은 최근 '괜찮군!'의 임대차 계약서 옆에 놓여 있던, 은빛 손잡이가 달린 그 권총이었다. 권총은 엘저비어의 발치 가까운 풀밭 위에 떨어졌다.

하지만 엘저비어의 굵직한 목소리가 그들의 주장을 단번에 억눌렀다.

"이놈이 죗값을 치를 날이 오면 내가 처단하겠다고 말했던 것을 자네들도 기억하고 있을 걸세. 자네들은 내 말에 따르겠다고 약속했지. 그러니 나 말고 다른 사람이 이놈한테 손을 대는 건 옳지 않아. 이놈은 내 아들을 피 흘리게 한 놈이야. 그러니 아무도 이놈한테 손대지 마. 이놈의 손발을 묶어서 나한테 맡겨두고 자네들은 그만 가서 일하게. 꾸물거릴 시간이 없어. 날이 밝아오고 있으니까."

몇 사람이 작은 소리로 투덜거렸지만, 엘저비어의 뜻은 납골당에서 그랬듯이 여기서도 그들을 압도했다. 게다가 엘저비어가 절대로 매스큐를 살려두지 않으리라는 것을 알고 있었기 때문에 이번에는 더 쉽게 엘저비어의 뜻에 따랐다. 그래서 10분도 지나기 전에 그들은 세 사람을 제외하고는 모두 짐말을 끌고 꼬불거리는 오솔길을 올라가고 있었다. 나무딸기 우거진 바위 선반 밑 풀밭에는 매스큐와 엘저비어와 나, 이렇게 세 사람만 남았다. 권총은 여전히 엘저비어의 발치에 놓여 있었다.

제9장

심판

뒤에 남으면 보지 않을 수 없는 광경을 보고 싶지 않았고, 엘저비어의 의지를 꺾을 수도 없다는 것을 알았기 때문에, 나는 다른 사람들을 따라가려고 했다. 하지만 엘저비어가 나를 부르더니, 이제 곧 내가 필요할지 모르니까 자기 옆에 남아서 기다리라고 말했다. 그래서 나는 기다렸지만, 내가 어떻게 쓸모가 있을지에 대해 무서운 추측을 할 수밖에 없었고, 그저 최악의 사태를 두려워할 뿐이었다.

매스큐는 두 손을 뒤로 묶이고 두 발은 앞으로 묶인 채 풀밭에 앉아 있었다. 사람들은 땅속에 반쯤 묻혀 있고 나머지 반은

---

* 영국의 시인(1812~1889).

풀밭 위로 튀어나와 비바람에 풍화된 커다란 바위에 어깨를 기댄 자세로 그를 앉혀놓았다. 그는 처음 끌려왔을 때만큼 가쁘게 숨을 몰아쉬고 있지는 않았지만, 여전히 창백한 얼굴로 땅바닥을 내려다보면서 앉아 있었다. 엘저비어는 손에 초롱을 든 채 매스큐를 뚫어지게 내려다보며 서 있었다. 우리는 무거운 짐을 실은 말들이 오솔길을 힘겹게 올라가는 소리를 들을 수 있었다. 그 소리는 말들이 모퉁이를 돌 때까지 들리다가 이윽고 조용해졌다.

매스큐가 침묵을 깼다.

"나를 풀어줘, 이 악당아. 나를 보내줘. 나는 치안판사야. 나를 풀어주지 않으면 이 벼랑 끝에 네놈의 목을 매달고 말겠다."

아주 용감한 말이었지만, 나에게는 서투른 연기처럼 들렸다. 그 말을 들으니 내가 어렸을 적에 글레니 신부님이 어른들 앞에서 나에게 드라이든*의 전쟁시를 낭송하게 한 일이 기억났다. 나는 부끄럽기도 하고 눈물이 나서 그 살벌한 내용의 시구를 거의 입 밖에 내지 못했다. 매스큐의 말도 그랬다. 그는 그 말을 할 기력을 끌어모으기 위해 무진 애를 썼지만, 막상 나온 목소리는 분노나 흥분이 전혀 담기지 않은 힘없는 목소리였다.

그러자 엘저비어는 거친 목소리가 아니라 단호한 목소리로

---

* 영국의 시인이자 극작가, 평론가(1631~1700).

그에게 말했다. 죄수에게 판결을 내리는 재판관처럼 차분하고 생각에 잠긴 표정이었다.

"목을 매단다는 이야기는 하지도 마라. 너는 이제 두 번 다시 사람을 교수형에 처하지 못할 테니까. 한 달 전에 너는 내 집에 앉아서 핀이 떨어질 때까지 촛불이 타오르는 걸 지켜보았지. 그리고 정든 내 집에 대한 권리를 빼앗아갔어. 오늘 아침에 너는 또다시 그 촛불을 보게 될 거다. 나는 3센티미터가 더 긴 초를 너한테 주겠다. 핀이 떨어지면 나는 너의 이 권총으로 네 머리통을 날려버릴 테다. 족제비 같은 해로운 동물을 죽이는 것처럼 당연한 일이지."

엘저비어는 초롱의 옆 뚜껑을 열고, '괜찮군!'에서 사용했던 것과 똑같은 마노 장식이 달린 핀을 목도리에서 뽑더니 초에다 꽂았다. 핀의 위치는 위에서 3센티미터쯤 내려온 곳이었다. 그런 다음 그는 초롱불을 매스큐 앞에 내려놓았다.

이 말을 듣고 나는 몹시 당황했다. 혐오감으로 현기증이 날 정도였다. 몇 분 전만 해도 매스큐가 안됐다는 생각은 전혀 하지 않았을 텐데, 이제는 내 마음이 완전히 바뀌어 그가 무사히 살아서 떠나기를 바라게 되었다. 나는 겁먹은 눈으로 엘저비어를 바라보았다.

날은 훨씬 밝아졌지만, 아직 해돋이를 알리는 장밋빛은 보이지 않았다. 별빛이 희미해지고 짙푸른 색이었던 밤하늘이 어스레한 잿빛으로 변했을 뿐이었다. 이제 빛은 모든 사물의 형체가 보일 만큼 강했지만, 본래 빛깔은 아직 돌아오지 않은

문플릿의 보물

상태였다. 그래서 나는 벼랑과 땅을 볼 수 있었고, 덤불과 돌과 바다를 볼 수 있었다. 그것들은 모두 하나같이 회색이 섞인 진줏빛을 띠고 있었다. 아니, 그보다는 오히려 모든 색깔이 퇴색해버린 듯 흐릿한 무색이었다.

하지만 그중에서도 가장 창백하고 흐릿한 잿빛을 띤 것은 매스큐의 얼굴이었다. 그의 머리카락은 마구 헝클어져서, 잘 다듬어져 있을 때보다 훨씬 숱이 없어 보였다. 얼굴에도 깊은 주름살이 패어 있었고, 눈 밑에는 기미가 생겨 있었다. 게다가 탈출하려고 애쓰다가 꼴사납게 넘어지는 바람에 한쪽 볼은 진흙투성이가 되어 있었고, 돌에 긁힌 상처에서 핏방울이 떨어지고 있었다. 정말 비참한 몰골이었다. 그를 바라보고 있자니 언젠가 그가 교실에 들어와 글레니 신부님을 때렸던 날이 기억났다. 신부님도 뺨에서 핏방울이 떨어졌지만, 꾹 참고 앉아 있었다.

매스큐는 한참 동안 땅바닥만 바라보다가 마침내 눈을 들어 나를 쳐다보았다. 퀭하지만 애처로운 눈빛이었다. 그 순간까지 나는 한 번도 그의 이목구비가 그레이스와 닮았다고 생각한 적이 없었고, 그레이스의 이목구비에서 그의 흔적을 본적도 없었다. 하지만 그때 나를 멍하니 바라보는 그의 얼굴에는 분명 그레이스의 모습이 있었다. 그래서 상처가 나고 일그러졌는데도, 마치 그레이스가 그의 눈 뒤에서 나를 바라보고 있는 듯한 기분이 들었다. 그래서 그가 한층 더 딱하게 여겨졌고, 그가 죽는 것을 옆에서 구경만 하고 있을 수는 없을 것 같왔다.

엘저비어는 초에 핀을 꽂은 뒤, 초롱의 옆 뚜껑을 다시 닫지 않았다. 바람은 전혀 불지 않았지만, 아침에는 가벼운 기류가 바다에서 불어왔다. 그 흐름은 초롱 속으로 들어가 불꽃을 비스듬히 눕혔다. 그래서 촛농이 한쪽으로만 흘러내리는 바람에 핀 위에는 수지가 거의 남지 않게 되었다. 점점 밝아오는 아침 햇살 속에서 촛불은 점점 희미해졌지만, 초는 계속 거리낌 없이 타올랐다. 그래서 마침내 내 판단으로는 핀이 떨어질 때까지 15분밖에 남지 않게 되었다. 매스큐의 눈이 등불에 못 박힌 것을 보면, 그도 나와 마찬가지로 이것을 알고 있는 게 분명했다.

마침내 그가 다시 입을 열었다. 하지만 용감한 말은 어디론가 사라지고, 힘없던 목소리는 더욱 작아졌다. 그는 위협을 그만두고 애처롭게 목숨을 구걸하고 있었다.

"살려주시오. 용서해줘요. 내게는 외동딸이 있소. 아직 어린애요. 이 세상에 나 말고는 보호해줄 사람이 없어요. 그 애를 돌볼 사람은 나뿐이오. 그 어린것한테서 유일한 피붙이를 빼앗고 그 애를 이 험한 세상에 내던질 작정이오? 사람들이 벼랑 위에 죽어 있는 나를 발견하여 피투성이 시체를 그 애한테 가져가게 할 셈이오?"

그러자 엘저비어가 대답했다.

"그럼 나한테는 외아들이 있지 않았던가? 그 애는 피투성이 시체가 되어 나한테 돌아오지 않았던가? 내 아들의 얼굴 앞에

문플릿의 보물

서 불을 뿜어 목숨을 빼앗아간 총은 누구의 총이었지? 당신은
모르나? 바로 이 총이었어. 이제 곧 네놈 얼굴 앞에서 불을 뿜
을 이 총이었다고. 그러니까 빨리 하느님과 화해나 해. 시간이
별로 없으니까."

　이렇게 말하면서 그는 땅바닥에 놓여 있던 권총을 집어 들
고 매스큐에게 등을 돌린 채 나무딸기 덤불 사이를 천천히 거
닐었다.

　매스큐가 딸을 언급한 것이 엘저비어에게는 데이비드를 생
각나게 하여 분노만 더욱 부추긴 것 같았지만, 매스큐의 그 말
은 내 가슴속에 깊이 스며들었다. 그리고 전에도 사람이 살해
당하는 것을 옆에서 구경만 하는 게 무서운 일로 여겨졌지만,
지금은 그것이 만 배나 더 무섭게 느껴졌다. 그레이스를 떠올
리고, 그런 짓이 그레이스에게 어떤 의미를 가질 것인지를 생
각하면 맥박이 너무 격렬하게 뛰어서, 나는 벌떡 일어나 엘저
비어에게 달려가서 이러면 안 된다고 그를 설득하지 않을 수
없었다.

　그를 목격했을 때, 그는 여전히 덤불 사이를 걷고 있었다. 나
는 숨이 가빠질 때까지 내 의견을 말했다. 그는 내가 마음대로
지껄이게 내버려 두었고, 내가 빨리 말해도, 내 혀가 내 판단
을 앞질러도 꾹 참고 내 말을 들어주었다.

　"너는 마음이 따뜻하구나." 그가 말했다. "그래서 널 좋아
하는 거야. 내가 네 마음속에서 가장 큰 자리를 차지하고 있다
면, 네가 우리의 적을 위해 네 마음속에 작은 자리를 떼어준다

해도 나는 불평할 수 없어. 내가 네 영혼을 편하게 해주고, 네 부탁을 모두 들어줄 수 있다면 좋으련만…… 저놈이 우리 목숨을 빼앗으려다가 붙잡혔을 때, 처음엔 너무 화가 나서 놈의 사악한 목숨을 빼앗는 것쯤은 지극히 하찮은 일로 생각했지. 하지만 이 아침 공기가 내 흥분을 가라앉힌 지금은, 설령 저놈이 내 아들을 스무 명쯤 죽였다 해도, 손발이 묶인 채 겁에 질려 있는 사냥개를 쏘는 건 내 본의가 아니야. 나는 놈의 목숨을 살려줄 방법이 없는지, 놈이 무덤에 갈 때까지 배우지 못할 교훈을 지난 한 시간 동안 겪은 고통을 통해 깨닫게 할 방법은 없는지 곰곰 생각해봤다. 저런 비겁한 겁쟁이들은 죽음을 두려워해서 마음속으로는 한 시간 동안 백번은 죽었겠지. 하지만 빠져나갈 길이 없구나. 저놈을 살려두면 우리 동료들 목숨이 위험하니까. 물론 네 목숨까지 포함해서 말이다. 동료들은 내가 원한을 갚으리라는 걸 알고 저놈을 내 손에 맡긴 거야. 그런데 내가 동료들을 배신하고 저놈을 풀어주어서 그들을 모두 교수대에 목매달게 해야 할까? 그럴 수는 없다."

그래도 나는 엘저비어의 팔에 매달려 매스큐를 살려달라고 간청했다. 생각해낼 수 있는 온갖 구실을 다 동원하여 그를 설득하려고 했다. 하지만 그는 끝내 내 간청을 거절했다. 나는 엘저비어도 속으로는 그 일을 망설인다는 것을 알았지만, 그는 한 번 결심한 일은 끝까지 해낼 사람이었다.

우리가 나무딸기 덤불에서 풀밭으로 돌아와 보니 매스큐는 바위에 등을 기댄 채 그대로 앉아 있었다. 다만 우리가 없는

문플릿의 보물

사이에 어떻게든 바지 주머니에서 용케 회중시계를 꺼낸 듯, 검은 비단 리본으로 옷에 연결된 회중시계가 매스큐 옆 풀밭에 놓여 있었다. 시계는 문자반이 위쪽으로 돌려져 있었고, 지나가면서 보니 바늘이 5시를 가리키고 있었다.

이제 곧 해가 뜰 터였다. 벼랑에 가려 우리가 있는 곳에서는 동쪽이 보이지 않았지만, 포틀랜드곶 너머에 있는 서쪽은 온통 구릿빛과 금빛으로 물들어 있었고 양초도 많이 짧아져 있었다. 핀 대가리는 아주 조금 기울어져 있었지만, 나는 한 달 전에 그 핀이 기우는 것을 보았기 때문에 마지막 순간이 그리 머지않았음을 알 수 있었다.

매스큐도 그것을 알아챘는지, 차마 여기서 밝힐 수 없는 격정적인 말을 동원하여 마지막 호소를 했다. 그러면서 등 뒤에 묶인 손을 모아 빌려는 듯이 몸을 뒤틀었다. 그는 돈을 주겠다고 말했다. 자기를 풀어준다면 1천 파운드, 5천 파운드, 아니 1만 파운드를 주겠다고, '괜찮군!'도 돌려주겠다고, 자기는 문 플릿을 떠나겠다고 말했다. 그러는 동안 그의 주름진 얼굴에서는 땀이 줄줄 흘러내렸고, 마침내 그는 흐느낌으로 목이 메어 목소리가 나오지 않게 되었다. 그는 비겁한 두려움에 사로잡혀 목숨만 살려달라고 필사적으로 울부짖고 있었다.

그가 심판자를 감동시키려 했다면 차라리 귀머거리한테 호소하는 편이 나았을지도 모른다. 그의 호소에 대한 엘저비어의 대답은 권총의 공이치기를 당기고 화약을 약실에 재는 것이었다.

그 순간, 나는 다음에 일어날 일을 보지도 듣지도 않을 수 있도록 손가락으로 귀를 틀어막고 눈을 질끈 감았다. 하지만 곧 마음을 바꾸어 눈과 귀를 다시 열었다. 무슨 일이 있어도 이 일을 막기로 결심했기 때문이다.

매스큐는 신음과 절규의 중간쯤 되는 무서운 소리를 지르고 있었다. 그는 자기 앞에 엘저비어와 나 말고 다른 사람들도 있다고 생각하고, 그들에게 자기를 살려달라고 외치는 듯했다. 해가 떴다. 첫 햇살이 서쪽 저 멀리 포틀랜드섬 꼭대기에 있는 유리창에 닿아서 번쩍 빛났다. 그때 초롱 안에서 딸그락 소리가 났다. 핀이 떨어진 것이다.

엘저비어는 매스큐를 정면으로 바라보며 권총을 들어 올렸다. 하지만 그가 미처 표적을 겨냥하기도 전에 나는 그만두라고 외치면서 들고양이처럼 덤벼들어 그의 오른팔을 잡았다. 그것은 불공평한 싸움이었다. 다 자랐고 튼튼하지만 아직 어린 소년과 남자들 중에서도 가장 힘센 남자의 싸움이었다. 하지만 분노가 내 팔에 힘을 주었고, 그는 자신의 권리를 의심했기 때문에 팔에 힘이 없었다. 그래서 그가 팔을 흔들어 나를 떨쳐내는 데는 상당한 노력이 필요했고, 둘이서 드잡이를 하는 동안 권총이 허공에 발사되었다.

그래서 나는 그를 놓아주었다. 드잡이를 하느라 지쳐서 잠시 비틀거렸지만, 비록 잠깐이나마 사형 집행이 유예되어 매스큐가 한숨 돌린 것을 보고 기뻤다. 총성이 나자 그의 얼굴에서 공포의 가면이 벗겨지고 다시 원래의 안색이 돌아왔기 때

문플릿의 보물

문이다. 이어서 나는 그가 벼랑 꼭대기 쪽으로 눈길을 돌리는 것을 보고, 하늘에 감사하기 위해 위를 쳐다보는 줄 알았다.

하지만 이제 새로운 사태가 벌어졌다. 그 총성의 메아리가 쌀쌀한 아침 바람을 타고 사라지기도 전에 멀리서 외치는 소리가 들리는 듯했다. 나는 그 소리가 어디서 나는지 보려고 주위를 두리번거렸다. 엘저비어 역시 나를 나무라는 것도 잊고 주위를 둘러보았지만, 매스큐는 여전히 얼굴을 위로 한 채 벼랑 쪽을 쳐다보고 있었다. 이윽고 목소리들이 점점 가까워졌다. 남자들이 서로 외치면서 여러 곳에서 모여드는 듯한 소리가 뒤섞였다.

목소리는 벼랑 꼭대기 쪽에서 들려오고 있었다. 엘저비어와 나는 그쪽을 쳐다보았다. 매스큐도 계속 그쪽에 눈길을 던지고 있었다. 순식간에 우리 머리 위로 높이 솟은 벼랑 끝에 스무 명 남짓한 남자들이 늘어섰다. 그들 뒤쪽의 하늘은 이제 막 떠오른 해의 강렬한 빛으로 물들어 분홍색을 띠고 있었다. 그 하늘을 등지고 서 있는 그들의 모습은 옛날 우리 집 거실 난로 옆에 걸려 있던 어머니의 실루엣처럼 검은색으로 또렷하게 두드러져 보였다. 그들은 군인들이었다. 나는 앞챙이 높은 제13경비대의 군모를 알아보았고, 떠오르는 햇살이 그들의 몸 주위에서 번쩍이고 화승총 총신에 반사되는 것을 보았다.

나는 이제 사태를 알았다. 경비대가 매복해 있었던 것이다. 엘저비어도 눈치를 챘다. 그때 경비대원들이 일제히 외쳤다.

"왕의 명령을 받들라. 너희는 포위되었다!" 저 멀리 벼랑 꼭대기에서 검은 그림자 하나가 외쳤다.

"우리가 졌구나." 엘저비어가 울부짖었다. "저건 경비대야. 하지만 우리가 죽는다 해도, 저 배신자 놈부터 먼저 죽어야 해."

그는 매스큐에게 다가가 권총으로 그의 머리를 내리쳤다.

"쏴라, 이 살인자 놈아. 쏘아보란 말이다!" 매스큐가 비명을 질렀다. "어차피 나는 죽은 목숨이야."

그러자 늘어선 검은 그림자들을 따라 불빛이 번득이고 우레 같은 총성이 울려 퍼지더니 풀밭에 총알이 툭툭 떨어졌다. 그리고 엘저비어가 미처 붙들기도 전에 매스큐가 신음을 토하며 털썩 쓰러졌다. 이마 한복판에 붉고 작은 구멍이 뚫려 있었다.

"암벽 쪽으로 달려가." 엘저비어가 나에게 외쳤다. "암벽에 바싹 붙으면 놈들도 어쩌지 못할 거야."

그는 백악질 암벽으로 달려갔다. 하지만 나는 도끼에 맞은 황소처럼 털썩 무릎을 꿇고 쓰러졌다. 왼쪽 발에 타는 듯한 통증이 느껴졌다. 엘저비어가 뒤를 돌아보았다.

"왜 그래? 너도 총에 맞았냐?"

그는 나에게 달려와 나를 어린아이처럼 번쩍 들어 올렸다. 그때 또다시 불빛이 번득이고 풀밭에 총알이 툭툭 떨어졌다. 이번에는 모두 빗나갔다. 우리는 숨을 헐떡이며, 하지만 안전하게 암벽에 바싹 붙은 채 나란히 누웠다.

제10장

도주

내려다보는 것만으로도 얼마나 무섭고 아찔한데요!
······이제 그만 내려다봐야겠어요.
머리가 핑 돌아 거꾸로 곤두박질칠까 겁나네요.

셰익스피어

새하얀 암벽은 우리를 적으로부터 보호해주는 방벽이 되어
주었다. 한두 놈이 옆쪽에서 우리를 쏘려고 애썼지만, 사냥감
을 보지도 못한 채 마구잡이로 쏘았을 뿐이다. 우리는 안전했
다. 그러나 그게 얼마나 오래 계속될까! 군인들이 우리를 잡으
러 내려올 마음이 내키지 않을 동안만 안전할 뿐이었다. 우리
에게 있는 거라고는 총알을 다 써버린 권총 한 자루와 총에 맞
고 누워 있는 시체뿐이었다.

엘저비어가 먼저 입을 열었다.

"일어설 수 있겠니, 존? 뼈가 부러진 거냐?"

"못 일어나겠어요. 피가 장화 속으로 줄줄 흘러내리는 게 느
껴져요."

엘저비어는 무릎을 꿇고 내 양말을 돌돌 감아 내렸다. 하지

만 그가 내 발을 아주 조금 움직였을 뿐인데도 엄청나게 아팠다. 총에 맞은 순간 마비되었던 신경이 살아나면서 감각이 돌아오고 있었기 때문이다.

"피는 거의 나지 않지만 다리가 부러졌어." 엘저비어가 말했다. "여기서 부러진 다리뼈를 이어 맞출 시간은 없지만, 목도리를 다리에 감아주마. 내가 목도리를 감는 동안 우리가 지금 어떤 상황에 놓여 있는지를 잘 듣고 나서 어떻게 할지 선택해."

나는 고개를 끄덕이고, 엘저비어가 주는 고통을 감추기 위해 입술을 꽉 깨물었다.

"경비대가 여기까지 내려오려면 15분은 걸릴 게다. 하지만 놈들은 결국 올 테고……" 그는 엄지손가락을 까딱해 매스큐를 가리켰다. "우리 옆에 저 시체가 널브러져 있는 상황에서 우리가 체포되지 않거나 목숨을 구할 가능성이 얼마나 되겠냐. 그래도 저놈을 골로 보낸 게 내가 아니어서 다행이구나. 그래서 총알을 낭비하게 만든 너를 탓하진 않아. 그러니까 놈들이 올 때까지 여기서 기다렸다가 내가 당하기 전에 몇 놈이라도 해치우는 수밖에 없어. 하지만 너는 다리가 부러졌으니 놈들과 싸울 수 없어. 놈들은 너를 산 채로 잡아갈 거다. 그런 다음 도체스터 감옥에서 교수대에 매달겠지."

나는 통증 때문에 구역질이 났고, 그렇게 비참한 최후가 그토록 빨리 다가온다고 생각하자 가슴이 철렁했다. 그래서 나는 매스큐가 죽지 않았다면, 내 다리가 부러지지 않았다면, 내

문플릿의 보물

가 다시 '괜찮군!'에 돌아갈 수 있다면, 이모네 거실에서 이모가 읽어주는 셜록 박사의 설교를 듣고 있다면 얼마나 좋을까 생각하면서 한숨만 내쉬었다.

내가 한숨을 쉬자 엘저비어는 나를 내려다보고 내가 비탄에 빠진 것을 알았는지, 나쁜 상황을 조금이라도 좋게 포장하려고 애썼다.

"내 표현이 너무 거칠었다면 용서해다오. 우리가 시도해볼 수 있는 방법이 또 하나 있다. 네 두 다리가 온전하다면 이 방법을 시도했겠지만 지금은 미친 짓이나 마찬가지야. 하지만 네가 두렵지 않다고 하면 시도해보마. 이 평평한 바위 선반 끝에, 오솔길 초입에서는 가장 멀지만 우리가 지금 있는 곳에서는 100미터도 채 안 되는 곳에 벼랑을 올라가는 샛길이 있단다. 양들이 다니는 길이지. 그 길은 바위 선반이 끝나고 다시 백악질 암벽이 시작되는 곳에서부터 가파른 비탈과 급커브를 지나 벼랑 꼭대기까지 이어져 있지. 양치기들은 그 길을 '꼬불길'이라고 부르는데, 양들조차 발을 헛디디기 일쑤야. 내가 아는 한 지금까지 그 길을 올라간 사람은 한 사람뿐이야. 밀수품을 육지로 옮기는 일을 하던 조던이라는 사람인데, 50년 전에 단속반이 바싹 추적했을 때 그 길로 도망쳤다는구나. 그 길을 올라가려면 목숨을 걸어야 해. 다친 새나 다름없는 네가 그 길로 달아나는 건 무리야. 하지만 실낱같은 희망에 목숨을 걸어보겠다면 내가 어느 정도는 너를 안아 들고 데려다주마. 더 이상 데리고 갈 수 없는 곳에 이르면, 너는 다친 발을 끌면서 기어가야 할 거야."

성공할 가능성은 거의 없었지만, 낮게 드리운 구름 사이로 엿보이는 푸른 하늘처럼 반갑게 다가왔다.

"알았어요. 아저씨, 어서 가요. 설령 추락한다 해도, 여기서 기다리다 놈들에게 잡혀 감옥으로 끌려가느니 벼랑 아래 바위에 떨어져 죽는 편이 훨씬 나아요."

나는 다리 하나가 부러졌어도 절뚝거리며 걸을 수 있을 것 같아 일어서려고 했다. 하지만 아무리 애를 써도 허사였고, 나는 신음 소리를 내며 털썩 주저앉았다. 그러자 엘저비어는 나를 두 팔로 안아 들고 꼬불길 쪽으로 걸어갔다. 우리가 암벽에 바싹 붙어서 살금살금 가고 있을 때, 나무딸기 덤불 사이로 매스큐가 얼굴을 아침 하늘 쪽으로 향한 채 누워 있는 게 보였다. 이마 한복판에는 작고 빨간 구멍이 나 있었고, 거기서 피가 솟아나와 풀밭으로 뚝뚝 떨어지고 있었다.

그 광경을 보면 누구라도 깜짝 놀라서 비틀거릴 테고, 나도 기절했을지 모르지만, 거기에 신경 쓸 겨를이 없었다. 우리는 이제 바위 선반 끝에 다다라 있었고, 엘저비어는 힘든 일에 달려들기 전에 나를 잠깐 땅바닥에 내려놓았다.

아무리 용감한 사람이라도 겁을 먹을 만한 일이었다. 꼬불길을 올려다보니, 그 무시무시한 길에 발을 올려놓았다가 밑에 있는 암반으로 추락할 바에는 차라리 그 자리에 머물러 있다가 경비대에 붙잡히는 쪽이 나을 것 같았다. 꼬불길은 처음에는 다니기 쉬운 백악질의 샛길로 시작되지만, 몇 걸음만 가

문플릿의 보물

면 회백색 암벽을 배경으로 그보다 더 하얀 실처럼 보일 만큼 좁아진 다음, 급커브를 틀면서 아래쪽으로 돌아와 우리 머리 위로 30미터쯤 되는 곳을 가로지르고 있었다. 바로 그때 불길한 악취가 코를 찔렀다. 주위를 둘러보니 가까운 곳에 썩어가는 양의 시체가 보였다. 시체는 금방이라도 터질 것처럼 부풀어 있었다.

"저런, 불쌍한 짐승이 발을 헛디뎠군." 엘저비어가 말했다.

나는 불길한 생각이 들어서, 놈들도 나 같은 아이한테는 자비를 베풀지 모르니까 나를 여기다 그냥 놔두고 아저씨 혼자 올라가라고 간청했다.

"어림없는 소리!" 그가 외쳤다. "마음이 약해지면 안 돼. 이제 와서 계획을 바꾸기엔 너무 늦었어. 우리에겐 승부를 결정할 수 있는 15분의 여유가 있어. 그 15분 동안 벼랑 꼭대기에 도달하면 놈들보다 최소한 한 시간 먼저 출발할 수 있어. 놈들이 바위 선반을 샅샅이 수색하려면 그 정도 시간은 걸릴 테니까. 그리고 매스큐도 조금은 놈들의 발목을 잡을 거다. 그렇게 대단한 인물이니 놈들도 그를 되살리려고 애쓸 테니까 말이다. 하지만 우리가 추락할 위험에 놓이게 되면, 놈들에게 붙잡히느니 둘이 함께 추락하자꾸나. 그러니까 지금은 두 눈을 꼭 감고 있으렴. 내가 뜨라고 할 때까지."

엘저비어는 나를 다시 안아 들었다. 나는 겁먹은 자신을 나무라면서 눈을 꽉 감았다. 내 발이 얼마나 아픈지는 그에게 말하지 않았다. 곧 엘저비어의 걸음걸이가 달라졌다. 나는 그가 풀밭을 떠나 백악질 샛길로 들어선 것을 알았다. 지금 와서 생각해보면, 짐도 없이 홀가분한 상태에서도 감히 그 길을 올라갈 사람은 영국에 대여섯 명도 되지 않을 테고, 다 큰 소년을 안아 들고 그 길을 올라갈 사람은 이 세상에 엘저비어 말고는 아무도 없을 것이다. 하지만 엘저비어는 거침이 없었으며, 단 한마디도 하지 않았다. 다만 걸음이 몹시 느려졌고, 발을 내디딜 때마다 헛디디지 않고 땅을 단단히 딛고 있는지를 확인하려고 발을 질질 끄는 게 느껴졌다.

나는 그렇게 고역을 치르고 있는 엘저비어의 주의를 다른 데로 돌리고 싶지 않아서 아무 말도 하지 않고, 그의 품에 얌전히 안겨 있을 수 있도록 숨을 참을 수 있을 때는 숨도 쉬지 않았다. 그렇게 엘저비어는 잠시 나아갔다. 그 시간이 나에게는 끝없이 길게 느껴졌지만 실제로는 1~2분에 불과했다. 그리고 나는 차츰 바람을 느꼈다. 바위 선반 위에서는 바람을 거의 느낄 수 없었지만, 암벽에서는 바람이 더 신선하고 차갑게 느껴졌다. 이윽고 길이 점점 더 가팔라졌다. 엘저비어의 걸음이 차츰 느려지다가 마침내 그가 말했다.

"존, 걸음을 멈춰야겠다. 하지만 내가 너를 내려놓고 눈을 뜨라고 할 때까지는 눈을 뜨지 마라."

나는 시키는 대로 했다. 엘저비어는 조심스럽게 나를 내려서 샛길에 네발로 엎드리게 한 뒤 다시 말했다.

"여기는 길이 너무 좁아서 너를 안고 갈 수가 없어. 너는 두 손과 무릎을 땅바닥에 대고 기어서 이 모퉁이를 돌아야 해. 하

문플릿의 보물

지만 바깥쪽 손을 항상 안쪽 손 가까이에 놓고 체중을 벼랑 쪽으로 싣도록 조심해라. 여기엔 춤출 공간 따위는 없으니까. 그리고 눈은 암벽에 고정시켜. 아래를 내려다봐도 안 되고 바다쪽을 봐서도 안 돼."

그가 방법을 알려준 것은 다행이었고, 내가 그의 말을 따른 것도 다행이었다. 눈을 떴을 때, 암벽에서 눈을 떼지 않았는데도 바위 선반의 너비가 한 뼘도 채 안 된다는 것, 몸을 조금만 바깥쪽으로 기울여도 아래쪽 바위로 추락하리라는 것을 알았기 때문이다. 나는 계속 기어갔지만, 10미터도 채 안 되는 그 길의 첫번째 모퉁이를 도는 데 귀중한 시간을 너무 많이 써버렸다. 발이 너무 무거웠고, 엘저비어한테 아픈 기색을 보이지 않으려고 애썼지만 발을 질질 끌고 가는데도 격렬한 통증이 느껴졌기 때문이다. 엘저비어는 내가 어떤 고통을 견디고 있는지 깜박 잊어버리고 소리쳤다.

"가능하면 좀더 빨리 움직여봐. 시간이 없어."

인간의 기질은 너무 약하다. 그는 내 목숨을 구하려고 어느 때보다도 많은 노력을 하고 있었고 내가 믿고 의지해야 할 사람도 이 세상에 오직 엘저비어뿐이었지만, 그가 내 고통을 잊고 빨리 움직이라고 재촉하자 나는 짜증이 나서 하마터면 화를 낼 뻔했다. 하지만 곧 마음을 가라앉히고 목구멍까지 올라온 말을 꿀꺽 삼켰다.

그때 엘저비어가 나에게 멈추라고 말했다. 길이 조금 넓어졌으니까 다시 나를 안고 가겠다는 것이다. 하지만 이곳엔 또 다른 어려움이 있었다. 길이 아직 좁고 암벽이 너무 가까워서 그가 나를 안아 들 수가 없었다. 그래서 나는 땅바닥에 얼굴을 대고 납작 엎드렸고, 그는 내 어깨 사이를 밟고 나를 넘어갔다. 그런 다음 길에 무릎을 꿇었고, 나는 뒤에서 그에게 업힌 채 그의 목을 두 팔로 끌어안았다. 그렇게 그는 나를 등에 업었다. 나는 다시 눈을 꽉 감았고, 그렇게 우리는 또 한동안 앞으로 나아갔다. 비탈길을 올라가자 바람이 점점 강해지는 게 느껴졌다.

마침내 그가 마지막 모퉁이에 거의 다 이르렀으니 나를 다시 내려놔야겠다고 말했다. 그래서 그는 무릎을 꿇고 두 손을 땅바닥에 대고 엎드렸다. 나는 뒤로 미끄러져 내려가 바위 선반에 무릎과 두 손을 댔다. 이제는 둘 다 네발로 엎드린 자세가 되었다. 엘저비어가 앞장서고 내가 그 뒤를 따랐다. 하지만 나는 기어가다가 잠깐 경계를 늦추었다. 내 눈이 암벽을 떠나 낭떠러지 아래를 내려다보았다. 저 밑에서 푸른 바다가 눈부신 거울처럼 반짝이고 있었다. 갈매기들이 깎아지른 백악질 암벽 주위를 선회하고 있었다. 나는 부풀어 오른 양의 시체가 생각났다. 그 양은 아마도 바로 이 지점에서 추락했을 것이다. 그러자 당장 속이 느글거리면서 현기증이 났고 머리가 어찔어찔했다. 나는 눈이 핑핑 돌아서 추락할 것만 같았다.

그래서 나는 엘저비어를 소리쳐 불렀다. 그는 내게 무슨 일이 일어났는지 알아차리고 큰 소리로 외쳤다.

"옆으로 누워서 배를 암벽에 바싹 붙여."

그렇게 좁은 길에서 어떻게 해냈는지는 모르지만, 그는 용케 몸을 돌려 땅바닥에 엎드리더니 손을 내 등에 단단히 대고 나를 암벽 쪽으로 밀었다. 정말 아슬아슬했다. 그가 때맞춘 순간에 나를 잡아주지 않았다면 나는 그 지독한 구역질과 현기증에서 벗어나기 위해 자포자기하는 심정으로 몸을 내던졌을 것이다.

"눈을 꽉 감고 있어, 존." 그가 말했다. "그리고 나한테 큰 소리로 숫자를 세렴. 네가 기절하지 않았다는 걸 알 수 있게."

그래서 나는 소리 내어 숫자를 세었다. 하나, 둘, 셋. 나는 계속 숫자를 세면서 그가 혼잣말을 되풀이하는 것을 들었지만, 그의 목소리는 멀리서 들리는 것처럼 희미했다.

"여기까지 오는 데 10분은 걸렸을 거야. 이제 5분만 있으면 놈들이 바위 선반 위로 내려오겠지. 그리고 우리가 벼랑 꼭대기에 도달한다 해도 놈들이 거기에 보초를 남겨두었을지 몰라! 아니야. 보초를 남겨두진 않았을 거야. 꼬불길을 아는 사람은 아무도 없으니까. 놈들이 그걸 안다 해도 우리가 이 길로 올라갈 거라고는 상상도 못 할 거야. 이제 50미터만 더 가면 놈들을 이길 수 있어. 그런데 빌어먹을 현기증이 아이를 덮쳤어. 녀석은 추락할 테고, 떨어지면서 나도 함께 끌어내리겠지. 아니면 놈들이 밑에서 우리를 보고, 암벽에 앉아 있는 바다오리를 쏘는 것처럼 우리를 겨누어 총을 쏠 거야."

그는 혼잣말을 중얼거렸고, 그동안 나는 용기를 내어 앞으로 기어가려고 안간힘을 썼다. 하지만 꼼짝도 할 수가 없었다.

진땀 나는 두려움이 나를 사로잡았기 때문이다. 그래서 나는 암벽에 얼굴을 댄 채 누워 있었다. 엘저비어는 여전히 내 등을 암벽 쪽으로 힘껏 밀고 있었다. 나를 가장 두렵게 한 것은 손으로 잡을 게 아무것도 없다는 사실이었다. 노끈이라도 있었다면, 아니 실오라기 하나라도 있었다면, 무명실 한 가닥이라도 뻗어 있어서 의지할 데가 있었다면, 나는 어떻게든 해낼 수 있었을 것이다. 하지만 그 좁은 길에 있는 거라고는 손가락 하나 밀어 넣을 틈새도 없는 깎아지른 듯한 하얀 암벽뿐이었다.

바람이 다시 세차게 불고 있었다. 나는 눈을 뜨지 않았지만 바람에 작은 풀밭의 풀들이 흔들리는 것을 느꼈다. 미친 듯이 울어대는 갈매기 울음소리는 밑에 있는 암반으로 몸을 던져서 두려움도 통증도 부러진 다리도 모두 한꺼번에 끝내버리라고 나를 유혹하는 것 같았다.

그때 엘저비어가 말했다.

"존, 우물쭈물할 시간 없어. 1분만 더 이러고 있으면 우리는 죽어. 용기를 내. 암벽에서 눈을 떼지 말고 앞으로 가거라."

하지만 나는 꼼짝할 수가 없어서 대답했다.

"안 돼요. 못 하겠어요. 눈을 뜨거나 손발을 움직이면 당장 밑으로 굴러떨어질 거예요."

그는 잠깐 기다렸다가 말했다.

"아니야, 넌 움직여야 돼. 나중에 또 총을 맞고 떨어지기보다는 지금 목숨을 거는 게 나아."

이렇게 말하면서 그는 내 등에서 손을 떼고 내 외투 깃 속에

문플릿의 보물

손을 집어넣은 뒤, 뒤쪽으로 움직이면서 나를 끌어당기기 시작했다.

이제 나는 두려움으로 몸이 마비되어 옴짝달싹도 할 수 없었다. 눈을 뜨면 추락할까 봐 겁이 났다. 엘저비어는 그렇게 힘이 센 남자였지만, 무력한 얼간이를 끌고 그 좁은 오르막길을 뒷걸음질로 올라갈 수는 없었다. 그래서 포기하고 신음을 토하면서 나를 잡고 있던 손을 놓았다. 바로 그 순간, 아래쪽 바위 선반에서 사람들의 목소리와 외침 소리가 올라왔다.

"제기랄, 놈들이 벌써 내려왔군!" 엘저비어가 말했다. "매스큐의 시체를 발견했겠지. 다 끝났어. 이제 곧 우리를 발견할 거야."

하지만 마음이 몸에 미치는 힘은 참으로 놀랍고, 더 큰 두려움은 작은 두려움을 지배하는 힘을 갖는다. 그래서 밑에서 올라오는 목소리들을 듣는 순간, 추락에 대한 두려움은 말끔히 사라져버렸다. 나는 현기증을 완전히 떨쳐버리고 눈을 뜰 수 있었다. 그리고 다시 네발로 기어서 앞으로 나아가기 시작했다. 엘저비어는 내가 미쳐서 암벽 너머로 몸을 던지려나 보다고 생각했지만, 곧 사태를 알아차리고는 뒤에 있는 내 쪽으로 움직이면서 낮은 목소리로 말했다.

"용감한 녀석! 그렇게 기어서 이 모퉁이만 돌면 내가 다시 너를 업고 가마. 50미터만 더 가면 저놈들을 따돌리게 될 거야!"

그때 또다시 목소리가 들렸지만, 아까보다 거리도 멀었고 그렇게 큰 소리도 아니었다. 그래서 우리는 추적자들이 바위 선반을 떠나 해변으로 내려간 것을 알았다. 놈들은 우리가 바닷가에 숨어 있다고 생각한 모양이었다.

5분 뒤에 엘저비어는 나를 등에 업고 벼랑 꼭대기에 올라섰다.

"이 모험은 멋지게 성공했어. 앞으로 한 시간 동안은 안전해. 현기증 때문에 끝장난 줄 알았는데."

그는 나를 푹신한 풀밭 위에 살며시 내려놓고 자기도 풀밭에 벌렁 드러누워 두 팔을 쭉 벌리고는 쌓인 피로를 풀기 위해 숨을 헐떡거리고 있었다.

아직 이른 아침이었다. 저 멀리 아래로는 움직이는 마루 같은 영국 해협이 펼쳐져 있었다. 밤안개의 은회색 장막은 아직 앞바다에서 걷히지 않았다. 작은 언덕처럼 굽이굽이 물결치는 벼랑 능선, 바다 쪽으로 튀어 나간 돌기, 우묵한 구덩이, 작은 후미, 그리고 분지가 남쪽으로 이어지다가 10킬로미터쯤 떨어진 세인트올번곶의 거대한 단애에서 끝났다. 암벽은 하얗게 빛나고, 해안과 가까운 쪽 바다는 물빛이 황갈색이었지만 바깥쪽은 더없이 순수한 푸른색이었다. 곧은 햇살이 바다를 가로질러 고등어 등처럼 눈부시게 반짝거리거나 은은하게 빛났다.

다시 단단한 대지 위에 서 있다는 안도감과 눈앞까지 닥친 위험에서 벗어났다는 기쁨으로 통증이 사라졌다. 나는 다리가 부러진 것도 잊어버렸다. 그래서 햇볕을 쬐며 잠시 편안하

문플릿의 보물

게 누워 있었다. 몇 분 전까지만 해도 나를 그 좁은 바위 선반에서 금방이라도 날려버릴 것처럼 세차게 불어댔던 바람이 지금은 친절한 바다의 숨결로 신선해진 산들바람처럼 여겨졌다. 하지만 잠시뿐이었다. 고통이 돌아와 순식간에 심해졌기 때문이다. 나는 우울하고 참담한 기분으로 우리가 빠져 있는 곤경을 생각했다.

지난 며칠간 얼마나 불행한 일들이 일어났던가! 우선 '괜찮군!'을 잃었다. 그것만으로도 불행하기 짝이 없는데, 밀수꾼에 살인범 누명까지 뒤집어쓰게 됐다. 그게 두번째 불행이고, 세번째이자 마지막 불행은 내 다리가 부러진 탓에 도망치기가 어려워진 것이었다. 하지만 무엇보다도 또렷하게 내 눈앞에 떠오른 것은 아침 해를 배경으로 하늘을 쳐다보고 있던 그 잿빛 얼굴이었다. 이 사실을 그레이스가 알게 되면 어떻게 될지를 생각하자, 원수인 그를 되살릴 수만 있다면 내 목숨이라도 내놓고 싶은 심정이었다.

그때 엘저비어가 잠에서 깨어난 사람처럼 기지개를 켜면서 일어나 앉더니 이렇게 말했다.

"이제 가야겠다. 놈들은 앞으로도 한동안은 돌아오지 않을 테고, 돌아와도 이 근처를 뒤져서 우리를 찾을 생각은 안 하겠지만, 위험을 감수할 수는 없으니까 빨리 떠나는 게 좋겠다. 네 다리 때문에 우리는 몇 주 동안 발이 묶여 있을 테니까, 숨어서 다리를 치료할 수 있는 곳을 찾아야 해. 마침 퍼벡에 안성맞춤인 곳이 있다. '조지프의 구덩이'라고 불리는 곳인데,

거기로 가는 거야. 하지만 10킬로미터쯤 떨어져 있으니까, 거기까지 가려면 꼬박 하루가 걸려. 나도 이젠 많이 늙었고, 너는 너무 무거운 아기라서 쉽게 업고 다닐 수가 없어."

'조지프의 구덩이'는 처음 듣지만, 아무리 멀리 떨어져 있다해도 내가 가만히 누워서 통증을 달랠 수 있는 곳이 있다는 말을 듣고 기뻤다. 그는 다시 나를 업고서 들판을 가로지르기 시작했다.

그 피곤한 여행에 대해서는 말할 필요가 없을 것이다. 사실은 말하고 싶어도 말할 수가 없다. 통증이 머리로 올라와 졸음이 올 만큼 나른한 고통으로 나를 가득 채웠기 때문이다. 그래서 예기치 않은 움직임이 더 격렬한 통증을 유발하여 나도 모르게 비명을 질렀을 때를 제하고는 그 여행에 대해 내가 아는건 아무것도 없다.

엘저비어도 처음엔 활기차게 걸었지만, 시간이 갈수록 걸음이 점점 느려졌다. 나를 내려놓고 쉬어야 했던 적도 한두 번이아니었다. 그러다가 나중에는 나를 업고 걸을 수 있는 거리가한 번에 100미터도 안 될 만큼 짧아졌다.

태양이 자오선을 지났으니까 오후였다. 이맘때치고는 너무더웠다. 주변 풍경이 바뀌기 시작했다. 지금까지는 짧은 풀로덮인 언덕에 하얀색의 작은 달팽이 껍데기가 흩뿌려져 있었지만, 이제 땅은 푸석푸석해졌고 평평한 바윗돌이 많이 보였고, 경작된 밭으로 나뉘어 있었다. 바람에 깎인 황량한 곳이어서기껏 밭으로 개간해봤자 애쓴 보람이 있을 것 같지도 않았다.

문플릿의 보물

산울타리 대신 거친 돌을 쌓아 올린 황량한 돌담이 밭을 둘러싸고 있었다. 이런 돌담들은 군데군데가 무너져 있었지만 무성하게 우거져 퍼진 담쟁이가 돌담을 이어주고 있었고, 여기저기서 가시나무 덤불이 돌담을 떠받치는 버팀벽 역할을 하고 있었다.

엘저비어는 마침내 돌담 뒤에 나를 내려놓고 말했다.

"나는 지쳐서 지금은 너를 업고 갈 수 없어. 하지만 갈 길이 얼마 남지 않았다. 우리는 퍼벡 안으로 들어왔고, 혹시라도 누군가가 언덕을 지나가더라도 이 돌담이 우리를 가려줄 테니까 아무도 우리를 엿보지 못할 거야. 군인들도 그렇게 빨리 이쪽으로 올 것 같진 않아. 놈들이 온다면 나도 어쩔 수 없지. 나는 녹초가 되었고, 햇볕이 너무 뜨거워서 발이 납덩이처럼 무거워졌어. 20년 전이라면 그런 일쯤 아무것도 아니라고 웃었을 텐데, 지금은 달라. 날이 시원해질 때까지 잠을 좀 자고 쉬어야겠다. 그러니까 너는 여기 앉아서 담벼락에 어깨를 기대고 있거라. 그러면 돌담 구멍으로 저쪽도 볼 수 있으니까 양쪽을 다 감시할 수 있을 거야. 누언가가 움직이는 게 보이거든 나를 깨우렴. 이 녀석이 소리를 내도록 화약이 조금이라도 있으면 좋을 텐데."

이렇게 말하면서 그는 은빛 손잡이가 달린 매스큐의 권총을 품에서 꺼내 사랑스럽게 어루만졌다.

"30년 동안 총을 갖고 다녔는데 하필이면 이런 위기가 닥쳤을 때 총을 집에 놔두고 오다니, 내가 억세게 운이 나쁜 것 같아."

그는 돌담 기슭의 좁은 그늘에 벌렁 드러누웠다. 그리고 곧 코 고는 소리가 들려왔다.

바람이 다시 세차졌다. 이제는 서쪽에서 불어오고 있었다. 나는 돌담 그늘에 숨어서 바람을 피하고 있었기 때문에 졸음이 슬금슬금 밀려오기 시작했다. 한두 시간 동안 모진 바람에 시달리다가 마침내 피난처에 들어온 사람이라면 누구나 그런 졸음에 사로잡히게 마련이다. 게다가 나는 엘저비어처럼 고역을 치르느라 지치지는 않았지만, 하룻밤을 꼬박 새운 데다 발의 통증 때문에 기진맥진한 상태여서 자꾸만 잠이 쏟아졌다. 15분도 지나지 않아 망을 보기가 힘들 정도였다.

그래서 나는 생각을 집중할 수 있는 무언가를 찾으면서 풀밭이 있는 돌담 건너편을 보고 있다가, 두더지 굴 입구에 작은 둔덕이 여기저기 쌓여 있는 것을 보고 그것을 헤아리기 시작했다. 다 헤아려보니, 푸른 풀밭에 아무렇게나 흩어져 있는 마른 흙더미는 모두 서른 개였다. 돌담 반대쪽 경작지로 눈을 돌리자, 밀싹이 돌 틈에 2~3센티미터 높이로 돋아나 있는 게 보였다. 그래서 나는 그 수를 헤아리기 시작했는데, 이번에는 서른 개로 끝나지 않고 수십만, 수백만 개까지 셀 수 있을 것 같아서 기뻤다. 하지만 열까지 가기도 전에 끝나버렸다. 내가 깊이 잠들어버렸기 때문이다.

요란한 소리에 나는 화들짝 놀라 깨어났다. 움찔하는 바람에 다리가 쿡쿡 쑤셨다. 눈을 떠도 아무것도 보이지 않았지만,

아주 가까운 거리에서 총이 발사된 것이다. 나는 엘저비어를 깨우려고 했지만, 그는 벌써 깨어나 있다가 나를 보고는 말하지 말라는 뜻으로 입술에 손가락 하나를 댔다. 그러고는 돌담을 따라 몇 걸음 기어서 담쟁이덩굴이 돌담을 뒤덮고 있는 곳으로 갔다. 그곳에서는 남에게 들키지 않고 담쟁이 이파리 사이로 돌담 너머를 볼 수 있었다. 그는 안심한 표정으로 다시 자세를 낮추고는 말했다.

"어떤 꼬마 녀석이 나팔총으로 까마귀들을 쫓고 있을 뿐이야. 저 녀석이 이쪽으로 오지만 않으면 괜찮아. 우린 가만히 있으면 돼."

잠시 후에 그가 말했다.

"녀석이 이쪽으로 오고 있어. 아무래도 모습을 드러내는 게 좋겠다."

그가 말하는 동안에도 돌멩이가 굴러떨어지는 소리가 들렸다. 아이가 마른 돌담을 기어오르면서 동시에 허물어뜨리고 있었던 것이다. 그래서 엘저비어가 벌떡 일어섰다. 아이는 깜짝 놀라 달아나려는 듯이 보였지만, 엘저비어가 상냥한 목소리로 인사를 건네자 아이도 걸음을 멈추고 인사를 했다.

"여기서 뭘 하고 있는 거냐?" 엘저비어가 물었다.

"이 농장 주인인 톱 아저씨를 위해 까마귀를 쫓고 있어요." 아이가 대답했다.

"혹시 화약 남은 거 있니?" 엘저비어가 권총을 보여주면서 물었다. "저녁거리로 덤불 속에 숨어 있는 토끼를 잡고 싶은데 화약통을 잃어버렸지 뭐냐. 혹시 밭고랑을 지나오다가 화약통 떨어져 있는 거 못 봤니?"

엘저비어는 내 다리가 부러진 것을 아이가 알아차리지 못하도록 가만히 누워 있으라고 속삭였다.

"못 봤는데요. 하지만 전 로어모인에서 왔으니까, 아마 아저씨와 같은 길로 오지 않았을 거예요. 그리고 화약은 저도 남은 게 거의 없어서 까마귀들을 쫓으려면 아껴야 해요. 안 그러면 저는 애쓴 보람도 없이 호되게 얻어맞을 거예요."

"한두 번 쏠 만큼만 나누어다오. 그러면 반 크라운*을 주마." 엘저비어는 주머니에서 은화를 꺼내 아이에게 보여주었다.

아이는 눈을 빛냈다. 그렇게 큰돈을 보면 나도 그랬을 것이다. 아이는 주머니에서 낡아빠진 소가죽 화약통을 꺼냈다.

"통째로 다오. 그러면 1크라운을 줄게." 엘저비어는 아까보다 더 큰 은화를 보여주었다.

이번에는 길게 말할 필요도 없었다. 다음 순간 엘저비어는 화약통을 주머니에 넣었고, 아이는 은화를 앞니로 깨물고 있었다.

"총알은 어떤 걸 갖고 있니?" 엘저비어가 물었다.

"예? 총알 주머니도 잃어버린 거예요?" 아이의 목소리에는 놀라움이 담겨 있었다.

---

* 당시 영국에서 유통된 화폐의 가치를 비교하면 1파운드=4크라운=20실링. 1기니=21실링. 파운드와 기니는 금화, 크라운과 실링은 은화다.

문플릿의 보물

"아니야. 하지만 내 총알은 너무 작아서 말이지. 네가 산탄을 한두 개 갖고 있다면 그것도 사고 싶은데."

"거위용 탄환을 한 다스 갖고 있어요. 하지만 1실링은 주셔야 해요. 주인님이 백조나 말뚱가리 같은 요릿감을 보았을 때만 쓰라고 했거든요. 이 총알이 없으면 저는 애쓴 보람도 없이 실컷 두들겨 맞겠지만, 1실링이면 참을 만하죠."

"어차피 얻어맞을 바에는 더 많은 대가를 받고 얻어맞으렴." 엘저비어가 솔깃해지는 말로 구슬렸다. "그 화승총을 주면 1기니를 주마."

"그건 안 돼요. 로어모인에 이상한 소문이 돌고 있어요. 경비대가 오늘 아침에 밀수꾼 일당을 만나 총격전이 벌어졌는데, 관리 하나가 총에 맞았대요. 거위용 탄환에 맞았을 거라고 하는 것 같았어요. 밀수꾼들은 달아나버렸지만, 벌써 수배 전단이 나붙었는데 현상금이 1인당 20파운드라고 하던데요. 그러니까 아저씨한테 총을 팔았다가 잘못되면 나뿐만 아니라 주인님까지 잡히게 될 거예요."

아이의 목소리에 담겨 있던 놀라움은 의심으로 바뀌었다. 나는 다친 발을 어두운 그늘에 두려고 애썼지만, 아이가 말하면서 내 발에 눈길을 주는 걸 보았다. 아이는 내 장화에 피가 엉겨 붙어 있는 것을 보았고, 내 다리에 목도리가 감겨 있는 것도 보았다.

"바로 그 이유 때문에 화승총을 사고 싶어 하는 거란다." 엘저비어가 말했다. "밀수꾼 일당이 멋대로 돌아다니고 있는데,

외딴 언덕에서 놈들과 마주쳤을 때 이런 권총 하나로는 맞설 수 없거든. 하지만 너는 총이 필요 없어. 놈들도 아이는 해치지 않을 테니까."

엘저비어는 엄지와 집게손가락 사이에 1기니짜리 금화를 끼웠다. 금화의 번득임은 참을 수 없는 유혹이었다. 그래서 우리는 초라한 화승총 한 자루와 탄환과 화약을 손에 넣었다. 아이는 1기니짜리 금화와 1크라운짜리 은화를 쥔 손을 주머니에 찔러 넣고 휘파람을 불면서 밭고랑 너머로 걸어갔다.

아이의 휘파람 소리는 아주 순진하게 들렸지만, 나는 그 애를 믿지 않았다. 나의 피 묻은 발을 바라보던 눈빛이 떠올랐기 때문이다. 그래서 엘저비어에게도 그렇게 말했지만, 그는 아이가 단순하고 순진하다면서 그저 웃기만 했다. 하지만 내가 앉아 있는 곳에서는 가시나무 덤불 틈새로 밖을 엿볼 수 있었고, 상대의 눈에 띄지 않고도 상대를 관찰할 수 있었다.

엘저비어의 머리가 돌담 너머로 보이는 동안은 아이도 새처럼 휘파람을 불면서 아주 태평하게 걷고 있었지만, 엘저비어가 땅바닥에 앉자 아이는 조심스럽게 주위를 둘러보고 아무도 자기를 지켜보고 있지 않다는 것을 알자 휘파람을 멈추고 최대한 빨리 줄행랑을 쳤다. 나는 아이가 우리의 정체를 눈치채고 경비대에 신고하러 갔다는 것을 깨달았다. 그러나 아이는 엘저비어가 다시 일어나기도 전에 언덕마루 너머로 사라져버렸다.

"자, 어서 가자. 조금만 더 가면 돼. 더위는 이미 가셨어. 세 시간 넘게 잠들었던 모양이야. 네가 제대로 망을 보지 못했기 때문이지. 적이 웃는 것은 보초가 잠을 잘 때야. 너 때문에 우리 둘 다 대낮의 올빼미처럼 속수무책으로 경비대에 붙잡힐 뻔했어."

이렇게 말하면서 엘저비어는 나를 등에 업고 힘찬 걸음으로 출발했다. 그는 되도록 언덕 기슭과 돌담 그늘을 골라서 걸었다. 우리는 생각보다 오래 잔 게 분명했다. 해가 빠르게 서쪽으로 기울고 있었기 때문이다. 휴식을 취한 덕분에 기운이 나긴 했지만 내 다리는 뻣뻣해졌고, 다시 출발하자 다리가 대롱거리는 바람에 통증이 더 심해졌다. 엘저비어는 무거운 짐을 지고도 여전히 힘차게 걷고 있었다. 그래서 30분도 지나기 전에 우리는 앤빌곶 뒤에 있는 오래된 대리석 채석장에 도착했다.

이 채석장에 대해 나는 아는 게 거의 없었고, 그때는 심각한 곤경에 빠져 있어서 어떤 것에도 주의를 기울일 수 있는 상태가 아니었지만, 나중에는 그 채석장에 대해 많은 것을 알게 되었다.

우리 고장의 오래된 교회에서 볼 수 있는 검은색 대리석은 바로 퍼벡 채석장에서 캐낸 것이다. 다른 지방에 있는 교회에서도 이 대리석을 볼 수 있다고 한다. 대리석을 캐내는 방법은 비스듬히 기울어진 우물처럼 15미터나 20미터나 30미터 깊이에 다다를 때까지 지하로 가파르게 내려가는 굴을 파는 것이다. 그런 다음 이 수직굴 바닥에서 옆으로 좁은 땅굴을 파면서 대리석을 캐내는 것이다. 땅굴의 높이는 대개 2미터 정도지만 때로는 1미터 안팎에 불과한 경우도 있다. 이 채석장은 수백 년 전에 만들어졌는데, 로마인들이 만들었다고 말하는 사람도 있다. 퍼벡의 다른 곳에서는 아직도 채석 작업이 이루어지고 있지만, 앤빌곶 뒤에 있는 채석장은 아무도 기억하지 못할 만큼 오래전에 폐쇄되었다.

돌투성이 들판을 지나자 무성한 풀밭으로 덮인 시골 풍경이 펼쳐졌다. 풀밭은 봄을 맞아 더욱 선명한 초록빛을 띠기 시작한 참이었다. 이 풀밭은 평탄하지 않고 기복이 많았다. 풀 밑에 옛날 채석장에서 나온 돌 조각이 여기저기 무더기로 쌓여 있었기 때문이다. 그것은 대부분 푸른 풀로 덮여 있었지만, 돌무더기 꼭대기에 부서진 잡석으로 이루어진 작은 돌밭이 얼핏 보일 때가 있었다. 무너진 벽과 낮은 지붕이 많이 남아 있는 것은 옛날 채석공들이 살았던 오두막의 흔적이었다. 풀로 덮인 이랑은 작은 과수원과 텃밭의 흔적이었고, 버려진 구스베리 나무나 자라다 만 자두나무와 사과나무가 아직도 여기저기에 서 있었다. 그 나무들의 가지는 바다에서 불어오는 바람 때문에 모두 동쪽으로 누워 있었다.

채석장의 수직굴들도 꼭대기 주위는 초록빛 풀로 덮여 있고, 가파르고 좁은 계단이 수직굴 아래로 이어져 있었다. 그리고 계단 옆에는 활석으로 만들어진 미끄럼대가 있었는데, 옛날에는 나무로 만들어진 권양기가 이 미끄럼대를 이용하여 대리석 덩어리를 지상으로 끌어 올렸다. 이제 계단을 내려가는

문플릿의 보물

사람은 아무도 없었다. 사람을 질식시키는 유해가스가 수직굴 바닥에 고여 있다는 소문이 있었을 뿐 아니라, 수직굴 바닥에서 옆으로 나 있는 좁은 땅굴에는 악령과 악마들이 숨어 있다고 믿었기 때문이다.

이 방면에 밝은 사람이 언젠가 말해준 적이 있는데, 성자 앨드헬름*이 퍼벡에 처음 왔을 때, 오래된 토착신들을 파문하고 이 땅굴 깊숙한 곳에 가두었다고 한다. 그런데 그 악령과 악마들 중에서도 가장 사악한 맨드라이브라는 악마가 가장 품질 좋은 검은 대리석을 지키게 되었다. 바로 그 이유 때문에 검은 대리석은 교회나 무덤을 만드는 데에만 쓰이게 되었다. 이런 성스러운 목적에 쓰지 않으면 맨드라이브가 그 대리석을 자른 사람의 목을 졸라버린다는 것이다.

엘저비어가 나를 눕힌 곳은 이 오래된 수직굴 옆이었다. 해는 이제 낮게 기울어 울퉁불퉁한 풀밭의 작은 기복까지도 죄다 보여주고 있었다. 풀밭은 굴 가장자리를 넘어 굴속까지 덮었고, 계단과 미끄럼대에 난 모든 틈새와 균열에는 녹색 양치류가 자라고 있었다. 녹색 양치류는 벽을 뒤덮었고, 적갈색 가시나무는 계단에 무성하게 자라서 바닥에 감돌고 있는 어둠 속으로 사라졌다.

엘저비어는 힘든 시련을 견뎌낸 사람처럼 시원한 저녁 공기를 한두 번 깊이 들이마셨다.

---

* 7세기에 활동한 성직자이자 라틴어 작가(639?~709).

"여기가 조지프의 구덩이야. 우리는 팔다리가 다시 멀쩡해질 때까지 여기 숨어 있어야 해. 일단 바닥에 무사히 내려가기만 하면, 경비대도 추적대도 비웃어줄 수 있지. 왕까지도 말이다. 놈들이 채석장을 샅샅이 수색할 수도 없고, 게다가 놈들은 겁쟁이에다 맨드라이브 전설을 굳게 믿고 있으니까 구덩이는 아예 수색할 생각도 못 할 거다. 대부분의 구덩이 바닥에는 유해가스가 차 있어서, 구덩이를 내려왔다가는 악마한테 목이 졸려 죽게 될 테니까 말이다. 어쩌다 놈들이 구덩이를 내려온다 해도 땅굴 끝까지 들어와서 우리를 찾을 가능성은 20분의 1도 안 돼. 그래도 놈들이 땅굴 끝까지 들어오면 이 권총과 화승총이 기다리고 있지. 놈들도 그렇게 비싼 대가를 치르면서까지 우리 목숨을 얻고 싶진 않을 거다."

우리는 잠시 기다렸다. 이윽고 그가 나를 품에 안고 계단을 내려가기 시작했다. 처음에는 배의 승강구를 내려갈 때처럼 뒤쪽으로 내려갔다. 우리가 막 계단을 내려가기 시작했을 때 해는 짙은 구름장에 싸여 가라앉고 있었다. 평화로운 문플릿 너머로 지는 해를 보았던 게 불과 24시간 전이었다는 사실을 생각하자, 우리가 지금 얼마나 멀리 와 있는지, 사랑하는 마을과 그레이스를 다시 볼 때까지 얼마나 오랜 시간이 걸릴지도 생각지 않을 수 없었다.

계단은 아직도 날카롭게 깎여 있고 거의 닳지 않았지만, 엘저비어는 계단을 뒤덮은 양치류와 이끼를 밟아 미끄러지지 않도록 아주 조심스럽게 걸음을 옮겼다. 가시나무 덤불에 이르

문플릿의 보물

자 그는 덤불 쪽으로 등을 돌렸다. 그의 겉옷이 가시에 걸려 찢기는 소리가 났지만, 그는 넓은 어깨로 가시나무를 밀쳐내고 대롱거리는 내 다리가 가시에 걸리지 않도록 가려주었다. 그는 한 번도 발을 헛디디거나 미끄러지지 않고 무사히 구덩이 바닥에 이르렀다.

바닥에 다다랐을 때는 사방이 캄캄했지만, 엘저비어는 오른쪽에 있는 좁은 땅굴로 들어가 마치 길을 잘 아는 듯이 계속 걸어갔다. 나는 아무것도 볼 수 없었지만, 우리가 단단한 바위에 뚫려 있는 끝없이 긴 통로를 지나고 있음을 느낄 수 있었다. 땅굴은 대부분 똑바로 서서 걸을 수 있을 만큼 높았지만, 때로는 너무 낮아서 그는 나를 안은 채 허리를 숙이고 아주 부자연스러운 자세로 걸어야 했다. 그는 갈림길에서 딱 두 번 나를 내려놓고 부싯깃을 꺼내 성냥불을 켰다.

어둠이 차츰 가시더니, 우리가 커다란 동굴 같은 곳에 들어와 있음을 알려주었다. 저쪽 끝에 뚫려 있는 구멍을 통해 햇빛이 들어오고 있었다. 동시에 나는 차가운 바람을 느꼈고, 공기 속에 상쾌한 소금 냄새가 감도는 것을 느꼈다. 그것은 우리가 바다와 아주 가까이 있다는 사실을 말해주었다.

제11장

바닷가 동굴

비탈에 매달린 동굴 속에는
지루한 외로움과 시커먼 어둠뿐.
이 텅 빈 동굴에 파도가 밀려와
묘한 음악을 만들어낸다.

조지 위더*

엘저비어는 나를 한쪽 구석에 내려놓았다. 바닥에는 마른
은빛 모래가 깔려 있었다. 아마 다른 사람들도 전에 이곳을 쉼
터로 이용했을 것이다.

"한두 달은 여기 누워 있어야 할 거다. 초라한 잠자리지만,
나는 이보다 형편없는 곳에서 잔 적도 많아. 가능하면 내일 밀
짚을 좀 구해다가 깔아주마."

엘저비어도 마찬가지였지만, 나는 온종일 먹지 않았는데도
시장기를 전혀 느끼지 못했다. 다만 현기증이 나고, 무훈가의
납골당에 갇혔을 때 나를 덮쳤던 그 타는 듯한 갈증을 느꼈을

---

* 영국의 시인(1588~1667).

뿐이다. 그래서 천장에서 바닥의 작은 웅덩이로 똑똑 떨어져 사방으로 튀는 물소리가 나에게는 음악 소리처럼 들렸다. 엘 저비어는 내 모자로 컵을 만들어 그 물을 떠 주었다. 물은 얼음처럼 차가웠지만, 밀수한 프랑스산 와인보다 더 달콤했다.

그 후 열흘 넘게 고열에 시달리느라, 그동안 무슨 일이 일어났는지 거의 알지 못했다. 나중에 알았지만, 내가 열에 들떠서 헛소리를 하고 벌떡 일어나 내 다리에 묶어둔 끈을 풀려고 날뛰는 바람에 엘저비어가 감당하기가 어려웠다고 한다. 그동안 엘저비어는 어머니가 자식을 돌보듯 자상하게 나를 보살펴주었고, 음식을 구하러 어쩔 수 없이 나갈 때를 제하고는 한 번도 동굴을 떠나지 않았다.

열이 내린 뒤에 나는 몹시 여위어 있었다. 손과 팔을 보면 나 자신도 알 수 있었다. 게다가 나는 아기보다 더 연약해진 상태였다. 온종일 누워서 생각도 별로 하지 않고 음식을 먹으면서 기력이 차츰 돌아오고 있다는 것을 알아차리고 기쁨을 느꼈다.

엘저비어는 페버릴곶에서 부서진 선원용 사물함 하나를 발견하여, 그 널판으로 내 다리를 고정시킬 부목을 만들었다. 그리고 자신의 셔츠를 찢어서 붕대로 사용했다. 모랫바닥도 그가 몇 아름씩 가져온 밀짚으로 한결 푹신하고 편안해졌다. 동굴 한쪽 구석에는 바닷가에 떠밀려 온 나무들이 쌓이고 냄비도 놓여 있었다. 보잘것없는 물건들이지만, 엘저비어가 밤중에 사람들 눈에 띄지 않도록 조심스럽게 돌아다니면서 구해온, 그러나 없어진 것을 알아차려도 아쉽다거나 수상하게 여기지 않을 만한 것만 골라서 가져온 것들이었다.

하지만 그는 곧 랫시에게 우리가 있는 곳을 알려주었고, 그후에는 랫시가 우리를 돌보았다. 랫시를 제외하고는 밀수꾼들 가운데 아무도 우리가 어떻게 되었는지 알지 못했다. 랫시는 절대로 채석장에 오지 않고, 우리가 숨어 있는 동굴에서 1킬로미터쯤 떨어진 버려진 오두막에 생필품을 놔두고 갔다.

그동안에도 우리를 찾으려는 수색 작전은 엄중하게 계속되었고, 경비대는 말을 타고 다니며 이 지역을 샅샅이 뒤졌다. 경비대도 처음엔 우리의 흔적을 도저히 찾을 수 없었기 때문에, 매스큐의 시신을 가지고 돌아가서 우리가 벼랑에서 떨어져 죽은 게 틀림없다고 말한 모양이었다. 그런데 나중에 어느 농장에서 일하는 아이가 돌담 그늘에 숨어 있던 남자들과 우연히 마주친 이야기를 퍼뜨렸는데, 그중 한 사람은 발과 다리에 피가 묻어 있고 또 한 사람은 자기한테 덤벼들어 화승총을 빼앗고 주머니를 뒤져서 화약통까지 빼앗은 뒤 코프 쪽으로 산토끼처럼 달아났다고 했다.

매스큐에 대해서 말하자면, 엘저비어가 매스큐를 쏘았다고 말하는 군인들도 있었지만, 우발적인 사고로 죽었다고 말하는 군인들도 있었다. 언덕 위에서 아군이 잘못 쏜 총탄에 맞아 죽었다는 것이다. 하지만 이런 사실에도 불구하고 엘저비어의 목에는 50파운드, 내 목에는 20파운드의 현상금이 걸렸다. 그래서 우리는 더욱 꽁꽁 숨어 있어야 했다.

그날 밤 엘저비어가 나에게 화물을 운반할 시간을 말했을 때 문간에서 엿들은 사람은 매스큐였던 게 분명하다. 경비대는 새벽 4시에 호어곶에서 대기하라는 명령을 받았기 때문이다. 그러니까 밀수선이 굴더 조류 덕분에 예정보다 일찍 도착하지 않았다면, 그리고 병사들이 '랍스터' 주막에서 술을 마시느라 지체하지 않았다면 밀수꾼 전원이 붙잡혔을 것이다.

엘저비어는 랫시한테 이 모든 이야기를 들었고, 시간을 보내기 위해 심심풀이로 나에게 말해주었다. 사실 나로서는 듣지 않는 편이 나았을 것이다. 내 목에 매겨진 값이 고작 20파운드라니! 결코 유쾌한 이야기는 아니었기 때문이다. 그리고 내가 가장 궁금한 것은 그레이스가 어떻게 지내고 있는지, 아버지가 죽었다는 소식을 어떻게 받아들였는지 하는 것이었는데, 여기에 대해서는 아무 이야기도 들을 수 없었다. 엘저비어는 아무 말도 하지 않았고, 나는 부끄러워서 차마 물어볼 수 없었다.

나도 이제는 완전히 회복되어 주위를 살펴볼 수 있게 되었다. 내가 누워 있는 곳은 가로세로 8미터쯤 되는 넓이에 높이 3미터쯤 되는 동굴이었다. 수직으로 깎인 벽은 한때 이곳에서 대리석을 캐냈음을 보여주고 있었다. 한쪽에는 우리가 들어온 통로가 있고, 그 맞은편에는 수위가 가장 높을 때보다 약 15미터 위에 있는 바위 턱으로 통하는 문이 나 있었다.

이 동굴은 세인트올번곶과 스와니지 사이에 있는 단단한 암벽 바로 안쪽에 만들어져 있었다. 하지만 이곳 벼랑은 세인트올번곳 반대쪽에 있는 벼랑과는 달랐다. 호어곳처럼 높지도 않고 백악질로 이루어져 있지도 않았다. 대부분 해수면에서 30미터 내지 45미터 높이에 불과했고, 단단한 바위로 이루어진 근엄한 얼굴을 바다 쪽으로 돌리고 있었다. 하지만 물 위로 드러난 부분은 그렇게 높지 않아도 물 밑으로는 아주 깊은 곳까지 뻗어 있었다. 그래서 바닥에서 벼랑 꼭대기까지의 전체 높이는 약 100미터에 이르지만, 안개가 끼거나 칠흑처럼 어두운 밤에 거리 계산을 잘못하여 그 가파른 암벽에 정면으로 충돌해 난파한 배가 적지 않았다. 그런 배들은 선원들과 함께 흔적도 없이 사라졌고, 그들의 외침 소리를 들은 사람은 아무도 없었다.

바위는 아주 단단해 보여도 암벽 아래쪽은 끊임없이 밀려오는 파도에 씻겨 마멸되었기 때문에, 파도가 조금만 일어도 해수면 근처에 파인 동굴 속에서 우르르 울리는 파도 소리가 둔탁하게 들려왔다. 강한 바람이 불 때는 큰 파도가 암벽을 강타하여 바위마저 흔들릴 지경이었다.

우리가 있는 동굴의 입구는 그 암벽에 불쑥 튀어나와 있는 바위 턱 위였다. 이따금 날씨가 좋은 날이면 엘저비어는 나를 그리로 데리고 나갔는데, 덕분에 나는 햇볕을 쬐면서 활기차게 움직이는 영국 해협을 한눈에 바라볼 수 있었다. 이 바위 턱은 발코니처럼 생겼기 때문에, 아직도 바위에 박힌 채 녹슬어가고 있는 쇠기둥을 보면 짐작할 수 있듯이, 채석장이 운영되던 시절에는 여기서 도르래를 이용하여 대리석을 밑에서

문플릿의 보물

기다리는 배에 내려보내고, 바닥짐 대신 술통을 끌어 올리기도 했을 것이다.

이 전망 좋은 발코니는 그런 곳이었고, 동굴 내부는 커다란 빈 공간이었다. 바닥엔 돌가루가 하얗게 깔려 있었는데, 오래전부터 사람들이 밟고 다녀서 마치 회반죽을 바른 것 같았다. 이런 동굴에서는 벽에 이슬이 맺혀 있는 것을 흔히 볼 수 있지만, 이곳은 그런 것도 없이 건조했다. 다만 한쪽 구석에는 천장에 고드름처럼 매달린 종유석에서 방울방울 떨어진 물이 고여 작은 웅덩이를 이루고 있었다. 물이 넘치지 않고 바다 쪽으로 빠져나가도록 배수로가 파여 있는 것을 보면, 이 웅덩이는 일부러 바닥을 파서 만든 게 분명했다. 웅덩이 주위와 천장의 축축한 부분에는 양치류와 덩굴식물이 무성하게 자라고 있었다.

몇 주가 지나 5월 중순이 되었다. 태양의 힘이 점점 강해지면서 이제는 밤에도 더 이상 춥지 않았다. 그리고 날이 따뜻해질수록 나도 체력을 되찾았다. 아직은 두 발로 설 수 없었지만, 다리는 더 이상 아프지 않았다. 다만 이따금 날카로운 통증을 느낄 뿐이었다. 쿡쿡 쑤시는 듯한 이 통증은 부러진 뼈가 붙어가면서 생기는 거라고 엘저비어는 말했다. 그 후 그는 환부에 풀을 이겨 만든 습포를 대주었고, 한번은 찰드런 마을 근처까지 걸어가서 진통제로 쓸 여뀌를 꺾어 오기도 했다.

엘저비어는 수시로 드나들었고 그때마다 무사히 돌아오곤 했지만, 나는 그가 복병을 만나서 영원히 돌아오지 못하는 건 아닐까 하고 항상 불안했다. 그가 붙잡히면 나는 어떻게 될까

하고 생각한 것이 아니라, 그를 걱정했을 뿐이다. 이제 나는 이 엄격하고 머리가 희끗희끗한 분에게 모든 것을 의지하게 되었고, 그를 아버지처럼 사랑하게 되었기 때문이다.

그래서 그가 밖에 나가면 나는 불안한 마음을 달래려고 책을 펼쳤다. 하지만 내가 지닌 거라고는 문플릿을 떠날 때 이모가 건네준 빨간 표지의 기도서와 '검은수염'의 로켓뿐이었기 때문에, 선택하고 말고 할 것도 없었다. 로켓은 항상 내 목에 걸려 있어서, 나는 이따금 쪽지를 꺼내 읽곤 했다. 내용이야 줄줄 외울 정도였지만, 그 쪽지를 꺼내 읽으면 그레이스가 마음속에 되살아나는 것을 느낄 수 있었다. 그 쪽지를 마지막으로 읽은 게 영주 저택 숲에서 그레이스를 만났을 때였기 때문이다.

엘저비어와 나는 내 다리가 다시 튼튼해지면 어떻게 할 것인지를 종종 의논했고, 결국 '보나벤처'호를 타고 생말로에 가서 놈들이 추적을 그만둘 때까지 그곳에 숨어 있기로 결정했다. 프랑스와 영국은 전쟁 중이었지만, 양쪽 밀수꾼들은 형제처럼 사이가 좋았기 때문이다. 선주들은 우리에게 음식을 제공해줄 테고, 우리가 그들을 필요로 하는 동안은 기꺼이 우리를 도와줄 터였다. 하지만 여기에 대해서는 더 이상 말할 필요가 없을 것 같다. 그것은 계획일 뿐이었고, 다른 사건이 일어나서 결국 실행되지 않았기 때문이다.

그날 엘저비어가 밖에 나간 것은 '보나벤처'호 선원들을 만나 우리를 언제 해협 건너편으로 데려다줄 수 있는지 의논하기 위해서였다. 그는 풀로 가기 위해 오후에 동굴을 떠났다. 낮에도 벼랑가를 따라 걷는 것은 안전하고, 어둠이 내리면 시골 들판을 가로지르는 지름길을 택해도 안전하다고 생각했기 때문이다.

오전 내내 상쾌한 남서풍이 불더니, 엘저비어가 떠난 뒤에는 강풍이 되었다. 이제는 내 다리가 제법 튼튼해져서 엘저비어가 깎아준 단단한 자두나무 지팡이의 도움을 받으면 동굴 끝에서 끝까지 걸을 수도 있었다. 그래서 그날 오후에 나는 파도의 상태를 보기 위해 동굴 입구의 바위 턱으로 나갔다.

나는 거기 앉아서 바람을 막아주는 바위에 등을 기댔다. 그곳에서는 세차게 몰아치는 바람을 피해 영국 해협의 동쪽을 볼 수 있었다. 하늘은 잔뜩 찌푸렸고, 길게 이어진 암벽은 군데군데 적갈색을 띤 회색이었다. 암벽이 해수면과 맞닿은 선에는 해초가 달라붙어, 배의 고물에서 이물까지 이어진 배밑판처럼 색깔이 더 짙어 보였다. 밀물이 이제 막 시작되었기 때문이다. 안개와 물보라가 반반씩 섞인 엷은 해미가 바람에 실려 지나가고 있었다. 그 장막을 뚫고 나는 페버릴곶을 넘어서 하늘 높이 밀려 올라갔다가 하얗게 부서지며 다시 밀려가는 큰 파도를 볼 수 있었다. 그리고 암벽 가장자리에는 바닷새들이 모여서 눈처럼 하얀 띠를 그리며 옹기종기 앉아 있었다. 새들도 폭풍 속에서 무슨 재난이 닥쳐올지 알고 있었던 것이다.

우울한 광경을 바라보자 내 마음속에도 우울한 기분이 일었다. 해 질 녘에 바람은 남쪽으로 약간 방향을 바꾸었고, 그래서 바닷물은 암벽을 더 세차게 공격하게 되었다. 내가 앉아 있는 바위 턱 위까지 물보라가 날아올랐기 때문에 나는 쫓기다시피 동굴 속으로 돌아갔다. 밤은 여느 때보다 훨씬 빨리 찾아왔고, 오래지 않아 나는 깜깜한 어둠 속에서 밀짚 잠자리에 누워 있었다. 바람은 더욱 남쪽으로 방향을 틀었고, 날카로운 비명을 지르면서 동굴 입구로 휘몰아쳐 들어오고 있었다. 아래쪽에 있는 작은 동굴들은 큰 소리로 울부짖거나 우르르 소리를 냈다. 이따금 큰 파도가 동굴이 부르르 떨릴 만큼 세차게 암벽을 때렸다. 그러면 1초 뒤에는 그 충격으로 높이 솟아오른 물보라가 동굴 바깥에 있는 바위 턱에 맞고 튀었다.

나는 내가 우울하다고 말했지만, 상황은 더욱 나빠졌다. 나는 용기를 잃고 사나운 밤과 고독과 어둠이 두려워졌기 때문이다. 그리고 온갖 무서운 이야기가 떠올랐고, 성자 앨드헬름이 지하 감옥으로 추방했다는 악령들과 어둠 속에서 사람들에게 덤벼들어 목 졸라 죽인 맨드라이브가 생각났다.

그러자 공상이 또 다른 장난을 쳐서, 이마에 빨간 구멍이 나 있는 남자가 일그러진 하얀 얼굴을 천장으로 향한 채 동굴 바닥에 누워 있는 모습을 본 듯한 기분이 들었다. 마침내 나는 어둠을 더 이상 견딜 수가 없어서, 절뚝거리는 다리로 일어나 동굴을 돌아다니며 여기저기 손으로 더듬어 두세 개 마련해둔 양초를 찾았다. 한참 애를 쓴 뒤에야 겨우 초에 불을 붙여 동굴 모퉁이에 세워놓고, 촛불이 꺼지지 않도록 바싹 다가앉아서 겉옷으로 바람을 막았다. 하지만 내가 무슨 짓을 해도 바람은 모퉁이로 들어와 불꽃을 나풀거리게 했고, 그 불길하던 밤에 '괜찮군!'에서 그랬던 것처럼 촛농이 줄줄 흘러내렸다. 그렇게 내 생각은 그날 밤으로 돌아가, 입찰가를 부른 순간 핀이 떨어지자 심술궂게 의기양양한 표정을 짓던 매스큐의 얼굴이 눈앞에 떠올랐다. 그 얼굴은 또다시 시체처럼 창백해졌고 이마에는 총알구멍이 나 있었다.

이곳에는 내 마음을 어지럽히는 악령들이 있는 게 분명했다. 그때 목에 걸고 있는 로켓이 생각났다. 이 로켓은 '검은수염'의 무덤에서 악령들을 쫓아내기 위해 사람들이 그의 목에 걸어준 부적이었다. 이 로켓이 '검은수염'으로부터 악령들을 쫓아낼 수 있었다면, 지금도 악령을 무찌를 수 있지 않을까? 악령들이 겁을 먹고 달아나게 할 수 있지 않을까?

이렇게 생각하면서 나는 양피지를 꺼내 어른거리는 촛불 앞에서 펼쳤다. 그 쪽지에 적힌 문구는 한 글자도 빼지 않고 다 알고 있었지만, 다시 한번 꼼꼼히 소리 내어 읽었다. 비록 내 목소리지만 사람의 목소리를 들으니 안심이 되었다. 나는 쪽지에 적힌 글을 큰 소리로 외치기 시작했다. 사납게 날뛰는 폭풍을 뚫고 내 목소리가 들리게 하려고 목청껏 고함을 질렀다.

우리 수명은 기껏해야 칠십이요

튼튼하면 팔십이라도

그 수명의 자랑은 수고와 슬픔뿐이요

빠르게 지나가니, 마치 날아가는 듯합니다.

나는 믿음을 잃고 발을 헛디딜 뻔……

　나는 '뻔'에서 멈추었다. 갑자기 혈관 속에서 피가 격렬하게
고동치며 혈관을 터뜨릴 것처럼 빠른 경련을 일으켰다. 동굴
로 이어지는 통로에서 무슨 소리가 들렸기 때문이다. 누군가
가 어둠 속에서 바닥에 뒹구는 돌멩이에 발이 걸려 비틀거리
는 듯한 소리였다. 그때는 몰랐지만, 폭포가 떨어지는 소리나
물방아가 삐걱거리며 돌아가는 소리나 폭풍이 사납게 날뛰는
소리처럼 큰 소음이 있는 곳에서 무언가 다른 소리가 나면, 새
의 지저귐처럼 작은 소리일지라도 소음보다 더 또렷하게 들리
는 법이다.

　이날 밤도 그랬다. 강풍이 요란한 소리를 내며 불고 있을 때
도 나는 무언가에 발이 걸려 비틀거리는 소리를 포착했기 때
문이다. 나는 꼼짝도 않고 숨도 쉬지 않은 채 열심히 귀를 기
울였다. 그때 바람이 잠깐 잔잔해졌고, 나는 누군가가 어둠 속
에서 손으로 통로를 더듬으며 천천히 걸어오는 발소리를 들었
다. 엘저비어가 아닌 것은 분명했다. 그가 벌써 풀에서 돌아올
리는 없었다. 그가 돌아오려면 아직 시간이 한참 남아 있었다.
게다가 엘저비어는 밖에 나갔다가 돌아올 때면 그 신호로 독
특한 휘파람 소리를 내고 암호까지 댔기 때문이다.

　그런데 엘저비어가 아니라면 도대체 누구란 말인가? 나는
촛불을 불어서 껐다. 어둠 속에서 나를 노리는 미지의 저격수
에게 표적을 알려주고 싶지 않았기 때문이다. 그러자 어둠 속

에서 채석장 인부들에게 덤벼들어 목 졸라 죽였다는 그 무시무시한 살인마가 생각났다. 하지만 맨드라이브일 리는 없었다. 맨드라이브라면 통로를 잘 알고 있을 테니 어둠 속에서 발이 걸려 비틀거리지는 않을 게 분명했다. 그보다는 우리 냄새를 맡은 추적대일 가능성이 더 많았다. 이렇게 날씨가 험한 밤에는 들키지 않고 우리를 정찰할 수 있을 거라고 생각했을 것이다.

엘저비어는 음식을 구하러 나갈 때마다 은빛 손잡이가 달린 권총을 가져갔지만, 낡은 화승총은 놔두고 갔다. 우리는 랫시한테 화약과 탄환을 얻었기 때문에, 화약과 탄환은 이제 충분했다. 엘저비어는 화승총을 늘 장전해두라고 말했고, 누군가가 동굴에 오면 내 판단에 따라 총을 쏠지 말지를 결정하라고 말했지만, 도체스터에서 교수형을 당하기보다는 차라리 싸우다 죽는 쪽이 낫다고 충고했다. 우리가 붙잡히면 교수형을 당할 게 뻔했기 때문이다. 게다가 우리는 '보나벤처여 번창하라'를 암구호로 정했다. 그래서 누가 오는 소리를 들으면 나는 우선 암구호부터 묻고, 상대가 응답하지 못하면 엘저비어가 아니라는 것을 알아차릴 수 있었다.

나는 손을 뻗어 바닥에 놓여 있는 총을 잡고 간신히 일어났다. 어둠 속에서 덮개를 들어 올리고 화약이 들어 있는지 확인하기 위해 약실을 손가락으로 더듬었다.

폭풍은 여전히 잠잠했다. 나는 발소리가 다가오는 것을 들었다. 주저하듯 느린 걸음이었지만 확실히 다가오고 있었다.

또다시 무언가에 발이 걸려 비틀거렸는지, 욕설을 중얼거리는 소리가 들린 듯했다.

그러자 나는 어둠 속에서 분명한 소리로 외쳤다.

"거기 누구냐?"

그 소리는 돌천장을 타고 동굴 속에 메아리쳤다. 발소리가 멈추었지만 아무 대답도 없었다.

"거기 누구냐?" 나는 같은 질문을 되풀이했다. "대답하지 않으면 쏘겠다."

"보나벤처여 번창하라!"

어둠 속에서 응답이 돌아왔다. 나는 가슴을 쓸어내렸다.

"혈기왕성한 싸움닭처럼 친구를 총으로 쏘려 하다니. 그 총과 화약을 너한테 준 게 어리석었지."

말이 끝나기도 전에 나는 상대가 랫시라는 것을 알아차렸다. 목소리도 틀림없는 랫시의 목소리였다.

"네가 이렇게 가까이 있는 줄 알았으면 내가 왔다는 것을 진작 알려주었을 텐데. 하지만 어둠 속에서, 게다가 이런 밤중에 두더지 굴을 내려오는 건 목숨이 걸린 일이야. 내가 암구호를 좀더 일찍 대지 못한 건 돌이 깨질 만큼 정강이를 심하게 부딪는 바람에 잠시 숨이 막혔기 때문이고. 호흡이 돌아왔을 때는 꼭 저주에 걸린 기분이었어. 명색이 교회지기인 나한테는 참으로 통탄할 일이지. 비록 하찮은 말단 직책이지만, 정해진 법률에 따라 국교회에 봉사해온 사람이 저주에 걸리다니."

내가 총을 내려놓고 다시 촛불을 켰을 때쯤 랫시는 이미 동

문플릿의 보물

굴 안에 들어와 있었다. 그는 방수모를 쓰고 있었고, 몸이 흠뻑 젖어서 빗물을 뚝뚝 떨어뜨리고 있었지만, 나를 보고는 반가운 듯 내 손을 잡고 흔들었다. 나도 그가 반가웠다. 그가 나타나자 끔찍한 외로움도 사라졌고, 이제는 너무나 멀어져버린 예전의 즐거웠던 나날이 조금이나마 되살아났기 때문이다. 나는 가장 소중한 사람들의 손이 닿는 곳으로 돌아간 듯한 기분이 들었다.

제12장

장례식

그는 얼마나 인간답게 누워 있는가!
죽음은 죽음이 할 수 있는 일을 다 했다.

로버트 브라우닝

우리는 잠시 손을 맞잡고 서 있었다. 이윽고 랫시가 입을 열었다.

"존, 지난 두 달 사이에 아이에서 어엿한 어른이 되었구나. 그날 아침 내가 짐말을 끌고 호어곶을 떠나면서 뒤돌아보았을 때만 해도 너는 아직 어린애였어. 그때 너와 엘저비어는 벼랑 아래 있었고 매스큐는 땅바닥에 널브러져 있었지. 그건 참 유감스러운 일이었어. 때문에 가장 노련했던 밀수단이 해체되었고, 너와 엘저비어는 동굴에 숨어 지내는 신세가 되고 말았지. 넌 그날 아침에 우리랑 함께 떠났어야 했어. 그 일은 너같이 어린애가 하기에는 너무 위험했어. 선장은 노련한 선원들을 불렀어야 했는데 그만……"

그건 사실이었다. 아니, 그때는 내가 낙심해 있었기 때문에 랫시의 말이 옳다고 생각되었다. 하지만 나는 이렇게 말했을 뿐이다.

"아니에요, 아저씨. 블록 아저씨가 계신 곳이 제가 있어야 할 곳이고, 블록 아저씨가 가는 곳이면 어디든 따라갈 거예요."

그런 다음, 다리가 아프기 시작했기 때문에 나는 구석의 잠자리에 주저앉았다. 잠시 잠잠했던 폭풍우가 다시 시작되었다. 폭풍우는 아까보다 더욱 거세게 몰아쳐, 더 세찬 바람과 물보라와 빗물이 바다 쪽에서 동굴 안쪽으로 쏟아져 들어왔다. 그래서 내가 잠자리에 앉자마자 으르렁거리는 강풍이 동굴로 들이닥쳐 우리가 있는 구석까지도 차갑고 축축한 바람으로 가득 찼고, 그 바람은 희미한 촛불마저 꺼버렸다.

"정말 지독한 밤이군! 주님, 우리를 구하소서." 랫시가 외쳤다.

"주님, 바다에 나가 있는 불쌍한 영혼들을 구해주소서." 내가 말했다.

"아멘" 하고 랫시가 말했다. "내가 전에 말한 '아멘'이 모두 지금처럼 내 마음에서 진심으로 우러나온 것이었다면 좋았을걸. 오늘 밤 문플릿 해안에는 배를 물마루로 들어 올렸다가 내던지고도 남을 만큼 큰 파도가 일고 있을 거야. 이 무서운 곳에 있기보다는 차라리 무훈가의 납골당에 있는 편이 낫겠어. 여기서 만날지 모르는 유령들에 대한 소문이 절반만 사실이라 해도, 여기보다는 그 납골당에 있는 게 훨씬 낫지. 불을 피우자꾸나. 촛불이 꺼지기 전에 나무들이 쌓여 있는 걸 본 것 같은데……"

불을 피우는 데에는 한참 시간이 걸렸다. 장작에 불이 붙은 뒤에도 수시로 바람이 불어와 매캐한 연기를 우리 눈 속에 불어 넣거나 불똥을 동굴 전체에 날려 보내곤 했다. 하지만 차츰 장작은 하얗게 타오르기 시작했고 기분 좋은 온기를 퍼뜨렸다. 온기는 그 자체만으로도 고통을 덜어주고 위안이 되었다.

"나는 온몸이 젖은 데다 너무 추워서 몸에 감각을 잃어버렸고, 이 지독한 바람 때문에 죽을 지경이었어. 불은 정말 고마운 거야." 랫시가 말하고는 선원용 방수복의 단추를 풀었다. "불이 꼭 필요할 때가 있다면 지금이야말로 그런 때지. 나는 지금 기력이 많이 떨어져 있어. 게다가 이곳에 이상한 기억을 갖고 있단다. 40년 전, 그러니까 내가 꼭 너만 한 나이였을 때지. 그때 나는 밀수꾼인 조던의 부하였는데, 그 일당이 이렇게 폭풍우가 몰아치던 밤에 바로 이 동굴 속에 있었어. 그때 나는 지금의 너처럼 밀수단에 막 들어간 풋내기여서, 시끄러운 바람 소리와 파도 소리 때문에 잠을 이루지 못했지. 그 가을날 새벽에 우리가 지금 있는 바로 이곳에 누워 있을 때, 폭풍우를 뚫고 울부짖는 소리가 들렸어. 여자들의 새된 외침 소리였지. 그 소리를 듣자 피가 얼어붙는 것 같았어. 아직도 그 소리를 잊을 수가 없구나. 그래서 나는 깊이 잠들어 있는 일당을 깨웠지. 경험 많은 밀수꾼들은 언제 어디서나 깊이 잠들 수 있거든. 하지만 우리는 동굴 밑 거친 바다에서 살기 위해 싸우는 사람들이 있다는 걸 알면서도 손가락 하나 까딱할 수 없었어. 비바람과 물보라 때문에 아무것도 보이지 않았으니까. 이튿날 아침이 되어서야 우리는 '플로리다'호가 선원들과 함께 동굴 바로 밑에 침몰했다는 사실을 알게 되었지. 정말 기묘한 세상이야. 그리고 너와 블록은 지금 묘한 곤경에 빠져 있어. 나는 그걸 말해주러 온 거야. 이걸 보렴."

그는 주머니에서 길쭉한 쪽지를 꺼냈다. 이런 글이 인쇄되어 있었다.

G. R.

포고문

1758년 5월 15일, 화이트홀*

지난 4월 16일 금요일 밤에 치안판사 토머스 매스큐가 도싯주 찰드런 교구의 외딴곳인 호어곶에서 도싯주 문플릿 교구의 엘저비어 블록과 존 트렌처드라는 자에게 잔인하게 살해당한 사건이 국왕 폐하께 보고되었다. 폐하께서는 이 살인자들을 하루속히 붙잡아 재판에 회부하기 위해, 살인을 직접 저지르지 않은 관련자들에게는 사면을 베풀겠다고 기꺼이 약속하셨다. 그리고 살인자 검거에 더욱 박차를 가하기 위해 엘저비어 블록의 체포에 유용한 정보를

* 영국 런던 중심부에 있던 왕궁.

제공하는 자에게는 50파운드, 존 트렌처드의 체포에 유용
한 정보를 제공하는 자에게는 20파운드의 현상금을 지급
하겠다. 그런 정보는 본관이나 도체스터 교도소 소장에게
제공하기 바란다.

홀더니스

"포고문이야. 멋진 포고문이긴 하지만, 등장인물들이 달랐
다면 좋았을 텐데 말이야. 문플릿에서 너희가 숨은 곳을 아는
사람은 아무도 없어. 그리고 설령 안다 해도 그걸 일러바칠 사
람은 남자든 여자든 아무도 없어. 하지만 엘저비어의 현상금
이 50파운드, 너처럼 속 빈 호박에 걸린 현상금이 20파운드라
니, 그건 무시하기 힘든 금액이야. 그렇게 큰돈이라면, 이 시골
에는 그 돈에 탐을 낼 무뢰한이 적지 않지. 그런 놈들 가운데
누군가가 세무서에 고발한 모양이야. 내가 너희가 숨은 곳을
알고 있고 너희한테 음식도 가져다준다고. 그래서 나는 이제
꼼짝도 못 해. 밖에 나가기만 했다 하면, 심지어는 일요일 날
교회에 가도 나를 감시하는 놈이 따라붙지.

이런 밤중에 내가 여기 온 것도 바로 그 때문이야. 놈들은
비에 젖는 걸 싫어하니까. 하지만 바람이 이렇게 심할 줄은 나
도 미처 몰랐어. 나는 블록한테 말하러 왔어. 이젠 퍼벡에 오
는 게 안전하지 않다고, 그래서 더는 음식 같은 걸 가져오지
못할 거라고. 자칫했다가 그 사냥개들에게 이곳 냄새를 맡게
할 수는 없으니까. 이젠 네 다리도 튼튼해졌으니까 가능할 때

도망치는 게 상책이야. 해협 건너에는 '황금 박차' 주막이 있고, 그곳에 가면 쇼블레 영감이 너희를 반갑게 맞아줄 거야."

나는 엘저비어가 오늘 밤 풀에 간 것은 '보나벤처'호가 언제 와서 우리를 데려갈지를 결정하기 위해서라고 말했다. 랫시는 그 말을 듣고 안심한 것 같았다. 나는 그에게 묻고 싶은 것이 많았다. 특히 그레이스가 어떻게 지내고 있는지 궁금했지만 부끄러워서 감히 묻지 못했다.

그는 우울한 듯 불 쪽으로 몸을 기울여 웅크린 채 한동안 입을 다물고 있었다. 그렇게 우리는 동굴 구석에서 빨갛게 타오르는 모닥불 옆에 몸을 움츠리고 앉아 있었다. 붉은 불빛이 동굴 천장에 어른거리고 랫시의 얼굴에 새겨진 주름살을 보여주었다. 이제 말라가는 그의 옷에서는 김이 모락모락 피어올랐다. 바람은 여전히 거세게 불었지만, 바닷물의 수위가 내려가서 물보라가 동굴 안으로 아까만큼은 들어오지 않았다. 그때 랫시가 다시 입을 열었다.

"오늘 밤에는 마음이 몹시 무겁구나, 존. 좋았던 시절이 모두 가버리고, 블록이 두 번 다시 문플릿으로 돌아오지 못할 걸 생각하면 울적해져. 우리 밀수단은 아주 훌륭했어. 조던 선장의 밀수단에도 뒤지지 않을 만큼 단결이 잘됐지. 그런데 이제 다 해체됐어. 다른 화물이 문플릿 해변에 상륙하려면 오랜 세월이 지나야 할 거야. 하지만 무훈가의 납골당에서 어떻게 술을 꺼내야 할지 모르겠어. 술 이야기를 하니까 생각났는데, 엘저비어와 너한테 줄 술을 좀 가져왔다."

이렇게 말하면서 랫시는 양쪽 어깨에 메고 있던 커다란 술병을 앞으로 잡아당겼다. 술병은 고리버들 가지로 묶여 있었다. 그는 술병 하나를 입술에 대고는 길게 들이켠 다음, 만족스러운 몸짓으로 나에게 건네주었다.

"술맛이 제대로군. 자, 이걸 마시고 기운을 내렴. 이건 진짜 아라랏밀크야. 해협을 건너기 전에 네가 맛볼 마지막 아라랏밀크겠지."

그래서 나도 사양하지 않고 술을 마셨다. 내가 '괜찮군!'에서 처음으로 술을 맛본 지 몇 달밖에 지나지 않았지만, 좋은 술은 나에게 결코 생소하지 않았기 때문이다. 술을 마시자 1분도 지나기 전에 손가락 끝이 얼얼해졌다. 곧 몸이 따뜻해지고 편안해지는 유쾌한 느낌이 어느새 나를 감쌌다. 우리 처지가 그렇게 절망적으로 보이지도 않았고 폭풍우가 휘몰아치는 밤도 그렇게 거칠게 느껴지지 않았다. 랫시도 기분이 좀 쾌활해졌고 얼굴의 주름살도 그렇게 깊이 새겨지지 않았다. 거품이 이는 황금빛 술의 영향으로 혀가 풀리자 그는 이제 내가 가장 듣고 싶었던 이야기를 하고 있었다.

"그래, 그런 식으로 파탄이 난 건 유감이야. '괜찮군!'이 어떻게 될지는 나도 모르겠다. 너희가 떠난 뒤론 아무도 그 집 문지방을 넘지 않았거든. 관리들이 와서 문을 봉쇄했을 뿐이야. 그래서 누구든 그 문을 억지로 여는 사람은 범죄자가 돼. 변호사라는 양반들도 그 집의 권리가 누구한테 있는지 모르더라고. 매스큐는 집세도 한 번 내지 않은 채 죽어버렸으니까 말

문플릿의 보물

이야. 그리고 블록의 계약 기간은 오래전에 끝난 데다 지금 블록은 범법자로 쫓기는 신세가 되어버렸으니까.

하지만 매스큐의 딸은 정말 안됐어. 부쩍 여위고 백합처럼 창백해졌다. 군인들이 매스큐의 시신을 가지고 돌아왔을 때 마을 사람들은 문간에 나와서 욕을 하고 여자들 중에는 침을 뱉는 사람도 있었어. 그 집 가정부였던 베이치 할멈은 맹세코 봉급을 한 푼도 받은 적이 없다고 주장했지. 그런 악당의 시체와는 한 지붕 아래 있기가 두렵다면서, 그 가엾은 아이를 죽은 아비와 단둘이 남겨둔 채 저택에서 나가버렸어. 그게 다 천벌이라고 말하는 사람도 있고, 언젠가 엘저비어가 죽은 아들과 단둘이 '괜찮군!'에 남겨졌던 일을 떠올리는 사람도 있었지.

하지만 매스큐를 죽인 게 블록이라는 걸 의심하는 사람은 마을에 단 한 사람도 없었어. 매스큐가 벼랑 위에서 경비대가 쏜 총탄에 맞아 죽었다는 소문이 퍼질 때까지는 나도 그랬으니까. 그리고 관리들이 매스큐의 딸에게 서명을 받으려고 '지명수배 포고문'을 가져갔을 때, 그 아이는 서명을 거부했대. 아버지와 블록이 길거리에서 마주쳤을 때도 블록은 공격하거나 위협한 적이 없었다면서, 블록이 분노를 그토록 오랫동안 잠재웠다가 냉혹하게 해코지할 사람이라고는 절대 믿을 수 없다는 거였지. 그리고 너에 대해서도 말했는데, 믿을 만한 친구라면서, 절대 그런 짓을 저지르지 않았을뿐더러, 남이 그런 짓을 하는 걸 보면 절대 가만히 있지 않았을 거라고 했대."

랫시의 말은 어떤 음악보다 감미롭게 들렸고, 진실한 여성

에게 칭찬받는 사람이라면 누구나 다 그렇겠지만, 나 자신이
한결 좋은 사람이 된 듯한 기분이 들었다. 그리고 그런 칭찬을
받을 자격이 있도록 올바르게 살아야겠다고 생각했다.

　이어서 나는 영국에서 달아나기 전에 무슨 일이 있어도 문
플릿으로 돌아가 그레이스를 만나야겠다고 다짐했다. 그레이
스를 만나서, 그녀의 아버지가 어떻게 죽었는지, 실제로 일어
난 일을 말해주고 싶었기 때문이다. 엘저비어가 매스큐를 진
심으로 죽일 작정이었다는 것만은 빼고 말이다. 그레이스는
엘저비어가 그런 짓을 할 생각조차 할 리가 없다고 이미 말했
는데 이제 와서 굳이 그런 말을 할 필요는 없겠기 때문이다.
게다가 엘저비어는 정말로 매스큐를 쏘려고 했던 게 아니라,
아마도 그를 위협만 할 작정이었을 것이다. 나는 그렇게 마음
먹었지만, 랫시한테는 아무 말도 않고 고개만 끄덕였다. 그러
자 그가 말을 이었다.

　"그 가엾은 딸 말고는 매스큐의 장례를 처리할 사람이 아무
도 없었기 때문에 내가 그 일을 맡을 수밖에 없었어. 튼튼한
관을 짜고, 영주에게 어울리는 훌륭한 무덤을 파야 했지. 영주
들은 통상 납골당에 잠들지만 말이다. 나는 너팅 아줌마가 생
선을 나를 때 쓰는 수레를 빌려다가 시체를 실었지. 문플릿에
는 매스큐의 관에 손을 대려는 사람이 아무도 없었으니까. 우
리는 그렇게 거리로 나섰지. 내가 조랑말을 끌고, 관을 실은
수레가 뒤따라왔어. 딸을 제외하고는 무덤까지 따라가며 애도
하는 조객은 아무도 없었어. 딸은 상복을 구할 시간이 없었기

때문에 검은 천을 걸치지도 못했지. 하지만 상복은 필요 없었어. 얼굴에 깊은 슬픔이 가득 드러나 있었으니까.

묘지에 이르자 남녀노소 할 것 없이 많은 사람이 모여 있더구나. 문플릿만이 아니라 링스테이브와 멍크베리에서도 사람들이 몰려왔어. 애도하러 온 게 아니라, 매스큐를 비웃고 헐뜯으면서 자기들이 얼마나 매스큐를 싫어하는지 보여주러 온 거였지. 시끄럽게 굴려고 낡은 냄비와 솥을 가져온 아이들도 있었어. 글레니 신부님은 교회 안에서 기다리고 있었지. 수레는 문을 통과할 수 없었는데, 관을 들어줄 사람이 아무도 없었기 때문에 신부님은 거기서 계속 기다렸어. 도와줄 사람이 있나 하고 주위를 둘러보았지만, 내가 눈을 마주치려고 하면 남자들은 모두 눈을 피해버렸어. 여자들의 찌푸린 얼굴밖에는 볼 수 없었지. 그동안 매스큐의 딸은 수레 옆에 서서 땅바닥만 내려다보고 있었지. 그 애는 머리에 작은 수건을 쓰고 머리카락을 어깨에 늘어뜨리고 있었는데, 얼굴은 백지장처럼 창백했고, 눈은 하도 울어서 붉게 핏발 선 데다 통통 부어 있었지. 하지만 그 많은 사람들이 아버지를 야유하러 왔고 관을 들어줄 사람이 아무도 없다는 것을 알자, 그 애는 관 위에 엎어져 두 손으로 얼굴을 가리고 서럽게 흐느끼더구나."

랫시는 잠시 말을 끊고 다시 술을 길게 들이켰다. 나는 목이 메어 아무 말도 하지 않았다. 그리고 증오와 분노가 인간을 얼마나 잔인하게 바꿀 수 있는지에 대해 곰곰 생각했다.

"나는 성격이 거친 편이야." 랫시가 다시 입을 열었다. "하지만 다정한 면도 없지 않지. 그 애가 우는 것을 보고 교회로 달려가서 글레니 신부님한테 사정을 이야기한 다음, 밖으로 나가서 우리 둘이 관을 들 수 있는지 보자고 간청했지. 그래서 신부님은 예복을 입고 손에 성경책을 든 채 밖으로 나왔어. 그러자 남자들은 신부님이 왜 나왔는지 알아차리고, 또 예쁜 아가씨가 아버지 관 위에 엎어져 울고 있는 것을 보고는 마음이 움직였나 봐. 톰 튜크스베리가 맨 먼저 쭈뼛거리며 나섰고, 이어서 개럿이 앞으로 나왔고, 다시 네 명이 더 나섰지. 그래서 관을 운반할 남자가 여섯 명 모였고, 여전히 찌푸린 표정으로 노려보는 건 여자들뿐이었지. 하지만 여자들도 이제는 말이 없었고 시끄럽게 구는 아이도 없었어.

그러자 글레니 신부님이 이제는 관을 들 필요가 없다는 것을 알고 신부로 변신하여 '나는 부활이요 생명이니……'* 하는 구절을 읊기 시작했지. 그건 정말 훌륭한 말씀이야. 나는 그 구절을 수십 번 들었지만 그날만큼 아름답게 들린 적은 한 번도 없었어. 바람 한 점 없는 화창한 오후였고, 태양은 밝게 빛나고 바다는 푸르고 잔잔했지. 만물이 고요하고 평온하게 '고이 잠들라, 고이 잠들라'고 말하는 것 같았단다. 그리고 봄이 왔잖니? 온 세상이 부활의 말씀을 전하고, 새들은 노래하고, 나무와 꽃은 겨울잠에서 깨어나고, 무덤 위에 앵초가 노랗게 피는 봄이 왔잖니?

---

* 신약성서 「요한복음」 11장 25절.

우리의 증오심을 무덤 너머로 밀어내는 건 참 좋은 일이야. 어쩌면 매스큐도 우리가 생각한 것처럼 그렇게 나쁜 사람은 아니었을 거야. 다만 밀수단을 잡아들이는 게 옳다는 생각에 너무 사로잡혔던 건지도 모르지. 어떻게 된 일인지는 모르겠지만, 어쨌든 이런 생각이 내 마음속에 들어왔고 아마 다른 사람들 마음속에도 들어갔을 거야. 우리가 매스큐를 내려놓는 것을 거기 서 있던 사람들은 어떤 기색도 보이지 않은 채 그저 말없이 지켜보기만 했으니까. 교회 안에서도 밖에서도 들리는 소리라고는 글레니 신부님이 성경을 독송하는 소리와 내가 '아멘' 하는 소리, 그리고 이따금 그 가엾은 아이가 흐느끼는 소리뿐이었어.

하지만 장례식이 다 끝나고 관이 무사히 내려지자, 딸은 톰 튜크스베리한테 다가가 눈물을 흘리며 '친절을 베풀어주셔서 고맙습니다' 하고 말하면서 손을 내밀었지. 그러자 톰은 다른 사람들을 곁눈질하면서 그 손을 잡았고, 이어서 관을 들었던 나머지 다섯 사람도 차례로 딸과 악수를 했어. 그런 다음 딸은 혼자 묘지를 떠났단다. 그 애가 묘지 문을 나갈 때까지 아무도 움직이지 않고 그 애를 마치 여왕처럼 배웅해주었지."

"맞아요. 그 애는 여왕이에요."

나는 참을 수가 없어서 말했다. 그녀가 어떻게 행동했는지 알게 되자 너무 자랑스러웠고, 그녀가 나한테는 언제나 친절하고 상냥한 태도를 보여주었기 때문이다.

"그 애는 정말 어떤 여왕보다 아름다워요."

랫시는 나에게 미심쩍은 눈길을 던졌다. 불빛 속에서 나는 그의 얼굴에 떠오른 희미한 미소를 볼 수 있었다.

"그래, 그 애는 정말 아름다워." 그는 생각에 잠겨 혼잣말이라도 하는 것처럼 중얼거렸다. "하지만 너무 창백하고 말랐어. 그래도 어쩌면 너한테 어울리는 짝이 될지도 모르지. 둘 다 어른이 되면 말이다. 그 애가 부자가 아니고, 네가 가난한 범죄자가 아니라면, 그리고 그 애가 널 남편으로 택한다면."

그의 놀림을 듣고 나는 부아가 났다. 내가 그만 속마음을 드러내고 말았구나 생각하자 속이 상해서 아무 대답도 하지 않았다. 우리는 깜부기불 옆에 한동안 말없이 앉아 있었다. 바람은 여전히 깔때기 모양의 통풍구를 지나듯 동굴 속을 지나가고 있었다.

랫시가 먼저 입을 열었다.

"존, 술병을 다오. '플로리다'호에 타고 있던 영혼들의 목소리가 벼랑을 타고 올라오는 게 들리는 것 같아."

그러면서 랫시는 또다시 술을 들이켜고 장작 하나를 모닥불 위에 던졌다. 불똥이 대장간처럼 사방으로 날아오르고, 잠들었던 불길이 다시 깨어나 소금기를 머금은 장작에서 하얀색과 파란색과 초록색 불길이 뛰쳐나왔다.

불빛이 춤을 추고 어른거릴 때 랫시의 발치에 놓여 있는 양피지가 문득 눈에 띄었다. '검은수염'의 로켓에서 나온 바로 그 쪽지였다. 아까 그 양피지를 읽고 있을 때 통로에서 나는 발소리를 듣고, 적이 침입한 게 아닐까 놀라서 그만 떨어뜨렸던 것이다. 랫시도 양피지를 보고는 집으려고 손을 뻗었다. 나는 가능하면 그것을 숨기고 싶었다. '검은수염'의 관을 어떻게 뒤졌는지 그에게 말하지 않았고, 그래서 양피지를 어떻게 손에 넣었는지에 대해 그가 캐묻는 것을 바라지 않았기 때문이다. 하지만 쪽지를 집는 것을 막으려고 하면 오히려 그의 호기심만 부추기게 될 터였다. 그래서 나는 그가 쪽지를 집었을 때 아무 말도 하지 않았다.

"이게 뭐냐?" 그가 물었다.

"그냥 성경 구절이에요. 얼마 전에 얻은 건데, 악령을 쫓는 주문이래요. 아까 심심해서 읽고 있었는데, 아저씨가 들어오는 바람에 떨어뜨렸나 봐요."

나는 그가 어디서 그걸 얻었느냐고 물을까 봐 걱정했지만, 그는 아마 우리 이모가 주었을 거라고 생각한 듯 그런 질문은 하지 않았다. 모닥불의 열기 때문에 양피지가 조금 말려 있었다. 랫시는 무릎 위에 양피지를 놓고 펴면서, 불빛 속에서 그것을 찬찬히 들여다보았다.

"잘 썼군. 좋은 구절이지만, 이걸 쓴 사람은 악령을 쫓아내는 방법을 몰랐던 것 같아. 이건 검은 고양이한테서 벼룩 한 마리 쫓아내지 못할 테니까 말이다. 이것보다는 차라리 내가 열 배는 더 잘해낼 수 있을 거야. 그런 문제라면 나도 약간의 지식이 없지 않으니까 말이다." 그러면서 그는 엄숙하게 고개를 끄덕였다. "나는 저세상에서 온 존재를 만나본 적이 없지만, 설령 온다 해도 내 허를 찌르진 못할 거야. 인생의 절반을 묘지나 교회에서 보냈으니까. 그런 곳을 돌아다니면서 악령을 만났을 때 그에 맞설 주문을 준비하지 않는 건 권총도 없이 한적한 길에서 돈을 나르는 것만큼 어리석은 짓이겠지.

그래서 어느 날 글레니 신부님이 「하박국서」*에서 '이 묵시는 정해진 때가 되어야 이루어진다. 끝이 곧 온다는 것을 말하고 있다. 이것은 공연한 말이 아니니, 비록 더디더라도 그때를 기다려라' 하는 구절에 대해 설교한 뒤, 나는 이 문제에 대해 글레니 신부님과 이야기했고, 신부님은 악령을 쫓는 구절을 서너 개 가르쳐주셨지. 유령들은 불에 덴 아이가 불을 무서워하는 것보다 그 구절을 더 무서워한데. 언젠가는 너한테도 그걸 가르쳐주마. 하지만 지금은 내가 외우고 있는 이 라틴어 주문만 알아둬.

'Abite a me in ignem eternum qui paratus est diabolo at angelis ejus.'

번역하면 '나를 떠나 악마와 그 부하들을 가두려고 준비한 영원한 불길 속으로 들어가라'**는 뜻이야. 라틴어로 읊으면 그 효력이 두 배가 된다더라. 그러니 나를 따라서 이걸 외워둬. 그리고 악령이 가까이 있다고 여겨질 때나 이 동굴처럼 외진 곳에서는 이걸 자유롭게 사용하도록 해."

나는 그가 원하는 대로 하여 그의 비위를 맞추었다. 그렇게

---

* 구약성서의 하나로, 예언자 하박국의 예언을 적은 책. 인용된 구절은 2장 3절.
** 신약성서 「마태복음」 25장 41절.

하면 양피지에 쓰인 글에서 다른 쪽으로 그의 생각을 돌릴 수 있으리라 기대했기 때문에 더욱 열심히 보조를 맞춰주었다. 하지만 내가 라틴어 주문을 완전히 외우자마자 그는 다시 양피지로 주의를 돌렸다.

"이걸 쓴 사람은 어설픈 성직자일 뿐이야. 잘 맞지 않는 구절을 골랐을 뿐만 아니라, 그 구절에 붙인 숫자도 틀렸어. 여길 봐. '우리 수명은 기껏해야 칠십이요 튼튼하면 팔십이라도 그 수명의 자랑은 수고와 슬픔뿐이요 빠르게 지나가니, 마치 날아가는 듯합니다'라고 되어 있고, 그다음에 「시편」 90편 21절이라고 적혀 있는데, 나는 지난 30년 동안 묘지에 잠든 고인들을 위해 신부님과 함께 그 「시편」 구절을 몇 번이나 읽었지. 그래서 잘 알고 있는데, 「시편」 90편은 전부 합해도 20절이 안 돼. 이 구절은 교회 서기가 읽는 부분이고, 「시편」 90편 10절이야. 하지만 이걸 쓴 사람은 21절이라고 했어. 여기 기도서가 있으면 좋겠군. 그러면 내 말이 옳다는 걸 증명할 수 있을 텐데."

그는 말을 끊고 양피지를 경멸하는 듯이 나에게 던졌다. 하지만 나는 그것을 곱게 접어서 주머니에 밀어 넣었다. 그러면서 그의 마지막 말을 듣고 떠오른 생각을 계속 곱씹고 있었다. 나는 이모의 기도서를 갖고 있다는 것도 그에게 말하지 않았다. 그가 떠난 뒤에 그의 말이 옳은지 나 혼자 조사하고 싶었기 때문이다.

"이젠 가봐야 돼." 마침내 그가 말했다. "이 따뜻한 불과 술을 떠나고 싶지는 않지만 어쩔 수 없지. 엘저비어가 돌아올 때까지 기다리고 싶고, 이 바람이 좀 가라앉을 때까지 기다리고 싶지만, 그럴 수는 없어. 밤은 짧고, 나는 해뜨기 전에 퍼벡에서 벗어나야 돼. 그러니까 블록한테 내 말을 전해다오. 블록과 너는 여기서 도망쳐야 돼. 그리고 술병을 이리 다오. 바람을 맞으면서 20킬로미터를 걸어가야 하는데, 한밤중 추위를 견디려면 술이 필요해."

그는 다시 술을 쭉 들이켠 다음, 일어나서 개처럼 몸을 부르르 떨었다. 그리고 활기찬 걸음으로 동굴 안을 두세 번 왕복했다. 아라랏밀크가 발걸음을 흐트러지게 하지는 않았는지 확인하려는 것 같았다. 그런 다음, 다정하게 내 손을 잡아 흔들더니 통로 입구의 짙은 어둠 속으로 사라졌다.

바람은 아까보다 더 변덕스럽게 불고 있었다. 바람이 거세게 휘몰아치는 틈틈이 소강상태에 들어가 바람이 잔잔해질 조짐이 보였다. 나는 통로 입구에 서서 통로에 메아리치는 랫시의 발소리가 잠잠해질 때까지 귀를 기울인 뒤, 구석으로 돌아와 모닥불에 장작을 더 던져 넣고 촛불을 켰다. 그런 다음 양피지를 꺼냈고, 이모가 준 기도서도 꺼냈다. 그리고 그것을 조사하기 위해 자리를 잡고 앉았다.

우선 나는 '우리 수명'에 대한 구절을 성경에서 찾아내어, 그것이 정말로 「시편」 90편에 나와 있는 구절이라는 것, 그리고 양피지에는 그것이 21절이라고 쓰여 있지만 사실은 랫시의 말대로 10절이라는 것을 알았다. 이어서 나는 두번째 구절을

문플릿의 보물

조사해보았는데, 여기서도 73편이라는 것은 맞지만 양피지에 적혀 있는 6절이 아니라 2절이었다. 나머지 세 구절도 모두 마찬가지였다. 그것이 「시편」 몇 편인지는 정확하게 적혀 있었지만 몇 절인지는 모두 틀렸다.

이것은 엄청난 발견이었다. 모든 글씨가 단정하고 매끄럽게 공들여 쓰여 있었지만, 모든 구절마다 실수가 있었다. 하지만 두번째 숫자가 '절'을 나타내지 않는다면, 그것은 도대체 무엇을 의미할까? 나는 그 의문을 나 자신에게 던지자마자 대답을 알아냈다. 그것은 암호문을 만들기 위해 각 구절에서 선택한 낱말이 몇 번째인지를 나타내는 게 분명했다.

나는 무훈가의 납골당에서 로켓을 발견했을 때처럼 열광하고 흥분했다. 마음이 급하고 놀란 나머지, 떨리는 손가락으로 첫번째 구절의 낱말을 스물한번째까지 세기가 어려울 정도였다. 첫번째 구절의 스물한번째 낱말은 '팔십'이었고, 두번째 구절에서는 '피트,' 세번째 구절에서는 '깊은,' 네번째 구절에서는 '우물,' 다섯번째 구절에서는 '북쪽'이었다.

팔십 ─ 피트 ─ 깊은 ─ 우물 ─ 북쪽

암호는 풀렸다. 얼마나 쉬운 속임수인가! 하지만 나는 지금까지 그 암호를 풀지 못했고, 교회지기인 랫시와 그가 장례식 때 낭송하는 성경 구절이 아니었다면 영원히 풀지 못했을 것이다. 그것은 '검은수염'의 교활한 노림수였다. 하지만 다른 사람들도 그만큼 교활했고, 그의 보물은 모두 여기 우리 발치에 있었다. 나는 두 손을 맞비비며 혼자 키득거리다가 양피지를 다시 한번 찬찬히 읽었다.

팔십 — 피트 — 깊은 — 우물 — 북쪽

너무 간단했다. 네번째 구절에서 선택된 낱말은 내가 암호문을 해독하려고 애쓸 때 자주 애를 먹었던 '골짜기'나 '웅덩이'가 아니라 '우물'이었다. 어째서 진작 알아차리지 못했을까? 이제 엘저비어가 돌아오면 할 말이 생겼다. 암호를 풀 열쇠가 발견되었고 비밀이 드러났다고 말해줘야지. 하지만 비밀을 모두 한꺼번에 밝히지 말고, 어디 한번 알아맞혀 보라고 그를 애태운 다음, 마지막에 모든 것을 밝히고 부자가 되기 위한 작업에 당장 나서야지. 나는 다시 그레이스를 생각했고, 이젠 내가 웃을 차례가 되었다고 생각했다. 그레이스는 부자고 나는 가난하다고 랫시는 놀렸지만, 이제는 처지가 바뀐 것이다.

팔십 — 피트 — 깊은 — 우물 — 북쪽

다시 읽었는데, 웬일인지 이번에는 아까보다 의미가 더 모호해졌다. 엘저비어한테 정확히 뭐라고 말할 것인지, 그리고 보물을 찾는 작업에 어떻게 착수할 것인지를 생각하기 시작했다. 보물은 우물 속에 숨겨져 있다. 그것은 분명했다. 하지만

문플릿의 보물

어떤 우물일까? 그리고 '북쪽'은 무슨 뜻이지? '북쪽에 있는 우물'일까? 아니면 '우물의 북쪽'일까? 아니면 '깊은 우물에서 북쪽으로 팔십 피트 떨어진 곳'이라는 뜻일까?

나는 잉크 색깔이 바뀌어 뭔가 다른 의미를 나타내기라도 할 것처럼 양피지에 적힌 구절을 뚫어지게 들여다보았다. 그러자 양피지를 가로질러 얇은 베일이 드리워지고 의미가 슬며시 빠져나가 내가 도저히 잡을 수 없는 곳으로 가버린 것 같았다. '팔십 — 피트 — 깊은 — 우물 — 북쪽.' 그러자 미칠 듯한 기쁨은 차츰 당혹감과 불안으로 바뀌었고, 나는 맹렬한 바람 속에서 '검은수염'의 웃음소리를 들었다. 그는 보물을 찾은 줄 알고 기뻐하는 나를 조롱하며 비웃고 있었다. 그래도 나는 양피지를 읽고 또 읽으면서 거기서 새로운 의미를 쥐어 짜내려고 낱말들을 조작하거나 이리저리 순서를 바꾸어보았다.

'북쪽 우물 속 팔십 피트 깊이'일까? '우물에서 북쪽으로 팔십 피트 깊이'일까? '깊은 우물에서 북쪽으로 팔십 피트 거리'일까? 그렇게 낱말들이 내 머릿속에서 빙글빙글 돌았다. 결국 나는 지치고 현기증이 나서 나도 모르게 잠이 들어버렸다.

내가 깨어난 것은 낮이었다. 큰 파도가 저 아래 암벽에 부딪히는 우레 같은 소리는 여전히 들려왔지만, 바람은 많이 가라앉아 있었다. 모닥불은 아직도 타고 있었고, 그 옆에 엘저비어가 앉아서 냄비에 무언가를 끓이고 있었다. 그는 간밤에 실컷 자고 일어난 사람처럼 팔팔하고 날카로워 보였다. 어둠 속에서 강풍과 맞서 싸우며 몇 시간을 보낸 뒤, 보초가 잠들어버렸기 때문에 잠도 못 자고 망을 보아야 하는 사람으로는 보이지 않았다.

엘저비어는 내가 깨어난 것을 보자마자 웃으면서 말했다.

"간밤에는 어땠냐? 불침번을 서야 할 네가 자다가 들킨 게 벌써 두번째야. 너무 깊이 잠들어 있어서, 너를 깨우려면 이마에다 차가운 총구를 들이대야 했을지도 몰라."

나는 하고 싶은 이야기로 머리가 가득 차 있어서, 그에게 용서를 빌지도 않고 당장 간밤에 있었던 일을 털어놓기 시작했다. 랫시가 무심코 던져준 단서를 추적하여 그 구절에 숨어 있는 뜻을 어떻게 알아냈는지를 설명했다. 엘저비어는 묵묵히 들었지만, 끝으로 갈수록 더 많은 관심과 흥미를 보였다. 내 이야기가 끝나자 그는 양피지를 들고 찬찬히 읽으면서 붉은 표지의 기도서를 뒤적이며 잘못 적힌 숫자를 확인했다.

"네 말이 맞는 것 같구나." 마침내 그가 말했다. "숨겨진 속임수가 없다면 왜 숫자가 모두 잘못되었겠니? 한두 개만 틀렸다면, 어떤 성직자가 그걸 베낄 때 실수를 저질렀을 거라고 말했을 거야. 성직자들은 워낙 알뜰한 사람들이라서, 잘못된 것을 바로잡기보다는 차라리 그냥 놔두는 쪽을 택할 테니까. 하지만 숫자를 전부 다 잘못 쓸 가능성은 전혀 없어. 그러니까 이걸 쓴 사람이 일부러 이렇게 썼다면, 그게 무슨 뜻인지 알아보자꾸나. 우선 그게 우물 속에 있다고 말했는데, 어떤 우물을 말하는 거지? 그리고 문플릿 근방엔 깊이가 팔십 피트나 되는 우물은 없어."

나는 그게 영주 저택에 있는 우물이 분명하다고 말하려 했지만, 그 말이 내 입에서 나가기 전에 그 저택에는 우물이 하나도 없다는 게 생각났다. 저택 위쪽에 있는 숲에서 내려오는 시내가 그 집에 물을 공급해주고 있었기 때문이다. 시냇물은 바위에서 바위로 건너뛰면서 저택 정원을 가로지른 뒤 플릿만으로 흘러들었다.

"지금 생각해보니……" 하고 엘저비어가 말을 이었다. "여기서 말하는 우물은 이 지역에 있는 우물이 아닐 가능성이 많아. '검은수염'은 재산을 탕진해버릴 만큼 헤프고 방탕한 위인이어서, 설령 보석을 손에 넣었다 해도 아마 그 보석도 탕진해버렸을 거야. 하지만 보석만은 팔지 않았다고 했으니까, 어딘가에 안전하게 보관해둔 게 분명해. 그런데 나중에 되찾으려고 했지만 되찾지 못했어. 그게 문플릿 근방에 있었다면 벌써 되찾고도 남았을 거야. 너는 '검은수염'과 그의 죽음에 대해 글레니 신부님과 종종 이야기했잖니. 그러니 거기에 대해 알고 있는 걸 말해보렴. 그걸 듣고 나면 우리가 판단을 내리는 데 도움이 될 거야."

그래서 나는 글레니 신부님한테 들은 이야기를 모두 털어놓았다. 사람들이 '검은수염'이라고 부르는 존 무훈 대령은 젊은 시절부터 낭비가 심했고, 방탕한 생활로 전 재산을 탕진했다. 급기야 마지막 궁지에 몰리자 왕당파에서 반역자로 변신하여, 캐리스브룩성에 갇힌 왕을 감시하는 역할을 맡게 되었다. 하지만 그는 왕관에 장식된 다이아몬드 한 개를 뇌물로 받고 왕을 풀어주기로 했다. 그런데 보석을 손에 넣자 그는 다시 배반을 저질러 왕의 방으로 병사들을 안내했다. 감방에 들어간 병사들은 탈출하려다 창살 틈새에 끼어 있는 왕을 발견했다.

그 후로는 아무도 '검은수염'을 믿지 않았고, 그는 결국 지위를 잃고 빈털터리로 문플릿에 돌아왔다. 그는 빈둥거리며 세월을 보냈지만, 죽을 때가 가까워지자 두려움에 차서 위안을 얻기 위해 성직자를 불렀다. 신부님의 권고에 따라 유언장을 만들고, 그의 유일한 유산인 다이아몬드를 문플릿의 무훈구빈원에 남겼다. 이 구빈원은 그가 빼앗아 폐허로 만든 건물이었다. 게다가 구빈원은 그의 유언으로 전혀 이익을 얻지 못했다. 유언장이 개봉되었을 때, 구빈원에 유산을 준다는 말은 분명히 쓰여 있었지만 보석이 어디 있는지는 한마디도 없었기 때문이다.

애당초 '검은수염'이 보석을 손에 넣은 적이 없었다고 말하는 사람도 있었고, 그가 죽을 때 보석을 손에 쥐고 있었지만 임종했던 누군가가 가져가버렸다고 말하는 사람도 있었다. 하지만 대부분의 사람은 '검은수염'이 갑자기 죽는 바람에 보석을 숨겨둔 장소를 미처 밝힐 틈이 없었던 것이라고 믿었고, 그 이야기가 대대로 전해져 내려왔다. 그리고 마지막 단말마의 고통 속에서 그는 털어놓아야 할 비밀이 있는 것처럼 무언가를 말하려고 무진 애를 썼다고 한다.

나는 엘저비어에게 이 이야기를 모두 말했고, 그는 처음 듣는 이야기도 있었는지 열심히 귀를 기울였다. '검은수염'과 캐

　　　　　문플릿의 보물

리스브룩성에 대한 대목에서는, 그가 무슨 말을 하려는 듯이 입술을 달싹거렸지만 내 이야기가 끝날 때까지 잠자코 기다렸다. 그러다가 내가 이야기를 끝내자 그는 입을 열었다.

"존, 다이아몬드는 아직 캐리스브룩에 있어. 네가 말하기 전에 왜 캐리스브룩을 생각해내지 못했는지 이상할 정도야. 거기서는 우물 속으로 팔십 피트 깊이까지 내려갈 수 있고, 원하기만 하면 그보다 두 배나 세 배 깊은 곳까지도 내려갈 수 있지. 막을 사람은 아무도 없어. 캐리스브룩이 분명해. 나는 어렸을 때부터 그 우물 이야기를 들었고, 소싯적에는 한 번 본 적도 있지. 그 우물은 성채 안에 있고, 석회층 속으로 90미터 넘게 파고 내려간 아주 깊은 우물이야. 그 우물은 너무 깊어서 인력으로는 두레박을 끌어 올릴 수 없고, 나귀가 무자위를 밟아 돌려서 두레박을 끌어 올려야 돼.

우리가 '검은수염'이라고 부르는 존 무훈 대령이 왜 하필이면 우물 속에다 보석을 숨겨야 했는지는 나도 모르겠다. 하지만 그가 우물을 은닉처로 선택한다면 아마 캐리스브룩의 우물을 선택했을 거야. 거긴 널리 알려진 곳이고, 런던에서도 캐리스브룩성과 우물을 보러 간다는 말을 들었어."

엘저비어는 빠른 말씨로, 그리고 내가 전에 본 적이 없을 만큼 열정적으로 말했다. 나는 그의 말이 옳다고 생각했다. '검은수염'이 우물 속에 다이아몬드를 숨긴다면 그가 그렇게 간악한 방법으로 다이아몬드를 손에 넣은 바로 그 성의 우물이야말로 안성맞춤이 아니겠는가.

"그가 '우물 북쪽'이라고 말한 건……"하고 엘저비어가 말을 이었다. "나침반을 이용하여 북쪽을 알아낸 다음, 우물의 북쪽 벽을 팔십 피트 내려간 곳에 보물이 있다는 뜻인 게 분명해. 나는 어제 '보나벤처'호 사람들을 만나서, 바다가 잔잔하면 여드레 뒤에 이 바위 턱 밑에 배를 대고 한사리 때에 맞춰 우리를 데려가기로 합의를 보았다. 시각은 자정이야. 날짜를 여드레 뒤로 정한 건 일주일 동안 네 다리가 튼튼해질 시간을 얻기 위해서란다. 나는 생말로로 가서 너를 '황금 박차'의 쇼블레 영감한테 맡겨둘 생각이었어. 거기 있으면 너는 이 힘든 시기가 지나갈 때까지 프랑스 말을 배울 수도 있겠지.

하지만 네가 보물을 찾기 위해서 목을 교수대 올가미에 들이밀 각오가 되어 있다면, 나도 아직 그렇게 늙지는 않았으니까 무모한 짓을 할 수 있어. 그러니까 생말로는 나중에 가기로 하고 우선 캐리스브룩으로 가자꾸나. 나는 그 성을 알고 있다. 와이트섬*의 뉴포트에서 3킬로미터도 떨어져 있지 않아. 뉴포트에서는 밀수단과 한패인 '뿔피리' 주막에서 잘 수 있어. 왕의 체포 영장은 채널 제도**와 와이트섬에서는 별로 효과가 없어. 그리고 우리가 옷차림을 바꾸면 뉴포트도 생말로만큼 안전할 거야."

내가 바라던 바였다. 그래서 우리는 '보나벤처'호를 타고 생

---

* 영국 남쪽 영국 해협에 있는 섬. 중심 도시는 뉴포트.
** 프랑스의 노르망디 해안에 있는 영국령 섬 무리.

문플릿의 보물

말로 대신 와이트섬으로 가기로 당장 결정을 내렸다.

인간이 처음 이 대지 위를 걸은 이래, 지하에 묻힌 보물 이야기는 인간의 피를 들끓게 하는 힘을 가졌던 게 분명하다. 내 피도 뜨겁게 끓어올랐다. 엘저비어도 겉으로는 내색하지 않았지만 실제로는 몹시 흥분한 것 같았다.

우리는 동굴 감옥에 갇혀서 안달이 났고, 그 여드레는 정말로 지루하게 지나갔다. 하지만 그게 쓸모없는 시간은 아니었다. 내 다리가 날로 튼튼해졌기 때문이다. 그리고 나는 언젠가 도체스터 장날 본 적이 있는 우리에 갇힌 늑대처럼 동굴 안을 맴돌면서, 한편으로는 시간을 죽이고 또 한편으로는 내 걸음에 힘을 더욱 붙였다.

랫시는 그 후 다시는 우리를 찾아오지 않았지만, 나한테 했던 말과는 달리 밖에서 여러 번 엘저비어를 만났고, 도체스터에서 돈이며 그 밖에 필요한 물품을 많이 구해주었다. 어느 날 밤에도 엘저비어는 랫시를 만난 뒤, 한 손에는 긴 채찍을 들고 또 한 손에는 커다란 꾸러미를 들고 돌아왔다. 그 꾸러미에는 우리가 갈아입을 변장용 옷이 들어 있었다. 엘저비어가 입을 옷은 농장에서 일하는 마차꾼들의 옷처럼 솜을 넣어 누빈 하얀 작업복이었다. 내 옷은 그보다 좀 작은 작업복이었고, 거기에 어울리는 모자와 가죽 각반이 딸려 있었다. 우리는 옷을 입어보았다. 감쪽같이 마차꾼과 조수로 보였다.

엘저비어는 마차꾼이 말을 다루듯 채찍을 휘두르며 "워어! 워!" 하고 외쳤고, 나는 그 모습을 보고 한참 웃었다. 우울하던 그의 얼굴에도 미소가 감돌았다. 그는 잠자리에서 밀짚 한 다발을 꺼내더니 새끼처럼 꼬아서 발목 위에 각반 아래쪽을 묶는 방법을 가르쳐주었다. 그는 턱수염을 깎았지만 달라진 겉모습 때문에 그가 잃은 것은 전혀 없었다. 그의 입매와 두툼한 턱은 여전히 단호하고 강인해 보였기 때문이다. 나는 변장을 위해서 호두나무의 어린잎과 가지를 삶아서 그 걸쭉한 물로 손과 얼굴을 문질렀다. 그러자 내 손과 얼굴은 적갈색으로 물들어 완전히 딴사람처럼 보이게 되었다.

　　　　　　문플릿의 보물

제13장

만남과 작별

오가는 인기척도 없고
창문에서 내다보는 얼굴도 없고
연기 나는 굴뚝도 없고
지붕 난간에서 지하실에 이르기까지
사람 사는 흔적이라곤 전혀 없었다.

토머스 후드[*]

그렇게 며칠이 지나, 이틀 밤만 더 자면 동굴을 떠나게 되는 날이 왔다. 우리는 보물을 어서 손에 넣고 싶어 안달이 났고 그래서 조바심을 내며 출발을 기다렸다고 말했지만, 날이 갈수록 내 속을 태우고 나를 점점 더 불안하게 만드는 또 다른 이유가 있었다. 나는 이 고장을 떠나기 전에 그레이스를 만나야겠다고 결심했지만, 엘저비어에게 어떻게 말해야 좋을지 몰랐기 때문이다. 하지만 이날 저녁에 나는 남은 시간이 별로 없다는 것을 깨닫고, 엘저비어한테 말하거나 아니면 그레이스와의

[*] 영국의 시인이자 극작가(1799~1845).

만남을 포기하거나 둘 중 하나를 택해야 한다는 것을 알았다.

우리는 바닷새들처럼 동굴 밖 바위 턱에 앉아서 세인트올번곶 쪽을 바라보며 붉게 빛나는 마지막 저녁놀을 지켜보고 있었다. 저녁 안개가 해협을 휩쓸며 내려오기 시작했다. 엘저비어는 어깨를 으쓱했다.

"밤공기가 쌀쌀해지는군." 그가 말하고는 동굴로 돌아가려고 일어섰다.

나는 말해야 할 때가 왔다고 생각하고, 그를 따라 안으로 들어가면서 말했다.

"아저씨, 아저씨는 지금까지 저를 돌봐주시고 정성껏 간호해주셨어요. 세상에 어떤 아버지도 아들을 그렇게 지성으로 돌보진 못할 거예요. 제가 목숨을 건지고 다리도 다시 튼튼해진 건 모두 아저씨 덕분이에요. 하지만 오늘 밤에는 좀 마음이 뒤숭숭하고 심란하네요. 그래서 부탁드리고 싶은데, 수직굴을 올라가서 밖을 걸어 다니게 허락해주세요. 제가 동굴에 들어와서 암벽 말고는 아무것도 못 본 지가 벌써 두 달이 넘었어요. 다시 한번 언덕의 땅을 밟고 싶어요."

"내가 네 목숨을 구했다는 말은 하지도 마라." 엘저비어가 내 말을 잘랐다. "난 오히려 네 목숨을 위험에 빠뜨린 장본인이야. 내가 없었다면 너는 지금쯤 문플릿에서 편안한 잠자리에 누워 있겠지. 이런 바위 동굴에 숨어 있지 않고. 그러니 그런 얘기는 그만두자꾸나. 그래, 한 시간 정도 바람 쐴 생각이라면 별로 나쁠 것도 없지. 병이 나으면 누구나 그런 기분에 사로잡히게 마련이니까. 그리고 마침 오늘 밤에 나는 전에도 너한테 말했던 그 버려진 오두막에 가봐야 해. 랫시가 그곳에 휴대용 나침반을 놔둔다고 했거든. 그러니 너도 나랑 함께 나가서 언덕의 밤공기를 맡아도 괜찮겠지."

엘저비어는 기대했던 것보다 더 흔쾌히 승낙해주었다. 그래서 나는 한 걸음 더 밀고 나가보았다.

"그보다 좀더 멀리 가면 안 될까요? 아시다시피 저는 문플릿에서 태어나 자랐고, 우리 마을의 나무와 시내와 돌멩이까지도 모두 사랑해요. 그래서 이 고장을 영영 떠나기 전에 한 번만 더 보고 싶어요. 그러니까 이번 한 번만 문플릿을 보러 가게 해주세요. 이렇게 농장에서 일하는 아이로 변장하면 안전할 거예요. 내일 밤에는 아저씨한테 돌아올게요."

그는 한동안 말없이 나를 바라보았다. 그동안 그가 내 마음속을 꿰뚫어 보고 있는 것을 느꼈다. 하지만 그는 화내지 않았다. 그래도 나는 얼굴이 빨개져서 눈을 내리깔고 땅바닥만 바라보았다. 그러자 그가 말했다.

"얘야, 나는 사람들이 온갖 이유로 목숨을 건다는 걸 알고 있다. 황금이나 사랑, 증오 같은 이유로 말이지. 하지만 나무나 시내나 돌멩이 따위를 보려고 목숨을 걸겠다는 사람은 본 적이 없다. 누가 어떤 장소나 마을을 사랑한다고 말하면, 사실은 그 장소가 아니라 그곳에 사는 누군가를 사랑한다는 뜻이겠지. 그래서 추억을 떠올리기 위해 그곳을 다시 보고 싶어 하는 거야.

그러니 네가 문플릿을 보고 싶어 한다면, 그곳에 만날 사람이 있거나 만나고 싶은 사람이 있어서 그렇다고 생각할 수밖에. 그 사람이 네 이모일 리는 없지. 너와 이모 사이에는 애정이라곤 조금도 남아 있지 않으니까. 이모한테 작별 인사를 하려고 목숨을 건 사람은 지금까지 본 적이 없다. 그러니까 숨기지 말고 솔직히 털어놔. 네가 찾고 있는 그 두번째 보물이 목숨을 걸 만한 가치가 있는 황금인지, 내가 판단해주마."

그래서 나는 아무것도 숨기지 않고 다 털어놓았다. 그리고 내가 마차꾼 옷차림을 하면 아무도 나를 알아보지 못할 것이고, 나는 그 마을을 속속들이 잘 아니까 울타리나 돌담이나 숲을 은폐물로 이용할 수도 있고, 설령 내가 들키더라도 이제는 다리가 튼튼해져서 언덕까지 달리기 경주에서 나를 이길 수 있는 사람은 없기 때문에 문플릿에 가도 별로 위험하지 않다는 것을 그에게 납득시키려고 애썼다. 사실 나는 그를 설득할 수 있으리라 기대했다기보다, 속에 있는 말을 계속 지껄이는 것에 가까웠다. 감히 고개를 들 수도 없었고, 내가 말을 멈추면 야단을 맞을까 봐 두려웠기 때문이다.

마침내 나는 할 수 있는 말을 다 했고 더는 할 말이 없어서 입을 다물었다. 그러나 예상과는 달리 그는 호통을 치지 않았고, 침묵이 흘렀다. 잠시 후 나는 고개를 들었다. 그의 표정을 보고 나는 그의 마음이 오락가락하고 있음을 알았다. 마침내 그가 입을 열었을 때 그의 음성에는 분노가 전혀 담겨 있지 않았다. 그의 목소리에서 내가 느낀 것은 슬픔뿐이었다.

"바보 같은 녀석. 나도 한때는 젊은 시절이 있었지만, 지금까지 살아온 방식이 너무 어두워서 다른 사람들까지 어둡게 만들거나, 뜨겁게 끓어오르는 젊은 피를 식히려 들거나 하고 싶지 않다. 하지만 네 인생에는 이미 어두운 그림자가 드리워졌고, 그렇게 된 데는 내 책임도 있어서 말하는데, 할 수 있을 때 인생의 빛을 잡으러 가려무나. 원한다면 가도 좋다.

나는 그 아이가 아름답고 마음씨 고운 아가씨라고 알고 있다. 어떻게 그런 못된 놈한테서 그런 딸이 태어났는지 의아할 때가 많았지. 이제 와서 생각해보면 그놈의 피를 내 손에 묻히지 않아서 정말 다행이야. 모든 어머니들이 낳은 아들의 목숨이 거기에 달려 있지 않았다면, 그가 나한테 온갖 나쁜 짓을 다 저질렀음에도 불구하고 그때 그의 목숨을 빼앗으려 하지도 않았을 거야. 그러니 너도 마음 편히 가서 네가 얘기한 나무와 시내와 돌멩이를 보려무나.

하지만 언덕에서 총에 맞거나 감옥에 갇히게 되거든 나를 탓하지 말고 네 어리석음을 탓해라. 그러면 나는 오늘 밤 너와 함께 퍼벡 관문까지 갔다가 돌아와서 기다리마. 하지만 네가 내일 자정까지 돌아오지 않으면 네가 변을 당한 것으로 알고 너를 찾으러 가겠다."

나는 엘저비어의 손을 잡고 고맙다고 말한 다음, 작업복을 입고 빵과 고기를 주머니에 넣었다. 가는 도중에 먹을 걸 구하기 어려울 것 같아서였다. 우리가 동굴을 떠나기 전에 날이 어두워졌다. 엘저비어는 내 손을 잡고 어디서 허리를 구부려야 하는지, 언제 길이 울퉁불퉁한지를 말해주면서 어두운 통로를 헤치고 나아갔다. 그렇게 우리는 수직굴 바닥에 이르렀고, 양치류와 덤불 사이로 위를 쳐다보니 짙푸른 하늘에서 커다란 별 하나가 우리를 내려다보고 있었다. 우리는 한쪽에 미끄럼대가 설치된 돌계단을 올라간 다음, 풀로 덮인 돌무더기와 버려진 오두막들 사이를 지나 질척거리는 풀밭을 기운차게 걸어갔다.

1킬로미터도 가기 전에 신발은 이슬에 흠뻑 젖어버렸다. 달은 뜨지 않았지만 하늘이 아주 맑아서, 은백색 거미줄이 풀밭 위에 베일처럼 펼쳐져 있는 것을 볼 수 있었다. 우리는 둘 다 입을 다물고 있었다. 조용한 밤중에 언덕에서는 목소리가 멀리까지 들리기 때문에 말하지 않는 편이 더 안전했고, 별이 가득한 밤하늘의 아름다움에 사로잡힌 나머지 말로는 도저히 표현할 수 없는 생각에 마음이 압도당했기 때문이기도 했다.

우리는 곧 엘저비어가 말한 그 버려진 오두막에 도착했다. 그리고 한때 화덕이 있던 자리에서 랫시가 약속한 대로 안전하게 숨겨놓은 나침반을 찾아냈다. 그 후 우리는 또다시 창문에 불빛도 보이지 않고 개 짖는 소리도 들리지 않는 호젓한 언덕들을 말없이 넘고 또 넘어서, 사람들이 퍼벡 관문이라고 부르는 기묘한 골짜기에 다다랐다.

이곳에는 언덕마루를 지나는 도로가 있는데, 양쪽에 마치 사람 손으로 깎아놓은 것처럼 깎아지른 벽이 있었다. 먼 옛날부터 지금까지 이 외딴곳을 지나는 얼마 안 되는 여행자들, 양

문플릿의 보물

치기와 선원들, 군인과 징세관들은 모두 벽 사이로 나 있는 이 길을 걸어서 갔다. 그리고 오랫동안 수레가 이 길을 지난 적은 없었을 것 같은데, 석회층 바닥에는 마치 과거에 거인들의 수레가 지나간 것처럼 넓고 깊은 바큇자국이 나 있었다.

엘저비어는 여기서 걸음을 멈추더니, 은빛 손잡이가 달린 권총을 품에서 꺼내 내 손에 쥐어주었다.

"자, 이걸 받으렴. 하지만 꼭 필요한 때가 아니면 쓰지 마라. 그리고 총을 쏘아야 한다면 낮은 쪽을 겨냥해서 쏘도록 해라. 반동이 심하니까."

나는 총을 받아 들고 그의 손을 꽉 잡았다. 우리는 그렇게 헤어졌다. 엘저비어는 퍼벡으로 돌아갔고, 나는 호어곶 뒤쪽에 있는 등성이를 따라 걸었다. 내가 '컬리퍼드 트리'라고 불리는, 풀로 덮인 거대한 흙무더기에 다다른 것은 3시경이었다. 그것은 옛날의 어느 늙은 전사가 묻혀 있는 무덤인데, 무덤 위에는 나무들이 하늘을 배경으로 높이 솟아 있어서 거기에 앉아 잠시 쉬었다. 하지만 오래 쉬지는 않았다. 퍼벡 쪽을 돌아보니 세인트올번곶 너머 수평선 위에 희미한 새벽빛이 보였기 때문이다. 아직도 10여 킬로미터를 더 가야 한다는 것을 알고 있었기 때문에 나는 걸음을 서둘러야 했다.

그렇게 나는 계속 걸었고, 곧 사람의 흔적과 마주쳤다. 여름 동안 묵히고 있는 밭에서 새끼 양들이 순무를 먹고 있었던 것이다. 이제 해가 떠서 모든 것을 장밋빛으로 물들였고, 양들과 양들이 먹고 있는 순무가 황토를 배경으로 하얗게 보였다. 그래도 양치기나 개는 보이지 않았고, 7시쯤에는 문플릿이 내려다보이는 웨더비치 언덕에 무사히 도착했다.

발아래로 영주 저택의 숲과 낡은 집이 보였고, 그보다 아래쪽에 하얀 길과 여기저기 흩어져 있는 오두막들이 있었다. 더 아래쪽에는 '괜찮군!'과 거울처럼 반반한 후미가 있고, 그 너머에 바다가 펼쳐져 있었다. 그 광경을 보자 기분이 얼마나 슬프면서도 감미로웠는지 숨이 막힐 지경이었다. 말로만 들은 사막의 신기루 같았다. 너무나 아름답지만 내가 다시는 도달할 수 없는 곳이었다. 바람이 잔잔해서 집집마다 아침밥을 짓는 푸른 연기가 곧장 하늘로 올라가고 있었지만, '괜찮군!'과 영주 저택에서는 연기가 보이지 않았다.

햇볕이 벌써 뜨겁게 느껴졌다. 나는 당장 언덕에서 내려와 갈색으로 타버린 풀밭으로 들어갔다. 발뒤꿈치가 풀숲을 파고들었다. 나는 되도록 금작화 덤불 사이로 몸을 숨기면서 걸었다. 곧 숲으로 들어간 나는 작은 골짜기로 곧장 내려가 장군풀과 우엉 속에 파묻히듯 누웠지만, 언덕 가장자리 너머로 저택의 입구를 볼 수 있도록 자세를 잡았다.

그런 다음 이제 어떻게 할지, 그레이스와 무슨 말을 할지를 생각했다. 우선 한두 시간 기다리면서 그레이스가 나오는지 보고, 그레이스가 나오지 않으면 대담하게 아래로 내려가 문을 두드릴 생각이었다. 그렇게 해도 별로 위험할 것 같지 않았다. 랫시의 말에 따르면 그 저택에 그레이스와 함께 사는 사람은 아무도 없는 것 같았고, 설령 같이 사는 사람이 있다 해도 가정부 노파일 테니 변장한 나를 알아보지 못할 터였다. 나는 이 마을에 처음 온 나그네인 척하면서 마을의 어느 집으로 가는 길을 물으면 된다. 그래서 나는 가만히 누운 채 빵 한 조각을 먹고, 교회탑 시계가 8시를 치는 소리에 이어 9시를 치는 소리를 들었다. 하지만 저택 안에서 움직이는 사람은 아무도 보이지 않았다.

숲은 노래하는 새들로 활기를 띠었다. 뻐꾸기와 숲비둘기들이 짝을 부르는 소리가 들렸다. 숲에는 짙은 초록색을 띤 부분과 노란 햇빛을 받은 밝은 부분이 있었다. 붓꽃 이파리가 햇빛 속에서 윤이 나는 흰색으로 빛났다. 적설초가 어른거리는 푸른 바다처럼 숲 전체에 퍼져 있었다. 교회의 시계가 10시를 알렸다. 더위가 심해지자 새들의 노랫소리도 드물어지고, 벌들이 윙윙거리는 소리는 더욱 또렷해졌다. 마침내 나는 일어나서 몸을 흔들어 티끌을 털어내고 작업복을 매만진 다음 방향을 돌려 저택으로 이어지는 길로 들어섰다.

나는 그럴싸하게 변장했지만, 농장 아이의 걸음걸이는 제대로 흉내 내지 못한 것 같다. 농장 아이들이 손을 어떻게 하고 다니는지도 몰랐기 때문에 손을 처리하기가 어려웠다.

그럭저럭 저택 앞까지 가서 문을 두드렸다. 문이 울리는 것처럼 심장이 쿵쿵 고동쳤다. 노크 소리는 건물을 한 바퀴 돌고 뒤쪽의 산책길을 지난 뒤 다시 조용해졌다. 나는 잠시 기다렸다가, 집에 아무도 없을지 모른다고 생각하면서 다시 문을 두드리려고 했다. 그런데 바로 그때 복도를 따라 걸어오는 가벼운 발소리가 들렸다. 내친걸음에 그게 누군지 보려고 창문으로 안을 들여다볼 수도 있었지만, 그렇게 하진 못하고 문에 바싹 붙어 있었다.

빗장이 열리고 여자 목소리가 물었다.

"누구세요?"

그 목소리를 듣고 나는 깜짝 놀랐다. 그레이스의 목소리가 분명했다. 나는 내 이름을 큰 소리로 외치고 싶었다. 하지만 집에 다른 사람이 있을지도 모르니까 변장을 유지해야 한다는 생각이 들었다.

게다가 우리가 사는 세상에는 웃음과 울음이 섞여 있고 시시한 것과 심각한 것들이 뒤섞여 있게 마련이다. 그래서 나는 이런 상황에서도 그녀에게 장난을 치고 싶어져, 이런 행색을 한 나를 그녀가 알아볼지 시험해보기로 했다. 그래서 나는 골짜기 사람들이 사용하는 두루뭉술한 말투로 말했다.

"길을 잘못 든 불쌍한 아이구먼요."

그러자 그녀는 한쪽 문짝을 열고, 누군지 모르는 낯선 사람을 보는 눈으로 나를 바라보면서 어디로 가느냐고 물었다.

나는 퍼벡에서 온 농장 일꾼 아이인데 블록 씨가 운영하는 '괜찮군!'이라는 주막을 찾고 있다고 대답했다. 이 말을 듣자 그녀는 흠칫 놀라면서 나를 다시 훑어보았지만, 아무것도 알아차리지 못하고 이렇게 말했다.

"이 테라스로 올라오면 내가 '괜찮군!' 주막이 어디 있는지 가르쳐줄 수 있어요. 하지만 그 주막은 문을 닫은 지가 벌써 두 달이 넘었고, 블록 씨는 떠났어요."

이렇게 말하면서 그레이스는 테라스 쪽으로 돌아섰다. 나는 그녀를 따라갔지만, 문에서 목소리가 들리지 않는 거리까지 오자 내 진짜 목소리로 빠르면서도 낮게 말했다.

"그레이스, 나야, 존 트렌처드. 이 고장을 떠나기 전에 작별 인사를 하러 왔어. 너한테 할 말이 많아. 너도 듣고 싶을 거야. 집에 너 말고 다른 사람이 있니?"

그레이스처럼 끔찍한 일을 겪은 여자들은 대개 깜짝 놀라게 되면 비명을 지르거나 기절하는 게 보통이겠지만, 그녀는 비명도 지르지 않고 기절도 하지 않았다. 살짝 얼굴을 붉혔을 뿐 역시 낮은 목소리로 빠르게 말했다.

"어서 들어가자. 나 혼자 있어."

그래서 우리는 집 안으로 돌아갔고, 문에 빗장을 지른 뒤 두 손을 맞잡고 복도에 마주 서서 서로의 눈을 가만히 들여다보았다. 나는 밤새 걸어오느라 잠도 못 자서 피곤한 데다 그녀를 다시 만난 기쁨으로 머리가 어찔어찔해서, 모든 게 달콤한 꿈처럼 느껴졌다. 그때 그녀가 내 손을 잡았고, 나는 현실이라는 것을 알았다. 나는 사랑한다는 뜻으로 키스하려고 했지만, 그녀는 내가 무엇을 하려는지 알아차린 듯 내 손을 놓고는, 마치 나를 더 잘 보려는 것처럼 한 발짝 뒤로 물러나면서 말했다.

"존, 지난 두 달 사이에 어른이 다 됐네."

그래서 나는 그녀에게 키스하지 않았다. 하지만 내가 어른 으로 성장한 게 사실이라면, 그녀도 소녀에서 여인으로 성장했고 키도 나만큼 자란 게 분명했다. 최근에 겪은 여러 가지 시련이 그녀에게서 경쾌하고 장난스러운 소녀 시절을 앗아가고 차분하고 진지한 태도를 안겨준 것 같았다. 그녀는 검은 상복을 입고 있었다. 긴 치마 차림에 머리카락은 뒤로 빗어 넘겨서 말끔히 묶고 있었다. 랫시는 그레이스가 창백하고 말라 보였다고 말했는데, 그녀가 그렇게 보인 것은 검은 상복 때문인 듯했다. 이렇게 내가 바라보는 동안 그녀도 나를 찬찬히 바라보았지만, 내가 마차꾼 작업복을 입은 걸 보고는 미소를 지었다. 그리고 내 갈색 얼굴과 손을 보고는 내가 어느 시골의 뙤약볕 아래 숨어 있었다고 생각한 모양이어서, 나는 농부처럼 보이려고 호두나무 즙을 발랐다고 말해주었다.

우리가 본격적으로 대화를 시작하기 전에 그레이스는 정원에 앉아서 이야기하는 게 낫겠다고 말했다. 그러면 필요할 경우 뒷문으로 달아날 수 있으니까, 어쨌든 그 편이 더 안전할 터였다. 그녀가 앞장서서 복도를 지나고 저택의 거주 구역을 가로질렀다. 우리는 방을 여러 개 지나갔는데, 작은 거실 하나에는 벽에 책꽂이가 늘어서 있고 곰팡내 나는 책들이 잔뜩 꽂혀 있었다. 블라인드가 내려져 있었지만, 등받이 높은 의자를 볼 수 있을 만큼 충분한 빛이 들어오고 있었다. 그 의자 앞 탁자에는 책 한 권이 펼쳐져 있고, 매스큐의 콧잔등에 걸쳐져 있는 것을 자주 보았던 뿔테 안경도 놓여 있었다. 그래서 나는 그 방이 매스큐의 서재인 것을 알았다. 그 방은 그가 마지막으로 의자에 앉았을 때와 똑같은 상태로 남아 있었다.

문플릿의 보물

내가 지금 누구의 집에 들어와 있는지를 생각하자 아직도 몸이 떨렸다. 그 늙은 변호사가 당장이라도 방에 들어와 나를 감옥으로 끌고 갈 것만 같았다. 이 모든 고난이 어디서 어떻게 비롯되었는지를 생각하니, 아침 해를 배경으로 하늘을 향해 누워 있던 그의 마지막 얼굴이 떠올랐다.

우리는 정원으로 나갔다. 나는 그때까지 한 번도 그 정원에 들어가 본 적이 없었다. 정원은 커다란 네모꼴이었고, 높이가 4~5미터 되는 벽돌담으로 둘러싸여 있었다. 궁전에나 어울릴 만큼 큰 정원이었지만, 그때는 관리가 잘되지 않아서 모든 게 웃자라 있었다. 그 정원에 대해 이야기하자면 아무리 오래 이야기해도 끝이 없을 것이다. 꽃과 나무, 채소와 향신료와 약초가 제멋대로 자라서 뒤엉켜 있었다. 분홍빛 벽돌담에는 햇빛이 한가득 쏟아져, 그날 아침 쥐 죽은 듯 조용한 정원은 찌는 듯이 더웠고 딸기 화단에서는 후끈한 바람이 일었다. 때마침 딸기가 한창 열매를 맺고 있었기 때문이다.

그레이스가 앞장서서 모과나무와 마르멜로 사이로 나 있는 산책길로 들어갔을 때, 나는 무엇보다 햇볕을 피할 수 있게 된 것이 기뻤다. 그 산책길은 나뭇가지들이 서로 얽혀서 그늘진 오솔길을 이루고 있었기 때문이다. 오솔길 끝에는 벽돌로 지은 정자가 있었다. 이 정자는 남쪽 담벼락 모퉁이에 있었고, 옆에 무화과나무가 두 그루 있었는데, 밖에서도 그 우듬지를 볼 수 있었다. 이 무화과나무들은 문플릿 마을에서 가장 크고 가장 일찍 열매를 맺는 것으로 알려져 있다. 그레이스는 만약 위험이 닥치면 그 무화과나무 가지 위로 올라가 담벼락을 넘을 수도 있다고 알려주었다.

우리는 정자에 앉았다. 나는 그녀의 아버지가 죽을 때 일어난 일을 모두 말해주었다. 다만 엘저비어가 실제로 매스큐를 죽일 작정이었다는 말은 하지 않았다. 그런 말을 해봤자 아무 소용도 없고, 게다가 내가 아는 한 엘저비어는 매스큐를 정말로 쏠 작정이었던 게 아니라 그냥 겁만 주려고 했을 뿐이었기 때문이다.

내가 이야기하는 동안 그레이스는 또 흐느껴 울었지만, 이야기가 끝나자 눈물을 닦고는 총에 맞아 다친 내 다리가 제대로 나았는지 눈으로 봐야겠다고 고집을 부렸다.

그 후 나는 랫시 아저씨의 말을 듣고 양피지에 적힌 글에 숨겨진 의미를 알게 되었다고 말했다. 나는 전에도 그녀에게 로켓을 보여준 적이 있었지만, 이제 다시 그것을 꺼내 보여주면서 낱말들이 어떻게 이어지는지를 설명해주었다. 그녀는 양피지에 적힌 글귀를 읽고 또 읽었다. 나는 이제 다이아몬드를 찾으러 가서 이 고장에서 제일가는 부자가 되어 돌아오겠다고 말했다. 그러자 그레이스는 말했다.

"존, 그 다이아몬드에 너무 희망을 걸지 마. 여기 적혀 있는 게 사실이라 해도, 원래 나쁜 수단으로 얻은 보석이니까 재앙이 따라다닐 거야. 그 악당조차도 감히 자신을 위해 그걸 쓰지 못하고 가난한 사람들한테 줄 작정이었어. 그러니 네가 정말로 그 보석을 찾아낸다 해도, 너 자신을 위해 간직하지 말고 그 사람이 원래 하려고 했던 일을 해서 그 사람의 영혼을 편히 쉬게 해줘. 그러지 않으면 너한테 저주가 내릴 거야."

나는 그 말을 소녀다운 공상으로 받아들이고 미소만 지었을 뿐 내가 왜 그렇게 부자가 되고 싶어 하는지는 말하지 않았다. 내가 부자가 되고 싶은 이유는 언젠가 그녀와 결혼하기 위해서였다.

그 후 나는 남자들이 으레 그러듯 이기적으로 내 관심사에 대해서만 한참 이야기한 뒤에야, 비로소 그녀에 대해 물어봐야겠다는 생각이 나서 앞으로 어떻게 할 작정이냐고 물었다. 그녀가 대답하기를, 한 달쯤 전에 변호사들이 와서 그녀더러 이곳 저택을 떠나 런던의 어느 부인 집으로 가라고 강요했다는 것이다. 아버지가 유언장을 남기지 않고 죽은 바람에 대법관청의 후견을 받아야 했기 때문이다. 하지만 그녀는 문플릿이 아닌 다른 곳에서는 도저히 살 수 없다면서 이곳의 공기와 산물이 자기한테 잘 맞으니까 제발 자기를 그냥 내버려 두라고 간청했다고 한다. 그러자 그들은 그녀가 여기 머물러도 되는지 알려면 법원의 지시를 받아야 한다면서 떠났고, 그녀는 당분간 여기 남아 있게 된 것이다. 이 말을 듣고 나는 너무 슬펐다. 내가 아는 대법관청은 손대는 것마다 망쳐놓았기 때문이다. 대법관청이 관리하는 세르네의 제분소와 웨어햄의 부두가 그것을 입증한다. 영주 저택은 이미 4분의 3이 무너졌으니까, 대법관청이 관리를 맡으면 순식간에 폐허가 되고 말 터였다.

우리는 이런 이야기들을 나누었고, 그 후 그레이스는 해가 중천에 떠서 쨍쨍 내리쬐고 있었음에도 무명천으로 만든 모자를 쓰고 제일 좋은 딸기를 한 접시 따 주었다. 그리고 집에서 빵과 고기를 가져왔다. 그런 다음 숄을 돌돌 말아 베개를 만들어주고는, 정자를 빙 둘러서 놓인 벤치에 누워 눈 좀 붙이라고 말했다. 내가 밤새 걸어왔고 자정까지는 동굴로 다시 돌아가야 한다고 말했기 때문이다. 그녀는 집으로 돌아갔고, 나는 평생 가장 달콤하고 평화로운 잠에 빠져들었다. 몹시 피곤한 데다, 마침내 그레이스를 만났고 그녀가 나를 더없이 다정하게 대해준 덕에 마음이 놓였기 때문이다.

깨어나 보니 그레이스는 내 옆에 앉아서 뜨개질을 하고 있었다. 낮의 더위는 좀 누그러져 있었다. 그녀는 해시계를 보더니 5시가 지났다고 말했다. 이제 가야 할 때였다. 그녀는 음식과 우유 한 병을 주머니에 넣어주었다. 그때 우유병이 내가 품에 지니고 있던 권총 손잡이에 닿았다.

"거기 있는 게 뭐야?" 그녀가 물었지만, 나는 쓰라린 기억을 되살리게 될까 봐 아무 말도 하지 않았다.

우리는 아침에 그랬듯이 또 손을 맞잡았다. 그녀가 말했다.

"존, 너는 바다를 떠돌다가 문플릿으로 돌아올지도 몰라. 너는 요즘 이곳에 없었지만, 나는 전에 그랬듯이 밤마다 창가에 촛불을 켜놓았어. 그러니까 네가 밤중에 이곳 해변에 오게 되면 그 불빛을 보고, 그레이스가 널 기억하고 있다는 걸 알게 될 거야. 불빛이 보이지 않으면 내가 죽었거나 떠났다고 생각하면 돼. 나는 네가 다시 돌아올 때까지 밤마다 너를 생각할 테니까."

　나는 그녀의 달콤한 말과 이별의 슬픔으로 가슴이 벅차서 아무 말도 못 하고, 그저 그녀를 힘껏 끌어안고 입을 맞추었다. 이번에는 그녀도 물러서지 않고 다시 나에게 키스해주었다.

　그러고 나서 나는 무화과나무를 기어올랐다. 저택 앞쪽으로 돌아가기보다는 담벼락을 넘는 것이 더 안전할 거라고 생각했기 때문이다. 나는 담장 위에 앉아 반대쪽으로 뛰어내릴 준비를 하고서 그녀를 돌아보고 작별 인사를 했다.

　"잘 가." 그녀가 외쳤다. "그리고 그 보물에 손을 댈 때는 조심해. 사악한 수단으로 손에 넣은 거니까 저주가 따라다닐 거야."

　"그래, 잘 있어!"

　나는 나뭇잎이 쌓여 푹신한 숲 바닥으로 뛰어내렸다.

제14장

우물집

네가 볼 수 없는 존재들이
입을 벌리고 있는 돌 주위에 모여 있다.

월터 스콧*

내가 대리석 채석장의 수직굴에 도착한 것은 자정이 되기
30분 전이었다. 나는 아래로 내려가려고 계단에 발을 올려놓
기도 전에 아래쪽 어둠 속에서 암구호를 대라고 외치는 엘저
비어의 목소리가 들렸다. 그래서 "보나벤처여 번창하라!" 하
고 대답했다. 그렇게 나는 동굴에서 마지막 잠을 자기 위해 다
시 집으로 돌아왔다.

이튿날 밤은 도망치기에 안성맞춤이었다. 보름달이 뜬 한
사리 때인 데다, 육지에서 가벼운 산들바람이 불어와 벼랑 기
슭의 바다는 잔물결도 없이 잔잔했다. 우리는 해가 지기 전에
'보나벤처'호가 해협에서 순항하는 것을 보았고, 어둠이 내린
뒤에는 해안 가까이 닻을 내리고 보트를 보내서 우리를 데려

---

* 영국의 시인이자 소설가(1771~1832).

갔다. 배에는 내가 아는 사람이 몇 명 있었다. 그들은 우리를 친절하게 맞아주었고, 우리를 중요한 사람처럼 대해주었다. 나는 그들과 다시 만난 것이 정말 기뻤지만, 사랑하는 도싯 해안을 떠날 생각을 하자 마음이 아팠다. 그리고 두 달 동안 나에게 병원이자 집이 되어준 동굴을 떠나는 것도 아쉬웠다.

바람은 우리를 해협 동쪽으로 데려갔고, 새벽녘에 우리는 카우스* 해안에 도착했다. 그리고 밖에 나와 움직이는 사람들이 많아지기 전에 뉴포트까지 걸어서 갔다. 길에서 만난 사람들은 우리를 전혀 의심하지 않고, 시골에서 곡물을 싣고 와서 사우샘프턴**으로 가는 선박에 넘긴 뒤 집으로 돌아가려고 일찌감치 길을 나선 농부와 아들쯤으로 생각하는 눈치였다.

뉴포트는 작은 마을이어서 '뿔피리' 주막을 쉽게 찾아낼 수 있었다. 하지만 엘저비어가 마차꾼으로 변장한 것이 너무나 완벽해서 주막 주인은 원래 아는 사이인데도 엘저비어를 알아보지 못했다. 그래서 두 사람 사이에 잠깐 옥신각신이 벌어졌다.

"시골 농사꾼과 그 아들에게 잠자리와 음식을 줄 수 있겠소?" 엘저비어가 말했다.

"안 되겠는데……" 주막 주인은 상대를 위아래로 훑어보더니, 낯선 사람을 주막에 들이고 싶지 않다는 뜻으로 말했다. 주막 안에 숨겨둔 밀수품을 염탐할지도 모르기 때문이었다.

---

 * 와이트섬 북쪽에 있는 항구 도시.
** 영국 잉글랜드 남부 햄프셔주 남부의 항구 도시.

"여름 장날이 다가와서 방이 다 찼소. 그렇다고 손님을 쫓아낼 수는 없으니, '보릿단' 주막에 가서 알아보시오. 거기도 좋은 주막이고, 여기처럼 방이 다 차지는 않았을 거요."

"아, 마침 바쁜 때군요. 장날 덕분에 번창해서 좋겠소." 엘저비어는 '번창'이라는 말에 조금 힘을 주었다.

주막 주인은 엘저비어를 좀더 유심히 바라보면서, 마치 귀가 어두운 것처럼 되물었다.

"번창? 뭐가 번창한다는 거요?"

"보나벤처가 번창해야지요."

엘저비어가 대답하자 주막 주인은 그의 손을 잡고 힘차게 흔들면서 말했다.

"블록 씨군요. 오늘 아침에 오실 줄 알고 기다리고 있었는데, 몰라뵀습니다."

그는 다시 우리를 바라보면서 껄껄 웃었다. 엘저비어도 미소를 지었다. 주막 주인은 우리를 안으로 안내했다.

"그런데 이 녀석은 누굽니까?" 그는 나를 보면서 물었다.

"호된 꼴을 당한 녀석이지요." 엘저비어가 대답했다. "두 달 전에 호어곶에서 충돌이 일어났을 때 다리에 총알이 박혔어요. 보기보다는 제법 값나가는 녀석이랍니다. 목에 20기니의 현상금이 걸려 있으니까요. 그러니 이 녀석 머리는 조심해서 다루세요."

우리는 '뿔피리' 주막에 머무는 동안 최고의 숙소와 음식을 제공받았고, 그동안 내내 주막 주인은 엘저비어를 왕처럼 대접했는데, 엘저비어는 정말로 밀수꾼들 사이에서 왕 같은 존재였다. 나중에 알게 된 사실이지만, 엘저비어는 스타트*와 솔렌트** 사이에서 활동하는 밀수업자들의 우두머리였다. 주막 주인은 과거에 블록 씨한테 많은 신세를 졌다면서 돈을 한 푼도 받으려 하지 않았다. 하지만 엘저비어는 동굴을 떠나기 전에 도체스터에서 가져온 돈을 억지로 그에게 건네면서 숙식비를 받으라고 고집했다. 나는 모래 더미 대신 깨끗하고 향긋한 이부자리에서 자는 게 기뻤고, 다시금 포크와 나이프를 쥐고 음식이 수북이 담긴 커다란 나무 접시 앞에 앉는 게 기뻤다.

나는 되도록 모습을 드러내지 않는 게 좋다고 판단하여, 엘저비어가 캐리스브룩성에 들어갈 방법을 알아보러 외출한 동안은 주막 뒤쪽에 있는 내 방에서 시간을 보내는 데 만족했다. 그 시간이 무료하지도 않았다. 나는 '뿔피리'에서 낡은 책을 몇 권 찾아냈는데, 그중에는 내 취향에 맞는 책도 있었기 때문이다. 특히 『코프성의 역사』는 그 성의 폐허에서 오래된 대리석 채석장과 우리가 숨어 있었던 동굴까지 이어지는 비밀 통로를 설명하는 내용이었다.

엘저비어가 낮에는 대개 외출했기 때문에 나는 아침과 저녁에 식사를 할 때만 그를 보았다. 그는 캐리스브룩성에 여러 번 갔고, 그 성이 포로수용소로 쓰이고 있는데 지금은 프랑스인

* 영국 남서부 데번주 남단의 곶.
** 영국 본토와 와이트섬 사이의 해협.

포로로 가득 차 있다고 말했다. 그는 옥사쟁이를 여러 명 만나 그곳 주막에서 함께 술을 마시면서, 자기는 뉴포트에 머물고 있는 마차꾼인데 라임리지스*에서 숫돌을 싣고 오는 배가 풍랑 때문에 늦어지는 바람에 배를 기다리고 있는 중이라고 말했다는 것이다. 그렇게 해서 마침내 성안에 들어가 우물집과 우물을 볼 수 있었다. 그리고 우물 담당자한테 우리 계획을 들키지 않고 우물에 접근할 방법을 궁리하면서 며칠을 보냈다. 하지만 성공을 거두지 못했다.

'뿔피리' 주막 뒤뜰에는 작은 텃밭이 있고, 그 텃밭을 따라 내려가면 작은 개울이 나온다. 어느 날 저녁에 나는 어두워진 뒤 거기서 바람을 쐬고 있었다. 그때 엘저비어가 돌아와서 '검은수염'의 암호가 맞는지 시험해볼 때가 왔다고 말했다.

"일을 남몰래 할 수 있는지 보려고 온갖 방법을 다 써보았단다. 하지만 우물 담당자한테 알리지 않고는 불가능해. 나는 그 사람을 믿지 않지만, 우물 속에 보물이 숨겨져 있다는 걸 말할 수밖에 없었어. 하지만 그게 어디에 있는지, 어떻게 하면 손에 넣을 수 있는지는 말하지 않았어. 그 사람은 우리가 보물을 찾으면 3분의 1을 자기 몫으로 받고, 우리가 우물을 조사하도록 해주겠다고 약속했다. 너에 대해서도 나와 한패라고는 말하지 않고, 실마리를 쥐고 있는 아이가 있는데 똑같이 3분의 1의 몫을 요구한다고만 말해뒀다. 내일 아침 일찍 일어나야 해. 6시

---

* 영국 남부 도싯주 서쪽에 있는 항구 도시.

에 성문에서 그 사람이 우리를 들여보내줄 거야. 나는 이제 마차꾼이 아니라 석공이고, 너는 석공의 조수야. 숙소에 작업복과 솔, 흙손과 회반죽 양동이를 준비해놨다. 우리는 캐리스브룩성의 우물 벽에 회반죽을 발라서 보강하러 가는 거야."

엘저비어는 이 계획을 신중하게 검토했고, 이튿날 아침에 우리는 회반죽이 묻은 옷을 입었는데 '뿔피리' 주막을 떠날 때는 아무리 보아도 진짜 석공 같았다. 농장 일꾼이었을 때보다 훨씬 그럴싸한 변장이었다. 나는 양동이와 솔을 들었고, 엘저비어는 미장이용 마치를 들고 삼끈 타래를 팔에 걸쳤다. 비가 내리는 아침이었고, 비는 밤새도록 계속 내리고 있었다. 바람 한 점 없이 공기가 정체되어 하늘은 온통 탁한 잿빛을 띠고 있었다. 무거운 빗방울이 모든 것을 뒤덮은 잿빛 베일에서 곧장 아래로 떨어졌다.

밖에 처음 나갔을 때는 공기가 차갑게 느껴졌지만, 비에 젖어 걷기 어려운 길을 터벅터벅 걷다 보니 지금이 7월이라는 게 생각났다. 캐리스브룩 성문 입구에 섰을 때는 너무 더웠고, 온몸이 흠뻑 젖어 있었다. 성문 양쪽에는 망루가 있고, 해자를 가로지른 돌다리를 건너면 견고한 파수막이 있었다. 그것을 보자 여기가 무훈 대령이 부정한 짓을 저지른 대가로 보물을 얻어낸 곳이라는 게 생각났다. 무훈 대령은 이 성문을 수없이 지나갔을 것이다.

엘저비어는 정식으로 성을 방문한 사람처럼 성문을 두드렸다. 상대는 우리가 이때쯤 올 것을 예상하고 있었던 게 분명했다. 문을 두드리자마자 육중한 성문 한쪽에 달린 쪽문이 열렸기 때문이다. 우리를 들여보내준 사람은 키가 크고 건장했지만 얼굴이 퉁퉁 부었고, 내가 보기에는 기껏해야 서른 살 정도로밖에 안 보였지만 살이 너무 쪄서 힘이 셀 것 같지는 않았다. 그는 엘저비어에게 미소를 짓고는 아주 예의 바르게 인사를 하고, 나한테도 고개를 끄덕였다. 하지만 나는 기름을 칠한 것처럼 번들거리는 그의 검은 머리가 마음에 들지 않았고, 눈이 마주치면 불안한 듯 시선을 피하는 것도 미덥지 않았다.

"안녕하세요, 웰라이트 씨." 그가 엘저비어에게 말했다. "사나운 날씨를 몰고 오셨군요. 물에 빠진 것처럼 흠뻑 젖으셨네요. 일을 시작하기 전에 맥주라도 한 모금 드시겠습니까?"

엘저비어는 고맙다고 말했지만, 술은 마시지 않겠다고 사양했다. 사내는 앞장서서 우리를 안내했고, 우리는 그를 따라갔다. 성의 안뜰인지 바깥마당인지는 모르지만, 비 때문에 자갈이 흙투성이가 되어 있었다. 우리는 그 마당을 가로질러 맞은편에 있는 출입문에 이르렀다. 거기서 계단을 올라가면 넓은 홀로 들어가도록 되어 있었다. 이 건물은 한때 연회장으로 쓰였던 모양이다. 문 위에 걸린 납판에 이런 문구가 새겨져 있었기 때문이다.

'그는 나를 연회장으로 안내했는데, 내 위에서 펄럭인 깃발은 사랑이었다.'*

* 구약성서 「아가」 2장 4절.

나는 옥사쟁이가 허리춤에 매달고 다니는 열쇠 꾸러미에서 하나를 골라 문을 여는 동안 이 글을 읽었다. 하지만 안으로 들어갔을 때는 얼마나 실망했는지 모른다. 그곳에는 이제 잔치도 깃발도 사랑도 없었다. 가구나 실내장식 따위는 모두 철거되고, 건물 전체가 프랑스인 포로들을 가둔 영창으로 변해 있었다. 공기는 많은 사람들이 밤새 잔 탓에 탁했고, 창문에는 김이 서려 있었다. 벽 주위에 밀짚 매트리스가 즐비하게 깔려 있고, 포로들은 대부분 그 위에 벌렁 드러누워 아직 자고 있었지만, 일어나 앉아서 생선 뼈로 배 모형을 만들거나 병 안에 십자가상을 세우는 사람들도 있었다. 그것은 선원들이 한가할 때 즐겨 하는 심심풀이였다. 그들은 우리가 지나가도 눈길 한 번 주지 않았지만, 졸린 눈으로 화승총에 몸을 기대고 있던 경비병들은 우리를 안내하는 옥사쟁이에게 고개를 끄덕였다.

그렇게 우리는 고약한 냄새가 나는 회칠한 방을 통과했다. 반대쪽 끝에서 그 방을 빠져나오자, 계단 세 개를 내려가 다시 야외로 나와서 또다시 작은 마당을 가로질러 지붕이 높은 네모난 석조 건물에 이르렀다. 그것은 옛날 보릿단을 쌓아두는 마당에서 볼 수 있었던 커다란 비둘기 집과 비슷했다.

여기서 안내인은 다른 열쇠를 꺼냈다. 문이 열리는 동안 엘저비어는 나에게 작은 소리로 속삭였다.

"여기가 우물집이야."

드디어 목표물에 가까이 왔다고 생각하자 맥박이 빠르게 고동쳤다.

그 건물은 지붕까지 트여 있었고, 안으로 들어가자 엘저비어가 말한 무자위가 가장 먼저 눈에 띄었다. 그것은 지름이 3미터쯤 되는 나무 바퀴인데, 물방아와 비슷했다. 다만 바큇살 사이에 평평한 널판이 끼워져 있고, 나귀가 발판으로 삼을 수 있도록 디딤판이 못 박혀 있는 게 다를 뿐이었다. 그 참을성 많은 동물은 밀짚이 깔린 한구석에 엎드려 있다가, 우리가 들어가자 하루 일을 준비하려는 듯 벌떡 일어나 기지개를 켰다.

"이놈은 내가 오기 전부터 여기 있었어요." 옥사쟁이가 말했다. "이곳을 잘 알고 있어서, 자기 혼자 무자위 속에 들어가 일을 시작한답니다."

바퀴 옆에 우물 입구가 있었다. 어둡고 둥그런 구멍 주위에는 50센티미터 높이의 난간이 둘러쳐져 있었다.

우리는 목표물에 바싹 다가와 있었다. 하지만 정말로 가까이 왔을까? 무훈 대령이 정말로 이곳에 다이아몬드를 숨겼을까? 그걸 어떻게 알 수 있지? 그 글귀는 수십 가지 의미로 해석될 수 있다. 설령 그것이 다이아몬드와 관계가 있다 해도, 그 우물이 이 우물이라는 걸 어떻게 확신할 수 있지? 이 부근에는 우물이 여기 말고도 수십 개나 있는데…… 이런 생각이 떠오르자 희망이 사그라졌다. 나를 낙담시킨 것은 어쩌면 잔뜩 찌푸린 하늘과 후텁지근한 날씨와 주룩주룩 내리는 비였는지도 모른다. 아니면 아침을 제대로 먹지 못했기 때문일지도 모른다. 사람의 기분은 날씨와 음식에 많이 좌우되기 때문이다. 하지만 목표물이 코앞에 놓이게 되자 나는 왠지 이 일을 하기가 더욱 싫어졌다.

우리가 우물집 안으로 들어가자 옥사쟁이는 안쪽에서 문을 잠갔다. 그가 열쇠를 제자리에 돌려놓자 열쇠는 그의 허리춤에 매달린 다른 열쇠들과 부딪쳐 짤그랑 소리를 냈다. 나는 우리가 그의 덫에 걸려 사로잡힌 듯한 기분이 들었다. 그의 눈빛이 선한지 악한지를 보려고 그와 눈을 마주치려고 했지만, 그는 미덥지 못한 얼굴을 언제나 다른 쪽으로 돌리고 있어서 아무리 애를 써도 눈을 볼 수가 없었다. 그때 문득 보물이 정말 악으로 가득 차 있다면 남을 똑바로 바라보지 못하는 저 검은 머리의 야비한 사내는 우리에게 저주를 내리는 파멸의 앞잡이가 될 거라는 생각이 들었다.

하지만 내가 나약해지고 겁을 먹어도 엘저비어는 전혀 불안한 기색을 보이지 않았다. 그는 삼끈 타래를 팔에서 빼내어 풀고 있었다.

"이 끈을 우물 속으로 내려보낼 거요." 그가 말했다. "80피트* 되는 곳에 매듭을 지어놨어요. 이 아이의 말에 따르면 그 보물이 80피트 아래 우물 벽에 있다고 하니까, 매듭이 우물 가장자리에 오면 끈이 그 깊이까지 내려간 걸 알 수 있지요."

또다시 나는 보물에 대한 이야기를 들었을 때 옥사쟁이가 어떤 표정을 짓는지 보려고 했지만 볼 수가 없었다. 그래서 나는 우물을 조사하기 시작했다.

---

* 앞에서 암호문에 나온 '팔십 피트'로, 25미터쯤 된다.

바퀴의 굴대가 우물을 가로질러 뻗어 있고, 굴대에는 밧줄이 감기는 원통형 감개가 달려 있었다. 감개와 굴대 사이에는 사람이 마음대로 잠그거나 열 수 있는 단속 장치가 있어서, 감개가 무자위와 함께 돌면서 밧줄을 감아 들이게 할 수도 있고 감개만 돌면서 밧줄을 풀어내게 할 수도 있었다. 그리고 발로 조종할 수 있는 브레이크가 달려 있어서 두레박을 빠르거나 느리게 내릴 수도 있고 완전히 멈출 수도 있었다.

엘저비어가 나를 돌아보면서 말했다.

"내가 두레박을 타고 내려가마. 우물 속에 내려가 있는 삼끈 끝에 다다를 때까지 이분이 브레이크를 조종해서 나를 천천히 내려줄 거야. 삼끈 끝에 다다르면 소리를 지를 테니까, 너는 바퀴를 고정시키고 내가 보물을 찾을 시간을 다오."

이것은 내가 예상치 못한 계획이었다. 내가 우물 속으로 내려가게 될 거라고 생각했었기 때문이다. 솔직히 우물 속으로 내려가고 싶지는 않았지만, 지금은 자물쇠가 채워진 방에 이 악당과 단둘이 남아 있으니 차라리 내가 내려가는 게 나을 것 같았다. 그래서 내가 말했다.

"아니에요, 아저씨. 그럴 수는 없어요. 제가 아저씨보다 몸이 작고 가벼우니까 제가 가야 해요. 아저씨는 여기 남아서 이분이 저를 내리는 걸 도와주세요."

엘저비어는 내 마음을 돌리려고 몇 마디 더 했지만, 내 의견이 확실히 더 낫다는 것을 알고는 곧 내 뜻에 따랐다. 그는 내가 우물 속으로 내려갈 용기가 있을지 의심했기 때문에 자기가 내려가려고 생각했던 것이다.

하지만 계획이 바뀌자 옥사쟁이는 언짢은 기색을 보이면서, 원래 계획대로 엘저비어가 우물 속으로 내려가게 하려고 애썼다. 일단 계획을 세웠으면 정해진 대로 해야 한다느니, 자기는 도중에 계획을 변경하는 것을 좋아하지 않는다느니, 이건 어린애 장난이 아니라 어른이 해야 할 일이라느니, 어린애는 주위에 대한 감각이 부족해서 보물이 숨겨진 곳을 찾지 못할 수도 있다느니…… 이런 말을 늘어놓았다.

나는 내 마음을 알리려고 엘저비어를 똑바로 쳐다보았다. 내 뜻을 읽었는지 엘저비어는 옥사쟁이의 말을 오리 등에 떨어진 물방울처럼 흘려들었다. 그러자 눈초리가 험한 그 사내는 우물이 깊고 두레박이 작아서 현기증이 날 테고 자칫하면 균형을 잃고 두레박에서 떨어질지도 모른다고 말하면서 나를 겁주려고 애썼다. 이런 불길한 예언이 나에게 효과가 없었다고는 말하지 않겠다. 하지만 나는 아래로 내려가는 게 위험할지는 모르지만, 엘저비어를 우물 속에 가두어놓고 나만 위에 남아 있는 것은 훨씬 더 위험하다고 판단했다. 그래서 마침내 옥사쟁이는 자기가 무슨 말을 해도 소용이 없다는 것을 알아차리고, 마지못해 작업에 착수했다.

나에게는 여전히 한 가지 두려움이 남아 있었다. 퍼벡의 채석장 수직굴에 대해서 들은 이야기가 생각났기 때문이다. 굴을 탐험하러 내려간 사람들이 갑자기 현기증을 일으켜 떨어져 죽었고, 살아서 돌아온 사람이 아무도 없다는 이야기였다. 그래서 나는 엘저비어에게 물었다.

"우물 속 공기는 정말로 괜찮을까요? 바닥에 위험한 가스가 고여 있는 건 아니겠죠?"

"우물 속이 안전하다는 걸 알고 있었으니까 너를 내려보내려고 했던 거야, 알겠니? 어제 우물 속에 촛불을 넣어봤는데 안정적으로 밝게 타올랐어. 촛불이 타오르는 곳에서는 사람도 안전해. 하지만 네 말이 맞아. 이 가스는 날마다 상태가 바뀌니까 다시 한번 시험해보자꾸나. 옥사쟁이 양반, 초를 가져다주시오."

옥사쟁이는 삼각형 나무판에 고정되어 있는 초를 한 자루 가져왔다. 그것은 우물을 보러 오는 외부인들에게 우물을 보여줄 때 사용하는 초였다. 나무판에는 끈이 달려 있었는데, 옥사쟁이는 그 끈을 이용하여 촛불을 우물 속으로 내려보냈다.

그제야 나는 앞으로 내가 할 일이 어떤 것인지를 알았다. 난간이 너무 낮고 그 주위 바닥이 두레박에서 튀긴 물로 미끄러운 데다 푸른 이끼로 덮여 있어서, 난간 너머로 우물을 들여다보려면 균형을 잃지 않도록 조심해야 했다. 나는 촛불이 그 깊은 우물 속으로 가라앉는 것을 지켜보았다. 밝은 불꽃이 반짝이는 작은 별로 바뀌었다가 빛나는 점이 되었다. 마침내 초는 수면에 이르렀고, 나무판이 잔물결을 일으키자 불빛이 가물거렸다. 촛불이 반짝반짝 빛나는 것을 잠시 지켜본 뒤, 옥사쟁이가 초를 끌어 올리고 돌멩이 하나를 물속에 던졌다. 그는 이 목적을 위해 항상 돌멩이 몇 개를 그곳에 준비해두고 있었다.

문플릿의 보물

돌멩이는 우물 중간쯤에서 벽에 부딪힌 뒤 이쪽저쪽으로 날아다니다가 요란한 소리와 함께 물속에 떨어졌다. 돌멩이가 일으킨 소용돌이에서 신음 소리가 올라왔다. 그것은 우리가 숨어 있던 퍼벡의 동굴 속에서 호젓한 밤에 들었던 그 무서운 파도 소리와 비슷했다. 그때 옥사쟁이는 처음으로 나를 바라보았다. 그의 눈은 '두레박에서 발을 헛디디면 너도 저런 소리를 내게 될 거야' 하고 말하는 듯이 악의로 가득 차 있었다. 하지만 나한테 겁을 주어봤자 아무 소용도 없었다. 나는 이미 마음을 정했기 때문이다.

그들은 당장 초를 들어 올려 내 손에 쥐어주었다. 나는 미장이용 마치를 우물 위에 걸려 있는 두레박 속에 던져 넣은 다음, 나도 그 속으로 들어갔다. 옥사쟁이는 브레이크 앞에 섰고, 엘저비어는 난간 너머로 몸을 내밀고 밧줄이 흔들리지 않도록 붙잡고 있었다.

"얘야, 정말 할 수 있겠니?" 그가 낮은 소리로 묻고는 내 어깨에 상냥하게 손을 올려놓았다. "머리와 심장은 괜찮지? 너는 내 소중한 다이아몬드야. 너한테 무슨 일이 생길 바에는 차라리 이 세상의 모든 다이아몬드를 잃는 게 나아. 그러니까 겁이 나면 내가 내려가마. 아니, 아무도 내려가지 않아도 돼."

"전혀 겁 안 나요, 아저씨." 나는 엘저비어의 다정함에 감동하여 그의 손을 꽉 잡으면서 말했다. "제 머리는 멀쩡해요. 이젠 다리도 다 나았으니까 기절할 일도 없죠."

나는 엘저비어가 호어곶을 생각하고 꼬불거리는 비탈길에

서 내가 현기증을 일으켰을 때를 떠올렸을 거라고 짐작했기 때문에 그렇게 말했다.

제15장

우물

무덤이 입을 벌리고
망령 든 죽음이 가까이 왔다.

셰익스피어

옥사쟁이는 두레박이 작다고 말해서 나를 겁주려 했지만, 실은 몸을 웅크릴 수 있을 만큼 커서 두레박에서 떨어질 걱정은 할 필요가 없었다. 게다가 그런 모험을 처음 하는 것도 아니었다. 언젠가 송골매알 두 개를 얻으려고 바구니를 타고 개드 벼랑*을 내려간 적이 있었기 때문이다. 하지만 두레박이 무시무시하게 깊은 우물 속으로 내려갈수록 공기가 서늘해지자 불안하고 두려운 마음이 들었다.

위에서는 우물 벽을 내가 자세히 살펴볼 수 있도록 아주 천천히 내려주었다. 우물 벽은 대부분 단단한 석회암을 깎아서 만들어졌지만 군데군데 바위가 무너지거나 떨어져 나간 곳이 있었다. 그런 곳은 벽돌을 대어 보수했고, 벽돌이 우물을 한

---

* 영국 남부 도싯주 남해안의 위배로곶에 있는 단애.

바퀴 빙 돌아서 붙어 있는 경우도 있었다. 가뜩이나 비가 오는 날이라 땅 위도 어두컴컴했지만, 우물 속으로 내려갈수록 햇빛은 사라졌다. 내가 든 촛불이 없으면 우물 속은 밤처럼 캄캄했을 것이다. 머리 위에는 보름달처럼 하얗고 둥근 우물 입구가 보였다.

나는 우물 벽을 따라 드리워져 있는 삼끈에서 눈을 떼지 않았다. 삼끈의 끝부분이 가까워지는 것을 보았을 때 나는 그들에게 멈추라고 소리쳤다. 그러자 그들은 두레박을 삼끈 끝부분과 거의 같은 높이까지 끌어 올렸다. 그래서 나는 내가 80피트 깊이에 내려와 있는 것을 알았다. 나는 몸을 일으켜 두레박 속에 똑바로 서서 밧줄을 잡고 주위를 둘러보기 시작했다. 무엇을 찾아야 할지는 몰랐지만, 벽에 구멍이 나 있는 게 보이거나 어쩌면 갈라진 틈에서 다이아몬드가 빛나는 게 보일지도 모른다고 생각했다.

하지만 아무것도 보이지 않았다. 일을 더욱 어렵게 만든 것은 이곳 벽이 작고 평평한 벽돌로 덮여 있어서 거의 똑같아 보인다는 점이었다. 나는 이 벽돌들을 최대한 자세히 조사했다. 우선 다림줄이 드리워져 있는 북쪽부터 시작해 한 칸씩 옆으로 가면서 차근차근 들여다보았다. 이쪽이 끝나자, 현기증이 날까 봐 겁이 날 만큼 두레박 속에서 몸을 이리저리 움직여 벽돌을 조사했지만 아무런 성과도 거두지 못했다. 우물 위에서는 내 촛불이 빙글빙글 도는 것을 보고 내가 무엇을 하고 있는지 알았을 것이다. 하지만 옥사쟁이는 마음이 다급해져서 소리를 질렀다.

"뭐 하고 있는 거야? 아무것도 못 찾았어? 보물이 안 보여?"

"예, 아무것도 안 보여요." 나도 소리를 질렀다. "아저씨, 80피트를 정확히 잰 거 맞아요?"

나는 그들이 위에서 이야기하는 소리를 들었지만, 우물 안에서는 소리가 메아리처럼 울려서 무슨 말을 하는지 알아들을 수 없었다. 이윽고 엘저비어가 다시 외쳤다.

"여기 바닥을 높였대. 그러니까 좀더 아래쪽을 살펴보렴."

두레박이 천천히 내려가기 시작했다. 나는 바닥 모를 검은 심연을 오래 들여다보고 싶지 않아서 다시 두레박 속에 웅크리고 앉았다. 그러는 동안 우물 바닥의 소용돌이에서는 보석을 지키는 정령들이 누군가가 보석에 접근한다고 울부짖는 것처럼 신음 소리가 올라왔다. 그리고 그 모든 소리보다 또렷하게 그레이스의 걱정 어린 목소리가 들려왔다.

"그 보물에 손을 댈 때는 조심해. 사악한 수단으로 손에 넣은 거니까 저주가 따라다닐 거야."

하지만 나는 이미 발을 들여놓았고, 이렇게 된 바에는 끝까지 가야 했다. 그래서 두레박이 2미터쯤 더 내려간 곳에 멈추자 나는 다시 부지런히 벽을 살펴보기 시작했다. 벽은 여전히 얇은 벽돌로 이루어져 있었다. 나는 아까처럼 그 벽돌들을 한 칸씩 차례로 조사했다. 처음에는 아무것도 보이지 않았다. 하지만 눈을 더 아래쪽으로 내리자, 드리워져 있는 다림줄 근처 벽돌에 긁힌 자국 같은 게 보였다.

아무리 책을 가볍게 훑어본다 해도 책장에 자신의 이름이 인쇄되어 있으면 당장 그곳에 눈길이 가게 마련이다. 그와 마찬가지로 아주 낮은 소리로 속삭인다 해도 다른 사람들의 대화 속에 자신의 이름이 언급되면 귀는 그것을 놓치지 않을 것이다. 이 자국도 마찬가지였다. 아주 희미한 자국이어서, 그것을 알아차릴 사람은 천에 하나도 안 되었을 것이다. 하지만 그것은 내 눈에 띄었고, 순식간에 내 마음을 끌어당겼다. 그게 내가 찾고 있는 것과 관계가 있다는 것을 본능적으로 알아차렸기 때문이다.

이 우물 벽은 습기와 유해가스가 많은 다른 우물 벽처럼 축축하지도 곰팡이나 이끼가 끼어 있지도 않고, 메마르고 깨끗했다. 그건 아래쪽 어딘가에 물이 들어오는 구멍과 나가는 구멍이 있어서 물이 항상 흐르고 있음을 말해주었다. 그래서 이 벽돌도 메마르고 깨끗했고, 결과는 벽돌에 난 자국이 오래전에 만들어졌음을 보여주었지만, 그 자국도 마치 어제 만들어진 것처럼 선명했다. 그 자국은 제대로 새겨진 게 아니라 대충 거칠게 긁힌 자국이었다. 문플릿 교회의 석고상에 아이들이 제 이름이나 알파벳 문자나 날짜 따위를 새겨둔 것과 마찬가지였다.

여기에도 알파벳 문자 하나가 새겨져 있었는데, 그것은 명백한 'Y'자였다. 하지만 문플릿에서 태어나지 않은 사람은 아마 무시하고 넘겨버렸을 것이다. 나는 그것이 무훈가의 '검은 Y자' 문장이라는 것을 분명히 알 수 있었다. 우리는 모두 그

문플릿의 보물

문장의 그늘에서 자랐기 때문이다. 그래서 그것을 보자마자 내가 목표물에 가까이 왔다는 것을 알아차렸다. 이 자국은 존무훈 대령이 100년 전에 자기 손으로 직접 새겼거나 하인을 시켜서 새겼을 것이다. 그때 문득 글레니 신부님의 말이 생각났다. 대령은 그가 죽인 하인 때문에 늘 양심의 가책에 시달렸다고 신부님은 말했다. 지금 나는 그 일의 진상을 좀더 잘 알 것 같았다.

내 심장이 격렬하게 고동쳤다. 합법적이든 불법적이든 자신의 큰 소망이 이루어질 순간이 다가오면 누구나 그렇게 가슴이 두근거릴 것이다. 나는 자국이 새겨진 벽돌에 닿으려고 애썼다. 하지만 왼손으로 두레박줄을 잡고 오른손을 한껏 뻗으면 손가락 끝을 겨우 벽돌에 댈 수 있었지만, 거기까지가 한계였다. 그래서 나는 벽 쪽으로 좀더 가까이 옮겨달라고 위를 향해 외쳤다. 그들은 내가 무엇을 하려는지 알아차리고, 두레박 줄에 올가미를 걸어서 벽 쪽으로 끌어당겼다. 그리고 내가 늦춰달라고 할 때까지 줄을 단단히 고정시켰다. 그렇게 해서 나는 우물 벽 가까이로 이동했고, 자국이 난 벽돌은 내가 두레박 속에서 일어서면 얼굴 높이에 오게 되었다. 그 벽돌에는 누가 함부로 손을 댄 흔적이 없었고, 두드려봐도 속이 빈 소리는 나지 않았다.

하지만 주위에 있는 벽돌들과 맞물린 이음매를 자세히 살펴보니, 가장자리에 다른 데보다 시멘트가 더 많이 발라져 있었다. 나는 우리가 찾는 것이 그 벽돌 뒤에 있으리라는 것을 의심치 않았다. 그래서 당장 작업에 착수했다. 초 받침대를 두레박 잠금장치에 매달고, 마치로 모르타르를 떼어내기 시작했다.

위에서는 내가 처음에는 우물 벽으로 바싹 다가가는가 싶더니 다음에는 벽을 두드리는 것을 보고, 돌아가는 상황을 알아차린 모양이었다. 내가 마치질을 시작하자마자 옥사쟁이의 날카롭고 탐욕스러운 목소리가 들렸다.

"뭐 하고 있는 거냐? 뭘 찾은 거냐?"

엘저비어도 조용히 있는데 저 욕심 많은 녀석이 계속해서 나한테 소리를 지른다고 생각하자 화가 났다. 그래서 나는 아직 아무것도 찾지 못했다고, 내가 뭘 하고 있는지는 때가 되면 알게 될 거라고 맞고함을 질렀다.

나는 곧 모르타르를 떼어내고, 틈새에 마치 끝을 밀어 넣어 그것을 지렛대 삼아 벽돌을 앞으로 끌어냈다. 그런 다음 벽돌을 완전히 들어내어, 나중에 필요할 경우 벽돌에 무언가를 감출 만한 구멍이 뚫려 있는지 살펴보기 위해 일단 두레박에 넣었다.

하지만 그것을 다시 볼 기회는 없었다. 벽돌 뒤에 작은 구멍이 하나 나 있고, 그 구멍 속에 내가 찾는 것이 있었기 때문이다. 그것을 보자마자 나는 재빨리 손가락을 구멍 속으로 집어넣어 양피지로 만든 작은 주머니를 꺼냈다. 그것은 해변에 떠밀려와 바싹 말라버린 물고기알과 똑같았다. 아이들은 그것을 '양치기의 지갑'이라고 부른다. 양치기의 지갑은 만지면 파삭거리며 바스라진다. 때로는 안에 조약돌이 들어 있어서, 북 속에 완두콩 한 알이 들어 있는 것처럼 달그락달그락 소리를 내기도 했다.

내가 구멍에서 꺼낸 작은 주머니도 바싹 말라서 바삭거렸다. 그리고 안에 작은 조약돌 크기의 무언가가 들어 있어서 달그락달그락 소리를 냈다. 나는 그게 조약돌이 아니라는 것을 알고 있었기 때문에 그것을 꺼내는 일에 착수했다. 하지만 주머니는 바싹 말라서 좀처럼 찢어지지 않았다. 마침내 나는 주머니의 한쪽 귀퉁이를 두레박에 대고 마치의 뾰족한 모서리로 때려서 잘라냈다. 그런 다음 주머니를 조심스럽게 흔들자, 호두알만 한 크기의 순수한 보석이 손바닥 위로 굴러떨어졌다.

나는 크든 작든 다이아몬드라는 것을 평생 본 적이 없었지만, '검은수염'이 다이아몬드를 감추었다는 사실을 몰랐다 해도, 그리고 우리가 다이아몬드를 찾으러 일부러 여기까지 온 게 아니라 해도, 내 손바닥 위에 있는 것이 다이아몬드라는 것, 더구나 비할 데 없는 크기와 광택을 지닌 다이아몬드라는 것을 의심치 않았을 것이다. 그 다이아몬드는 수많은 면으로 다듬어져 있었고, 우물 속에는 빛이 거의 없었지만, 아니 촛불을 제외하고는 빛이 전혀 없었지만, 보석을 손가락 사이에 끼우고 돌려보니 그 안에서 수천 개의 불빛이 빨강이나 파랑이나 초록으로 반짝거리면서 타오르고 있는 듯이 보였다.

처음엔 아무 생각도 할 수가 없었다. 그 다이아몬드가 어떻게 이곳에 숨겨지게 되었는지, 내가 그것을 어떻게 찾게 되었는지도 염두에 없었다. 나는 오로지 그 다이아몬드 자체에 대해서만 생각했다. 그리고 그렇게 귀중한 것을 손에 넣었으니, 엘저비어와 나는 이제 평생 행복하게 살 수 있고, 부자가 되어 문플릿으로 돌아갈 수 있다는 생각도 떠올랐다. 이런 생각으로 가득 차서 두레박 바닥에 쪼그리고 앉아 다이아몬드를 이리저리 돌려보며 거기서 뿜어져 나오는 눈부신 빛에 점점 더 찬탄하고 있었다. 나는 말하자면 그 광채에 눈이 부셨고, 그 보석의 가치에 얼떨떨해져 있었고, 가능한 한 오랫동안 나 혼자 보고 싶었다. 그래서 우물 입구에서 나를 기다리고 있는 두 사람을 까맣게 잊어버렸다. 그러다가 아까처럼 귀에 거슬리는 소리로 고함을 지르는 목소리에 갑자기 현실로 돌아왔다.

"뭐 하고 있는 거냐? 아무것도 찾지 못했어?"

"찾았어요." 나도 소리쳤다. "보물을 찾았다고요. 이젠 끌어 올려도 돼요."

이 말이 내 입에서 나가자마자 두레박이 움직이기 시작했다. 나는 내려갈 때보다 훨씬 빨리 위로 올라왔다. 하지만 그 짧은 여행 동안 다른 생각이 내 마음속에 들어왔다. 나는 상냥하고 근심스러운 그레이스의 목소리를 다시 들었다.

"그 보물에 손을 댈 때는 조심해. 사악한 수단으로 손에 넣은 거니까 저주가 따라다닐 거야."

동시에 나는 이 보석을 내가 어떻게 찾게 되었는지를 생각해냈다. 우선 글레니 신부님의 이야기, 둘째는 내가 로켓을 발견한 것, 셋째는 그 글귀가 암호일 거라는 랫시의 암시. 그래서 나는 길에서 벗어나지도 않고 실수도 하지 않고 곧장 은닉처로 왔다. 나를 이끌어주는 손이 없었다면 그렇게 곧장 은닉처에 다다르지는 못했을 것이다. 하지만 나를 이끌어준 그 손이 선한지 악한지 누가 알겠는가?

우물 입구가 가까워지자, 두레박이 더 빨리 올라올 수 있도록 바퀴를 더 빨리 돌리라고 나귀를 재촉하는 옥사쟁이의 목소리가 들렸다. 하지만 내 머리가 땅바닥과 같은 높이에 다다르기 직전에 옥사쟁이는 브레이크를 밟아서 나를 그 자리에 고정시켰다. 나는 다시 햇빛을 보고 부드럽게 나를 바라보고 있는 엘저비어의 얼굴을 본 게 기뻤지만, 내가 이제 곧 단단한 땅에 발을 딛게 되리라고 기대하고 있던 바로 그 순간 갑자기 허공에 멈춰버렸기 때문에 짜증이 났다.

옥사쟁이가 더 빨리 보석을 손에 넣고 싶은 그 탐욕스러운 열망 때문에 내가 탄 두레박을 멈춰 세운 것이다. 그는 낮은 난간 너머로 목을 길게 빼고 나에게 손을 내밀면서 외쳤다.

"보석은 어디 있냐? 보석을 가져왔지? 이리 다오."

나는 다이아몬드를 오른손 엄지와 집게손가락 사이에 끼우고 엘저비어가 볼 수 있도록 흔들었다. 그런 다음 옥사쟁이의 손에 보석을 넘겨주려고 팔을 뻗었을 때였다. 그때 나는 그날 두번째로 그의 눈을 포착했다. 그의 눈 속에서 본 무언가가 나를 가로막았다. 그의 표정을 본 순간, 어느 가을날 저녁때 이모네 거실에 앉아서 읽은 『아라비안나이트』라는 책이 생각났던 것이다.

그 책에 실린 「알라딘과 요술 램프」라는 이야기에서 소년

알라딘이 지하 동굴에서 나오려고 하자, 알라딘의 사악한 삼촌이 돌계단 위에 버티고 서서 알라딘이 들고 있는 보물을 건네주지 않으면 지하 동굴에서 내보내주지 않겠다고 한다. 하지만 알라딘은 다시 지상에 안전하게 설 때까지는 요술 램프를 내놓지 않겠다면서 삼촌의 요구를 거절한다. 램프를 건네주면 삼촌은 그를 동굴에 가두고 죽게 내버려 둘 거라고 생각했기 때문이다. 나는 옥사쟁이의 눈빛을 보고, 우물에서 무사히 나갈 때까지는 보석을 건네주지 않기로 결심했다. 옥사쟁이는 보석을 받자마자 나를 우물 속으로 떨어뜨려 죽게 만들 작정이 아닐까 하는 두려움이 나를 사로잡았기 때문이다.

그래서 옥사쟁이가 손을 아래로 뻗으면서 "보석을 다오" 하고 말했을 때, 나는 이렇게 대답했다.

"그럼 저를 어서 끌어 올려주세요. 두레박 속에 있으면 보석을 보여드릴 수가 없어요."

그러자 그는 나를 달래듯이 말했다.

"아니, 지금 주는 게 더 안전해. 그래야 양손이 다 비어서 밖으로 나오기가 더 쉬워. 이 돌들은 물에 젖어서 미끄러워. 그런데 손이 비어 있지 않으면 무언가를 잡을 수 없으니까 우물 속으로 다시 떨어질 거야."

하지만 나는 속지 않고 다시 고집스럽게 말했다.

"저를 먼저 끌어 올려주셔야 해요."

그러자 그는 얼굴을 찌푸리며 성난 말투로 고함을 질렀다.

"보석을 달라니까. 안 그러면 너한테 더 좋지 않을 거야."

문플릿의 보물

하지만 옥사쟁이가 나한테 그런 식으로 말하는 것을 보고 엘저비어가 끼어들었다.

"저 아이를 끌어 올려요. 좀처럼 실수를 하지 않는 믿음직한 아이니까 미끄러지지 않을 거요. 그리고 저건 저 애의 보물이니까, 아이 마음대로 처분할 거요. 당신은 나중에 그걸 처분했을 때 그 값의 3분의 1을 몫으로 받게 될 거요."

"저건 아이의 보물이 아니야. 당신 것도 아니야. 저건 내 거야. 내 우물 속에 있으니까 내 거지. 당신이 그걸 가져오게 내가 허락한 거야. 하지만 당신한테는 절반을 주겠어. 하지만 아이가 보물과 무슨 관계가 있지? 그래도 아이한테 금화 한 닢을 주겠어. 그 정도면 수고비로는 충분해."

"말도 안 되는 소리는 하지 맙시다." 엘저비어가 외쳤다. "저 아이는 제 몫을 받아야 해요. 못 주겠다면 그 이유를 알아야겠소."

"좋아, 이유를 말해주지." 옥사쟁이가 대답했다. "그건 당신 이름이 블록이고, 당신 목에는 현상금 50파운드가 붙어 있고, 저 녀석 목에는 현상금 20파운드가 붙어 있기 때문이지. 당신은 나를 속인 줄 알았겠지만, 천만에! 당신이 속은 거야. 내가 당신을 함정에 빠뜨렸다고. 내가 그 보석을 내 주머니 속에 안전하게 넣지 못하면 당신도 저 녀석도 여기서 나가지 못해. 두 손이 묶여서 교수대로 갈 때 말고는."

그 말을 들은 순간 나는 다이아몬드를 재빨리 양피지 주머니에 도로 집어넣고, 바지 주머니 속에 깊숙이 밀어 넣었다.

그것을 내놓을 바에는 옥사쟁이와 한바탕 싸워볼 작정이었다. 그리고 다시 위를 쳐다보니 옥사쟁이의 손이 권총 손잡이에 닿은 게 보였다. 나는 소리를 질렀다.

"아저씨, 조심하세요. 놈이 총을 쏘려고 해요."

하지만 이 말이 내 입에서 나가기도 전에 옥사쟁이는 무기를 들어 엘저비어를 정면으로 겨누었다.

"항복해. 안 그러면 쏘겠다. 그러면 50파운드는 내 거야."

그는 엘저비어가 대답할 시간도 주지 않고 총을 발사했다.

엘저비어는 우물을 사이에 두고 옥사쟁이와 마주 서 있었다. 그렇게 가까운 거리에서 총알이 빗나갈 수는 없을 것 같았다. 하지만 섬광에 눈이 부셔서 눈을 깜박인 순간, 나는 총알이 내가 잡고 있던 쇠사슬에 맞은 것을 느꼈다. 눈을 떠보니 엘저비어는 무사했다. 옥사쟁이도 그것을 보고는 권총을 내던지고 우물을 빙 돌아서 엘저비어에게 달려들었다. 엘저비어는 총에 맞았는지 어떤지도 알아차리기 전에 옥사쟁이에게 멱살을 잡혔다.

앞에서도 말했듯이 옥사쟁이는 키가 크고 건장한 데다 엘저비어보다 스무 살이나 젊은 남자였다. 따라서 엘저비어를 쉽게 제압하여 수갑을 채운 다음 나를 처리할 수 있을 거라고 생각했을 것이다. 하지만 그는 상대를 잘못 알았다. 엘저비어는 비록 옥사쟁이보다 키도 작고 나이도 많았지만, 놀랄 만큼 힘이 세고 가죽 채찍처럼 단련되어 있었던 것이다. 그들은 서로 뒤엉켰고, 격투가 벌어졌다. 엘저비어는 필사적이었다. 싸움

문플릿의 보물

에 지면 죽는 것은 옥사쟁이도 마찬가지였다.

나는 그들이 싸우기 시작하고 두레박이 안전하게 고정되어 있는 것을 보자마자, 두레박에 달린 사슬을 붙잡고 기어오른 다음, 몸을 그네처럼 흔들어서 난간 위로 올라섰다. 엘저비어를 도와서 옥사쟁이를 꽁꽁 묶어놓은 뒤 달아나고 싶은 마음이 간절했다.

하지만 땅 위에 내려서기도 전에 내 도움이 필요 없게 되었다. 옥사쟁이는 벌써 기력이 떨어진 데다, 가볍게 제압할 수 있을 줄 알았던 상대가 힘이 장사인 것을 알고는 얼굴에 고통과 절망과 놀라움이 뒤섞인 표정이 떠올라 있었다. 그들은 엎치락뒤치락하는 중이었다. 옥사쟁이는 근육이 풀린 탓에 손에서 힘이 빠지고 있었지만, 엘저비어는 그를 죔쇠처럼 단단히 움켜잡고 있었다. 나는 엘저비어의 눈빛과 몸놀림을 보고, 그가 상대를 제압하기 위해 모든 힘을 끌어모으고 있다는 것을 알았다.

나는 엘저비어가 '메다꽂기'라는 기술을 사용할 모양이라고 짐작했다. 그가 그 기술을 쓰는 것을 본 적은 없었지만, 그는 젊은 시절에 씨름꾼으로 유명했고, 메다꽂기야말로 그의 주특기였기 때문이다. 그 기술에 대해 여기서 자세히 설명하지는 않겠지만, 직접 목격한 사람의 말에 따르면 그것은 사용하기 어려운 만큼 치명적인 기술이어서, 거기에 당한 사람은 설령 풀밭에 떨어졌다 해도 같은 날 또다시 승부에 나서기 어려울 정도라고 한다.

우물

265

상대가 그 순간 엘저비어의 허리를 잡은 두 손을 떼어 목을 조르려 하지 않았다면 아마 엘저비어도 그 기술을 쓰지는 못했을 것이다. 하지만 그 기술을 피하는 유일한 방법은 상대의 엉덩이와 어깨뼈 사이를 두 손으로 단단히 붙잡고 있는 것이다. 엘저비어는 옥사쟁이의 한 손이 등에서 떠나는 것을 느낀 순간, 상대를 번쩍 들어 바닥에 내리꽂았다. 엘저비어가 격렬한 싸움으로 지친 탓에 전력을 다 쏟지 못했는지, 아니면 상대의 덩치가 너무 크고 무거운 탓에 더 많은 힘이 필요했는지는 모르지만, 어쨌든 상대를 내던질 때 힘이 모자랐기 때문에 옥사쟁이는 뒤통수가 바닥에 닿도록 똑바로 내려오는(이것이 이기술의 진면목이고, 이렇게 떨어지면 상대는 큰 손상을 입는다) 대신, 넘어지기 전에 몸의 균형을 되찾으려고 비틀거리며 두세 걸음 뒤로 물러섰다.

그 두세 걸음이 문제였다. 마지막 뒷걸음질을 쳤을 때 그는 우물 입구와 가까운 돌바닥에 이르렀는데, 그 돌은 물에 젖어 미끄러운 상태였다. 그는 엉덩방아를 찧으며 뒤로 벌렁 나자빠졌다.

나는 옥사쟁이가 우물 입구에 가까이 간 것을 보자마자 소리를 지르며 그를 구하려고 달려갔다. 하지만 엘저비어가 나보다 먼저 보고는 몸을 날려, 옥사쟁이가 뒤로 나자빠지는 순간 그의 허리띠를 잡아챘다. 난간은 아주 낮아서, 거기서 뒤로 넘어지면 우물 속으로 떨어지게 된다. 옥사쟁이는 외마디 비명을 질렀고, 자신이 어떤 상황에 놓였는지를 알고는 얼굴이

문플릿의 보물

일그러졌다. 엘저비어가 그의 허리띠를 붙잡은 것은 바로 그때였다. 나는 엘저비어가 난간 벽에 발꿈치를 단단히 눌러대고 몸을 뒤로 기울이면서 힘껏 버티는 것을 보고 옥사쟁이가 구조된 줄 알았다. 그런데 잠시 후 허리띠가 풀리는 바람에 엘저비어는 바닥에 나뒹굴었고, 상대는 우물 속으로 거꾸로 떨어졌다.

나는 옥사쟁이가 검은 심연 속으로 곤두박질치는 순간 우물 난간에 이르렀다. 잠시 고요하더니, 코코넛이 길바닥에 떨어져 깨지는 듯한 소리가 들렸다(전에 '바타비아만'호가 난파했을 때 문플릿 마을에서도 코코넛 열매를 흔히 볼 수 있었다). 그러다가 옥사쟁이의 몸이 되튀어 다시 우물 벽에 부딪히면서 그 소리가 낮게 메아리쳤다. 그리고 마침내 그가 우물 바닥 수면에 이르자, 쿵 하는 소리와 첨벙하는 소리가 요란하게 울려퍼졌다. 나는 공포에 질려 숨을 죽인 채, 처음에 그 철퍼덕 소리가 난 뒤로는 그가 두 번 다시 비명을 지르지 못하리라는 것을 알고 있었지만, 그래도 그가 비명을 지르는지 보려고 귀를 기울였다. 하지만 아까 들은 첨벙 소리 외에는 아무 소리도 들리지 않았고, 사람 목소리도 들리지 않았다.

엘저비어는 두레박 안으로 몸을 던졌다.

"브레이크를 움직일 수 있겠지? 나를 우물 속으로 내려다오."

나는 브레이크 손잡이를 잡고, 두레박이 수면에 닿는 소리가 들릴 때까지 그를 최대한 빨리 내려보냈다. 그런 다음 우물

우물 267

옆에 서서 귀를 기울였다. 주위는 온통 고요했지만, 한번은 흠칫 놀라 뒤를 돌아보지 않을 수 없었다. 우물집에 나 말고 또 누군가가 있는 것 같았기 때문이다. 내 눈에는 아무도 보이지 않았지만, 구릿빛 얼굴에 검은 수염을 기른 훤칠한 남자가 우물 주위를 맴돌면서 또 다른 누군가를 쫓고 있는 듯한 기분이 들었던 것이다. 쫓는 자가 쫓기는 자를 붙잡는 순간, 그들은 둘 다 내 환상에서 사라졌다. 하지만 글레니 신부님이 해준 이야기가 다시 마음에 되살아났다. 무훈 대령이 자기가 죽인 하인 때문에 늘 양심의 가책에 시달렸다는 이야기였다. 나는 이 우물에 떨어져 죽은 사람이 옥사쟁이가 처음은 아닐 거라는 생각이 들었다.

엘저비어가 우물 속에 들어간 뒤 너무 오랜 시간이 지났기 때문에 무슨 일이 생긴 게 아닐까 걱정이 들기 시작했을 때, 그가 끌어 올려달라고 소리쳤다. 그래서 나는 클러치를 고정시키고, 나귀가 무자위를 밟아 돌리게 했다. 그 단조롭고 고된 일을 꾸준히 해내는 그 성실한 동물은 자기가 끌어 올리는 게 물이 든 두레박이든 살아 있는 사람이든 죽은 사람이든 전혀 상관하지 않고 바퀴를 돌리기 시작했다. 나는 난간 너머로 몸을 내밀고, 엘저비어가 혼자 올라올지 아니면 무언가와 함께 올라올지 마음 졸이며 기다렸다.

하지만 두레박이 시야에 들어왔을 때, 두레박에는 엘저비어만 타고 있었다. 결국 옥사쟁이는 수면으로 다시 떠오르지 못한 것이다. 사실 그렇게 세게 우물 벽에 부딪혔다면, 살아서 떠오를 가능성은 거의 없었다.

엘저비어는 내가 먼저 말할 때까지 잠자코 있었다.

"보석도 우물 속에 던져버리는 게 좋겠어요. 나쁜 수단으로 손에 넣은 거라서 저주가 따라다닐 거예요."

엘저비어는 잠시 머뭇거렸다. 나는 그가 내 말대로 하지 않을까 하는 기대와 그러지 않을 거라는 두려움이 반씩 섞인 기분으로 기다렸다. 하지만 잠시 후 엘저비어는 이렇게 말했다.

"아니다, 얘야. 너는 그렇게 값진 물건을 지니고 다니기엔 아직 어려. 그러니 내게 다오. 그건 네 보물이니까 나는 손끝도 대지 않겠다. 하지만 그걸 우물 속에 던지다니, 그건 안 돼. 저 녀석은 그 보석 때문에 목숨을 잃었고, 우리도 목숨을 걸었잖니. 어쩌면 우리도 그것 때문에 목숨을 잃게 될지 몰라."

그래서 나는 그에게 다이아몬드를 건넸다.

제16장

보석

반짝인다고 다 금은 아니다.

셰익스피어

　마지막 순간에 주인에게 아무 도움도 되지 못하고 허리에서 벗겨진 허리띠가 열쇠 꾸러미와 수갑이 달린 채 바닥에 그대로 놓여 있었다. 엘저비어는 그것을 주워 들고, 맞는 열쇠를 찾을 때까지 하나씩 꽂아보았다. 이윽고 우물집 문이 열렸다.

　"성 밖으로 나갈 때까지 열어야 할 자물쇠가 여러 개 있어요."

　"그래. 하지만 이 열쇠 꾸러미를 갖고 있다가 들키면 목숨이 위험해. 그러니까 이것도 주인을 따라 우물에 던져줘라."

　나는 허리띠를 우물로 가져가서, 거기에 매달린 열쇠 꾸러미와 수갑과 함께 우물 속으로 던졌다. 그것은 우물 벽에 부딪혀 쩽그랑거리는 소리를 내면서 캄캄한 어둠과 바닥에 숨어 있는 물속으로 떨어졌다. 우리는 양동이와 마치, 솔과 밧줄을 집어 들고 그 소름 끼치는 곳을 떠났다. 작은 마당을 가로지르자 연회장 문에 이르렀다. 연회장 문은 잠겨 있었다. 하지만 우리는 경비원이 문을 열어줄 때까지 문을 두드렸다. 그는 우리를 한 시간 전에 그 문을 지나간 석공으로 알고 있어서 이렇게 물었을 뿐이었다.

"이프레임은 어디 있소?"

옥사쟁이는 어디 있느냐는 뜻이었다.

"우물집에 남아 있소." 엘저비어가 대답했다.

그래서 우리는 포로들이 온갖 찌꺼기 음식으로 아침을 먹고 있는 연회장을 가로질렀다. 음식 냄새가 나고 프랑스어로 시끄럽게 떠드는 소리가 들렸다.

바깥문에서 또 다른 경비원 앞을 지나가야 했다. 하지만 그들은 자기가 데려온 일꾼들을 밖으로 내보내는 수고도 하지 않는 옥사쟁이를 욕하면서, 아무 질문도 하지 않고 문을 열어주었다. 그 후 대문에 달린 쪽문이 뒤에서 닫히고 우리는 다시 성 밖으로 나왔다. 그들의 시야에서 벗어나자마자 우리는 걸음을 재촉했다. 날씨가 훨씬 좋아지고 상쾌한 산들바람이 불고 있었기 때문에 우리는 오전 10시쯤 '뿔피리' 주막으로 돌아왔다.

이곳까지 걸어오는 동안 우리는 한마디도 하지 않았다. 엘저비어는 아직 다이아몬드를 보지 못했지만, 그의 주머니 속에 들어 있는 양피지 주머니에서 다이아몬드를 꺼내는 수고조차 하지 않았다. 나는 입으로 말하지는 않았다 해도 속으로는 슬픈 생각이 들었다. 우리는 목숨을 건지기 위해 두번째로 달아나고 있었고, 우리 손에 묻은 피가 전적으로 우리 죄는 아니었지만 손에 피가 묻은 것은 확실했다. 그래서 이번 도주는 무척 괴로웠다. 오늘 아침에 목격한 그 죽음의 장면은 예전의 행복한 생활에서 훨씬 더 먼 곳으로 나를 데려가는 것 같았고, 그레이스와 나 사이에 커다란 장애물이 또 하나 놓인 듯했기 때문이다.

이모네 거실 탁자에 놓여 있던 가정용 성경에는 카인*의 그림이 있었다. 비 내리는 일요일 오후에는 종종 그 그림을 보면서 두려움에 떨곤 했다. 그 그림에는 끝없는 사막 한복판을 걸어가는 카인과 그 뒤를 따라가는 아들들과 며느리들, 그리고 그네들이 어깨에 멘 포대기에 매달린 어린 자녀들이 그려져 있었다. 그들은 모두 최대한 빨리 큰 걸음으로 성큼성큼 걸어야 할 필요가 있는 것처럼 빠르고 다급한 몸짓을 보이고 있었다. 그들의 얼굴은 영원한 방랑과 불안으로 까칠하게 여위었고, 표정은 잔뜩 굳어 있었다.

하지만 그중에서도 가장 여위고 가장 불안해 보이고 표정이 가장 굳어 있는 사람은 카인이었다. 그의 이마 한복판에는 검은 점이 찍혀 있었다. 그것은 그가 인류 최초의 살인자이고 영원히 저주를 받았기 때문에 아무도 그를 건드리면 안 된다는 것을 보여주기 위해 하느님이 찍어놓은 낙인이었다. 나는 그 그림이 항상 무서웠지만, 보기 싫어도 보지 않을 수 없었다. 카인을 볼 때마다 불쌍한 생각이 들었다. 그가 비록 악한 인간

* 구약성서 「창세기」에 나오는 아담과 이브의 맏아들. 자기가 바친 제물이 하느님 야훼에게 받아들여지지 않고 아우 아벨의 제물이 받아들여지자, 이를 시기하여 동생을 돌로 쳐서 죽였다.

일지언정, 평생 어디에도 정착하지 못하고 끝없이 세상을 떠돌아야 하는 것은 너무 가혹하게 여겨졌기 때문이다.

그런데 바로 그런 일이 지금 나에게 일어난 것이다. 우리는 두 사람의 피를 손에 묻힌 채, 집에도 가지 못하고 지상을 떠도는 방랑자 신세였기 때문이다. 지금은 내 이마에 카인의 낙인이 나타나지 않았다 해도, 그것은 언제라도 나타날 수 있었다.

'뿔피리' 주막에 도착하자 나는 위층으로 올라가, 잠시 쉬면서 생각을 정리하려고 침대에 몸을 던졌지만, 엘저비어는 주막 주인과 함께 방에 틀어박혔다. 나는 그들이 아래층 방에서 진지하게 이야기하는 소리를 들을 수 있었다. 잠시 후 엘저비어가 올라와서, 이곳을 어떻게 떠나는 게 최선인지를 주막 주인과 함께 상의했다고 말했다. 주인에게는 세무서 사람들이 우리가 있는 곳을 냄새 맡았기 때문에 빨리 여기를 떠나고 싶은 것처럼 말했다고 했다. 하지만 옥사쟁이에 대해서는 한마디도 하지 않았다. 무슨 수를 써서라도 이 섬을 서둘러 떠나야 하는 것은 의심할 여지가 없었다. 옥사쟁이의 실종이 알려지자마자 그와 마지막으로 함께 있었던 석공들에 대한 조사가 이루어질 것은 분명했기 때문이다.

하지만 적어도 이 문제에서는 행운이 우리 편이었다. 네덜란드에서 화물을 싣고 와이트섬에 온 배가 양털을 싣고 그날 밤에 헤이그*로 돌아가려고 지금 카우스에서 출항 준비를 하

---

* 네덜란드의 중심 도시. 북해 연안에 있다.

고 있었기 때문이다. 주막 주인은 그 배의 네덜란드인 선장과 잘 아는 사이였고 선장의 거래를 자주 도와주었기 때문에 우리에게 소개장을 써줄 수 있었다. 그 소개장만 있으면 우리는 네덜란드까지 안전하게 갈 수 있을 터였다. 그날 오후에 우리는 뉴포트에서 카우스를 향해 길을 떠났다. 이번에는 푸른색 선원복으로 옷을 갈아입고 뱃사람으로 변장했다.

　비가 그친 뒤 구름이 다시 돌아와서, 오후에는 아침보다 더 세차게 비가 내렸다. 그래서 우리는 또다시 지친 몸으로 걸음을 옮겨야 했다. 저녁 8시쯤 카우스 부두에 도착해보니 화물선은 이미 출항 준비를 마치고 물때만 기다리고 있었다. 배의 이름은 '하우던드롬'호였고, '보나벤처'호보다 조금 컸지만 선원은 적었고 설비도 잘 갖추어져 있지 않았다. 엘저비어는 선장과 몇 마디 나눈 다음, 그에게 주막 주인의 편지를 건네주었다. 선원들은 우리를 배에 태워주었지만 아무 말도 하지 않았다. 우리는 그들과 마주치지 않는 게 상책이라고 판단하고 선창으로 내려갔다. 배에는 짐이 잔뜩 실려 있었고, 선실까지도 양털 꾸러미로 가득 차 있었다. 우리는 지친 몸을 쉬려고 양털 위에 몸을 던졌다. 나는 너무 피곤하고 졸려서 제대로 눕기도 전에 눈이 감길 지경이었다. 그리고 이튿날 해가 중천에 뜰 때까지 한 번도 눈을 뜨지 않았다.

　우리가 어떻게 헤이그에 무사히 도착했는지에 대해서는 따로 말하지 않겠다. 이 이야기와는 별로 관계가 없기 때문이다. 엘저비어가 네덜란드에 가기로 결정한 것은 때마침 '하우던

드롬'호가 네덜란드로 가기 위해 대기하고 있었기 때문만은 아니었다. 사실 와이트섬에서는 우리를 다른 곳으로 데려다 줄 배를 얼마든지 구할 수 있었다. 그런데 굳이 네덜란드를 목적지로 삼은 것은 뉴포트에 있을 때 헤이그가 세계 최대의 다이아몬드 시장이라는 말을 들었기 때문이다. 이런 사실을 엘저비어는 나중에 우리가 헤이그의 작은 여인숙에 무사히 짐을 푼 뒤 알려주었다.

이 여인숙도 뱃사람들이 단골로 드나드는 곳이었지만, 항해사나 작은 배의 선장들처럼 일반 선원보다는 좀 나은 부류의 손님이 많았다. 우리가 이곳에 며칠 묵는 동안 엘저비어는 남의 의심을 사지 않도록 조심하면서 최고의 보석상이 누군지, 귀중한 보석을 고가에 살 수 있는 사람이 누군지 알아보았다.

엘저비어가 네덜란드어를 할 줄 아는 것도 다행이었다. 사실 그렇게 잘하지는 못했지만 의사소통이 가능할 정도는 되었다. 네덜란드어를 어디서 배웠느냐고 물었더니, 외가가 네덜란드계이고, 그래서 엘저비어라는 네덜란드계 이름을 얻은 거라고 말했다. 전에는 네덜란드어를 영어만큼 유창하게 구사했지만, 어렸을 때 어머니가 돌아가셨기 때문에 네덜란드어를 많이 잊어버렸다고 한다.

며칠이 지나는 동안, 캐리스브룩성에서 있었던 그 무서운 아침의 기억은 차츰 희미해졌고, 내 마음도 한결 쾌활해지고 침착해졌다. 나는 엘저비어한테 다이아몬드를 돌려받아 낮이건 밤이건 종종 꺼내 보았다. 보면 볼수록 다이아몬드는 더욱 더 아름답게 빛나고 훌륭해 보였다. 밤에 투숙객들이 모두 잠자리에 들면 나는 방문을 걸어 잠그고 탁자 위에 촛불을 켜놓고는 다이아몬드를 두 손으로 받쳐 들고 이리저리 돌려볼 때가 많았다.

앞에서도 말했듯이 그 다이아몬드는 호두알만큼 컸고, 전체가 섬세하게 다듬어져 있었으며, 반점이나 얼룩 하나 없이 완전무결한 결정체였다. 하지만 그렇게 깨끗하고 무색투명한데도, 안쪽 깊은 곳에서 붉은색과 푸른색과 초록색으로 반짝이는 불꽃이 뿜어져 나와, 도대체 어디서 이런 빛깔이 나올 수 있는지 궁금했다.

그렇게 앉아서 다이아몬드를 바라보는 동안, 나는 엘저비어에게 『아라비안나이트』에 나오는 놀라운 보석 이야기를 해주곤 했다. 하지만 다이아몬드 골짜기에서 독수리들이 물어온 보석이나 칼리프*의 왕관에 박힌 보석도 우리의 이 보석을 능가할 수는 없었을 것이다.

우리가 그 보석의 가치에 대해, 그리고 그 보석을 팔면 얼마나 받을 수 있을지에 대해 이야기를 나눈 것도 사실이다. 하지만 그런 일을 해본 경험이 전혀 없었기 때문에 가격을 정할 수가 없었다. 그래도 나는 수천 파운드의 가치는 있을 거라고 확신했고, 그래서 탁자 앞에 앉아 두 손을 비비며, 인생이란 운에 좌우되는 주사위 놀이 같다고 말했다. 지금까지는 운이 나

* 이슬람 국가의 통치자.

빴지만 이 마지막 승부에서 최고의 패가 나온 것이다.

그러는 동안 기묘한 변화가 우리 두 사람에게 일어나고 있었다. 왠지 역할이 뒤바뀐 것 같았다. 며칠 전만 해도 그 끔찍한 우물집에서 긴장하고 심란해진 나머지 다이아몬드를 던져버리고 싶어 한 것은 나였고, 엘저비어는 그런 나를 말렸었다. 그런데 이제는 엘저비어가 다이아몬드를 심드렁하게 여기는 것 같았고, 반대로 나는 그것을 무엇보다 소중히 여기게 되었다. 어느 날 밤에 내가 다이아몬드를 꺼내 보면서 찬탄하는 말을 늘어놓자 그는 이렇게 말했다.

"그 보석에 너무 애정을 쏟지 마라. 그건 네 거고, 어떻게 처리하든 네 마음이야. 그걸 팔아서 얼마를 받든, 나는 한 푼도 손대지 않을 거야. 하지만 내가 너라면, 그리고 그 보석을 팔아서 막대한 돈을 손에 넣고 언젠가 문플릿으로 돌아가게 된다면, 나 자신을 위해서만 그 돈을 쓰진 않을 거야. '검은수염'은 그 돈으로 구빈원을 다시 지을 작정이었다니까, 그 돈의 일부를 떼어서 구빈원을 다시 짓겠어."

나는 그가 왜 이런 말을 하는지 알 수가 없었고, 공상 속에서라도 그의 조언에 따를 생각은 전혀 없었다. 거친 나무 탁자 위에 놓여 있어서 더욱 빛나는 그 보석이 앞에 있으면, 나는 그것이 우리에게 가져다줄 막대한 돈밖에는 생각할 수 없었기 때문이다. 그리고 돈이 손에 들어오면, 언젠가는 반드시 문플릿으로 돌아가 그레이스와 결혼할 생각뿐이었다. 그래서 나는 엘저비어한테 아무 대답도 하지 않고, 다이아몬드를 집어서 아직도 내 목에 걸려 있는 은제 로켓 속에 도로 넣었다. 그 로 켓이야말로 다이아몬드를 보관하기에 더없이 안전한 곳으로 여겨졌기 때문이다.

우리는 며칠 동안 시내를 돌아다니며 조사한 끝에 대부분의 다이아몬드 상인이 어느 작은 거리에 모여 살고 있다는 것을 알았다. 그 거리 이름은 잊어버렸지만, 상인들 가운데 가장 부유하고 이름난 사람은 크리스페인 알도브란트라는 사람이었다. 그는 유대인이었지만 평생을 헤이그에서 살았다. 게다가 최상급 보석을 사고팔면서도 질문을 거의 하지 않고, 품질만 좋으면 출처를 따지지도 않는다는 것이었다. 그래서 우리는 많이 생각하고 수없이 결심을 바꾼 끝에 드디어 이 알도브란트라는 사람을 거래 상대로 선택하고, 그 사람과 접촉해보기로 결정했다.

우리는 늦여름의 어느 날 저녁을 택하여 결정을 실행에 옮겼다. 우리가 알도브란트의 집에 도착한 것은 해가 지기 한 시간쯤 전이었다. 나는 그곳에 가본 지 오래되었고 다시 보고 싶지도 않지만, 지금도 그곳을 잘 기억하고 있다. 길에서 조금 들어간 곳에 서 있는 나지막한 이층집이었는데, 집 앞에는 나무 울타리와 풀밭이 있고, 널돌이 깔린 길이 현관문까지 이어져 있었다. 집의 정면은 회반죽을 칠했고, 창문에는 초록색 덧문이 달려 있고, 잎이 반짝반짝 빛나는 목련나무 한 그루가 창문 근처에 잘 가꾸어진 모습으로 서 있었다.

이곳의 보석상들은 가게를 따로 내지 않고, 이따금 목걸이나 팔찌 한 개를 아래층 창문 안쪽에 진열해놓기도 하지만, 자기가 무엇을 사고파는지를 알려주는 간판을 내걸고 있을 뿐이었다. 그래서 알도브란트의 현관문 위에도 간판이 붙어 있었는데, 보석을 매매하며 다이아몬드나 그 밖의 귀중품을 담보로 돈을 빌려준다고 적혀 있었다.

건장한 체격의 하인이 문을 열어주었다. 보석을 팔러 왔다고 하자 그는 우리를 돌바닥 현관홀에 남겨두고, 주인에게 우리를 만날지 어떨지 물어보려고 위층으로 올라갔다. 잠시 후 계단이 삐걱거리는 소리가 나더니 알도브란트가 내려왔다. 그는 누리끼리한 피부에 주름살이 새겨진 작달막하고 비쩍 마른 노인이었다. 적어도 일흔 살은 넘어 보였다. 그리고 윤이 나게 닦은 가죽 구두를 신고 있었는데, 구두에는 은제 버클이 달려 있었고, 작은 키가 조금이라도 커 보이도록 뒷굽이 높았다. 그는 현관홀로 내려오지 않고 층계참에서 난간 너머로 몸을 기울인 채 말했다.

"무슨 일로 오셨소? 보석을 팔러 왔다고 들었는데, 나는 뱃사람들의 잡동사니 따위는 취급하지 않아요. 그러니 월장석이나 묘안석이나 하찮은 다이아몬드라면 그냥 가지고 있다가 애인한테 브로치나 만들어주구려. 나는 그런 장난감을 사지 않으니까."

그는 가늘고 새된 목소리를 갖고 있었는데, 우리한테 영어로 말했다. 우리 얼굴을 보고는 우리가 영국인이라는 걸 한눈에 알아차린 모양이었다. 아주 서툰 영어였지만, 그래도 대화

내용을 이해할 수 있었기 때문에 나는 그가 영어를 써주는 것이 기뻤다.

"그런 장난감은 안 사요."

그가 되풀이해서 말하자 엘저비어가 대답했다.

"죄송하지만 우리는 바다 건너에서 온 뱃사람들입니다. 이아이가 다이아몬드를 하나 갖고 있는데 그걸 팔려고 왔지요."

나는 보석을 손에 쥐고 있다가, 노인이 짜증을 내며 새된 목소리로 "그럼 어디 한번 봅시다" 하고 말하자 보석을 그에게 내밀었다. 그는 난간 너머로 팔을 뻗어 우묵하게 오므린 손바닥으로 그것을 받아들었다. 그렇게 하지 않으면 바닥에 떨어져 사라져버릴 작고 하찮은 보석이라도 받아 드는 듯했다. 나는 노인이 아직 다이아몬드를 보지도 않은 상태에서 우리 보물을 하찮게 여기는 것 같아 화가 났다. 그래서 다이아몬드가 호박만 한 크기라도 되는 것처럼 그의 손바닥에 털썩 떨어뜨렸다.

현관홀은 어두컴컴했다. 조명이라고는 현관문 위에 있는 반원형 유리창으로 들어오는 햇빛뿐이었다. 그래서 잘 볼 수는 없었지만, 보석을 받으려고 그가 팔을 아래로 뻗었을 때 그의 얼굴이 내 얼굴과 가까워졌고, 손에 받아 든 보석의 크기를 느끼자 얼굴 표정이 달라지는 것을 알아볼 수 있었다. 짜증과 경멸은 찬탄과 놀람으로 바뀌었다. 그는 손바닥에 쥔 보석을 엄지와 집게손가락으로 재빨리 들어 올렸다. 그가 다시 입을 열었을 때는 얼굴 표정만이 아니라 목소리도 달라져 있었다. 날

문플릿의 보물

카롭고 짜증 난 말투는 거의 다 사라졌다.

"여기는 어두워서 잘 보이지 않는군. 나를 따라오시오."

그는 돌아서서 보석을 손에 쥐고 빠른 걸음으로 계단을 올라갔다. 그는 그렇게 부유하고 유명한 사람이었지만, 지금은 그가 우리 보석을 가졌기 때문에, 우리는 그의 모습을 놓치지나 않을까 불안해서 바싹 따라갔다.

그렇게 우리는 또 다른 층계참에 다다랐고, 거기서 그는 서쪽으로 향한 방의 문을 열어젖혔다. 석양빛이 창문을 통해 들어와 바닥 전체에 흘러넘치고 있었다. 어두운 계단에서 수평으로 비쳐드는 이 붉은 석양빛으로의 변화가 순식간에 일어났기 때문에 나는 잠시 아무것도 볼 수가 없었다. 하지만 창문을 등지자 그 방이 색칠한 널판으로 둘러싸여 있고, 한쪽 벽에는 안쪽으로 우묵하게 들어간 곳에 침대가 놓여 있고, 나머지 벽에는 선반이 달려 있고, 선반 위에는 귀중품을 넣는 작은 상자와 철제 금고가 잔뜩 놓여 있는 게 보였다.

노인은 탁자 앞에 석양을 마주 보고 앉아서 햇빛 쪽으로 들어 올린 다이아몬드를 유심히 살펴보고 있었다. 그래서 나는 그의 얼굴이 씰룩이는 것을 볼 수 있었다. 빈틈없고 교활한 표정이 다시 얼굴에 돌아왔다. 그는 갑자기 나를 돌아보며 날카롭게 물었다.

"이름이 뭐지? 어디 출신이야?"

나는 아직 가짜 이름으로 행세하는 데 익숙지 않았고 노인이 갑자기 묻는 바람에 허를 찔려서 나도 모르게 불쑥 본명을 말할 수밖에 없었다.

"존 트렌처드라고 합니다. 도싯의 문플릿에서 왔고요."

할 수만 있다면 그렇게 실토해버린 내 혀를 깨물어버리고 싶었다. 엘저비어가 잠자코 있으라는 표정으로 나를 바라보며 얼굴을 찌푸리는 게 보였다. 하지만 이미 때가 늦어서, 노인은 장부에 내 이름과 고향을 적어 넣고 있었다. 독자 여러분은 그가 내 이름과 고향을 적는 것을 사소한 일로 생각하겠지만, 우리는 우리가 어디서 왔는지 알리고 싶지 않았기 때문에 그때는 몹시 난처했다. 하지만 세상 만물을 주재하는 신의 섭리에 따라, 알도브란트의 장부에 적힌 이 메모가 나중에 내 인생을 송두리째 바꾸어놓았다.

"도싯의 문플릿 출신이라……" 그는 내 대답을 받아 적고는 혼잣말로 중얼거렸다. "그런데 존 트렌처드가 이걸 어떻게 손에 넣었지?"

그는 탁자 위에 놓여 있는 다이아몬드를 손가락으로 톡톡 두드렸다. 그러자 엘저비어가 재빨리 끼어들었다. 내가 또 쓸데없는 소리를 할까 봐 걱정이 된 모양이었다.

"영감님, 우리는 문답 놀이를 하러 온 게 아니라 이 다이아몬드를 사줄 것인지 말 것인지, 사준다면 값은 얼마나 쳐줄 것인지 알아보러 온 겁니다. 이러쿵저러쿵 이야기할 시간이 없으니까, 우리는 영국 선원들이고 그 보석은 정당하게 손에 넣은 거라고만 말씀드리죠."

그러고는 다이아몬드가 달아나버리지나 않을까 걱정하는

듯이 탁자 위의 다이아몬드를 만지작거렸다.

"진정하시게." 노인이 말했다. "그야 보석은 다 정당하게 손에 넣은 것이지만, 이걸 어디서 손에 넣었는지 말해주면 내가 하려는 지루한 검사를 줄일 수도 있거든."

그는 벽장을 열고 천칭과 수정 몇 개, 검은 돌 하나와 초록색 액체가 가득 든 유리병 한 개를 꺼냈다. 그런 다음 다시 의자에 앉아, 다이아몬드를 놓기 싫어하는 엘저비어의 손에서 다이아몬드를 살며시 빼내어 천칭으로 무게를 재기 시작했다. 다이아몬드를 한쪽 접시 위에 조심스럽게 올려놓고, 다른 쪽 접시에는 수정과 놋쇠 분동을 올려놓으면서 다이아몬드의 무게를 쟀다. 그런 다음 다이아몬드를 검은 돌에 문지르거나 액체 한 방울을 떨어뜨렸다. 나는 석양을 등지고 서서 붉은 햇빛이 노인을 비추는 것을 지켜보았다. 그래서 노인의 얼굴에서 찬탄과 열기가 서서히 사라지고 냉정한 교활함만 남는 것을 볼 수 있었다.

나는 그가 다이아몬드를 만지작거리는 것을 더는 참고 볼 수 없을 때까지 지켜보았다. 검사가 끝나고 노인이 무슨 말을 할까 생각하면 마음이 조마조마하고 애가 탔다. 나는 열병에라도 걸린 것처럼 심한 불안을 느꼈다. 맥박이 너무 빠르게 고동쳐서 가만히 있을 수가 없을 정도였다. 그의 바싹 마른 입술에서 결정적인 한마디가 떨어질 때가 임박했기 때문이다. 다이아몬드의 값이 얼마나 나가는지, 과연 목숨을 걸 만한 가치가 있는지, 우리의 희망이 단단한 토대 위에 세워졌는지 아니면 불안정한 모래 위에 세워졌는지 판가름 나는 순간이 다가오고 있었다. 그래서 나는 보석상 노인에게 등을 돌린 채 창밖을 내다보며 기다렸다.

그때, 아니 그 후에도 여러 번 깨달은 게 있다. 그런 순간에 인간의 마음은 압도적인 하나의 생각에 완전히 사로잡히지만, 눈은 무의식중에라도 앞에 있는 것을 모두 받아들이기 때문에, 당시에는 전혀 알아차리지 못한 얼굴이나 풍경을 나중에 떠올릴 수 있다는 것이다. 그날 밤에도 그랬다. 내 머릿속은 다이아몬드에 대한 생각으로 가득 차 있었지만, 그러면서도 눈으로는 창문을 통해 보이는 것을 모두 알아차리고 있었다. 그 풍경에 대한 기억이 나중에 도움이 됐다.

그 창문은 프랑스식으로 마룻바닥까지 닿아 있고, 여닫이문처럼 양쪽으로 열렸다. 창밖에는 작은 발코니가 이어져 있고, 날이 더웠기 때문에 창문이 열려 있었다. 발코니 밑에는 벽과 가까운 곳에 배나무 한 그루가 심어져 있어서, 그 초록색 잎으로 발코니를 반쯤 가리고 있었다. 창문을 보호하는 설비도 잘 갖추어져 있어서, 안쪽에는 격자 모양의 목제 블라인드가 있고 바깥벽에는 쇠테를 두른 무거운 덧문이 달려 있었다. 게다가 튼튼한 빗장도 달려 있었는데, 빗장을 지르는 홈에서는 용도를 알 수 없는 철사가 빠져나와 있었다.

발코니 밑에는 벽돌담에 둘러싸인 네모꼴 정원이 있었는데, 정원은 아주 단정하고 말끔하게 손질되어 있었다. 담벼락을 따라 접시꽃이 심어져 있고, 다채로운 색깔의 양귀비 외에도

문플릿의 보물

다양한 딸기나무와 꽃들이 심어져 있었다. 특히 내 눈길을 끈 것은 붉은 꽃이 피어 있는 등심초였는데, 그 꽃은 따로 구획된 작은 화단 한복판에 그 화단을 독차지하듯 서 있었다.

나는 그 꽃을 바라보고 있으면서도, 거기에 대해서는 전혀 생각지 않고 보석상이 뭐라고 할지 그것만 생각하고 있었다. 노인은 다이아몬드값을 얼마나 쳐줄까? 1만 파운드? 5만 파운드? 아니면 10만 파운드? 바로 그때 그의 목소리가 들렸다. 나는 얼른 뒤를 돌아보았다.

"이보게들, 특히 존에게 할 말이 있는데……" 그는 나를 돌아보며 말했다. "네가 가져온 이 돌은 보석이 아니라 그냥 유리야. 인조 보석용 납유리라고 부르는 건데, 질은 나쁘지 않아. 실은 내가 지금까지 본 납유리 중에서 아마 최고일 거야. 그래서 정말로 납유리인지 확인하기 위해 검사를 해봤는데, 고강도 화학적 시험을 거치면 가짜는 드러나게 마련이지. 이건 우선 무게가 너무 가벼워. 둘째, 이 바사누스라는 검은 시금석에 문질렀을 때 하얀 선이 생기질 않아. 다이아몬드라면 반드시 하얀 선이 생겨야 하는데 말이야. 그래서 마지막이자 세번째로 해석학적 시험을 해봤다네. 이 값비싼 렘빅 용액에 담가본 거지. 다이아몬드라면 오렌지색으로 변해야 하는데, 보다시피 이 액체는 여전히 투명한 녹색으로 남아 있어."

그가 말하는 동안, 방이 눈앞에서 빙글빙글 돌았다. 오랫동안 가슴에 품었던 희망이 갑자기 무너지자, 낙심한 나머지 멀미가 난 것처럼 속이 메슥거렸다. 목숨을 걸고 손에 넣은 다이아몬드가 유리로 만든 가짜라니. '검은수염'은 죽어서도 우리를 갖고 놀았을 뿐이다. 우리는 부자에서 빈털터리 추방자로 전락하고 말았다. 그리고 이 쓸모없는 유리 조각 위에 세워졌던 그 멋진 환상들은 모래성처럼 한순간에 와르르 무너져버렸다. 이제는 부자가 되어 문플릿으로 돌아갈 돈도 없고, 과거의 범죄를 감출 수 있는 돈도 없고, 그레이스와 결혼할 돈도 없었다. 이런 생각을 하자 절로 한숨이 나오고 무릎이 후들거렸다. 엘저비어가 붙잡아주지 않았다면 나는 그 자리에 쓰러지고 말았을 것이다.

내가 그렇게 낙심한 것을 보고 노인이 새된 목소리로 말했다.

"존, 너무 실망하지 마라. 이건 인조 보석이긴 해도 가치가 전혀 없지는 않으니까. 내가 지금까지 본 모조품 중에서는 가장 훌륭한 물건이야. 그러니 은화로 10크라운을 주마. 너처럼 젊은 뱃사람한테는 상당히 큰돈이지. 이 도시의 어떤 보석상도 이보다 후한 값을 쳐주지는 않을 거다."

"쳇, 쳇" 하고 엘저비어가 내뱉었다. 그는 감정을 감추려고 애썼지만, 나는 그의 목소리에서 비통하고 실망한 기분을 느낄 수 있었다.

"우리는 은화 몇 닢 구걸하려고 온 게 아닙니다. 그러니까 그 돈은 영감님 지갑에나 넣어두세요. 이 번쩍이는 가짜는 악마나 가져가라지요. 차라리 잘됐어요. 이 저주받은 유리 조각에서 벗어나게 되었으니까."

이렇게 말하면서 엘저비어는 분통을 참지 못하고 그 가짜

문플릿의 보물

보석을 창밖으로 던져버렸다.

그러자 보석상이 벌떡 일어났다. 그러고는 새된 소리로 외쳤다.

"이런 바보 같으니! 나한테 대들려고 여기 왔나? 나는 그 물건이 10크라운의 가치가 있다고 말했는데, 그걸 보란 듯이 던져버리다니!"

나는 다이아몬드를 던지려는 엘저비어의 팔을 붙잡으려고 앞으로 뛰쳐나갔지만, 너무 늦었다. 보석은 공중으로 날아올라 낮게 기울어진 석양빛을 잠시 받은 다음, 꽃들 사이로 떨어졌다. 떨어지는 것은 볼 수 없었지만, 그 포물선을 눈으로 좇아가 보니 보석이 떨어졌을 만한 곳에 희미한 빛이 보이는 것 같았다. 붉은 꽃이 피어 있는 그 등심초 줄기에서 잠깐 섬광이 반짝이더니, 더는 아무것도 보이지 않게 되었다. 하지만 내가 고개를 돌렸을 때 보석상 노인의 눈도 그쪽으로 돌아가는 게 보였으니까, 아마 그도 나처럼 그 섬광을 보았을 것이다.

"당신이 10크라운을 주고 사겠다는 게 저기 있소." 엘저비어가 말했다. "존, 그만 가자."

그는 내 팔을 잡고 방에서 나가더니 계단을 끌고 내려갔다.

"저주나 받아라, 바보 같은 놈!"

등 뒤에서 보석상 노인이 말했다. 그의 목소리는 마지막으로 소리쳤을 때만큼 높지 않고 여느 때처럼 끽끽거리는 새된 목소리였다. 우리가 현관문을 지날 때 그는 작별 인사로 같은 말을 한 번 더 내뱉었다.

"저주나 받아라!"

우리는 계단에서 하인 두 사람을 더 지나쳤지만, 그들은 우리한테 아무 말도 하지 않았고, 그렇게 우리는 바깥 거리로 나왔다.

한동안 말없이 걷다가 엘저비어가 말했다.

"기운 내. 거기에 저주가 붙어 있는 것 같다고 네 입으로 말했잖아. 이젠 그게 없어졌으니까, 아마 우리도 저주에서 벗어났을 거야."

하지만 나는 그 다이아몬드가 가짜인 걸 알고 너무 실망해서, 그리고 우리의 희망이 모두 사라진 데 낙담해서 아무 말도 할 수 없었다. 그걸 가지고 있는 동안은 보석에 저주가 걸려 있다고 생각하고, 언제든지 그걸 내놓을 각오가 되어 있는 척해도 좋았지만, 이제 그게 없어지고 보니 내가 속으로는 그걸 내놓고 싶지 않았고, 그것을 되찾을 수만 있다면 어떤 저주도 마다하지 않으리라는 것을 깨달았다.

여인숙으로 돌아오니 저녁 식사가 우리를 기다리고 있었다. 하지만 나는 먹을 마음이 전혀 나지 않아서, 엘저비어가 식사를 하는 동안 뚱한 얼굴로 앉아 있었다. 엘저비어도 입맛이 없는지 그렇게 많이 먹지는 않았다. 하지만 식탁에 앉아서 오늘 일어난 일을 곰곰 생각하고 있을 때, 문득 새로운 생각이 내 마음에 떠올랐다. 나는 벌떡 일어나면서 외쳤다.

"아저씨, 우리가 바보예요! 그 다이아몬드는 절대 가짜가 아니에요. 진짜 보석이라고요!"

문플릿의 보물

그는 포크와 나이프를 내려놓고 나를 바라보았지만, 잠자코 내가 말을 계속하기를 기다렸다. 하지만 내가 기대했던 만큼 놀란 기색은 보이지 않았다. 그래서 나는 그 늙은 상인이 보석을 처음 보았을 때 얼굴이 찬탄과 기쁨으로 가득했다는 것을 그에게 상기시키고, 그것으로 미루어보아 노인이 그때는 그걸 진짜로 생각한 게 분명하다고 말했다.

"그 영감이 나중엔 우리를 속이려고 차분한 목소리로 장광설을 늘어놓았지만, 아저씨가 보석을 정원으로 내던진 순간 벌떡 일어나 비명을 질렀잖아요. 왜 그랬겠어요?"

나는 빠른 말투로 말했고, 말하는 동안 확신이 더욱 굳어졌다. 그래서 숨을 돌리려고 잠깐 말을 끊었을 때 나는 이미 그 돌이 진짜 다이아몬드고 보석상 노인이 우리를 속인 거라고 확신하고 있었다.

그래도 엘저비어는 여전히 내키지 않는 얼굴로 이렇게 말했을 뿐이다.

"네 말이 사실일 수도 있지만, 그래서 어쩌겠다는 거냐? 그 보석은 이미 던져버렸는데."

"그래요. 하지만 그게 어디 떨어졌는지 봤어요. 그곳을 알아요. 그러니까 그걸 찾으러 가요. 어서요."

"그 영감도 보지 않았을까?"

그제야 나는 보석이 떨어지는 것을 본 뒤 방을 둘러보다가 늙은 보석상의 눈도 같은 쪽을 보고 있었던 게 생각났다. 그리고 엘저비어가 창밖으로 보석을 내던졌을 때는 비통한 목소리로 소리를 질렀던 노인이 그 후로는 한결 차분한 태도로 말했다는 것도 생각났다.

"모르겠어요." 나는 의심스러운 듯이 말했다. "돌아가서 찾아봐요. 그 보석은 붉은 꽃이 피어 있는 화초 줄기 바로 옆에 떨어졌어요. 제가 주의해서 잘 봤어요. 왜요?" 나는 그가 여전히 망설이는 것을 보고 덧붙였다. "절 의심하는 거예요? 그걸 가지러 안 갈 거예요?"

그래도 그는 잠시 대답을 않고 있다가, 신중히 말을 고르는 것처럼 천천히 말했다.

"난 잘 모르겠다. 네 말이 다 사실이고, 그 보석도 진짜일 거라고 생각해. 아니, 그 보석을 던질 때도 반쯤은 그렇게 생각했지만, 그게 있는 게 더 낫다고는 말하지 않겠다. 애초에 그 보석에 저주가 걸려 있다고 말한 건 너였어. 나는 그걸 어린애 같은 이야기라고 웃어넘겼지. 하지만 지금은 모르겠구나. 우리가 이 보물에 대해 알게 된 뒤로 줄곧 불운이 따라다녔으니까. 그래, 아주 사나운 불운이 계속되었다고 해도 좋을 정도야. 그리고 우리는 이제 이런 신세가 됐어. 범법자가 되어 고향에서 도망쳤고, 손에는 피를 묻혔지. 그 피가 겁나는 게 아니야. 나는 정정당당한 싸움에서 상대와 맞붙은 게 한두 번이 아니지만, 이번처럼 마음이 무겁게 느껴졌던 적은 없어. 그 두 사람은 정말 믿을 수 없을 만큼 어이없게 죽었고, 나는 그게 견딜 수가 없다. 내가 평생 밀수업에 종사한 건 사실이지만 비열한 범죄를 저지른 적은 없었어. 그런데 이제는 중죄인으로 몰리게 되었으니, 나는 그게 싫구나. 너까지 중죄인으로 몰리게 되었으니, 그건 더 싫다. 어쩌면 그 보석에는 정말로 저주가 달라붙어 있는지도 몰라. 그래서 거기에 손을 대는 자들을 파멸로 몰아가는지도 모르지. 나도 모르겠다. 글레니 신부님처럼 이런 일에 전문가가 아니니까. 하지만 '검은수염'은 악한 속셈으로 그 보물에 저주를 걸어서, 그걸 이기적인 목적에 이용하는 사람은 누구나 저주를 받게 했는지도 모르겠구나. 그래, 우리한테 그 보석이 있어봤자 뭘 하겠니? 돈이라면 나도 요긴할 때 쓸 수 있는 만큼은 갖고 있단다. 우리는 이곳에서 조용히 살면 돼. 너는 여기서 정직한 일을 배우면서 지내다가, 사태가 잠잠해지면 문플릿으로 돌아가는 거야. 그러니 보석은 잊어버려. 그냥 내버려 두자꾸나. 존, 어때?"

엘저비어는 진지하게 말했다. 마지막 말을 할 때는 더욱 진지하게 내 손을 잡고 내 얼굴을 똑바로 바라보았다. 하지만 나는 그를 마주 보지 못하고 눈길을 피했다. 아무래도 다이아몬드를 놓아줄 마음이 나지 않았기 때문이다. 그러면서도 속으로는 엘저비어의 말이 맞다고 느꼈고, 글레니 신부님의 설교가 생각났다. 인생은 Y자와 같아서, 살다 보면 누구나 길이 두 갈래로 갈라지는 길목에 다다르게 마련이고, 그러면 넓고 완만한 길을 갈 것인지 아니면 좁고 가파른 길로 갈 것인지, 어느 한쪽을 선택해야 한다는 설교였다. 이제 와서 생각해보면 나는 오래전에 넓은 길을 택했고, 지금은 그 사악한 보물을 찾아 그 길을 계속 내려가고 있었다.

아직도 나는 포기하는 것을 참을 수가 없었고, 그렇게 값진 보석을 던져버리는 것은 어린애들이나 저지르는 어리석고 무모한 짓이라고 자신을 설득했다. 그래서 나는 나보다 인생 경험이 많은 분의 훌륭한 충고에 귀를 기울이려 하기는커녕, 오히려 그를 설득하려고 애쓰기 시작했다. 우리가 다이아몬드를 되찾으면 그걸 팔아서 무훈 구빈원을 새로 지을 돈을 마련할 수 있다고 말했지만, 사실 그런 일을 할 생각이 전혀 없다는 것을 속으로는 잘 알고 있었다. 그리하여 누구보다 고집이 세고 절대로 남에게 굽히지 않는 엘저비어도 결국은 나에 대한 사랑에 압도되어 내 설득을 받아들였다.

우리는 10시가 지나서야 함께 여인숙을 나왔다. 다시 알도브란트의 집으로 가서 정원 담장을 타고 넘어가 보석을 찾아올 작정이었다. 나는 빠른 걸음으로 걸었고 불안한 마음을 달래려고 계속 지껄였지만, 엘저비어는 망설이는 눈치였고 아무 말도 하지 않았다. 애당초 그는 본의 아니게 나와 동행한 거니까 망설이는 것도 당연했다. 하지만 목적지가 가까워지자 나는 입을 다물었고, 우리는 각자 생각에 잠긴 채 말없이 걸음을 옮겼다.

우리는 알도브란트의 집 앞으로 가지 않고, 큰길에서 골목으로 꺾어 들었다. 그 골목이 정원 담장 옆을 지날 거라고 짐작했다. 큰길에도 돌아다니는 사람은 거의 없었고, 이 좁은 골목에 들어와 높은 담장 그늘을 따라 살금살금 걸어가는 동안에도 아무도 마주치지 않았다. 우리 생각이 옳았다. 우리는 곧 알도브란트네 정원 바깥쪽에 다다랐기 때문이다.

여기서 우리는 잠시 쉬었다. 엘저비어는 마지막 충고를 할 작정이었겠지만, 나는 그에게 기회를 주지 않았다. 담장에서 벽돌 몇 개가 느슨해진 곳을 발견하여 재빨리 담장을 기어오르기 시작했기 때문이다. 담장을 넘는 것은 아주 쉬웠다. 1분도 지나기 전에 우리는 반대편 화단의 부드러운 흙바닥에 뛰어내렸다.

우리는 가시에 옷이 걸리는 구스베리 덤불을 헤치고, 집의 윤곽을 확인하면서 그쪽으로 나아가 두세 걸음 만에 잔디밭에 이르렀다. 내가 세 시간 전에 발코니에서 본 그 잔디밭이었다. 나는 구불구불한 산책길의 모양과 화단의 형태를 알아보았다. 접시꽃은 담장을 따라 늘어서 있고, 양귀비꽃은 희미하게 역겨운 냄새를 밤공기 속에 풍기고 있었다. 정원은 완전한 침묵 속에 있었다. 맑은 밤이어서, 가까이 들여다보면 아직은 꽃의 색깔이 보일 만큼 밝았다. 하지만 잎의 초록색은 회색으로 바뀌어 있었다.

우리는 담장 그늘에 숨어서 집을 살펴보았다. 하지만 집에서는 중얼거리는 소리조차 들려오지 않았다. 어쩌면 그 집은 죽은 자들의 집이어서, 살아 있는 사람이 무슨 소리를 내도 들리지 않았는지도 모른다. 우리가 맨 처음 눈을 돌려 바라본 발코니 뒤의 창문 하나를 제외하고는 불빛이 새어 나오는 창문도 없었다. 그 방에는 아직 잠자리에 들지 않은 누군가가 있었다. 목제 블라인드의 격자무늬 사이로 새어 나오는 등불 빛을 볼 수 있었기 때문이다.

"아직 깨어 있네요." 나는 속삭였다. "그리고 바깥쪽 덧문은 닫지 않았어요."

엘저비어는 고개를 끄덕였다. 나는 붉은 꽃이 심어져 있는 화단으로 곧장 다가갔다. 그 커다란 등심초 꽃을 보는 데에는 어떤 불빛도 필요 없었다. 그것은 나머지 화초와 완전히 달랐고, 게다가 혼자 외따로 심어져 있었기 때문이다.

나는 그것을 엘저비어에게 가리켰다.

"보석은 저 꽃줄기 옆에 있어요. 집과 가장 가까운 쪽에요."

그런 다음 내가 화단에 들어가서 보석을 가져오는 동안 그는 화단 가장자리에 그대로 서서 기다리도록, 내 손으로 그의 팔을 잡아 눌렀다.

화단 바깥쪽을 빙 둘러싸고 있는 양귀비 사이를 지나자 내 발이 부드러운 흙 속에 빠졌다. 나는 곧 등심초 옆에 섰다. 등심초 꽃의 진홍색은 검은색으로 보였지만, 그것을 잘못 볼 리는 없었다. 나는 다이아몬드를 집으려고 허리를 구부렸다. 아니, 이럴 수가? 내가 뻗은 손에는 아무것도 닿지 않았다. 집을 게 없었다. 부드럽고 촉촉한 흙뿐이었다. 검은 땅 위에서 다이아몬드의 위치를 알려주는 반짝임도 없었다. 나는 더 분명히 확인하려고 무릎을 꿇었다. 그리고 등심초 주위를 모두 살펴보았지만 아무것도 찾지 못했다. 작은 조약돌이 보일 정도로 밝은데, 내가 그렇게 잘 알고 있는 그 커다란 다이아몬드를 보지 못할 리가 없다.

문플릿의 보물

다이아몬드는 그곳에 없었다. 하지만 나는 다이아몬드가 그 지점에 떨어지는 것을 의심할 여지가 없을 만큼 분명히 보았다.

"없어졌어요, 아저씨. 없어졌다고요!"

나는 비통한 심정으로 외쳤지만 그는 "쉿!" 하고 속삭였을 뿐이다. 큰 소리로 말하지 말라는 뜻이었다. 나는 다시 무릎을 꿇고, 보석이 흙 속에 파묻힌 것은 아닌지 확인하려고 흙을 손가락으로 체질했다.

하지만 소용이 없었다. 나는 엘저비어가 있는 곳으로 돌아가, 접시꽃 뒤에서 성냥을 한 개비만 켜달라고 부탁했다. 불빛이 땅바닥에 떨어지도록, 그리고 집에서 불빛이 보이지 않도록, 그래서 등심초 주위를 찾아볼 수 있도록, 내가 두 손으로 불빛을 가리겠다고 말했다. 그가 내 부탁을 들어준 것은, 내가 뭔가를 찾으리라고 생각했기 때문이 아니라 나를 달래려고 생각했기 때문이다. 그는 성냥불을 내 손 안쪽으로 밀어 넣으면서 낮은 소리로 말했다.

"보석은 내버려 둬. 그냥 내버려 둬. 보석이 떨어진 자리를 네가 잘못 알았거나, 아니면 다른 사람이 먼저 와서 가져갔겠지. 그건 우리가 그 보석에 다시 손을 대면 안 된다는 뜻이야. 그러니까 그게 최선이야. 내버려 둬. 그냥 놔두고 가자꾸나."

그는 내 어깨에 살며시 손을 올려놓고 간청하는 목소리로 말했다. 그 목소리가 너무 간절해서, 덩치 크고 거친 남자가 아니라 여자 목소리로 여겨질 정도였다. 하지만 나는 그의 말을 무시하고 두 손을 오므려 불빛을 가리면서 등심초 쪽으로 돌아갔다. 하지만 이번에는 집 쪽에서 화단으로 다가와 부드러운 흙 위에 올라섰고, 불빛이 땅에 떨어진 순간 나는 흠칫 놀라서 멈춰 섰다.

내가 본 것은 부드러운 갈색 흙 위에 남아 있는 움푹 파인 자국에 불과했지만, 자세히 살펴보기도 전에 그것이 뾰족한 뒷굽 자국이라는 것을 알았다. 뾰족한 뒷굽 자국이 깊게 나 있었고, 바로 그 앞에 작은 발자국이 보였다.

어렸을 적에 사내아이라면 누구나 읽는 책 중에 『로빈슨 크루소』*가 있는데, 배가 난파하는 바람에 무인도에 표착한 로빈슨 크루소의 이야기다. 어느 날 그는 해안을 걷다가 모래톱에 찍힌 발자국 하나를 보고 깜짝 놀란다. 자기 혼자밖에 없는 줄 알았던 그 적막한 섬에 야만인들이 살고 있다는 것을 알았기 때문이다. 하지만 모래에 찍힌 발자국이 로빈슨 크루소에게 준 충격도, 정원에 찍힌 발자국이 나한테 안겨준 충격만큼 크지는 않았을 것이다. 나는 반들반들 윤이 나는 작은 가죽 구두를 똑똑히 기억하고 있었기 때문이다. 그 구두에는 은제 버클이 달려 있고 뒷굽이 유난히 높았다.

그가 우리보다 먼저 여기 왔던 것이다. 나는 발자국을 하나 더 발견했고, 화단 가운데 쪽으로 이어진 또 다른 발자국을 찾아냈다. 나는 성냥을 흙바닥에 내던지고 밟아서 불을 껐다. 더 이상 찾아봤자 소용이 없었다. 우리가 찾는 다이아몬드는 이

---

* 영국의 작가 대니얼 디포(1660~1731)가 쓴 장편소설. 1719년에 발표했다.

문플릿의 보물

곳에 없다는 것을 알았기 때문이다.

나는 잔디밭으로 돌아가서 엘저비어의 팔을 잡았다.

"알도브란트가 우리보다 먼저 와서 보석을 훔쳐갔어요."

나는 날카롭게 속삭였다. 그리고 조용한 어둠 속에서 고개를 돌려 발코니 유리창의 블라인드 틈새로 새어 나와 격자무늬를 그리고 있는 불빛을 바라보았다.

"다 끝났어." 그가 말했다. "그러니까 더 이상 찾지 않아도 돼. 사라졌으니까. 귀찮은 걸 떨쳐버려서 다행이다 생각하고 이제 그만 가자꾸나."

엘저비어는 돌아가려고 뒤돌아섰다. 내게는 더 나은 길을 택하여 그와 함께 갈 기회가 한 번 더 주어진 것이다. 하지만 나는 여전히 보석을 포기할 수가 없었고, 그래서 우리 둘 다를 파멸로 이끌게 될지 모르는 다른 길로 나아갈 수밖에 없었다. 그 창문의 블라인드 틈새로 새어 나오는 불빛을 뚫어지게 바라보다가, 발코니 근처에 벽을 등지고 심어진 배나무의 가지들이 굵고 튼튼하다는 사실을 떠올렸다.

나는 목구멍까지 올라온 씁쓸한 실망감을 꿀꺽 삼키면서 말했다.

"아저씨, 저 2층 방에서 무슨 일이 벌어지고 있는지 보기 전에는 떠날 수가 없어요. 발코니로 올라가서 틈새로 안을 들여다봐야겠어요. 어쩌면 알도브란트는 저기 없을지도 몰라요. 우리 다이아몬드를 저기 놔두고 갔을지도 몰라요. 그러면 우리는 그걸 되찾을 수 있어요."

나는 말을 끝내자마자, 엘저비어가 말릴 겨를도 주지 않고 곧장 집으로 걸어갔다. 마음속에서 무언가가 나를 앞으로 몰아 대고 있었고, 누가 말려도 나는 결심을 바꾸지 않았을 것이다.

누가 우리를 볼까 봐 걱정할 필요는 없었다. 그 창문 하나를 제외한 나머지 창문에는 모두 덧문이 단단히 닫혀 있었기 때문이다. 잔디밭은 푹신해서 아무 소리도 나지 않았지만, 나는 엘저비어가 뒤따라오고 있다는 것을 알았다. 나뭇가지가 그렇게 튼튼해 보였는데도 배나무를 오르는 것은 쉬운 일이 아니었다. 가지가 벽에 바싹 닿아 있어서 손으로 잡거나 발을 디딜 곳이 없었기 때문이다. 설익은 배가 두세 개 떨어졌다. 배가 바스락거리는 소리를 내면서 나뭇잎 사이를 지나 땅바닥에 툭 떨어지면, 나는 동작을 멈추고 2층 방에서 누군가가 그 소리를 듣고 잠에서 깨어나지 않았나 보려고 기다렸다. 하지만 사방은 쥐 죽은 듯 조용했고 아무 소리도 들리지 않았다. 마침내 나는 난간을 손으로 짚고 무사히 발코니로 넘어갔다.

힘들게 나무를 기어오르느라 숨을 헐떡이고 있었지만, 나는 가쁜 호흡이 정상으로 돌아올 때까지 기다리지도 않고 안에서 무슨 일이 벌어지고 있는지 보려고 곧장 창문으로 다가갔다. 바깥 덧문은 오후와 마찬가지로 여전히 열려 있어서, 안을 들여다보는 것은 전혀 어렵지 않았다. 격자 세공된 블라인드에서 마침 내 눈과 같은 높이에 있는 틈새를 발견했기 때문에 블라인드 안쪽을 모두 볼 수 있었다.

방에는 결혼 잔치라도 열리는 것처럼 불이 환하게 켜져 있

문플릿의 보물

었다. 탁자 위나 벽에 달린 촛대에서 스무 개도 넘는 촛불이 타오르고 있었다. 내가 있는 곳에서 가장 먼 탁자 앞에는 알도 브란트가 창문을 향해 앉아 있었다. 다이아몬드가 가짜라고 말했을 때와 똑같은 위치였다. 노인의 얼굴은 창문 쪽을 향하고 있어서, 우리는 서로 얼굴을 마주 보고 있는 꼴이었다. 그런데도 그는 내가 거기에 있는 것을 모르는 것 같았다.

그 앞의 탁자 위에는 다이아몬드가, 우리의, 아니 나의 다이아몬드가 놓여 있었다. 지금은 나도 그게 모조품이 아니라 진짜 다이아몬드라는 것을 확신했다. 탁자 위에는 그 다이아몬드만 있는 게 아니라 여남은 개의 세공된 보석이 나란히 놓여 있었다. 그것들은 모두 약간의 간격을 두고 있었지만, 내 다이아몬드를 잘못 알아볼 리가 없었다. 나머지 보석들보다 세 배는 컸기 때문이다. 크기에서만 우월한 게 아니라, 그 강렬한 광채에서도 훨씬 뛰어났다! 방 안의 모든 촛불이 그 다이아몬드에 반사되었고, 내가 속속들이 알고 있는 모서리와 면에서 빛이 번득일 때 그것은 나한테 이렇게 외치는 것 같았다.

'나는 이 세상 모든 다이아몬드의 여왕이 아니냐? 나는 너의 다이아몬드가 아니냐? 나를 다시 네 것으로 삼지 않을래? 이 못된 사기꾼으로부터 나를 구해다오.'

나는 다이아몬드를 뚫어지게 바라보았다. 그러면서도 엘저비어가 내 옆에 있다는 것을 잊지 않았다. 그는 절대로 나 혼자 위험에 뛰어들게 하지는 않을 것이다. 필요한 경우엔 언제라도 나를 도울 수 있도록 항상 내 곁에 붙어 있을 것이다. 하지만 그의 충실함이 지금은 나를 짜증 나게 할 뿐이었다. 나는 빈정거리는 투로 스스로에게 물어보았다. 나를 졸졸 따라다니는 이 사람이 없으면 나는 손도 발도 꼼짝하지 못하나? 보석상 노인은 생각에 잠긴 것처럼 가만히 앉아 있다가 탁자 위에 놓인 다이아몬드 한 개를 집어 들고 또 하나를 집어 들어 그 커다란 다이아몬드 옆에 내려놓았다. 비교해보려는 것 같았다. 하지만 어떤 보석이 내 보석과 경쟁할 수 있단 말인가? 태양이 하늘의 별들을 모두 합한 것보다 더 밝게 빛나듯, 내 다이아몬드도 다른 보석을 모두 합한 것보다 더 밝게 빛났기 때문이다.

노인은 다이아몬드를 집어 들더니 탁자 위에 놓여 있는 천칭에 올려놓고 무게를 달았다. 한쪽 접시에 작은 놋쇠 분동들을 올려놓고 신중하게 비교하는 작업을 여남은 번쯤 되풀이하면서 장부에 펜으로 뭐라고 적은 뒤, 덧셈을 하는 것처럼 종이에 숫자를 적었다. 노인이 적은 숫자들을 볼 수만 있다면 무엇을 주어도 아깝지 않았을 것이다. 노인은 보석의 가치를 따지고, 그것을 팔았을 때의 수익을 계산하고 있었을 테니까.

그런 다음 노인은 엄지와 집게손가락으로 보석을 잡고 눈앞에 들어 올려, 불빛이 보석을 가장 잘 비출 수 있도록 이쪽저쪽으로 방향을 바꾸었다. 그 아름다운 보석에 경탄하고 사랑하는 마음이 노인의 얼굴에 가득 번졌다. 노인의 얼굴을 뒤덮은 그 감정 때문에 나는 그를 저주할 수 있었고, 그의 입술에 떠오른 미소 때문에 그를 열 배는 더 저주할 수 있었다. 노인

문플릿의 보물

이 바로 그날 오후에 어수룩한 두 선원을 속여 넘긴 일을 떠올리며 키득거렸을 거라고 생각했기 때문이다.

그의 손에는 다이아몬드, 우리의, 아니 나의 다이아몬드가 있었다. 내가 있는 곳에서 2미터도 떨어지지 않은 거리였다. 노인이 그렇게 비열하게 훔친 보물과 나 사이를 갈라놓고 있는 것은 목제 블라인드와 유리라는 얄팍한 장막뿐이었다.

그때 나는 엘저비어의 손이 내 어깨에 놓이는 것을 느꼈다.

"가자꾸나. 1분만 더 있으면 저 영감이 이 덧문을 닫으러 와서 우리를 발견할지도 몰라. 그만 가자. 다이아몬드는 우리처럼 소박한 사람한테는 어울리지 않아. 게다가 저 다이아몬드는 사악한 물건이고 저주가 따라다녀. 어서 가자, 존."

하지만 나는 엘저비어가 내 목숨을 구해주었고 몇 주 동안 나를 보살폈으며, 상황이 나빠질 때도 내 곁을 떠나지 않고 도와주었다는 사실을 까맣게 잊고 그 친절한 손을 거칠게 뿌리쳤다. 탁자 앞에 앉아 있던 노인이 일어나더니 방 뒤쪽 벽장에서 작은 철제 상자를 꺼냈기 때문이다. 나는 그가 내 보물을 그 상자에 넣고 자물쇠를 채우리라는 것, 그러면 나는 내 보물을 두 번 다시 보지 못하리라는 것을 알았다. 하지만 탁자 위에 외따로 놓여 있는 그 커다란 다이아몬드는 스무 개도 넘는 촛불 빛 속에서 반짝반짝 빛을 내면서 나에게 외쳤다.

'나는 이 세상 모든 다이아몬드의 여왕이 아니냐? 나는 너의 다이아몬드가 아니냐? 이 천박한 도둑놈의 손에서 나를 구해다오.'

나는 앞으로 돌진하여 창틀의 이음매를 향해 몸을 던졌다. 그리하여 순식간에 유리창을 깨고 블라인드를 뚫고 방 안으로 뛰어들었다.

나무와 유리가 박살 나는 소리가 미처 사라지기도 전에 종 소리가 집 안에 울려 퍼지고, 내가 오후에 보았던 철사들이 내 얼굴 앞에 대롱대롱 늘어졌다. 하지만 나는 종소리도 철사도 개의치 않았다. 그 커다란 다이아몬드가 반짝거리며 내 눈앞에 놓여 있었기 때문이다.

요란한 소리에 놀란 노인은 휙 돌아서서 "도둑이야! 도둑이야! 도둑이야!" 하고 외치며 다이아몬드를 향해 몸을 날렸다. 그가 나보다 보석에 더 가까이 있었다. 내가 앞으로 돌진하자 노인과 나의 손이 탁자 너머로 마주쳤다. 보석을 덮은 노인의 손이 내 손 밑에 있었다. 하지만 나는 그의 손목을 움켜쥐었고, 그는 안간힘을 썼지만 쇠약한 노인일 뿐이었다. 몇 초도 지나기 전에 나는 보석을 그의 손에서 낚아챘다. 몇 초 뒤에 문이 벌컥 열리고, 여섯 명의 건장한 하인이 몽둥이를 들고 뛰어 들어왔다.

엘저비어는 내가 창문을 부수는 것을 보고 신음을 토했지만, 나를 따라 방으로 들어와서 지금은 내 옆에 있었다.

"도둑이야! 도둑이야! 도둑이야!"

노인은 탈진한 듯 의자에 털썩 주저앉으면서 우리를 가리키며 새된 소리로 외쳤다. 그러자 하인들이 우리에게 덤벼들었다. 그 움직임이 너무 빨라서 우리는 창문으로 도망칠 겨를도

문플릿의 보물

없었다. 두 놈은 나를 공격했고 네 놈은 엘저비어를 공격했다. 아무리 몸집이 크고 건장하다 해도 혼자서 네 명을 상대할 수는 없다. 더구나 놈들은 모두 몽둥이를 들고 있었다.

　나는 엘저비어가 아무리 불리한 상황에서도 상대에게 밀리거나 싸움에서 지는 것을 본 적이 없었다. 적어도 이번에는 운명의 여신이 나에게 친절을 베풀었다. 그때 내가 싸움의 결과를 보지 못한 게 차라리 다행이었다는 뜻이다. 몽둥이 하나가 내 머리를 강타하는 바람에 나는 다이아몬드를 손에서 떨어뜨리고 기절하여 마룻바닥에 고꾸라지고 말았다.

제17장

이메헨에서

죽은 자가 입었던 오염된 옷을
도둑이 훔쳐 입고 흑사병에 걸리듯.

토머스 후드

그 후 일어난 일들은 되살리고 싶지 않다. 쑥보다 더 씁쓸한
기억으로 남아 있기 때문이다. 그래서 그 이야기는 되도록 짧
게 줄이겠다. 우리는 감옥에 갇혀 몇 달을 보냈다. 돌로 지은
감방은 햇빛도 거의 들어오지 않았고, 잠자리라고는 더러운
지푸라기뿐이었다. 알도브란트의 집에서 난투극을 벌이고 몽
둥이로 얻어맞는 바람에 우리는 온몸이 찢어지고 멍이 들어,
상처가 다 낫기까지는 꽤 오랜 시간이 걸렸다. 먹을 거라고는
빵과 물뿐이었고, 그나마도 너무 빈약해서 몸과 마음이 흐트
러지지 않도록 유지하는 것만도 힘겨웠기 때문이다. 나중에는
발목에 채워진 무거운 족쇄 때문에 피부가 까지고 염증이 생
겨서, 그 통증 때문에 거의 움직일 수도 없을 정도였다.

족쇄가 내 육신에 상처를 냈다면, 내 영혼은 그 눅눅하고 음
침한 감방 안에서 그보다 열 배나 더 고통을 받았다. 우리가

그런 끔찍한 곤경에 처한 것은 다 내가 고집을 부렸기 때문이다. 그런데도 엘저비어는 단 한 번도 나를 나무라지 않았다.

마침내 어느 날 아침에 옥사쟁이가 와서, 그날 우리의 범죄에 대한 순회재판이 열린다고 말해주었다. 그래서 우리는 아픈 상처를 무릅쓰고 무거운 족쇄를 찬 채 법정으로 끌려갔다. 옥사쟁이는 우리가 교수형을 선고받을 것 같다고 말했으니까 우리는 죽음을 향해 걸어가고 있는 셈이었지만, 그래도 오랜만에 햇빛을 보고 바깥 공기를 마시는 게 기뻤다.

재판은 곧 끝났다. 우리한테 불리한 증언을 하는 사람은 많았지만 우리를 변호해주는 사람은 아무도 없었기 때문이다. 모든 재판 절차는 네덜란드어로 진행되어서 나는 전혀 알아듣지 못했지만, 나중에 엘저비어가 설명해주었다.

알도브란트는 검은 가운 차림에 버클이 달리고 굽이 높은 구두를 신고 탁자 앞에 서서 증언을 했는데, 나중에 엘저비어가 얘기해준 내용을 요약하면 다음과 같다.

8월의 어느 날 오후, 흉악해 보이는 두 영국인 선원이 다이아몬드를 팔겠다면서 우리 집을 찾아왔다. 그러나 다이아몬드를 검사해보니 유리 조각에 불과했다. 그들은 우리 집을 자세히 관찰하고, 특히 사무실로 접근하는 방법을 유심히 살핀 뒤 떠났다. 하지만 나중에, 아니 사실은 같은 날 밤에 내가 사무실에 앉아서 신성로마제국 황제 폐하가 주문한 왕관에 장식할 다이아몬드를 맞춰보고 있는데, 저 못된 영국인 뱃놈들이 별안간 창문을 부수고 사무실에 난입했다. 그들은 나를 공격하여 죽도록 때리고 다이아몬드도 빼앗았다. 그런데 신의 섭리와 나의 선견지명 덕분에 창문에 경보 장치가 설치되어 있어서 집 전체에 종이 울렸다. 그래서 충실한 하인들이 달려왔고, 저 악당들한테 공격을 당했지만, 격투 끝에 간신히 저 야비한 놈들을 제압하여 경찰에 넘기는 데 성공했다.

이런 이야기 끝에 알도브란트는 사법부에 최고의 정의를 요구했다.

보석상 노인이 다이아몬드가 자기 거라고 말했을 때 엘저비어는 대뜸 나서서, 그건 새빨간 거짓말이라고, 그 다이아몬드는 우리가 팔려고 가져간 보석인데 알도브란트는 그게 다이아몬드가 아니라 유리로 만든 모조품이라고 말했다고 당당하게 밝혔다.

그러자 보석상은 웃음을 터뜨리며 주머니에서 커다란 다이아몬드를 꺼냈다. 눈부신 광채가 법정을 가득 채우는 것 같았다. 그는 다이아몬드를 손바닥 위에 놓고 빛을 내뿜는 램프처럼 이리저리 돌려 보이며, 평범한 뱃사람이 어떻게 이런 보석을 손에 넣을 수 있겠느냐고 물었다. 법정은 이 뻔뻔한 악당들을 어떻게 다루어야 하는지 알 수 있을 거라고 말하면서, 노인은 상트페테르부르크*의 샬라모프라는 유대인이 이 보석을 그에게 팔고 써준 영수증을 꺼내 판사에게 보여주었다. 그것이 위조된 영수증인지 다른 보석을 사고 받은 영수증인지는 알

* 러시아 서북부, 발트해 연안에 있는 도시.

문플릿의 보물

수 없었지만, 엘저비어는 다시 입을 열어 그 보석이 우리 것이고 영국에서 발견한 거라고 말했다.

그러자 알도브란트는 다시 웃음을 터뜨리고 보석을 들어 보이며 물었다.

"영국 해변에는 이런 돌멩이가 여기저기 굴러다닌다는 거요? 그래서 당신 같은 하찮은 어부들도 얼마든지 발견할 수 있다는 말이오?"

그런데 그가 그 커다란 다이아몬드를 다시 주머니에 넣을 때 다이아몬드가 번쩍 섬광을 내면서 나에게 외쳤다.

'나는 이 세상 모든 다이아몬드의 여왕이 아니냐? 내가 이 비열한 악당과 함께 있어야 한단 말이냐?'

하지만 나는 도와줄 힘이 없었다.

알도브란트에 이어 하인들이 증인으로 나서서 어떻게 우리를 현장에서 붙잡았는지를 증언했다. 그리고 다이아몬드에 대해서는, 주인이 6개월 전부터 수시로 그것을 꺼내 만지는 것을 보았다고 말했다.

하지만 엘저비어는 그들의 거짓말에 너무 화가 나서, 너희는 거짓말쟁이라고, 그 보석은 우리 거라고 다시 소리쳤다. 옆에 있던 옥사쟁이가 그의 입을 다물게 하려고 주먹질을 하는 바람에 입술이 찢어지고 말았다.

재판 절차는 곧 끝났다. 붉은 가운을 입은 판사는 일어나서 우리에게 종신 징역형을 선고했다. 그리고 우리가 외국인이라서 법률이 자비를 베풀었으니 고맙게 생각하라고 말했다. 우리가 네덜란드인이었다면 교수형을 당했을 것이기 때문이다.

우리는 족쇄를 찬 채 법정 밖으로 끌려 나왔다. 엘저비어는 아직도 입에서 피를 흘리고 있었다. 우리가 자리에 앉아 있는 알도브란트 옆을 지날 때 그가 나에게 고개를 까닥하며 영어로 말했다.

"아아, 트렌처드 씨. 잘 가시오, 도싯주 문플릿의 존 트렌처드 씨."

옥사쟁이는 알도브란트의 말을 알아듣지는 못했지만 잠시 걸음을 멈추고 알도브란트가 우리에게 말하는 것을 들었다. 그래서 나는 알도브란트에게 대답할 시간이 있었다.

"잘 사시오, 거짓말쟁이에 도둑놈인 알도브란트 씨. 그 다이아몬드가 현세에서는 당신에게 불행을 가져다주고 내세에서는 저주를 가져다줄 겁니다."

그렇게 우리는 그와 헤어졌고, 동시에 우리의 자유와 삶의 모든 기쁨과도 헤어졌다.

우리는 다른 죄수들과 함께 여섯 명씩 한 조로 족쇄에 묶였고, 손목에 채워진 수갑은 긴 막대기에 연결되었다. 하지만 나는 엘저비어와 다른 조에 들어갔다. 그렇게 우리는 열흘 동안 걸어서 성채가 건설되고 있는 이메헨이라는 마을로 들어갔다.

몹시 힘든 행군이었다. 1월이라 길바닥이 젖어서 질퍽거렸고, 비와 추위를 막아줄 옷도 변변치 않았기 때문이다. 양쪽에서는 말을 탄 경비대가 우리를 감시하고 있었다. 그들은 안장 앞가지에 화승총을 얹어놓고, 손에는 긴 채찍을 들고 있다가

문플릿의 보물

꾸물거리거나 뒤처진 죄수가 보이면 가차 없이 휘둘렀다. 말 발굽조차 푹푹 빠지는 진창길을 걷는 것도 힘들었지만, 가는 동안 나는 한 번도 엘저비어와 이야기할 기회를 갖지 못했고, 사실은 아무하고도 말을 나누지 않았다. 나와 함께 묶인 자들 은 인간이라기보다는 야수에 가까웠고, 게다가 네덜란드어만 썼기 때문이다.

우리가 이메헨에 도착했을 때는 성채 건축이 막 시작된 상 태였다. 우리에게 할당된 일은 참호를 파는 일과 그 밖의 토목 공사였다. 이 일에 동원된 사람은 500명 정도로, 모두 우리처 럼 종신 징역형을 선고받은 죄수였다. 우리는 25명씩 나뉘어 한 조가 되었지만, 엘저비어는 나와 다른 조에 편성되었고 하 는 일도 달랐기 때문에 이따금 우리 조와 그의 조가 마주칠 때 를 빼고는 그를 보지 못했다. 어쩌다 마주쳐도 지나치면서 한 두 마디 나누는 게 고작이었다.

그래서 나는 말동무도 없이 혼자 생각에 잠길 수밖에 없어 서, 과거에 대한 회상으로 마음을 채우곤 했다. 처음엔 이제 영원히 잃어버린 소싯적 생활이 꿈에도 나타났고, 학교에서 글레니 신부님의 수업을 듣거나, 정자에서 그레이스와 이야기 를 나누거나, 해협에서 불어오는 산들바람이 나무들 사이에서 노래를 부르는 걸 들으며 웨더비치 언덕을 오르다가 잠에서 깨어나곤 했다. 하지만 눈을 뜨면 이런 것들은 사라졌고, 악취 가 진동하는 오두막의 지푸라기 바닥에 50명의 죄수와 함께 족쇄에 묶인 채 지친 몸으로 누워 있는 현실을 깨닫곤 했다.

처음에는 이런 꿈을 꾸었다고 말했지만, 기억은 차츰 무디어지고 형상은 희미해지면서, 밤에 나를 위로해주던 그 감미로우면서도 슬픈 꿈조차 나를 찾아오는 걸음이 뜸해졌다. 그래서 삶은 날마다 똑같은 일상이 되풀이되는 피곤한 나날이 되었다. 그렇게 몇 달이 지나고, 계절이 바뀌고, 몇 년이 지나고, 아무 쓸모도 없는 똑같은 중노동은 날마다 끝없이 계속되었다. 하지만 노동은 차라리 자비로웠다. 힘든 일은 생각의 날카로운 칼날을 무디게 해주었고, 아무 변화도 없는 단조로운 생활을 하다 보면 시간이 날개 돋친 듯 지나갔기 때문이다.

이메헨에서 보낸 그 세월은 나에게는 메뚜기떼가 먹어치운 것처럼 느껴진다. 그 시절에 대해 여기서 말할 필요가 있는 것은 한 가지뿐이다. 내가 그곳에 간 지 일주일쯤 지난 어느 날 아침에 나는 일하다 말고 족쇄와 수갑에서 풀려나 좀 떨어진 작은 오두막으로 끌려갔다. 오두막에는 여섯 명의 경비원이 서 있었고, 한복판에는 죔틀과 끈이 달린 튼튼한 나무 의자가 놓여 있었다. 바닥에는 불이 피워져 있고, 불에 탄 고기 냄새와 함께 증기와 연기가 공기를 가득 채우고 있었다. 그 의자와 불을 보고 그 역겨운 냄새를 맡았을 때 나는 불안에 사로잡혔다. 이곳은 고문실이고 이들은 나를 기다리고 있는 고문자들일 거라고 짐작했기 때문이다.

그들은 나를 억지로 의자에 앉히고 끈으로 묶은 다음, 죔틀로 머리를 조였다. 그런 다음 한 사람이 바닥에 피워놓은 불에서 새빨갛게 달구어진 쇠막대기를 꺼내더니, 얼마나 뜨거운지

문플릿의 보물

보려는 듯 손을 가까이 가져갔다. 나는 최대한 고통을 참으려고 마음을 다잡았지만, 그 쇠막대기를 보고는 안도의 한숨을 내쉬었다. 그것은 고문 도구가 아니라 낙인을 찍는 도구라는 것을 알았기 때문이다. 그들은 눈에 가장 잘 띄는 코와 왼쪽 광대뼈 사이의 왼뺨에 낙인을 찍었다. 나는 그보다 훨씬 나쁜 상황을 예상하고 있었기 때문에, 낙인이 찍힐 때 살이 타는 통증도 가볍게 받아들였다. 그들이 사용한 낙인이 아니라면 나는 여기서 그 일을 아예 언급하지도 않았을 것이다.

그런데 그 낙인은 바로 이메헨의 첫 글자인 'Y'였다. 나중에 알았지만, 거기서 일한 죄수들에게는 모두 이 낙인이 찍혀 있었다. 하지만 나에게 그것은 단순한 글자가 아니라 무훈가의 문장인 검은 Y, 바로 그것이었다. 양에게 주인이 표시를 하여 그 양이 어디에 있든 소유권을 주장할 수 있듯이, 무훈가의 낙인이 찍힌 나는 살아 있는 동안에도 죽은 뒤에도 내가 어디에 가든 그들의 소유물이라는 표시를 달고 다니게 되었다. 내가 다시 엘저비어를 본 것은 그로부터 석 달 뒤, 상처가 아물고 낙인이 뚜렷이 자리를 잡은 뒤였다. 참호에서 엘저비어와 엇갈려 지나가면서 인사를 했는데, 그때 나는 엘저비어의 왼뺨에도 Y자 낙인이 찍혀 있는 것을 보았다.

그렇게 몇 년이 지나면서 나는 아이에서 어른으로 성장했고, 결코 허약한 남자도 아니었다. 음식은 양도 질도 형편없었지만, 이메헨은 공기가 신선해서 건강에 좋았기 때문이다. 이곳 성채는 궁전으로도 사용할 예정이어서, 건강에 좋은 곳을 부지로 선택했던 것이다. 차츰 해자가 완성되고, 성벽이 올라가고, 돌이 차곡차곡 쌓여서 성채가 거의 완성되었고, 그래서 우리의 노동도 필요하지 않게 되었다. 날마다 동료 죄수들이 다른 곳으로 이송되었지만, 우리 조는 거의 마지막까지 남아서 폭우로 무너진 배수로를 복구했다.

우리가 수감된 지 10년째 되는 해, 내가 스물여섯 살이 된 어느 날 아침, 우리를 작업장으로 데려가는 경비병 대신 말 탄 군인들이 우리를 넘겨받았다. 나는 우리가 이메헨을 떠날 차례라는 것을 알았다. 우리가 떠나기 전에 다른 조가 우리와 합류했다. 그들 속에서 엘저비어를 보았을 때 내 가슴이 얼마나 뛰었는지 모른다.

우리가 마지막으로 지나치며 인사 한마디라도 건넨 뒤 벌써 2년여 세월이 흘렀다. 나는 성채 밖에서 일했고 그는 성채 안에서 망루를 짓고 있었기 때문이다. 나는 그의 머리칼이 더 하얘지고 얼굴 표정이 더 침울해진 것을 알아차렸다. 그의 뺨에 찍힌 낙인에 대해서는 생각지도 않았다. 우리는 모두 그 낙인에 익숙해져서, 낙인이 찍히지 않은 사람이 있다면 마치 외눈박이를 보는 것처럼 놀란 눈으로 바라보았을 것이다. 엘저비어의 표정은 침울했지만, 내 옆을 지날 때 상냥한 미소를 지으며 다정한 인사를 건넸다. 이동하다가 음식을 배급받을 때면 한두 마디 나눌 기회도 있었다. 하지만 서로의 불행한 처지를 생각하면 마냥 기뻐할 수는 없었다. 한 사람은 감옥에서 차츰 쇠약해지는 것 말고는 노년에 기대할 게 없고 또 한 사람은 청

문플릿의 보물

춘을 감옥에서 썩히고 있을 뿐이라는 것을 둘 다 알고 있었기 때문이다.

오래지 않아 우리의 목적지를 알게 되었다. 헤이그로 가서 배를 타고 자바* 식민지로 갈 예정이라는 말이 돌았다. 자바에 도착하면 그곳 사탕수수 농장으로 보내져 노역에 종사하게 될 터였다. 네덜란드 식민지의 사탕수수 농장에서 노예로 살다 죽는 것이 젊은이의 희망과 고결한 목표의 종말이란 말인가? 문플릿에 돌아가 그레이스를 다시 만나리라는 희망은 이미 오래전에 사라졌다. 그런데 이제는 무덤에 들어가기 전에 자유를 얻을 수 있으리라는 기대, 아니 건강에 좋은 공기를 마실 수 있으리라는 기대조차 품을 수 없단 말인가? 죽을 때까지 평생 동안 타오르는 태양과 증기를 내뿜는 늪지와 노예 감독의 채찍밖에는 기대할 수 없단 말인가?

정말 그래도 될까? 하지만 우리를 도와줄 사람, 우리를 구원해줄 사람은 어디 있지? 지난 10년 동안 구원의 빛을 찾았지만 희미한 빛줄기 하나 찾지 못했잖은가. 감방이나 깊은 지하 감옥에 갇혀 있다면 탈출 계획이라도 세울 수 있지만, 사방이 트인 야외에서 무리로 족쇄에 묶여 있는 처지에서 뭘 할 수 있단 말인가? 긴 막대기에 손목이 묶인 채 울퉁불퉁한 길을 터벅터벅 걷는 동안 내 마음을 가득 채운 것은 그런 씁쓸한 생각

---

* 인도네시아의 중심을 이루는 섬. 19세기부터 1949년에 독립할 때까지 네덜란드의 식민지였다.

들이었다. 나는 내 앞을 터벅터벅 걸어가는 엘저비어의 희끗희끗해진 머리와 구부정한 어깨를 보면서, 그의 머리에 흰머리가 거의 없고 등이 문플릿 교회의 우람한 기둥처럼 꼿꼿했던 시절을 생각했다. 무엇이 우리를 이런 처지에 몰아넣었지?

그러자 몇 년 전 7월의 어느 날 저녁, 해 질 녘의 정자와 감미롭고 진지한 목소리가 마음에 되살아났다. 그 목소리는 이렇게 말했다.

"그 보물에 손을 댈 때는 조심해. 사악한 수단으로 손에 넣은 거니까 저주가 따라다닐 거야."

모든 것은 바로 그 다이아몬드가 한 짓이었다. 내가 문플릿 교회의 납골당에서 보낸 그날 밤부터 내 인생에 어두운 그림자를 드리운 것은 그 다이아몬드였다. 나는 그 보석을 저주했고, '검은수염'과 무훈가를 저주했다. 그리고 내 얼굴에 그들의 문장을 낙인으로 새긴 채 험한 길을 터덜터덜 걸어갔다.

우리는 헤이그로 돌아와 알도브란트가 살던 동네를 지나갔다. 하지만 그의 가게는 문이 닫혔고, 그의 이름이 적혀 있던 간판도 떼어져 있었다. 그는 그 집을 떠났거나 아니면 죽었을 것이다. 우리는 마침내 부두에 도착했다. 유럽을 떠나게 되면 모든 희망도 뒤에 남겨놓게 되리라는 것을 알면서도, 다시금 바다 냄새를 맡고 소금기 어린 공기로 콧구멍을 가득 채우는 것은 나에게 큰 기쁨이었다.

제18장

후미에서

저 거품 이는 파도에서 멀리 떨어져라.

오오, 맙소사! 고향에 너무 가까이 다가왔구나.

토머스 후드

우리를 태우고 갈 배는 500미터쯤 떨어진 난바다에서 부표에 묶여 흔들리고 있었고, 우리를 그 배로 싣고 갈 보트들이 대기하고 있었다. 배는 120톤 규모의 쌍돛대 범선으로, 고물 밑에 왔을 때 보니 이름은 '아우랑제브'호였다.

이게 내가 마지막으로 보는 유럽이구나 하고 생각하자, 이루 말할 수 없는 회한이 밀려왔다. 나는 눈을 돌려 어두워져가는 하늘을 배경으로 검은 윤곽을 드러낸 시내와 굴뚝에서 피어오르는 연기를 바라보았다. 하지만 연기도 하늘도 내 인생의 전망만큼 어둡지는 않았다. 아니, 그 절반만큼도 어둡지 않았다.

경비병들은 우리를 공기도 통하지 않고 햇빛도 들어오지 않아서 퀴퀴한 냄새가 나는 밑바닥 갑판으로 내려보냈고, 우리가 들어가자 머리 위에서 해치를 닫아버렸다. 그들이 돼지들처럼 몰아넣은 죄수는 모두 서른 명이었다. 그들의 말에 따르면 우리는 돼지우리 같은 이곳에서 앞으로 여섯 달 넘게 지내게 될 터였다. 해치가 열렸을 때는 그곳이 어떤 곳인지 알 수 있을 만큼만 밝아졌다. 그곳은 너무 더러워서 악취가 났고, 탁자도 의자도 아무것도 없었다. 있는 거라고는 거친 널빤지와 각재뿐이었다.

여기서 그들은 우리의 수갑을 바꾸었다. 지금까지 여섯 명씩 연결했던 긴 막대기를 떼어내고, 한쪽 손목에 팔찌처럼 꽉 끼는 수갑을 채우더니, 수갑에 달린 둥근 고리에 쇠사슬을 꿰고 자물쇠로 사슬을 고정시켰다. 그래서 우리는 여전히 여섯 명이 함께 차꼬에 채워져 있었지만, 전보다는 훨씬 자유롭고 폭넓게 움직일 수 있었다. 게다가 사슬을 바꿔준 사람은 무슨 변덕이 생겼는지 아니면 정말로 우리한테 동정심을 느꼈기 때문인지는 모르지만, 나를 엘저비어와 같은 사슬에 묶어놓았다. 우리더러, 너희는 같은 영국 돼지니까 둘이 함께 물속으로 가라앉든지 헤엄을 치든지 하라면서.

이어서 해치가 닫혔고, 경비병들은 우리가 어둠 속에서 생각을 하거나 잠을 자거나 욕을 하면서 시간을 보내게 내버려두었다. 이메헨에서 보낸 생활은 정말로 피곤하고 힘들었지만, 이 지옥 같은 밤에 비하면 천국이나 마찬가지였다. 여기서 우리가 기대할 수 있는 것은 하루에 두 번 해치가 열리고, 네덜란드 선원들이 쓰레기 같은 음식을 우리에게 나누어주는 30분 동안 희미하게 빛나는 등불을 보는 것뿐이었다.

문플릿의 보물

이곳이 얼마나 더러웠는지에 대해서는 따로 말하지 않겠다. 말로는 도저히 표현할 수 없을 만큼 더러웠기 때문이다. 그곳은 처음부터 더러웠지만, 우리가 공해에 다다랐을 때쯤에는 처음보다 열 배나 더러워져 있었다. 모든 죄수들 가운데 엘저비어와 나만 선원이었고, 나머지는 항해에 익숙지 않아서 뱃멀미를 심하게 했기 때문이다.

우리는 처음부터 험악한 날씨를 만났다. 우리는 배 밑바닥에 있어서 아무것도 볼 수 없었지만, 항구를 벗어나자마자 배가 맞은편에서 밀려오는 파도에 농락당하기 시작한 것을 쉽게 알 수 있었다.

엘저비어와 나는 오랫동안 이야기할 기회를 갖지 못하다가 이제 같은 사슬에 묶여 있어서 마음대로 이야기를 나눌 수 있게 되었지만, 거의 말을 하지 않았다. 말동무의 존재를 소중히 여기지 않아서가 아니라, 과거의 기억 말고는 할 말이 없어서였다. 게다가 그 기억이 너무 쓰라리고 생생해서 걸핏하면 마음에 떠오르곤 했기 때문에, 그런 기억을 되살려줄 말동무는 필요하지 않았던 것이다. 또한 우리의 마음을 납덩이처럼 계속 짓누르고 있는 것은 과거의 기억만이 아니었다. 유럽에서 추방되고, 우리가 사랑한 모든 것과 헤어져 낯선 땅에서 평생 노예 생활을 하게 될 것은 확실했고, 그런 미래에 대한 두려움이 마음을 짓눌렀기 때문에 우리는 거의 말을 하지 않았다.

항구를 떠난 지 일주일쯤 지났을 때인 듯하다. 시계도 없고 태양이나 별도 볼 수 없어서 시간을 가늠하기가 어려웠기 때문에 정확히 며칠이 지났는지는 알 수 없었다. 조금 좋아졌나 싶었던 날씨가 전보다 훨씬 더 나빠지기 시작했다. 배는 전후 좌우로 심하게 요동을 쳤고, 이 때문에 우리는 더욱 불편해졌다. 가까이에 손으로 잡을 게 아무것도 없었고, 더러운 갑판에 납작 엎드려 있지 않으면 배가 기울거나 좌우로 흔들릴 때마다 뱃전으로 굴러떨어질 위험이 있었기 때문이다.

우리는 밑바닥 갑판에 있었는데도 바람 소리와 파도 소리는 우리에게 들릴 정도로 크게 으르렁거렸다. 배가 방향을 바꾸기 위해 뱃머리를 돌릴 때는 밧줄이 빠드득거리는 소리나 목재가 삐걱거리는 소리가 너무 커서, 바다를 잘 모르는 사람은 배가 부서지는 게 아닐까 하고 겁에 질릴 정도였다. 동료 죄수들 가운데 일부는 정말로 겁에 질려서 울음을 터뜨리거나, 비스듬히 기울어진 갑판에 무릎을 꿇고 앉아 오래전에 잊어버린 기도문을 기억해내려고 애썼다. 나는 이 불쌍한 죄수들이 왜 바다에서 구조해달라고 기도하는지 궁금했다. 바다에서 구조되어봤자 그들을 기다리고 있는 것은 평생 노예로 썩을 운명뿐인데……

나는 배를 타본 적이 있었기 때문에 상황을 좀더 침착하게 바라볼 수 있었고, 밧줄이나 목재가 내는 소음 때문에 배가 침몰할 거라고는 생각지 않았다. 하지만 폭풍우는 점점 심해져서 우리가 미친 듯이 날뛰는 바다에 있는 게 분명했고, 해치 틈새로 똑똑 떨어지기 시작한 물줄기를 보면 물이 배 안으로 들어왔음을 알 수 있었다.

문플릿의 보물

"이보다 더 튼튼한 배들도 이보다 덜한 폭풍우 속에서 침몰한 걸 알고 있단다." 엘저비어가 말했다. "이 배가 아주 튼튼하게 만들어져 있지 않거나 선원들이 웬만큼 노련하고 용감하지 않으면, 자바에서 사탕수수를 수확할 노예가 40명은 줄어들 거다. 우리가 지금 어디쯤 있는지 모르겠다만, 웨상* 앞바다일 수도 있고, 아직 그렇게 멀리는 가지 않았을 수도 있어. 이 바다는 만이라고 하기에는 거리가 너무 짧아. 하지만 천사들이 우리한테 배를 조종할 여지를 주고 있어. 지난 세 시간 동안 계속 바람을 등지고 있으니까 말이다."

우리가 바람을 등진 것은 사실이었다. 회전할 때 뱃머리가 앞으로 처박히지 않고 좌우로 더 심하게 흔들리거나 뒹구는 것을 보면 알 수 있었다. 하지만 우리가 지금 있는 곳을 알아낼 가능성은 전혀 없었다. 우리가 시간을 판단할 수 있는 유일한 기준은 하루에 두 번 음식을 주기 위해 해치가 열릴 때뿐이었다. 이 형편없는 시계조차 시간을 별로 지키지 않아서, 우리는 뱃가죽이 등에 닿을 때가 많았다. 지금도 어찌나 오래 기다렸는지, 그 더러운 찌꺼기 고기라도 먹고 싶은 마음이 굴뚝같았다.

그래서 우리는 엘저비어가 말을 막 끝냈을 때 해치가 열리는 소리를 듣고 무척 반가웠다. 해치가 홱 열리더니 짠 바닷물이 튀어서 들어오고 희미한 빛이 비쳐들었다. 하지만 화승총

* 영국 해협 남서쪽, 프랑스 브르타뉴 반도 앞바다에 있는 섬.

과 초롱불과 음식 찌꺼기통을 든 경비병 대신, 항해를 시작할 때 우리를 몇 조로 나누어 자물쇠를 채웠던 간수가 혼자 해치 위에 나타났다.

그는 거친 바다에서 몸을 안정시키려고 손잡이를 잡은 채 해치 위로 잠시 허리를 구부리고 있다가, 쇠사슬이 달린 열쇠 한 개를 바로 우리 사이로 내던졌다.

"자, 받아라." 그가 네덜란드어로 외쳤다. "그걸 잘 이용하도록. 신은 용감한 자를 돕고 악마는 뒤처진 놈을 잡아가겠지."

이 말을 끝내자마자 그는 잠시도 머물지 않고 휙 돌아서서 가버렸다. 처음엔 이 놀이가 무슨 꿍꿍이인지 아무도 알아차리지 못했다. 열쇠는 갑판 바닥에 놓여 있고 해치는 열려 있었다. 그때 엘저비어가 상황을 파악하고 열쇠를 집어 들었다.

"존." 그가 나에게 영어로 외쳤다. "배가 침수돼서 가라앉고 있어. 그래서 놈들은 우리가 덫에 걸린 쥐처럼 물에 빠져 죽지 않고 스스로 목숨을 구할 기회를 준 거야."

그러고는 우리 사슬에 채워진 자물쇠에 열쇠를 꽂아 돌렸다. 그러자 자물쇠가 풀리고 우리 조는 자유의 몸이 되었다. 쇠사슬이 쨍그랑 소리를 내면서 바닥에 떨어지고 나자, 우리를 구속하는 것은 왼쪽 손목에 채워진 수갑만 남게 되었다. 다른 사람들도 잽싸게 알아차리고 열쇠를 이용했을 테지만, 우리는 그때까지 기다리지 않고 해치로 올라가는 사다리를 향해 달려갔다.

엘저비어와 나는 바다에 익숙했기 때문에 우선 사다리를 통해 위로 올라왔다. 그러자 밑바닥 갑판의 후끈하고 고약한 악취 대신 들이마신 바다 공기는 얼마나 달콤하고 시원했던가! 주갑판은 물에 흠뻑 젖어 있었지만 배가 가라앉고 있음을 알려주는 조짐은 전혀 없었다. 그런데 선원들이 아무도 보이지 않았다. 우리는 잠시도 머물지 않고, 배가 앞뒤로 심하게 요동치고 있었기 때문에 최대한 빨리 해치 덮개문으로 이동하여 갑판 위로 올라왔다.

겨울 저녁의 어스름이 깔리고 있었지만, 아직 가까이에 있는 것은 충분히 볼 수 있을 만큼 밝았다. 내가 맨 처음 알아차린 것은 갑판이 비어 있다는 것이었다. 갑판에 살아 있는 사람은 우리뿐이었다. 나는 지금까지 그렇게 거친 바다를 본 적이 없었다. 배는 뱃전을 바람 불어오는 쪽으로 돌리고, 뱃머리가 거친 파도와 맞서고 있었다. 파도가 배를 이물에서 고물까지 휩쓸었다. 그래서 우리는 갑판실 끄트머리로 가서 그곳의 상황을 점검했다.

하지만 거기에 닿기도 전에 나는 선원들이 왜 사라졌는지, 그들이 우리를 왜 풀어주었는지를 알았다. 우리가 어디로 떠내려가고 있는지를 엘저비어가 가리키고는, 으르렁거리는 폭풍 소리 속에서 내가 알아들을 수 있도록 내 귀에 입을 갖다대고 외쳤기 때문이다.

"해안 쪽으로 밀려가고 있어."

배는 바다 쪽으로 머리를 향하고 있었지만, 폭풍 대비용 삼

각돛 말고는 돛이 하나도 남아 있지 않았다. 활대에 너덜너덜
해진 범포 자락이 나부끼고 있어서 돛이 어디로 날아갔는지를
보여주었다. 때로는 삼각돛도 다른 돛을 따라가고 싶다는 듯
퍼덕거리곤 했다. 하지만 배는 머리를 바다 쪽으로 돌리고 있
는데도 뒤쪽으로 움직이고 있었다. 큰 파도가 지나갈 때마다
물이 소용돌이치면서 고물을 번쩍 들어 올렸다.

엘저비어는 고물 너머로 우리가 가고 있는 방향을 가리켰
다. 안개가 짙게 낀 데다 비바람과 물보라 때문에 가까운 거
리밖에는 보이지 않았지만, 나는 아주 멀리까지 볼 수 있었다.
우리가 가고 있는 고물 쪽 안개 속에서 바다의 장식 커튼 같은
하얀 띠를 보았기 때문이다. 이어서 우현 쪽으로 눈을 돌리자
그쪽에도 똑같은 하얀 띠가 있었고, 좌현 쪽으로 눈을 돌리자
거기에도 역시 하얀 띠가 있었다.

엘저비어가 아까 한 말이 얼마나 무서운 의미인지, 바다를
아는 사람만이 알 터였다. 조금 전만 해도 나는 소금기 어린 바
람을 맞고 기뻐했고, 오랜만에 희망과 자유를 되찾은 기쁨에
들떴다. 하지만 이제 그 기쁨은 모두 산산조각이 났다. 젊은이
에게는 너무나 멀리 떨어져 있는 죽음이 50년쯤 가까이 다가
왔고, 그 죽음은 1분마다 1년씩 더 가까이 다가오고 있었다.

"해안 쪽으로 떠밀려 가고 있어." 엘저비어가 다시 외쳤다.

나는 그 하얀 띠가 무엇인지 알아차렸고, 30분 뒤에는 우리
가 난파하게 되리라는 것도 알았다. 바람과 파도와 바다의 소
용돌이를 보는 동안 머릿속에서는 온갖 생각과 추측이 떠올랐

다. 우리가 향하고 있는 저 육지는 무엇일까? 깊은 바다 위로
치솟은 쇠처럼 단단한 암벽일까? 그런 암벽에 부딪히면 아무
리 튼튼한 배도 단번에 박살이 나고 죽음은 벼락처럼 다가올
것이다. 아니면 완만하게 비탈진 모래톱일까? 그러면 배는 모
래밭에 올라앉아 꼼짝도 못 하고 몇 시간 동안 파도에 얻어맞
다가 산산이 부서져 끝장이 날 것이다.

　우리는 후미에 들어와 있었다. 양쪽에는 해안으로 밀려와
하얗게 부서지는 초승달 모양의 긴 파도가 멀리 어스름 속으
로 사라질 때까지 뻗어 있었고, 우리가 탄 배는 그 한복판에서
무기력하게 파도에 들까불리고 있었다.

　내 팔을 잡고 있던 엘저비어가 좌현 쪽을 보고는 더 힘주어
내 팔을 움켜잡았다. 그의 눈길을 따라가 보니, 하얀 초승달
의 한쪽 뿔이 안개 속으로 희미하게 사라진 곳에 검은 그림자
가 허공으로 높이 솟아 있는 게 보였다. 나는 그것이 높은 단
애라는 것을 알았다. 절벽이 뒤쪽 안개 속에서 거대한 모습을
불쑥 드러냈다. 어둠과 비바람이 그 순간 조금 걷혔다. 오로지
그 목적을 위해서인 것처럼 잠깐 걷혔을 뿐이지만, 우리는 안
개 속에서 바다로 내리꽂힌 깎아지른 듯한 절벽을 보았다. 마
치 물 위에 떠서 햇볕을 쬐고 있는 악어의 기다란 머리 같았
다. 우리는 서로의 눈을 바라보며 함께 외쳤다.

　"콧등곶이다!"

　그것은 눈에 들어오기가 무섭게 사라져버렸지만, 우리는 결
코 잘못 본 게 아니라는 것을 알았다. 바람에 날아가는 조각구

름 뒤에 거대한 모습을 불쑥 드러낸 그것은 틀림없는 콧등곶이었다. 우리는 지금 문플릿만에 들어와 있었던 것이다.

온갖 생각이 한꺼번에 몰려와, 나는 그 감미로운 씁쓸함에 그만 멍해지고 말았다. 오랫동안 옥살이와 추방 생활로 힘든 세월을 보낸 끝에 문플릿으로 돌아오다니! 우리는 사랑하는 것들과 너무 가까이 있었다. 우리 사이에 가로놓여 있는 것은 1킬로미터 남짓한 거친 바다뿐이었다. 하지만 그곳은 너무 멀었다. 우리 사이에는 죽음이 가로놓여 있었기 때문이다. 우리는 죽기 위해 문플릿으로 돌아온 것이다.

콧등곶을 보았을 때 엘저비어의 표정에 변화가 일어났다. 그의 얼굴에서 슬픔이 사라지고 진실한 행복이 대신 자리를 잡았다. 그는 내 귀에 입을 갖다 대고 말했다.

"어떤 신비한 손이 우리를 인도해서 결국 집으로 데려온 거야. 감옥에서 더 이상 살기보다는 차라리 문플릿 해변에서 물에 빠져 죽는 게 나아. 우리는 한 시간도 지나기 전에 물에 빠져 죽을 테지만, 죽을 때 죽더라도 사나이답게 끝까지 싸워보자꾸나." 그러고는 남은 힘을 모두 끌어모으는 것처럼 말했다. "우리는 함께 힘든 시절을 견디고 역경을 이겨냈어. 이번에도 극복해낼지 누가 알겠냐?"

다른 죄수들도 갑판 위로 올라와 고물로 왔다. 그들은 겁에 질려 난폭해졌다. 그들은 육지에서만 살았던 사람들이라 성난 바다를 본 적이 없었고, 사실은 선원들조차도 그렇게 미쳐 날뛰는 바다를 보면 겁을 먹었을지 모른다. 그래서 그들은 파도를 뒤집어쓰고 물에 흠뻑 젖은 채 비틀거리며 엘저비어 주위에 모여들었다. 바다를 잘 알고 이 무서운 곤경 속에서도 아직 침착성을 유지하고 있는 사람은 엘저비어뿐이라서, 이제 그들은 엘저비어를 지도자로 여기고 있었기 때문이다.

네덜란드 선원들은 배가 만에 갇힌 것을 알았을 때, 그리고 배가 난파하리라는 것을 알았을 때, 보트를 타고 배를 떠난 게 분명했다. 소형 보트들이 사라지고 중형 보트 한 척만 선체 중앙에 남아 있었기 때문이다. 그 보트는 너무 무거워서, 그걸 타고 무서운 바다로 나갈 수는 없었을 것이다. 하지만 그 보트는 거기에 있었고, 죄수들은 그 보트로 눈길을 돌렸다. 몇 명은 엘저비어의 팔을 잡았고, 몇 명은 갑판에 쓰러져 엘저비어의 무릎을 잡고 그 보트를 어떻게 바다에 내리는지 알려달라고 간청했다.

그러자 엘저비어는 입을 열어, 그들이 들을 수 있도록 목청을 높여 외쳤다.

"친구들이여, 저 보트에 타는 사람은 모두 죽는다. 나는 이 만과 이 해변을 잘 알고 있다. 사실 나는 이곳에서 태어났다. 하지만 바다가 이렇게 사나울 때 육지에 도착한 보트는 본 적이 없다. 보트가 뒤집힌 채 육지에 도착한 경우는 있지만, 무사히 도착한 보트는 없다. 그러니 내 조언을 원한다면 배에 남아 있으라. 30분 뒤에는 배가 좌초할 것이다. 그러면 나는 키를 잡고, 뱃머리를 해변 쪽으로 돌리려고 애써볼 것이다. 그러면 누구든지 목숨을 구하기 위해 싸울 기회를 갖게 될 것이고, 물에 빠져 죽는 사람에게는 신의 자비가 있을 것이다."

나는 그의 말이 사실이라는 것을 알았고, 살아남을 가능성은 별로 없지만 그래도 배에 남아 있을 수밖에는 다른 도리가 없었다. 하지만 겁에 질려 정신이 돌아버린 그 가엾은 사람들은 그의 충고를 무시하고 보트 쪽으로 가지 않을 수 없었다.

그때 아래 갑판의 술 저장실에 가 있던 몇 사람이 밑에서 올라왔다. 술에 취한 그들은 객기로 가득 차서, 우리가 보트를 바다에 내려 당신들을 모두 구해주겠노라 큰소리치면서 나머지 사람들을 부추겼다. 실제로 운명의 여신도 그쪽 길을 가리키고 있는 것 같았다. 어느 때보다도 큰 파도가 갑판을 덮쳐서, 헐거워져 있던 좌현 쪽 뱃전이 크게 떨어져 나갔기 때문이다. 그래서 보트가 바다로 나갈 수 있는 수로가 훤히 트였다.

엘저비어는 배에 남아 있으라고 설득하려 애썼지만, 그들은 모두 돌아서서 보트 쪽으로 몰려갔다. 보트는 선체 중앙에 부착되어 있었다. 아주 무거운 보트였지만, 일손이 많았기 때문에 그들은 어렵지 않게 보트를 부서진 뱃전 쪽으로 운반했다. 엘저비어는 그들이 어떤 희생을 치르더라도 보트를 띄울 작정인 것을 알고, 바다를 이용하는 법을 알려주었다. 그런 다음 '아우랑제브'호가 좌현 쪽으로 기울어지고 뱃전에 뚫린 구멍이 바람 불어가는 쪽을 향하도록 키를 돌렸다. 그래서 몇 분도 지나기 전에 보트는 30명을 태우고 밧줄 끝에 매달려 바람이 닿지 않는 쪽 바다로 내려갔다.

노는 부족했고, 게다가 그들은 노를 다루는 기술도 서툴렀다. 떠나기 전에 엘저비어와 나에게 소리를 지르면서 함께 가자고 간청한 사람도 한두 명 있었다. 정말로 엘저비어를 좋아했기 때문이기도 하지만, 그들을 지휘할 선원이 보트에 한 사람쯤 있기를 바랐기 때문이기도 할 것이다. 하지만 다른 사람들은 우리를 포기하고, 고집불통인 영국 놈들은 가다가 물에 빠져 죽으라고 악담을 하면서 우리를 떠났다.

그래서 배에는 우리 단둘만 남겨졌다. 배는 계속 천천히 뒤쪽으로 표류하고 있었지만, 보트는 곧 시야에서 사라졌다. 보트가 바람을 막아주던 배의 보호에서 벗어나자마자 심하게 요동치며 가까스로 바다로 나아가는 모습이 잠깐 보였을 뿐이다.

엘저비어는 다시 키를 잡고, 도와달라고 나를 불렀다. 우리는 함께 키를 힘껏 들어 올렸다. 그때 나는 엘저비어가 풍향이 바뀔 거라는 기대를 포기했고, 이제 곧바로 해변을 향해 배를 몰고 가려 애쓰고 있다는 것을 알았다.

'아우랑제브'호는 바람이 불어오는 쪽으로 뱃머리를 돌렸지만, 삼각돛이 바람을 받아 활짝 펴지자 우리의 노력도 차츰 효과를 거두어 배는 곧장 해안을 향해 달려갔다.

11월의 밤이 찾아왔다. 사방은 칠흑같이 어두웠다. 부서지는 파도의 하얀 띠만 보였고, 그것은 우리가 다가갈수록 점점 더 뚜렷해졌다. 바람은 어느 때보다 격렬하게 불고 있었다. 파도는 해안에 더 가까운 곳에서 더욱 격렬하게 부서졌다. 햇빛이 사라지자 파도는 더러운 누런색을 잃고, 우리 뒤에서 거대한 검은 산처럼 굽이치고 있었다. 높이 치솟은 하얀 물마루는 1분에 한 번씩 우리를 집어삼킬 것처럼 보였다. 파도는 우리가 있는 고물을 두 번 때렸고, 우리는 얼음처럼 차가운 물속에 허리까지 잠겼지만 여전히 죽기 살기로 키에 매달려 있었다.

이제 하얀 띠는 우리에게 더 가까이 다가와 있었다. 그리고 나는 으르렁거리는 바람 소리와 파도 소리를 뚫고 해변에서 되물러가는 물결이 해변의 자갈들을 바다 쪽으로 휩쓸어가는 무시무시한 굉음을 들을 수 있었다. 기억을 더듬어보면, 그 소리를 내가 마지막으로 들은 것은 어렸을 때인 어느 여름날 밤 벽에 회칠한 이모네 작은 침실에 비몽사몽 상태로 누워 있을 때였다. 어쩌면 오늘 밤에도 누군가가 벽난로 앞에 앉아, 멀리서 들려오는 그 으르렁거리는 소리를 듣고 있지 않을까? 난롯불에 장작을 하나 더 던져 넣으면서, 자기가 문플릿만에서 필사적으로 싸우고 있지 않아서 다행이라고 신에게 감사를 드리고 있지 않을까?

나는 오늘 밤 문플릿 해변에서 벌어지는 일을 모두 그려볼 수 있었다. 랫시와 밀수꾼들은 정오쯤에 '아우랑제브'호를 목격하고 배가 만 안에 갇힌 것을 알았을 것이다. 그리고 바람이 배를 동쪽으로 끌어가는 것 말고는 배를 구할 방법이 없다는 것도 알았을 것이다. 하지만 바람은 계속 남쪽에서만 불었고, 그들은 돛이 하나씩 차례로 날아가는 것을 보고, 배가 바람을 등지는 방향으로 계속 돌면서 시시각각 해안 쪽으로 다가오는 것을 보았을 것이다. 어떤 배가 콧등곶을 돌아 넘지 못하고 해

문플릿의 보물

질 녘에는 해안으로 밀려 올라올 게 분명하다는 소문이 순식간에 퍼졌을 것이다. 그러면 마을 사람의 절반이 해변에 모여들고, 남자들은 조난자를 구하기 위해 목숨을 걸 각오가 되어 있을 것이다. 그들은 결코 배가 난파하기를 바라지 않는다. 하지만 신의 섭리에 따라 배가 난파할 수밖에 없다면, 노획물을 얻을 기회도 놓치려 하지 않는다. 나는 랫시가 그곳에 있을 테고, 데이먼과 튜크스베리와 레이버도, 어쩌면 글레니 신부님도, 그리고 어쩌면…… 여기까지 상상이 미쳤을 때 내 생각은 우리가 지금 있는 곳으로 돌아왔다. 엘저비어가 외치는 소리가 들렸기 때문이다.

"저길 봐. 불빛이야."

그것은 아주 희미한 깜박임에 불과했다. 아니, 빛이라기보다는 파도와 어둠 뒤에 빛이 있다는 걸 알려주는 어떤 신호일 뿐이었다. 우리가 바라보는 동안 그것은 점점 또렷해지다가 다시 어둠 속으로 사라졌다. 그러자 엘저비어가 말했다.

"매스큐의 불빛이다!"

오래전에 잊은 이름이 멀리서 나에게 다가왔다. 그 이름은 너무나 긴 기억의 뒤안길을 지나왔기 때문에, 나는 그 의미를 알기 위해 길을 더듬으며 기억과 씨름해야 했다. 그러자 모든 기억이 돌아왔다.

나는 다시 고깃배에 탄 소년이 되어, 8월의 어느 날 밤 산들바람을 맞으며 해안 쪽으로 살금살금 다가가면서 마을 위쪽의 영주 저택 숲에서 반갑게 깜박거리는 불빛을 바라보고 있었다. 그녀는 내가 다시 돌아올 때까지 밤마다 모든 선원들을 위해 계속 등불을 켜놓겠다고 약속하지 않았던가? 그녀는 아직도 나를 기다리고 있는 게 아닐까? 나는 지금 그녀에게 돌아가고 있는 게 아닐까? 하지만 이런 꼴로 돌아오다니! 나는 이제 소년도 아니고, 지금은 8월 밤도 아니었다. 나는 11월의 강풍에 휘말린 빈털터리에 낙인찍힌 범죄자일 뿐이다. 우리 사이에 죽음의 저 하얀 띠가 놓여 있는 게 차라리 다행이었다. 그녀는 내가 어떤 신세가 되었는지를 영영 알지 못할 테니까.

엘저비어도 나와 같은 생각을 했던 모양이다. 내가 이제는 소년이 아니라 어른이라는 사실을 잊고 오랫동안 쓰지 않았던 이름으로 나를 부르면서 이렇게 말했기 때문이다.

"조니, 나는 춥고 기운이 없다. 10분만 지나면 우리는 파도 속에 있을 거야. 술 저장실에 내려가서 너도 좀 마시고, 내게도 한 병 갖다 다오. 우리는 둘 다 젊은이의 힘이 필요한데, 나는 더 이상 그런 힘이 없구나."

나는 그가 시키는 대로 했다. 선실은 온통 물을 뒤집어썼지만, 나는 술 저장실을 찾아서 술을 조금 마시고 술병을 엘저비어에게 가져다주었다. 선장이 개인적으로 챙겨둔 아주 좋은 진이었지만, '괜찮군!'의 아라랏밀크에 비하면 아무것도 아니었다. 엘저비어는 술을 한 모금 길게 들이켜고 술병을 내던졌다.

"좋은 술이군." 그는 소리 내어 웃었다. "랫시 말대로 추운 가을밤에는 이게 그만이야."

우리는 이제 하얀 띠에 아주 가까이 와 있었다. 파도는 더 높이 더 심하게 굽이치면서 우리를 따라왔다. 그때 우리 앞의 축축한 공기를 통해 희미한 빛이 번졌다. 나는 사람들이 해변에서 푸른 불빛을 피우고 있다는 것을 알았다. 우리는 그들을 볼 수 없지만 그들은 모두 우리를 기다리고 있을 것이다. 그들은 신호를 보내고 있는 배에 탄 사람이 두 명뿐이고, 그 두 사람이 문플릿 출신이라는 것도 알지 못했다. 그들은 문플릿만에서 자갈 밑에 있는 진흙층이 조금 노출되어 줄무늬를 그리고 있는 바로 그곳에 불을 피우고 있었다. 배가 그 지점까지 갈 수만 있다면 바닥이 자갈밭보다는 부드러울 것이다. 그래서 우리는 키를 조금 돌려서 그 불빛을 향해 곧장 나아갔다.

해안이 가까워지자 귀청이 떨어질 것 같은 소음이 들렸다. 배의 밧줄을 때리는 바람 소리, 하얗게 부서지는 파도 소리, 그리고 무엇보다도 해안으로 밀려왔다가 물러가면서 자갈을 휩쓸어가는 무시무시한 굉음.

"이제 곧 닥치겠구나." 엘저비어가 말했다.

나는 푸른 불빛 주위에 번져 있는 몽롱한 빛무리 속에서 희미한 형상들이 움직이는 것을 볼 수 있었다. '아우랑제브'호가 그 신호를 향해 똑바로 나아가고 있을 때, 괴물처럼 높이 치솟은 파도가 고물을 때려서 키를 잡고 있던 우리를 휩쓸어갔다. 우리는 소용돌이치는 물속에 빠진 채 앞으로 밀려 나갔다. 우리는 아무거나 손에 잡히는 대로 움켜잡았다. 그래서 몸 여기저기 멍이 들고 반쯤 물에 빠진 채 뱃머리 쪽에 멈추었다. 하지만 키를 잡은 사람이 없어서 키가 제멋대로 돌았기 때문에,

다음번 큰 파도가 배를 때리자 배는 방향을 잃고 빙그르르 돌았다. 한동안은 위도 아래도, 사방팔방 어디에도 물이 쏟아져 들어왔다. 그러는 동안 '아우랑제브'호는 우레 같은 소리와 함께 충격을 받고 문플릿 해변에 뱃전을 대고 드러누웠다.

나는 같은 장소에 떠밀려 올라온 배를 그 전에도 그 후에도 여러 번 본 적이 있다. 배들은 파도가 칠 때마다 위아래로 오르내리며 바닥에 쿵쿵 부딪혀서, 결국에는 튼튼한 선체도 더는 그 충격을 견디지 못하고 부서져버렸다. 하지만 우리의 불쌍한 배는 그러지 않았다. 그 최초의 충격을 받은 뒤에는 다시 움직이지 않았기 때문이다. 한 번의 큰 파도가 배를 해변으로 내동댕이쳐 단단히 고정시켰기 때문에, 그 뒤에 밀려온 파도들은 땅에 뿌리내린 배를 다시 들어 올리지 못했다. 배는 바다에 등을 돌리고 해변 쪽으로 기울어질 뿐이었다. 마치 어린애가 잔인한 교사의 회초리에서 도망치려고 고개를 숙이는 것 같았다. 그러다가 돛대가 부러졌다. 우선 앞 돛대가 부러지고 이어서 큰 돛대가 부러졌다. 나무가 쪼개지는 요란한 소리가 바람 소리와 파도 소리를 뚫고 또렷이 들렸다.

우리는 바람이 불어가는 쪽 갑판실에 숨어서 돛대줄을 움켜잡고 매달려 있었다. 파도가 밀려오면 무릎까지 물이 차올랐다가, 파도가 물러가면 수면 위 공중에 남아 있는 상태였다. 푸른 불빛은 여전히 타오르고 있었지만 배는 그보다 조금 오른쪽 해변에 올라와 있었다. 해변을 따라 올라오는 어부들의 모습이 어렴풋이 보였다. 이윽고 그들은 우리 맞은편에 이르

문플릿의 보물

렀다. 우리는 그들과 불과 30미터밖에 떨어져 있지 않았지만, 그 간격은 생사를 가르는 경계였다. 우리 배와 해안 사이에는 미친 듯이 날뛰며 거품을 일으키는 바다가 있었기 때문이다. 파도는 사방팔방에서 뛰어올라 부서진 뱃전을 때리거나, 해변을 훑으며 굉음과 함께 자갈을 휩쓸어갔다.

우리는 돛대줄에 매달린 채 잠시 그곳에 서서, 좌초의 충격으로 사그라진 결심이 다시 돌아오기를 기다렸다. 바람을 정면으로 받는 쪽에서는 파도가 우레처럼 요란한 소리를 내면서 배를 때리고, 소용돌이치며 솟아올라 수천 톤의 힘으로 배를 짓눌렀다. 파도는 갑판실 지붕을 넘어 폭포처럼 쏟아져 내렸다. 그 무자비한 공격 앞에서 널빤지는 차례로 굴복했고, 목재가 쪼개지는 소리가 연달아 들려왔다.

우리는 갑판실 벽에 등을 대고 서 있었기 때문에 갑판실 자체가 뒤흔들리는 것을 느낄 수 있었다. 그리고 마침내 갑판실이 너무 심하게 흔들려서 우리는 이제 곧 갑판실도 산산조각이 나서 파도에 휩쓸려가리라는 것을 알았다.

그 순간이 오고 말았다.

"다음번 큰 파도가 물러가면 우리도 가야 해." 엘저비어가 외쳤다. "내가 신호하면 뛰어내려! 다음 파도가 밀려오기 전에 자갈밭을 최대한 멀리까지 달려 올라가. 사람들이 우리한테 밧줄을 던져줄 거야. 그러니 지금 작별하자꾸나. 하느님이 우리를 둘 다 구해주시기를!"

나는 그의 손을 꽉 잡아준 다음, 죄수복을 벗었다. 자갈밭을 달리기 위해 장화는 벗지 않았다. 너무 추워서 파도가 어서 왔으면 싶을 정도였다. 우리는 나란히 서서 큰 파도가 밀려올 때까지 기다렸다. 파도가 밀려와 배와 해안 사이의 공간을 부글부글 끓는 가마솥처럼 만들어주기를 기다렸다. 잠시 뒤에 파도는 다시 굉음과 함께 돌아왔고, 우리는 배에서 뛰어내렸다.

나는 배 밑으로 수심이 1미터쯤 되는 곳에 손과 발을 짚고 떨어졌다. 하지만 얼른 일어나, 다음 파도가 밀려오기 전에 해변을 최대한 높이 올라가려고 흙탕물 속을 허우적거리며 나아갔다. 나는 마을 사람들이 서로서로 끈으로 몸을 묶고서, 파도를 헤치고 나오는 사람을 구하려고 최대한 멀리까지 바닷속으로 내려와 있는 것을 보았다. 우리에게 힘내라고 외치는 소리가 들리고, 밧줄을 던지는 게 보였다. 내 옆에 있던 엘저비어도 그 모습을 보았다.

우리는 둘 다 발밑을 조심하면서 탁한 물을 헤치고 나아갔다. 하지만 그때 뒤에서 무시무시한 소리가 들려왔다. 바다가 난파선을 덮친 것이다. 우리는 또다시 산더미 같은 파도가 우리 뒤를 바싹 따라오고 있는 것을 알았다. 파도는 철썩철썩 굉음을 내면서 밀려왔다. 세찬 파도가 우리를 코르크처럼 해변으로 밀어 올렸다. 이제 우리는 밧줄을 잡을 수 있는 거리에 와 있었다. 사람들은 밧줄을 던지면서 우리를 응원하기 위해 다시 소리를 질렀다. 엘저비어는 왼손으로 밧줄을 잡고 오른손을 나에게 뻗었다. 우리의 손가락이 맞닿았다.

바로 그 순간 파도가 내 머리 위로 떨어져 나를 삼켜버렸다.

나는 해변에서 바다 쪽으로 다시 휩쓸려 내려갔다. 하지만 바다로 물러가는 물살은 나를 바다로 데려가지 못했다. 물 위에 떠 있는 난파선 잔해들 사이에 박살 난 주돛대의 망대가 떠 있었는데, 나는 그 굵은 활대 끝을 움켜잡았다. 그래서 나는 마을 사람들과 엘저비어한테서 서른 걸음쯤 떨어진 해변에 활대와 함께 남겨졌다. 그러자 엘저비어는 자신의 생명줄인 밧줄을 놓아버리고는, 다시 죽음의 아가리 속으로 성큼성큼 들어와 내 손을 잡아 일으켰다. 나는 앞도 보이지 않고 숨을 쉬기도 어려웠다. 추위로 온몸이 마비되고, 파도에 시달리느라 탈진하여 반죽음 상태였다. 하지만 엘저비어는 괴력을 발휘하여, 전에도 나를 구했듯이 이번에도 나를 구했다.

잠시 후 파도가 요란한 소리를 내면서 난파선을 때리는 꽝음이 들려왔다. 그것은 파도가 돌아온다고 경고하는 소리였다. 그 소리를 다시 들었을 때 우리는 밧줄에서 2미터도 채 떨어져 있지 않았다.

"힘을 내." 그가 외쳤다. "지금이 절호의 기회야!"

파도가 덮쳐 물이 가슴까지 차올랐을 때 엘저비어는 두 손으로 나를 힘껏 떠밀었다. 으르렁거리는 파도 소리가 해변에 있는 사람들의 외침 소리와 함께 내 귀에 들어왔다. 다음 순간, 나는 밧줄을 붙잡았다.

제19장

해변에서

종을 울려라, 용감한 자들을 위해
이제는 존재하지 않는 그들을 위해.
그들은 모두 고향 바닷가에서
파도 속에 가라앉았다.

윌리엄 쿠퍼[*]

밤은 추웠다. 반바지와 장화밖에는 몸에 걸치고 있지 않았
고, 그것마저도 물에 흠뻑 젖어 있었다. 나는 너무 오랫동안
파도와 씨름하느라 몸에 기운이 남아 있지 않았다. 하지만 일
단 밧줄을 움켜잡자 나는 필사적으로 거기에 매달렸다. 그리
고 잠시 뒤에는 해변에서 사람들에게 둘러싸여 있었다. 나는
그들이 다시 외치는 소리를 들었고, 힘센 손들이 나를 붙잡
는 게 느껴졌지만, 눈앞에 흐르는 안개 때문에 그들의 얼굴을
볼 수도 없고 짠물 때문에 목과 혀가 갈라져 말을 할 수도 없
었다. 말을 하려 해도 목소리가 나오지 않았다. 남자들과 몇몇

***

* 영국의 시인(1731~1800).

여자가 나를 에워싸고 있었다. 나는 그들을 붙잡으려고 무턱대고 손을 내밀었지만, 무릎이 꺾이면서 해변에 털썩 쓰러지고 말았다.

그다음에 내가 기억하는 것은 누군가가 나에게 외투를 덮어주고, 나를 바람이 불지 않는 곳으로 옮기고, 따뜻한 담요로 싸서 난로 앞에 눕혔다는 것뿐이다. 내 몸은 추위로 얼어붙어 무감각해졌고, 머리카락은 소금이 달라붙어 엉켜버렸고, 살갗은 핏기를 잃고 오그라들어 쭈글쭈글했지만, 그들은 내 입에 억지로 술을 부어 넣었고, 그래서 나는 나른한 만족감에 취해 누워 있다가 피로를 이기지 못하고 잠에 빠져들었다.

깊은 잠이었다. 나는 꿈도 꾸지 않고 몇 시간을 내리 잤다. 이윽고 잠이 서서히, 한 번에 1센티미터씩 나를 떠났고, 그렇게 잠에서 깨어나 보니 나는 아직도 담요에 싸인 채 난롯가에 누워 있었다. 그 얼마나 거대하고 무한한 평화였던가!

나는 아직 반쯤은 잠들어 있었지만, 내가 감옥과 죽음의 고통에서 빠져나와 자유의 몸으로 고향에 돌아와 있다는 사실을 알아차릴 만큼은 깨어 있었다. 마침내 나는 몸을 조금 뒤척였고, 잠에서 좀더 깨어나자 눈을 떴다. 나는 혼자가 아니었다. 내 옆에 있는 탁자 주위에 두 남자가 술잔과 술병을 앞에 놓고 앉아 있었다.

"깨어나는 모양이군." 한 남자가 말했다. "어쩌면 이 친구는 살아나서 자기가 누구인지, 어느 항구에서 출항했는지 말해줄 수 있을지도 몰라."

"수많은 배가 수많은 항구를 향해 떠났지만, 결국은 이곳 해변에서 최후를 맞았지." 다른 사람이 말했다. "이 해변에 상륙한 좋은 사람도 많아. 하지만 간밤처럼 거친 바다에서 살아남은 사람은 아무도 없었어. 아마 이 친구도 그 용감한 사람이 옆에 있다가 구해주지 않았다면 지금 살아 있지 못할 거야. 정말 용감한 사람이었어."

그는 혼잣말로 중얼거리더니 상대에게 말했다.

"그 술병 좀 이리 주게. 기분 좀 달래야겠어. 이렇게 이른 추위엔 술만 한 게 없지. 가엾은 엘저비어가 사라진 뒤 지난 10년 동안 나는 이곳에 온 적이 없어."

마룻바닥에 누워 있는 내 위치에서는 말하는 사람의 얼굴을 볼 수 없었지만, 그의 목소리는 알 것 같았다. 그래서 그의 이름을 생각해내려고 멍해진 머리로 기억을 더듬고 있을 때 그가 엘저비어의 이름을 입에 올렸고, 그 이름을 들은 순간 내 생각은 다른 곳으로 날아갔다.

"엘저비어." 내가 말했다. "엘저비어는 어디 있죠?"

나는 벌떡 일어나 앉아서 주위를 둘러보았다. 엘저비어가 당연히 내 옆에 누워 있을 거라고 생각했기 때문이다. 이제 나는 간밤의 상황을 좀더 분명히 기억해냈고, 그 마지막 순간에 엘저비어가 나를 해변으로 떠밀어 구해준 것도 생각났다. 하지만 그가 보이지 않아서, 나는 힘이 센 그가 젊은 나보다 더 빨리 기력을 회복해서 해변으로 돌아간 모양이라고 생각했다.

"쉿." 탁자 앞에 앉아 있던 한 남자가 말했다. "누워서 좀더

　　　　　　　문플릿의 보물

주무시오."

그러고는 동료에게 덧붙여 말했다.

"아직도 정신이 오락가락하는 모양이군. 내가 엘저비어에 대해 말한 걸 들었나 봐. 저 친구가 뭐라고 했는지 자네도 들었지?"

"아니에요." 나는 그의 말을 가로막았다. "내 정신은 아주 말짱해요. 나는 엘저비어 블록에 대해 묻고 있는 겁니다. 제발 그분이 어디 있는지 말해주세요. 엘저비어는 괜찮나요? 회복됐나요?"

내가 엘저비어 블록이라는 이름을 입 밖에 내자 그들은 일어나서 서로 얼굴을 마주 본 다음 나를 뚫어지게 바라보았다. 나는 말한 사람이 랫시 아저씨라는 것을 알아보았다. 전보다 백발이 늘어났을 뿐, 틀림없는 랫시 아저씨였다.

"당신 누구요?" 그가 외쳤다. "엘저비어 블록에 대해 이야기하다니."

"저예요, 랫시 아저씨. 절 못 알아보시겠어요?" 나는 그의 얼굴을 정면으로 바라보았다. "오래전에 아저씨 곁을 떠난 존 트렌처드예요. 제발 블록 아저씨가 어디 계신지 알려주세요."

랫시는 마치 유령이라도 본 듯한 표정을 지었고, 처음에는 너무 놀라서 아무 말도 하지 못했다. 하지만 곧 달려와서 내 손을 잡고 마구 흔들었기 때문에 나는 다시 베개 위에 쓰러졌고, 그는 질문을 홍수처럼 쏟아냈다. 그동안 어떻게 지냈느냐? 지금까지 어디 있었느냐? 어디서 왔느냐?

결국 나는 그의 말을 가로막고 이렇게 말했다.

"아저씨, 진정하세요. 다 대답할게요. 하지만 먼저 말해주세요. 엘저비어 아저씨는 어디 있죠?"

"그건 나도 몰라." 그가 대답했다. "우리가 너와 엘저비어를 뉴포트에 내려준 그 여름날 아침 이후 그를 본 사람은 아무도 없으니까."

"놀리지 마세요!" 나는 그가 둘러대는 말에 짜증이 나서 외쳤다. "전 이제 정신이 오락가락하지 않아요. 간밤에 파도 속에서 절 구해준 게 엘저비어였어요. 저랑 함께 상륙한 사람이 엘저비어예요."

내가 이렇게 말했을 때, 슬픔과 놀라움이 뒤섞인 표정이 랫시의 얼굴에 떠올랐다. 그 표정을 보자 내 마음속에는 불길한 예감이 들었다.

"뭐라고!" 그가 외쳤다. "파도를 뚫고 너를 끌어낸 사람이 엘저비어였다고?"

"네, 저와 함께 상륙한 사람이 엘저비어예요. 저와 함께 상륙했다고요."

나는 그가 상륙하지 못했을지도 모른다고 두려워하면서도, 나와 함께 상륙했다는 말을 되풀이하여 그것을 사실로 만들려 애쓰고 있었다. 잠깐 침묵이 흐른 다음, 랫시가 낮은 소리로 조용히 말했다.

"너와 함께 상륙한 사람은 아무도 없었어. 그 배에서 살아남은 사람도 너밖에 없었어."

문플릿의 보물

그의 말은 마치 납물처럼 내 귀에 한마디씩 떨어졌다.

"그럴 리가 없어요. 엘저비어가 절 해변으로 끌어 올렸어요. 절 밧줄 쪽으로 밀어주었다고요."

"그래. 엘저비어는 너를 구한 다음, 물러가는 파도에 붙잡혀서 소용돌이 속으로 휩쓸려 들어갔어. 그의 얼굴을 보지는 못했지만, 문플릿 해변에서 그런 파도와 싸울 수 있는 사람은 엘저비어 말고는 아무도 없다는 걸 나는 알아. 하지만 그게 엘저비어라는 걸 알았다 해도 우리는 속수무책이었을 거야. 간밤에 너와 엘저비어를 구하려고 많은 사람이 목숨을 걸었으니 말이다. 우리도 그 이상은 어쩔 수 없었어."

그 말을 듣고 나는 너무 괴로워서 커다란 신음 소리를 냈다. 엘저비어는 손에 넣은 안전을 포기하고, 나를 구하기 위해 스스로 목숨을 내던졌다. 그는 고향을 눈앞에 두고 죽었다. 나는 이제 두 번 다시 그의 따뜻한 눈길을 받지 못하고, 이제 다시는 그의 친절한 목소리를 듣지 못하게 된 것이다. 이런 생각을 하자 가슴이 찢어질 듯이 아팠다.

깊은 슬픔에 대해 말하는 것은 다른 사람들을 피곤하게 하는 일이다. 게다가 그 슬픔은 어떤 말로도 표현할 수 없었다. 아무리 현명한 사람의 말이라 해도 그 슬픔을 표현하기에는 부족했다. 설령 그 슬픔을 말로 표현할 수 있다 해도, 우리의 기억은 거기에 대해 말하는 것을 참지 못할 것이다. 그래서 그 무서운 충격에 대해서는 더 이상 말하지 않고, 이 말만 해두겠다. 사람들은 내가 낙담했을 거라고 생각할지 모르지만, 그 슬폼은 나를 낙담시키기는커녕 오히려 나에게 힘을 주었다. 나는 누워 있던 자리에서 벌떡 일어났다. 사람들은 나를 말리려 했고 나를 다시 잠자리에 눕히려고 했지만, 나는 몸이 그렇게 쇠약해졌는데도 그들을 밀치고서 담요 한 장을 몸에 두른 채 해변으로 돌아갔다.

내가 '괜찮군!' — 내가 누워 있던 곳은 다름 아닌 '괜찮군!' 이었다 — 을 떠났을 때는 동이 트고 있었다. 바람은 아직 강했지만, 기세가 누그러져 있었다. 가벼운 구름이 하늘을 빠르게 가로지르고 있었다. 구름장 사이로 별이 뜬 맑은 하늘이 보였다. 새벽을 앞두고 별빛은 점점 희미해지고 있었다. 하지만 또 다른 별이 하나 있었다. 집은 보이지 않았지만, 마을 위쪽의 영주 저택 숲에서 빛나는 별이었다. 그 별빛은 그레이스가 '슬기로운 처녀들'*처럼 밤새도록 등불을 켜놓고 있다는 것을 말해주었다. 하지만 그 불빛조차도 그때의 나에게는 광채를 잃었다. 내 마음은 나를 구하기 위해 목숨을 내던진 사람, 강인하고 다정했던, 그러나 이제는 영원히 멎어버린 심장을 가진 사람에 대한 생각으로 가득 차서 다른 걸 생각할 여지가 없었기 때문이다.

'괜찮군!'에서 해변으로 가는 옛길을 잘 알고 있어서 다행이었다. 나는 길에도 발걸음에도 전혀 주의를 기울이지 않고,

---

* 신약성서 「마태복음」 23장 1~13절에 슬기로운 다섯 처녀와 어리석은 다섯 처녀의 비유가 나온다.

　　　　　　문플릿의 보물

슬픔과 정신적 피로에 눈이 멀어 새벽의 어스름 속을 무턱대고 뛰어갔기 때문이다. 해변 뒤쪽에 떠내려온 나무로 피운 모닥불이 타오르고 있었다. 모닥불 주위에는 두툼한 재킷 차림에 방수모를 쓴 남자들이 웅크리고 앉아서 아침이 오기를 기다리고 있었다. 난파선에서 쓸 만한 물건을 건지려는 것이다.

하지만 나는 그들한테서 멀찌감치 떨어져, 아무 말도 하지 않고 어둠 속에서 그들을 지나 해변 언덕에 이르렀다. 그곳은 무슨 일이 일어나고 있는지 알 수 있을 만큼은 밝았다. 바다는 아주 높게 일렁이고 있었지만, 바람이 가라앉으면서 파도는 좀더 천천히 들어왔고 거센 물결도 세력이 약해졌다. 파도는 몇 킬로미터에 달하는 만을 따라 규칙적으로 밀려와 요란한 소리를 내면서, 길게 휘어진 황갈색 해안선에서 소용돌이쳤다.

'아우랑제브'호의 선체는 흔적도 남아 있지 않았지만, 해변에는 그렇게 작은 배에서 나올 수 있으리라고는 도저히 생각할 수 없을 만큼 많은 잔해가 흩어져 있었다. 난파선에 실려 있던 화물과 파편도 많이 보였다. 크고 작은 술통들, 격자 모양의 뚜껑이나 깔판, 해치 덮개문, 활대와 돛대 조각, 돛대 꼭대기의 나무 관…… 그 밖에도 산산조각으로 부서진 널빤지들이 물 위에 떠 있는 가면처럼 해안에서 위아래로 오르내리는 바닷물을 뒤덮고 있었다. 파도는 해안으로 밀려올 때마다 헤아릴 수 없이 많은 널빤지와 기둥을 실어 와 자갈밭 위에 부려 놓았다.

해변의 바다 쪽에는 여남은 명의 남자가 방수복으로 몸을 감싼 채 잔해 속에서 쓸 만한 물건을 건질 수 있는지 보려고 자갈밭을 어슬렁거리고 있었다. 그들은 간밤에 조난자의 목숨을 구하려고 위험을 무릅썼듯이, 엘저비어가 나를 구하기 위해 목숨을 걸었다가 하얗게 부서지는 파도 속에서 목숨을 잃었듯이, 술통 하나를 건지기 위해 목숨을 걸고 하얗게 부서지는 파도 속을 뛰어 내려가곤 했다.

나는 해변 언덕에 앉아서 무릎에 팔꿈치를 괴고 두 손으로 머리를 감싼 채 얼굴을 바다 쪽으로 돌리고 있었다. 내가 왜 이곳에 있는지, 무엇을 찾고 있는지도 잘 모른 채, 엘저비어가 물 위에 떠 있는 난파선 잔해 속 어딘가에 떠 있을 거라고, 그가 파도에 밀려 해안으로 올라오면 내가 가까이에 있다가 제일 먼저 그를 맞이해야 한다고 생각했을 뿐이다.

그는 조만간 해안으로 올라올 것이다. 나는 다른 사람들도 그런 식으로 해안에 올라온 것을 보았기 때문이다. '바타비아 만'호가 해변에 좌초했을 때, 나는 간밤에 구조대가 그랬던 것처럼 그 배 가까이에 서 있었다. 그 배에는 몇 사람이 타고 있었는데, 그들은 뱃머리에서 필사적으로 뛰어내려 거센 파도와 싸우면서 뭍으로 올라오려고 안간힘을 썼다. 나는 그들과 가까이에 있었기 때문에 그들의 표정을 읽을 수 있었다. 처음엔 그들의 얼굴에 열렬한 희망이 보였다. 하지만 다음 순간 그들은 해안에서 물러가는 파도에 붙잡혔고, 그날 목숨을 건진 사람은 아무도 없었다. 나는 그들의 죽은 얼굴을 보고, 그들이

문플릿의 보물

배와 해안 사이에서 요행을 바라고 있던 그 사람들이라는 것을 알아보았다. 알몸인 사람도 있고 옷을 입은 사람도 있었다. 자갈에 부딪히고 파도에 심하게 얻어맞아 온몸에 멍이 든 사람도 있었고, 시신이 전혀 손상되지 않은 사람도 있었다. 결국 그들은 모두 해변으로 올라왔다.

그래서 나는 앉아서 엘저비어가 오기를 기다렸다. 해변을 걷는 사람들은 아무도 나에게 말을 걸지 않았다. 문플릿 사람들은 내가 링스테이브에서 온 줄 알았고, 랭턴 사람들은 내가 문플릿 사람인 줄 알았다. 그들은 내가 바다에 떠 있는 술통을 점찍어두고 그것이 해안으로 밀려오기를 기다리고 있는 거라고 생각했다.

얼마 후 랫시가 와서 내 곁에 앉아, 가져온 빵과 고기를 좀 먹으라고 말했다. 나는 뭘 먹고 싶은 마음이 전혀 없었지만, 그의 끈질긴 요구에서 벗어나기 위해 그가 주는 음식을 받아먹었다. 그런데 일단 음식을 맛보자 자연스럽게 식욕이 동해서 음식을 모두 먹어치웠고, 덕분에 나는 기운을 차릴 수 있었다. 하지만 나는 랫시와 이야기를 나눌 수도, 그의 질문에 대답할 수도 없었다. 다른 때라면 내가 먼저 이것저것 질문을 던졌겠지만, 지금은 그럴 계제가 아니었다. 그는 내게 물어봤자 아무 소용도 없다는 것을 알고는 말없이 내 곁에 앉아서 이따금 망원경으로 바다에 떠 있는 물건을 확인했다.

해가 점점 높이 떠오르자 남자들은 해변 뒤쪽에 있는 모닥불을 떠나, 새로운 전리품이 파도에 실려 계속 올라오고 있는 물가로 내려왔다. 그리고 거기서 모두 진지하게 작업을 했다. 각자 몫을 챙기는 게 아니라, 모두 함께 공동 작업을 하고 나중에 공평하게 나누는 것이다.

해안에 밀려와 부서지는 파도 바깥쪽에서 움직이는 표류물들 사이로 공 모양의 물체 여러 개가 검은 부표처럼 위아래로 까딱까딱 움직이다가, 파도가 밀려오면 물결을 타고 위로 올라오는 것이 보였다. 나는 그것이 물에 빠져 죽은 사람들의 머리라는 것을 알았다. 하지만 랫시의 망원경을 빌려서 유심히 살펴보아도 그들을 전혀 알아볼 수가 없었다. 다만 중형 보트가 뒤집힌 채 떠 있는 게 보였고, 그보다 더 먼 곳에 작은 보트 한 척이 뱃전까지 물에 잠겨 있는 게 보였다.

정오가 지나서야 첫번째 시체가 파도에 밀려 올라왔다. 그때는 구름이 조금 걷히고 있어서, 약하고 희미한 햇빛이 구름 사이로 빠져나오려 애쓰고 있었다. 나중에 시체 세 구가 더 올라왔다. 그들을 보러 해안으로 내려갔다 온 랫시는 그들이 모두 왼쪽 손목에 쇠고랑을 차고 있었다고 말해주었다. Y자 낙인에 대해서는 아무 말도 하지 않았지만, 중형 보트를 타고 떠난 죄수들 가운데 일부가 분명했다. 사람들은 그들을 건져 올려 해변 뒤쪽에 눕히고 시트를 덮어주었다. 무덤이 마련될 때까지 그곳에 놓아두는 것이다.

그때 문득 그가 오고 있다는 느낌이 들었다. 파도 속에서 뒹굴고 있는 시신 한 구를 보고, 내가 찾는 사람의 시신이라는 것을 알았다. 그는 내가 있는 곳에서 가장 가까운 곳으로 밀려

문플릿의 보물

올라왔다. 나는 해변을 달려 내려가, 하얀 물거품도, 바다로 되돌아가는 물살도 아랑곳하지 않고 물속으로 뛰어들어 그를 붙들었다. 간밤에 그가 구조대의 밧줄을 놓지 않았다면, 그리고 하잘것없는 내 목숨을 구하려고 파도 속으로 뛰어들지 않았다면, 어떻게 됐을까? 랫시가 내 옆에 다가와 있었다. 그래서 우리는 힘을 합쳐 흐르는 물거품 속에서 그를 끌어냈다. 나는 그의 머리카락에서 물을 짜내고 얼굴을 닦아준 다음, 무릎을 꿇고 그에게 입을 맞추었다.

사람들은 우리가 시신 한 구를 건진 것을 보고 다가와, 내가 그를 그토록 정겹게 다루는 것을 지켜보았다. 그들은 마침내 내가 낯선 사람이고 손목에는 쇠고랑을 찼고 뺨에는 Y자 낙인이 찍혀 있는 것을 알자, 더욱 유심히 나를 지켜보았다. 이윽고 내가 간밤에 파도를 뚫고 나온 사람이고, 이 가엾은 시신은 나를 위해 목숨을 버린 내 친구라는 이야기가 퍼져나갔다.

그 후 나는 랫시가 그들 가운데 몇 사람과 이야기를 나누는 것을 보았고, 그 사람들한테 내 이름을 말해주고 있는 것을 알아차렸다. 내가 전에 알던 사람들이 다가와서 내 손을 잡았지만, 내 마음이 슬픔으로 가득 차 있다는 것을 알았기 때문에 아무 말도 하지 않았다. 몇 사람은 허리를 숙이고 엘저비어의 얼굴을 들여다보며 그에게 인사라도 하는 것처럼 그의 손을 만졌다.

다행히 파도와 자갈은 그에게 자비로웠다. 그는 몸에 멍이 들지도, 상처를 입지도 않았다. 그의 얼굴은 지극히 평온한 표정을 띠고 있었다. 눈과 입술은 닫혀 있었다. 그 표시가 어디 있는지 아는 나조차도 그의 볼에 찍혀 있는 Y자 낙인을 거의 알아보지 못했다. 얼굴에서 핏기를 앗아간 죽음이 그 상흔의 색깔도 앗아갔기 때문이다. 그래서 그의 얼굴은 이제 문플릿 교회의 석고상처럼 매끄럽고 부드러운 흰색을 띠고 있었다. 그는 배에서 뛰어내리기 위해 윗옷을 다 벗었기 때문에 윗도 리는 벌거벗고 있었다. 그래서 우리는 넓은 가슴과 단단한 근 육을 볼 수 있었다. 그 근육은 지금까지 수많은 위기에서 그를 구해주었지만, 몇 시간 전에는 처음이자 마지막으로 그를 저 버렸다.

사람들은 문플릿 해변에 생애 마지막 화물을 운반한 늙은 밀수꾼을 말없이 내려다보며 한동안 서 있다가, 그의 두 팔을 옆구리 옆에 내려놓고 온몸을 범포로 싸서 다른 곳으로 옮겼 다. 나는 그 곁에서 따라 걸었다.

바닷가 풀밭을 가로질러 내려갈 때쯤 해가 구름을 뚫고 나 왔다. 우리는 난파선이 어떻게 처리되고 있는지 보려고 해변 으로 내려가고 있는 학생들을 만났다. 그들은 우리가 지나가 도록 옆으로 비켜섰다. 물에 빠져 죽은 가엾은 사람의 시신이 지나가고 있다는 것을 알자 남학생들은 정중하게 모자를 벗었 고 여학생들은 무릎을 살짝 구부려 예를 표했다. 나는 아이들 을 보면서, 나 자신이 그들 틈에 끼어 있는 듯한 기분을 느꼈 다. 나는 더 이상 어른이 아니라 낡은 구빈원 강당에서 글레니 신부님의 수업을 받고 방금 나온 학생 같았다.

문플릿의 보물

그렇게 우리는 '괜찮군!'으로 와서 그곳에 그를 안치했다. 나중에 들어서 알았지만, 그 주막은 매스큐가 죽은 뒤 아무에게도 임대되지 않아 빈 채로 남아 있었다. 사람들은 쌍돛대 범선이 난파하리라는 것을 알고, 생존자가 있으면 보살핌이 필요할지 모른다고 생각해서 간밤에 처음으로 주막에 불을 지폈다고 한다. 문이 열리자 사람들은 엘저비어를 들쳐 메고서 아직도 난롯불이 타오르고 있는 술청으로 옮겨 탁자에 내려놓고 얼굴과 몸에 범포를 덮었다.

이 일이 끝나자 사람들은 모두 탁자 주위에 잠시 둘러서 있었다. 하지만 뭘 해야 좋을지 몰라서 분위기가 어색했다. 게다가 그들은 난파선에서 쓸 만한 물건을 건지기 위해 해변으로 돌아가고 싶어 했기 때문에, 이윽고 한 사람씩 슬그머니 자리를 떴다. 랫시는 끝까지 남아 있다가, 내가 혼자 있는 편이 나을 것 같다고, 어두워지기 전에 돌아오겠다고 말하면서 주막을 나갔다.

그래서 나는 죽은 벗과 단둘이 남겨졌다. 쓸쓸하기 이를 데 없는 수많은 생각들도 함께 남았다. 실내는 청소가 되어 있지 않았다. 들보에는 거미줄이 쳐져 있었고, 유리창에는 먼지가 두껍게 끼어서 햇빛을 거의 차단하고 있었다. 그가 누워 있는 탁자만 빼고는 모든 게 먼지에 덮여 있었다. 의자와 탁자 위에도 먼지가 잔뜩 쌓여 있었다.

데이비드의 시신이 놓였던 곳도 바로 이 탁자였다. 이제는 기쁨도 슬픔도 알지 못할 이 말없는 형체가 죽은 아들 위에 엎드려 흐느꼈던 것도 이 탁자였다. 방은 몇 년 전 4월의 어느 날 저녁에 우리가 이곳을 떠났을 때와 똑같았다. 찬장 위에는 커다란 주사위 놀이판이 놓여 있었는데, 먼지가 너무 많이 쌓여서 거기에 적힌 격언—'인생은 도박과도 같다. 솜씨 좋은 노름꾼은 최악의 끗수도 활용할 것이다'—도 읽을 수 없을 정도였다. 하지만 우리는 얼마나 서투른 노름꾼이었는가! 우리의 끗수는 얼마나 나빴는가! 그리고 우리는 그것을 얼마나 활용하지 못했는가!

나는 이런 생각을 하면서 짧은 오후를 보냈다. 그동안 마을에는, 오래전에 마을을 떠난 엘저비어 블록과 존 트렌처드가 문플릿으로 어떻게 돌아왔고, 늙은 밀수꾼이 젊은이의 목숨을 구해주고 어떻게 물에 빠져 죽었는가 하는 소문이 퍼졌다.

땅거미가 깔리고 있을 때 나는 죽은 벗, 내 유일한 벗을 한번 더 보려고 그의 얼굴에 덮인 범포를 젖혔다. 이제 나한테 조금이라도 신경을 써줄 사람이 누가 있겠는가? 진심으로 나를 위해 슬퍼해줄 사람이 있다면, 나는 그 사람을 위해 문플릿 해변에 가서 물에 빠져 죽어도 좋다. 노예 신세에서 벗어나 다시 자유를 얻었지만, 그게 무슨 소용인가? 자유가 지금 나에게 무슨 쓸모가 있단 말인가? 나는 이제 어디로 가야 하나? 뭘 해야 하나? 내 친구는 가버렸는데.

나는 난롯가로 돌아가서 두 손으로 머리를 감싸고 난롯불을 들여다보며 앉아 있었다. 그때 누군가가 방으로 들어오는 소리가 들렸지만, 나는 랫시가 돌아와서 나를 방해하지 않으

　　　　문플릿의 보물

려고 그렇게 살금살금 걷고 있는 모양이라고 생각하여 뒤도 돌아보지 않았다. 그때 누군가의 손이 내 어깨에 살며시 놓이는 것을 느꼈다. 고개를 들고 쳐다보니, 키가 크고 자태가 당당한 여인이 내 곁에 서 있었다. 더 이상 소녀가 아니라 젊음과 아름다움으로 가득한 성숙한 여인이었다. 나는 당장 그녀를 알아보았다. 달걀 같은 타원형 얼굴에는 더 많은 기품을 갖추었고 등 뒤에서 이리저리 휘날리던 황갈색 머리카락이 단정히 묶여 있는 것을 제외하면 그녀는 거의 변하지 않았기 때문이다. 그녀는 내 어깨에 손을 올려놓은 채 나를 내려다보고 있었다.

"존, 나를 잊었어? 나도 너의 슬픔을 나누어 가지면 안 돼? 네가 돌아온 걸 나한테 알릴 생각은 하지 않았어? 내가 켜놓은 불빛을 못 봤니? 널 기다리는 친구가 있다는 걸 몰랐어?"

나는 아무 말도 하지 않았다. 말을 할 수가 없었다. 나한테 친구가 없다는 생각이 얼마나 잘못되었는지를 입증하기 딱 좋은 순간에 그녀가 나타난 것이 그저 놀랍고 신기하게 느껴졌을 뿐이다. 그녀가 말을 이었다.

"너무 슬퍼하지 마. 아무도 그분보다 더 고귀한 죽음을 맞지는 못했을 테니까. 그리고 네가 떠나 있었던 몇 년 동안 나는 그분을 많이 생각했고, 그분이 실제로는 아주 좋은 분이라는 것도 알았어. 그리고 만약 그분이 무언가 잘못을 저질렀다면, 그건 다른 사람들이 그분에게 더 큰 잘못을 저지르고 해를 끼쳤기 때문이라는 걸 알았어."

그녀가 말하는 동안 나는 엘저비어가 어떻게 그녀의 아버지를 총으로 쏘러 갔는지를 생각했다. 하지만 총알이 아슬아슬하게 빗나가서 그녀의 아버지는 구사일생으로 목숨을 건졌다. 그런데 그녀가 엘저비어를 너무 좋게 말했기 때문에 나는 엘저비어가 치안판사를 쏘아 죽일 생각은 전혀 없었고 그저 겁만 주려고 했을 뿐이었다고 생각하게 되었다. 하지만 이게 무슨 운명의 변덕인가! 나는 엘저비어가 양심을 더럽히지 않도록 그를 구해주었고, 다음에는 그가 내 목숨을 구해주었다. 그리고 이제는 그가 죽어서 누워 있는데, 그 누구도 아닌 매스큐의 딸이 엘저비어를 칭송하고 있는 것이다. 그래도 나는 여전히 말을 하지 못했다.

다시 그녀가 말했다.

"존, 나한테 할 말 없어? 나를 잊어버렸니? 이젠 나를 사랑하지 않아? 나는 너의 슬픔과 아무 관계도 없는 거야?"

그제야 나는 그녀의 손을 잡고 내 입술로 들어 올렸다.

"그레이스, 나는 아무것도 잊어버리지 않았어. 그리고 누구보다도 너를 존중하고 있어. 하지만 나는 더 이상 너에게 사랑을 말할 수 없고, 너도 나한테 사랑을 말할 수 없어. 왜냐하면 우리는 더 이상 옛날처럼 어린애가 아니니까. 너는 고귀한 숙녀고 나는 비천한 빈털터리야."

그러고는 지난 10년 동안 죄수로서 어떻게 살았고 왜 죄수가 되었는지를 말하고, 내 손목의 쇠고랑과 내 볼에 찍힌 낙인을 보여주었다.

문플릿의 보물

그녀는 낙인을 가만히 바라보며 말했다.

"재산 이야기는 하지 마. 재산이 사람을 만드는 건 아니니까. 너는 떠날 때보다 더 부자가 되어 돌아오지는 않았다 해도, 더 가난해져서 돌아오지도 않았잖아. 신분이 더 천해져서 돌아오지도 않았고. 그리고 나는 부자야. 제대로 다 쓰지도 못할 만큼 많은 재산을 갖고 있으니까, 그런 이야기는 하지 말자. 네가 그 사악한 보물로 부자가 되지 않고 여전히 가난한 걸 다행으로 생각해.

그 낙인은 감옥의 이름이 아니라 무훈가의 표지야. 네가 무훈가 사람이고, 무훈가의 분부대로 해야 한다는 뜻이지. 내가 말했잖아. 그 보물에 손을 댈 때는 조심하라고. 사악한 수단으로 손에 넣었으니까 저주가 따라다닐 거라고. 하지만 이제 나는 이 표지가 너한테 찍힌 것을 보고 더욱 진지하게 말하겠어. 그 보물이 언젠가 너한테 돌아온다 해도 그것을 팔아서 생긴 돈에는 한 푼도 손대지 말고, 무훈 대령이 자신의 죄를 씻기 위해 계획했던 일에 쓰도록 해."

이렇게 말한 다음 그레이스는 내 손에 잡힌 손을 빼내고 나에게 작별 인사를 했다. 나는 어두워지는 방에 혼자 남겨졌다. 난롯불이 범포와 그 밑에 누워 있는 주검의 윤곽을 비추고 있었다. 그녀가 떠난 뒤 나는 그녀의 말을 오랫동안 곱씹으며, 언젠가 보물이 나한테 돌아온다는 말이 무슨 뜻일까를 생각했다. 하지만 나를 가장 놀라게 한 것은 그녀의 한결같은 사랑이었다. 여자의 사랑이 얼마나 한결같은지, 그녀는 어떻게 마음속에 나처럼 하찮은 사람을 위한 자리를 아직도 마련해둘 수 있는지 의아했다. 하지만 그녀의 말에 대해서는 바로 그날 밤에 그 뜻을 알게 되었다.

랫시가 들어왔다가 다시 나갔다. 랫시는 해변에서 할 일이 많았기 때문에 나와 함께 오래 머물지 않고 나가며 기운을 내라고, 이제는 법을 두려워할 필요가 없다고 말했다. 나에 대한 체포령과 현상금은 이미 오래전에 효력을 잃었기 때문이다. 그레이스가 변호사들을 동원하여 내 혐의를 벗겨준 것이다. 그녀는 나에 대한 지명수배 포고문에 서명하기를 거부했고, 자기 아버지는 잘못 발사된 총알을 맞고 목숨을 잃었다고 주장했다. 그래서 막 깨어나고 있던 두려움은 영원히 잠재워지고 말았다.

랫시가 나가고 나자 나는 불을 피우고 난롯불 앞에 누워 담요를 뒤집어썼다. 너무나 지쳐서 잠자고 싶었기 때문이다. 문을 두드리는 소리가 들렸을 때 나는 아직 잠에 빠지지는 않았지만 꾸벅꾸벅 졸고 있었다. 들어온 사람은 글레니 신부님이었다. 난롯불 빛에 비친 신부님은 나이가 들었고 허리도 좀 굽었지만, 그래도 나는 당장 신부님을 알아보고 일어나서 반갑게 맞았다.

신부님도 처음에는 호기심 어린 눈으로 신기한 듯 나를 바라보았다. 신부님의 기억에 소년으로 남아 있는 사람이 턱수염을 기른 사나이로 성장하여 나타났기 때문일 것이다. 하지만 곧 따뜻한 인사를 하고 내 옆에 놓인 장의자에 앉았다. 신부님은 우선 시신을 덮은 천을 들추고 잠든 얼굴을 바라보았다. 그런 다음 기도서를 꺼내더니 고인을 위해 기도문을 낭송하고 내게도 영적 위안의 말씀을 주었다. 그리고 마지막으로 과거에 대해 이야기하기 시작했다. 그 이야기를 듣고 나는 내가 없는 동안 여기서 무슨 일이 일어났는지를 어느 정도 알게 되었다. 사실 그 점에 관해서 말한다면, 그동안 여기서는 몇 사람이 죽은 것을 빼고는 아무 일도 일어나지 않았다. 우리가 문플릿에서 찾을 수 있는 변화는 사람이 죽는 것뿐이었기 때문이다.

세상을 떠난 사람들 중에는 내 이모인 제인 아널드도 포함되어 있었다. 그래서 나는 친구를 또 하나 잃었다. 하지만 이모를 친구로 볼 수 있을지는 의문이었다. 물론 이모는 선의를 갖고 나를 돌봐주었지만, 나에 대한 관심을 너무 엄격하게 표현했기 때문에 내가 이모를 사랑하기는 어려웠다. 그래서 엘저비어의 죽음으로 큰 슬픔에 빠져 있던 나는 이모의 죽음을 슬퍼할 여지를 찾지 못했다.

글레니 신부님이 베풀어준 영적 위안 덕분인지, 아니면 감옥에서 풀려났고 죽음의 문턱에서 구사일생으로 구조되었으니 감사할 일이 얼마나 많으냐는 글레니 신부님의 지적 덕분인지는 모르지만, 신부님의 말씀을 들으면서 슬픔이 누그러지고 기쁨을 느낀 것은 사실이다.

신부님은 이런 말도 했다.

"어떤 사람들은 내가 성서를 인용한 뒤에 이교도 작가를 언급한다고 나를 비난할지 모르지만, 위대한 시인 호메로스*조차도 '차가운 슬픔은 포만감이 빨리 와서 금세 물리니까' 애도를 절제하라고 충고했다는 말을 하지 않을 수 없구나."

그 후 나는 신부님이 가실 줄 알았는데, 헛기침을 하시는 것을 보고 무언가 중요한 말씀을 하시려나 보다고 짐작했다. 신부님은 주머니에서 길게 접힌 파란 종이 한 장을 꺼냈다. 그러고는 종이를 천천히 펼쳐서 무릎에 올려놓고 주름을 펴면서 말했다.

"얘야, 우리는 절대로 운명의 여신을 욕하면 안 된다. 운명에 대해 말할 때 나는 인간적 의미에서 그 명칭을 쓸 뿐이고, 모든 것을 주재하시는 주님의 섭리에 따르지 않는 어떤 운이 실제로 존재한다는 뜻은 아니다. 운명의 여신이 우리를 버렸구나 싶은 그 순간에도 여신은 가장 귀중한 어떤 보물을 찾아서 우리에게 갖다주려고 떠났을 뿐인지도 몰라. 내가 지금부터 읽어주려는 것이 그걸 증명해줄 거야. 그러니까 촛불을 켜서 내 옆에 놓아다오. 이렇게 흔들리는 난롯불 밑에서는 내 눈이 글자를 따라갈 수 없으니까 말이다."

나는 벽난로 위에 세워져 있는 양초 토막을 가져와서 신부님이 시키는 대로 불을 켰다. 신부님은 말을 이었다.

"내가 거의 8년 전에 받은 이 편지를 읽어줄 테니, 그 중요성에 대해서는 네가 스스로 판단하려무나."

* 고대 그리스의 서사 시인. 『일리아스』와 『오디세이아』의 작자로 알려져 있다.

문플릿의 보물

나는 그 편지를 아직도 지니고 있지만, 편지 전문을 여기에 적지 않고 간단히 요약하겠다. 변호사가 쓴 편지라서 에두른 표현으로 장광설을 늘어놓고 있기 때문이다. 수신인은 '영국 도싯주, 문플릿 교구, 호러스 글레니 신부'로 되어 있었고, 보낸 사람은 네덜란드 헤이그의 변호사이자 공증인인 로스턴 씨였다. 편지는 영어로 쓰여 있었다.

편지는 헤이그의 보석상인 크리스페인 알도브란트가 유언장을 작성하기 위해 로스턴 씨를 불렀다는 말로 시작되었다. 그리고 알도브란트는 죽을 때가 다가오자, 영국 도싯주의 문플릿에 사는 존 트렌처드라는 사람에게 전 재산을 남기고 싶다고 로스턴 씨에게 진술했다. 알도브란트가 이렇게 하는 이유는 우선 재산을 물려줄 자식이 없기 때문이고, 둘째로는 그가 존 트렌처드에게 정당한 대가를 치르지 않고 다이아몬드를 취득한 적이 있어서 존에게 충분하고 적절한 배상을 하고 싶기 때문이라고 했다. 알도브란트는 그 다이아몬드를 팔아서 현금으로 바꾸었는데, 그 후 운세가 기울고 건강도 나빠졌다. 그래서 그 다이아몬드를 소유하기 전에는 막대한 재산을 갖고 있었지만, 그 많던 재산이 불운한 모험과 투기로 어느덧 사라져버리고, 결국 그 다이아몬드가 가져다준 돈밖에는 남지 않게 되었다. 그래서 그는 모든 유산을 존 트렌처드에게 남기며, 그가 존에게 무언가 잘못을 저질렀다면 제발 용서해달라고 간청했다.

이것이 로스턴 씨가 알도브란트 씨에게 받은 지시였다. 그 후 알도브란트 씨의 건강이 눈에 띄게 나빠져서 결국 석 달 뒤에 세상을 떠났다. 유언장이 알맞은 시기에 작성된 것은 다행이었다고 로스턴 씨는 덧붙였다. 알도브란트 씨는 몸이 약해지면서 망상에 시달리게 되자, 존 트렌처드가 그 다이아몬드에 저주를 걸었다고 주장하면서, 그 저주의 말을 밝히기까지했다. '그 다이아몬드가 현세에서는 당신에게 불행을 가져다주고 내세에서는 저주를 가져다줄 것이다.' 이뿐만이 아니었다. 그는 전혀 잠을 이루지 못했고, 어쩌다 잠이 들어도 악몽을 꾸다가 깨어나곤 했다. 그는 키가 크고 구릿빛 얼굴에 검은수염을 기른 남자가 침대 커튼을 열고 그를 조롱하는 꿈을 계속 꾼다고 로스턴 씨에게 말했다.

그렇게 해서 그는 마침내 죽음에 이르렀고, 그가 죽은 뒤에로스턴 씨는 도싯주 문플릿의 존 트렌처드에게 그가 유일한상속자임을 알리는 편지를 써서 유언장 조항을 집행하려고 애썼다. 알도브란트가 그에게 준 정보는 사실 주소뿐이었다. 알도브란트는 트렌처드의 행방에 대해 더 자세한 정보를 곧 알려주겠다고 변호사한테 거듭 약속했지만, 이 정보 제공은 늘뒤로 미루어졌다. 그것은 아마 알도브란트가 건강이 회복되기를 기대했고, 그래서 다시 건강해지면 자신의 회개를 후회할지 모른다고 생각했기 때문일 것이다. 그래서 로스턴 씨는 문플릿의 트렌처드에게 편지를 쓸 수밖에 없었고, 당연히 편지는 트렌처드가 법망을 피해 도망쳤으며 그 후 어디에서도 발견되지 않았다는 정보와 함께 그에게 반송되었다. 그 후 로스턴 씨는 교구 신부에게 편지를 보내보라는 권고를 받았고, 그래서 글레니 신부님 앞으로 이 편지를 보냈던 것이다.

이것이 글레니 신부님이 읽어준 편지의 골자였다. 이 소식이 나를 얼마나 흥분시켰을지는 쉽게 짐작할 수 있을 것이다. 우리는 어떤 조치를 취하는 게 상책일지에 대해 상의하고 숙고하면서 밤늦게까지 앉아 있었다. 그동안 8년이라는 긴 세월이 지났고, 따라서 변호사들이 그 돈을 다른 방식으로 처분했을지도 모른다고 생각했기 때문이다.

글레니 신부님이 떠난 것은 자정이 지나서였다. 초는 오래전에 다 타버렸지만 난롯불은 밝게 타오르고 있었다. 글레니 신부님은 나가기 전에 탁자 옆에 잠깐 무릎을 꿇었다가 일어나면서 말했다.

"이분은 정말 훌륭한 최후를 맞으셨구나. 우리가 죽을 때도 그렇게 훌륭한 최후를 맞을 수 있다면 얼마나 좋겠니. 대부분의 사람들에게 죽음의 시간은 두렵고 불쾌한 시간이란다. 우리가 일요일마다 죽음으로부터 우리를 구해달라고 기도하는 것도 당연하지. 하지만 이 기도서를 쓴 분들이 죽음의 순간 못지않게 위험하다고 생각한 때가 또 있단다. 우리가 재물을 얻을 때도 위험한 순간이니까 부유할 때는 항상 우리를 구해달라는 기도를 잊지 말라고 그분들은 당부하셨지. 그래서 나는 이 재산이 네 손에 들어온다면 그걸 유용하게 잘 썼으면 좋겠다. 어리석은 풍설 따위는 믿지도 않고 재물 자체에 저주가 따라다닌다고 생각하지도 않지만, 존 무훈 대령이 이 보물을 따로 떼어둔 것처럼 설령 사악한 사람이라도 좋은 목적을 위해 재물을 따로 떼어두었다면, 그걸 다른 목적에 사용하는 것은 중대한 잘못이라고 말할 수밖에 없다. 그리고 이것 말고도 다른 보물이 있다는 것, 훌륭한 여성의 사랑은 이 세상의 황금과 보석을 모두 합친 것보다도 훨씬 가치가 있다는 것을 잊지 마라. 나도 옛날에 한 번 경험한 적이 있지만……"

이 말을 남기고 신부님은 떠났다.

나는 글레니 신부님이 그날 그레이스와 만났을 거라고 짐작했다. 신부님이 돌아간 뒤에 나는 너무나 잘 아는 이 정든 방에서 혼자 난롯불 앞에 누워 꾸벅꾸벅 졸면서 하룻밤을 보냈다. 아니, 혼자가 아니라 나를 구하려다 목숨을 잃은 말없는 친구와 단둘이 보낸 밤이었다. 나는 그의 죽음을 애도했지만, 희망이 없는 절망적인 슬픔은 아니었다.

내가 지금 이런 이야기를 하고 있는 것을 보면, 만사가 잘되었다는 것을 독자 여러분도 짐작할 수 있을 것이다. 그런 터에 무슨 이야기를 더 장황하게 계속할 필요가 있을까? 결국 실패로 끝난 생애를 이야기하려고 책상 앞에 앉아 글을 쓰는 사람이 어디 있겠는가? 그 많은 재산은 모두 내 손에 들어왔다. 그 재산이 얼마나 되는지는 말하지 않겠다. 만약 그랬다가는 사람들의 시샘을 불러일으킬지 모르기 때문이다. 내가 예상했던 것보다 훨씬 막대한 재산이었다는 것 정도만 말해두겠다.

그러나 나는 과거에 쓰라린 교훈을 얻었기 때문에 그 돈에는 손가락 하나도 대지 않고, 글레니 신부님과 그레이스의 도움을 얻어 한 푼도 남김없이 모두 좋은 일에 썼다. 우선 우리는 존 무훈 대령이 생각한 것보다 훨씬 크고 훌륭하게 구빈원을 재건하고 증축했다. 그래서 구빈원은 지친 몸으로 문플릿 해안에 온 모든 선원들의 쉼터가 되었다. 이어서 우리는 도선사 조합의 권고에 따라 콧등곶에 등대를 세웠다. 과거에 '매스큐의 불빛'이 어선들을 인도하는 불빛이 되어주었듯이, '콧등 등대'는 영국 해협을 오가는 수많은 배들에게 수로를 안내하는 표지가 될 터였다.

마지막으로 우리는 교회를 아름답게 단장했다. 너무 육중해서 다루기 어려운 참나무 의자를 치우고, 소나무나 전나무로 만든 장의자를 놓았다. 새 의자에는 산뜻한 나사천을 씌워, 안식일에 많은 신자가 편안하게 앉을 수 있었다. 우리는 교회의 낡은 유리창도 치우고, 모든 창문의 유리를 강풍에도 흔들리지 않을 만큼 단단하게 갈아 끼웠다. 높은 설교단, 성서대, 교회지기석, 제단 양쪽의 십계* 명판도 모두 새로 갈아서, 이 지방에 우리 교회와 경쟁할 수 있는 교회는 하나도 없었다. 지하에 있는 납골당은 안에 들어 있는 유품과 함께 말끔히 정리된 뒤 안전하게 벽으로 메워져 폐쇄되었고, 그 후로는 '검은수염'과 그 후손들에 대한 이야기가 더 이상 들리지 않게 되었다.

---

* 구약성서 「출애굽기」에서, 고대 이스라엘 민족의 지도자였던 모세가 시나이산에서 하느님으로부터 받은 열 가지 계율.

밀수품을 배에서 육지로 운반하던 사람들은 어디로 갔는지 나도 모른다. 어두운 밤에는 여전히 화물이 해변으로 올라온다 해도, 이제 영주이자 치안판사가 된 나는 거기에 대해 아무것도 모른다.

새로 지어진 구빈원과 새로 단장한 교회와 함께 마을도 새로워졌다. 낡은 집들이 개축되고 새 집들이 세워졌다. 다만 '괜찮군!'만은 아직도 왕실 직할 영지로 남아 있다. 그리고 그 주막은 다시 임대되었고, 남자들은 링스테이브의 '세 까마귀' 주막을 떠나 옛날의 단골집으로 돌아왔다. 난파선의 선원이나 항해에 지친 뱃사람들도 '괜찮군!'에서 음식과 잠자리를 제공받고 따뜻한 환대까지 받았다.

그리고 깨끗한 방들과 충실한 도서실을 갖춘 '무훈 양로원'—구빈원은 이제 양로원이라고 불리게 되었다—의 초대 원장은 글레니 신부님이었고, 랫시는 수용자 관리인이었다. 두 사람은 거기서 더 행복한 나날을 보내다가 천수를 누리고 세상을 떠났다. 그리고 파도 소리가 들리는 교회의 양지바른 쪽, 언젠가 내가 땅바닥에 귀를 대고 지하 납골당에서 나는 소리에 귀를 기울이고 있던 랫시를 발견한 그 거대한 버팀벽 옆에 잠들었다. 그들 옆에는 나의 가장 신실한 벗이자 내가 누구보다도 사랑하는 엘저비어 블록이 잠들어 있다. 그의 묘비에는 '친구를 위해 목숨을 던진 이 사람보다 더 큰 사랑을 베푼 자는 없다'라는 묘비명과 글레니 신부님의 추모 시가 새겨져 있다.

문플릿의 보물

끝으로 우리 자신에 대해 말하겠다. 영주 저택은 다시 말끔히 가꾸어진 잔디밭과 난간을 두른 테라스가 딸린 웅장한 건물이 되었다. 우리는 여름날 저녁이면 이 테라스에 앉아서 마을 위에 감도는 연푸른색 연기를 바라볼 수 있다. 그리고 숲에서 우리 부부는 어린 그레이스와 어린 존과 우리의 장남인 어린 엘저비어가 뛰노는 것을 보았다. 우리 딸애는 반들반들 윤이 나게 닦인 신전 모서리처럼 아름답게 성장했고, 두 아들은 해군과 육군이 되어 바다와 육지에서 나라를 받들고 있다.

하지만 그레이스와 나는 우리의 행복한 문플릿을 떠나지 않는다. 우리는 길게 이어진 벼랑 능선이 새벽에 황금빛으로 물드는 것을 보는 데 만족하고, 밤에 이슬 맺힌 풀밭을 산책하고, 봄에 너도밤나무 가지들이 초록빛 옷을 입는 것을 보고, 남쪽 담장 위에서 무화과가 익어가는 것을 보는 데 충분히 만족한다. 이 모든 것 뒤에는 영원한 바다가 커튼처럼 펼쳐져 있다. 바다는 늘 한결같으면서도 끊임없이 변한다.

하지만 나는 가을에 바다가 강풍에 얻어맞아 미친 듯이 날뛰는 광경을 보고, 밤새 연주하는 거대한 오르간처럼 해변의 자갈들이 서로 스치며 달그락거리는 소리를 듣는 게 제일 좋다. 내가 침대에서 몸을 뒤척이며, 이런 밤에 문플릿 해변에서 살아남기 위해 필사적으로 파도와 싸우고 있지 않음을 진심으로 하느님께 감사드리는 것은 바로 그때다. 그 감사는 아마 이 세상에 살아 있는 어느 누구보다도 진심에서 우러나오는 감사일 것이다.

그리고 나는 밧줄을 손에 들고 그 무서운 곳에 서서 파도와 싸우고 있는 불쌍한 뱃사람을 구하려고 애쓴 적도 많았지만, 엘저비어가 나를 구해준 그 밤과 같은 파도에서 살아 나온 사람은 보지 못했다.

문플릿의 보물

옮긴이의 덧붙임

　이 책은 영국 작가 존 미드 포크너의 소설 『문플릿의 보물』
을 우리말로 옮긴 것이다.

　존 미드 포크너John Meade Falkner는 1858년 5월 8일에 영국
윌트셔주 매닝퍼드에서 국교회(성공회) 목사의 아들로 태어
났다. 존에게는 누나와 여동생이 하나씩 있고, 남동생은 둘이
었다.

　그의 교육은 다섯번째 생일에 어머니한테 라틴어를 배우는
것으로 시작되었다. 그리고 여섯번째 생일부터는 아버지한테
그리스어를 배우기 시작했고, 덕분에 평생 동안 고전학을 사
랑하게 되었다.

　그의 학교 교육은 도체스터에 있는 하디 학교에서 시작되었
는데, 이 학교의 교장 선생은 랫시 매스큐로, 이 작품에 나오

는 두 주요 인물의 모델이 되었다.

1871년에 아버지가 도싯주 웨이머스로 자리를 옮기자 가족
도 따라서 이사했고, 존도 웨이머스 그래머스쿨로 전학을 가
게 되었다. 15세부터 19세까지 말버러 학교에서 대학 입시를
준비했으며, 1878년 8월에 옥스퍼드 대학교의 하트퍼드 칼리
지에 입학하여 1882년 8월에 역사학과를 졸업했다. 학창 시절
에 그는 광범위한 독서를 했고, 그리스어와 라틴어만이 아니
라 현대 언어도 몇 개나 숙달했다.

1882년 말—대학을 졸업한 뒤 일정한 직업도 없이 빈둥
거리고 있을 때—그는 뉴캐슬 근처의 엘즈윅에 있는 암스트
롱-미첼사(세계 굴지의 엔지니어링·조선·병기 제조회사)의
부회장인 앤드루 노블의 자녀들을 가르치는 가정교사 자리를
제의받았고, 이듬해 1월에 노블 집안의 식구가 되었다. 그는
주로 셋째 아들인 존 노블을 가르쳤는데, 당시 이튼 학교 학생
이었던 존은 옥스퍼드 대학 입시를 준비하는 데 어려움을 겪
고 있었다. 그래서 아버지인 앤드루 노블이 포크너를 가정교
사로 고용한 것이다. 어쨌든 이렇게 만난 존과 존은 50년 뒤에
포크너가 죽을 때까지 가까운 친구로 지냈다.

존 미드 포크너는 노블 집안의 식구가 되어 거의 가족이나
다름없이 지냈고, 나중에는 필요에 따라 존의 동생들도 가르
쳤다. 1885년 무렵 노블 집안의 자녀들을 가르쳐야 하는 책임
이 사라지자, 그의 능력에 깊은 인상을 받은 앤드루 노블은 포
크너를 개인 비서로 채용했다.

문플릿의 보물

1887년에 아버지가 유언도 남기지 않은 채 죽자(어머니는 1871년에 이미 세상을 떠났다), 당장 수입이 끊긴 포크너 가족은 곤경에 빠졌다. 하지만 이때쯤 존 미드 포크너는 경제적 여유가 생겼기 때문에 두 남동생이 케임브리지 대학을 졸업하고 누나와 누이가 미술학교를 졸업하도록 도와줄 수 있었다.

1888년에 존은 암스트롱－미첼사의 비서가 되었다. 그는 능력도 있고 노블 집안에 연줄도 있었기 때문에 빠르게 승진했다. 1897년에는 새로 합병된 암스트롱－휘트워스사의 비서가 되었고, 1901년에는 이사가 되었다. 그는 유창한 외국어 실력 덕분에 전 세계의 군사 보고서를 이해할 수 있었던 데다 회사를 대표하여 외국 정부와 직접 교섭할 수도 있었기 때문에, 회사에 없어서는 안 될 소중한 인물이 되었다. 제1차 세계대전이 한창이던 1915년에 앤드루 노블이 죽은 뒤 포크너가 이사회 회장으로 선출된 것은 그 때문이었다. 암스트롱사는 영국이 전쟁을 수행하는 데 필요한 병기의 주요 공급처였다. 전쟁이 한창일 때 이 회사는 7만 명이 넘는 직원을 고용했다고 한다. 포크너의 전기를 쓴 케네스 워렌은 이렇게 말했다.

"역사상 최대 규모의 전쟁이 한창일 때, 즉 세계대전이 가장 중대한 고비를 맞았을 때, 대량파괴무기를 생산하는 세계 굴지의 병기 제조회사 가운데 하나가 대학에서 역사학을 전공했고 문학과 교회음악과 고문서학을 좋아하는 57세의 인문주의자를 지도자로 선임했다."

포크너는 전쟁이 끝난 뒤까지 자리를 지키다가 1921년에 회장직에서 물러났으며, 그 뒤에는 중역으로 남아 있다가 1926년에 은퇴했다.

40세 때인 1899년에 그는 당시 29세였던 이블린 바이올렛 애다이와 결혼했다. 이 결혼 생활은 평생 동안 지속되었지만, 비교적 열정이 없는 관계였고 둘 사이에는 자식이 없었다. 결혼한 직후에 부부는 더럼의 '디비니티 하우스'로 이사하여, 그가 죽을 때까지 그곳에서 살았다.

그는 여러 의미에서 글을 아름답게 썼다. 중세 필경사들의 글씨를 본뜬 그의 서체는 아름답고 장식적이었다. 그의 편지는 그 서체 자체로 하나의 작품일 뿐만 아니라 내용 또한 독창적이고 고상한 정신 활동을 드러내고 있었다. 그의 초기작 가운데 일부는 교육적 경향을 띠었다. 『옥스퍼드셔 여행 안내서』(1894), 『옥스퍼드셔의 역사』(1899), 『버크셔 안내서』(1902) 등이 그런 부류에 속하는데, 이 책들을 쓰기 위해 오랫동안 자전거를 타고 시골을 찾아다니며 답사 여행을 했다고 한다. 소설 분야에서는 『사라진 스트라디바리우스*The Lost Stradivarius*』(1895)로 이름을 알렸으며, 『문플릿의 보물*Moonfleet*』(1898)과 『구름무늬 코트*The Nebuly Coat*』(1903)를 남겼다. 그는 네번째 소설을 꽤 많이 썼지만, 원고가 들어 있는 가방을 더럼에서 엘즈윅으로 가는 통근 열차에 놓고 내렸고 그 원고는 끝내 발견되지 않았다. 친구들은 작품을 다시 쓰라고 간청했으나, 그는 너무 늙어서 일을 할 수 없다고 선언했다.

그는 1932년 7월 22일에 사망했다. 시신은 화장되어 옥스퍼

문플릿의 보물

드셔주 버퍼드의 교회 묘지에 묻혔다.

그는 놀랄 만큼 많은 돈을 자선 사업에 쓰고 자선 활동도 많이 했지만, 그가 불우하거나 병든 사람들을 위로하는 데 들인 시간은 그에게 무거운 부담을 주었을 것이다. 포크너는 평생 동안 친구와 친지에게 놀라운 재능을 충분히 인정받았음에도 남의 주목을 받지 않으려고 애썼고, 나라에 대한 봉사를 국가가 인정해주기를 바란 적도 없고 인정받지도 않았다. 그는 터키와 이탈리아와 일본 정부가 준 훈장을 받았지만, 그가 가장 높이 평가한 명예는 문학자로서 그에게 주어진 것이었고, 그의 이름 뒤에 붙는 존칭이나 이름 앞에 붙는 직함과는 아무 관계도 없는 것이었다.

그는 더럼 대학의 고문서학 명예 강사, 더럼 대성당 도서관의 명예 사서로 임명되기도 했지만, 그가 가장 소중히 여긴 마지막 명예는 1927년에 모교인 하트퍼드 칼리지의 '자랑스러운 교우'로 선정된 것이었다.

이제는 작품에 대한 간략한 해설을 덧붙일 차례인데, 이 글에는 소설의 줄거리와 관련하여 미리 알아서는 안 될 정보가 담겨 있으므로, 독자들은 작품을 먼저 읽고 나서 이 글을 읽는 편이 나을 것이다.

『보물섬』의 작가인 로버트 루이스 스티븐슨(1850~1894)은 언젠가 이렇게 불평한 적이 있다.

"나는 모험소설이나 연애소설을 읽고 싶다. 그런데 아무도

나에게 그런 책을 갖다주거나 써주려 하지 않는다…… 나는
『보물섬』같은 책을 읽어본 적이 없고, 아마 내가 아흔 살까지
살아도 읽지 못할 것이다. 내가 아닌 다른 누군가가 『보물섬』
을 썼다면 얼마나 좋을까!"

스티븐슨은 너무 일찍 죽었다. 4년만 더 살았다면 그가 원했
던 그런 책을 읽을 수 있었을 텐데. 1898년에 런던의 한 출판
사가 펴낸 『문플릿의 보물』이 바로 그런 책이었다.

『보물섬』과 마찬가지로 『문플릿의 보물』은 아직 어른이 안
된 소년의 이야기다. 게다가 모험이라는 주제와 흥미진진한
줄거리 때문에 아이들에게 많은 인기를 얻었다. 영국에서는
청소년 필독서로 읽히고 있는데, 지금까지 연간 판매량이 1만
부 이하로 떨어진 적이 한 번도 없었다고 한다.

소설의 배경은 18세기 영국 남부 도싯주의 문플릿. 바닷가
마을이기 때문에 이곳 주민들은 누구나 어떤 식으로든 바다에
기대어 살고 있고, 그중에서도 밀수업이 가장 활발한 형편이
다. 그러니 주인공 존 트렌처드도 나이는 어리지만 밀수에 말
려드는 것은 놀라운 일이 아니다.

『보물섬』의 주인공 짐 호킨스와 마찬가지로 어린 존도 남들
눈에 띄지 않는 곳에 숨어 있다가 가까운 곳에서 벌어지는 불
법행위의 실상을 처음으로 알게 된다. 짐은 달콤한 냄새가 나
는 사과통 속에 숨어 있지만, 존은 교회 묘지의 곰팡내 나는
지하 납골당에 숨어 있다. 게다가 바로 옆에는 무훈 대령('검
은수염')의 송장이 다 썩은 나무관 속에서 이를 드러낸 채 웃

고 있다.

밀수꾼들이 떠나자 존은 서둘러 밖으로 나가려 하지만, 허둥대다가 우연히 송장의 턱수염을 잡아당기게 되고, 그 바람에 뼈만 남은 송장의 목에 걸려 있는 로켓을 발견하게 된다. 그러나 불행하게도 그는 지하에 갇히게 되고, 그의 실종을 알고 찾아나선 교회지기(랫시)와 주막 '괜찮군!'의 주인(엘저비어 블록)에 의해 구조된다. 밀수단 두목이기도 한 엘저비어는 이모 집에서 나온 존을 받아들여 주막에서 살게 해준다.

현지의 치안판사인 매스큐는 밀수를 막으려고 애쓰지만, 전에 밀수선을 단속하다가 엘저비어의 아들을 죽인 적이 있어서 둘은 오랜 앙숙 사이다. '괜찮군!' 주막은 왕실 재산이어서 5년마다 입찰을 통해 임대차 계약을 갱신하는데, 이번에 주막이 입찰에 부쳐지자 매스큐는 이 기회에 엘저비어를 내쫓기로 마음먹고 그보다 높은 가격을 불러서 주막을 차지한다.

또한 매스큐는 밀수된 화물이 육지로 운반되는 시간과 장소를 알아내어 경비대에 정보를 제공한다. 조류가 바뀌는 바람에 밀수선이 예정보다 일찍 도착하고, 매복해 있던 매스큐는 밀수단에 붙잡히게 된다. 존과 엘저비어를 제외한 밀수꾼들은 모두 경비대가 도착하기 전에 달아난다. 매스큐는 엘저비어와 드잡이를 하다가 경비대 병사들이 쏜 총에 우연히 맞아 죽고, 존도 다리에 총상을 입는다. 엘저비어는 존을 안아 들고 벼랑길을 기어올라 퍼벡섬의 오래된 채석장으로 피신한다. 그와 존은 이제 매스큐를 죽인 살인범으로 단죄되어 목에 현상금이 걸린 처지가 되었다.

그들은 숨 가쁘게 이어지는 탈출과 추적을 거친 뒤 마침내 캐리스브룩성에 도착한다. 여기서 존은 랫시가 무심코 뱉은 말에서 힌트를 얻어 암호문을 해독하고 새알만큼 커다란 다이아몬드를 찾게 된다. 이 사라진 다이아몬드는 무훈 대령이 캐리스브룩성에 감금되어 있던 국왕 찰스 1세한테 받은 뇌물로, 그 성의 깊은 우물 속에 숨겨둔 것이다. 그러나 이야기는 여기서 행복하게 끝나지 않는다.

그들은 영국에서 달아나 네덜란드의 헤이그로 간다. 거기서 알도브란트라는 장물아비 보석상에게 다이아몬드를 팔려다가 오히려 사기를 당해 다이아몬드를 빼앗길 뿐만 아니라, 강도범으로 붙잡혀서 종신 징역형을 선고받고 자바섬으로 가는 배에 실리는 신세가 된다. 그러나 이야기는 여기서 이렇게 불행하게 끝나지 않는다. (그다음은 독자들의 책 읽는 즐거움을 위해 남겨두겠다.)

『문플릿의 보물』에는 밀수와 관련된 인물과 사건 들이 중심을 이루고 있는데, 이 불법행위가 소설에서 다루어진 역사적 배경을 살펴보는 것도 유익할 것이다.

이 소설이 시작되는 1757년 무렵은 유럽에서는 이른바 7년 전쟁(1756~1763)이 일어나, 프로이센의 프리드리히 대왕이 프랑스-오스트리아-러시아 연합군과 싸우고 있었다.

이 무렵 프랑스는 네덜란드를 쳐부순 이후 영국의 숙적이었고, 전 세계에 걸친 식민지 획득 전쟁에서 경쟁자이기도 했다. 따라서 영국이 프리드리히 대왕을 편든 것은 말할 나위도 없다. 하지만 영국의 원래 목적은 식민지 획득에 있었기에, 유럽에서 싸우는 대신 프리드리히 대왕에게 군자금만 보내주고 영국군은 해전과 식민지 전쟁에만 전력을 기울였다. 캐나다를 손에 넣고 인도 영유의 토대를 쌓은 것도 이 전쟁에서 승리한 결과였다.

그러면 국내 쪽은 어떠했을까. 이 소설에도 나오는 '검은수염'의 시대, 즉 1640년대에는 유명한 크롬웰의 공화정이 이루어졌고, 국왕 찰스 1세를 처형하는 내전이 일어났지만(찰스 왕이 캐리스브룩성의 창문으로 도망치려 한 것도, 성에 깊은 우물이 있어서 나귀가 무자위를 돌려 물을 퍼 올린 것도 사실이다), 그 후 혁명의 열기가 식어 왕정복고가 이루어지고, 이어서 1688년에는 네덜란드의 오라녜 공 윌리엄을 맞이하여 명예혁명이 성립되었다. 그때부터 정당 정치가 시작되었고 산업계도 크게 발전하기 시작했다.

하지만 국민 생활은 별로 나아지지 않았던 모양이다. 런던 시내에서도 무뢰한이 행인에게 마구잡이로 폭력을 휘두르고, 말을 탄 노상강도가 길모퉁이에서 적당한 상대를 기다리는 형편이었다. 특히 곤란한 것은 국민이 위아래 할 것 없이 모두 술을 많이 마셨다는 것이다. 대신이 술에 취한 채 국왕 앞에 나갔다는 소문까지 퍼지고 있었다. 이 무렵 서민층이 마신 술은 주로 진이었다.

옮긴이의 덧붙임

진은 호밀이나 옥수수를 원료로 하여 노간주나무 열매로 향기를 낸 무색투명한 증류주로, 도수가 40~50도에 이르는 독한 술이다. 17세기에 네덜란드에서 양조법이 개발되었는데, 앞에서 말한 오라녜 공이 윌리엄 3세로 영국 왕위에 오르자 프랑스 와인에 고율의 관세를 부과하여 네덜란드산 진을 영국 내에 보급시켰다. 그 후 영국인들은 값이 싸고 쉽게 취할 수 있다는 장점 때문에 이 술을 즐기게 되었다. 그러나 과음 풍조가 만연하면서 부작용이 속출하자 그 억제책으로 진의 세금을 네 배로 인상하고 이름난 공공 주점에서만 한정 판매하도록 조치했다. 그에 따라 담배 등과 함께 술도 밀수가 성행하게 되었는데, 이 소설에 나오는 '스키담' 술도 주요 밀수품이었다.

2019년 입춘, 제주 애월에서

김석희

문플릿의 보물

Moonfleet
Map